골든 프린트
—
2

골든 프린트 2

지은이 은재
펴낸이 임상진
펴낸곳 (주)넥서스

초판 1쇄 발행 2020년 9월 15일
초판 2쇄 발행 2020년 9월 21일

출판신고 1992년 4월 3일 제311-2002-2호
10880 경기도 파주시 지목로 5
Tel (02)330-5500 Fax (02)330-5555

ISBN 979-11-90927-58-1   04810

이 도서의 국립중앙도서관 출판예정도서목록(CIP)은 서지정보유통지원시스템
홈페이지(http://seoji.nl.go.kr)와 국가자료공동목록시스템(http://www.nl.go.kr/
kolisnet)에서 이용하실 수 있습니다. (CIP제어번호 : CIP2020035392)

www.nexusbook.com

은재 지음

골든 프린트

도약의 밑거름

GOLDEN | PRINT

2

─── 디자인을 완성시킬 단 하나의 선, Golden Print ───

차 례

User Experience

아침부터 우진은 바쁘게 움직였다. 홍보관 오픈시간인 10시에 맞춰 청담에 가서, 임수하의 계약을 도와주기로 했으니 말이다. 오후에 있을 공모전 답사 준비까지 미리 해서 출발해야 했으니 아침 8시부터 분주할 수밖에 없는 일정이었다.

"지금 출발하면, 얼추 시간이 맞겠지?"

사실 임수하의 계약을 도와주는 것은 시공관계자인 우진의 역할과는 많이 동떨어진 것이다. 하지만 그런 것 정도야, 적당히 포장하면 그뿐. 계약 관련해서 지인 하나를 도와주기로 했다고 박경완에게도 미리 언질을 주었으니, 딱히 이상하게 생각할 사람은 아무도 없을 것이었다.

[뭐, 그거야 어렵지 않지. 상담 창구에 미리 얘기해놓도록 하마.]

"고마워요, 부장님."

[그나저나 53평… 진짜 괜찮은 거 맞지?]

"거참, 괜찮다니까요. 벌써 지르셨으면서, 왜 이렇게 걱정이 많으실까."

[흐흐. 얌마, 집이 한두 푼이냐? 너 같이 괴상한 놈이나 그렇게

쉽게 생각하는 거지.]

우진은 경완과 통화하면서, 몇 가지 정보들도 슬쩍 물어보았다. 임수하의 계약을 도와줄 때, 도움이 될 만한 정보들 말이다.

"옵션은 어떻게 했어요?"

[거의 풀옵션이야. 이번에 우리 쪽에서도 작정하고 고급화에 올인해서, 시스템 에어컨이나 빌트인(Built in)* 가구들까지 싹 다 원가 수준으로 발라놨거든.]

지하철에 타면서 시작된 경완과의 통화는, 홍보관에 다 도착할 때까지 이어졌다. 원래는 간단하게 통화하고 말 생각이었지만, 이것저것 이야기하다 보니 이십 분 가깝게 통화한 것이다.

[그나저나 지난번에 너, 진짜 무슨 간신배인 줄 알았어.]

"간신배라뇨, 말이 또 너무 심하시네."

[무슨 스물두 살짜리 꼬맹이가, 전무님 앞에서 그렇게 사바사바를 잘하냐?]

"그런 거 아닙니다. 전 있는 사실대로만 말했을 뿐이죠."

[뭐라 그랬더라? 프리미엄 브랜드는 천웅이 선택한 최고의 혁신이었습니다? 발전 없고 고여버린 제운건설이나 명성건설 정도는 조만간 잡을 수 있겠죠?]

"역시, 있는 그대롭니다."

[하여튼 서우진… 이 능구렁이 같은 놈.]

"여튼 조만간 찾아뵙겠습니다, 부장님."

[그래. 다음 계약 건 때 보는 거지?]

"아마도요?"

---

* 공간을 설계할 때부터 기본적으로 포함된 것.

걸음을 옮기는 우진의 입가에는, 가벼운 미소가 걸려 있었다. 어쩌다 보니 박경완과의 친분은, 전생에서 십 년 가까이 쌓았던 친분보다도 더 돈독해져 있었다.

'하여간, 귀여운 아재라니까.'

선한글 많은 우진은 표찰을 목에 걸고 홍보관 내부로 들어갔다. 그리고 잠시 후, 도착했다는 임수하의 전화가 걸려왔다.

[대표님, 저 지금 들어가요!]

"네, 배우님. 안쪽으로 오시면 됩니다. 7번 창구로 오세요."

— * —

사실 분양권 계약 절차라는 게 그리 복잡한 것은 아니다. 계약서와 자신이 당첨된 동호수를 다시 한번 꼼꼼히 살펴본 뒤, 시공사에서 만들어놓은 절차를 따라 옵션을 선택하고 계약서에 사인만 하면 끝이니 말이었다. 해서 우진이 임수하에게 도움 줄 수 있는 부분은, 사실 옵션 선택 정도라고 할 수 있었다. 전생에서처럼 계약되지 않은 잔여 물량이 많았더라면, 다른 동, 호수를 고를 수 있게 도와줄 수도 있었겠지만. 이번 클리오 아파트의 분양상황은 이미 완판이었으니, 계약자에게 다른 선택권 같은 것은 없다고 할 수 있었다.

"일단 시스템 에어컨은 싹 다 풀로 세팅하세요."

"거실에 방 세 개에, 부엌까지… 다섯 개나 넣으라고요?"

"지금 몇백 아깝다고 에어컨 빼시면, 여름에 더울 때 에어컨 없는 방은 창고 되어버립니다."

"으음…."

"실거주 안 하고 세입자 받는다고 해도, 무조건 에어컨 풀세팅 된 매물이 제일 비싼 값에 제일 빠르게 빠져요."

"그래도 부엌은 좀 과하지 않아요?"

"음, 거긴 사실 배우님 성향에 맞춰서 빼셔도 돼요. 요리 좋아하셔서 부엌에 오래 계시면, 있는 게 좋다고 보긴 하지만요."

"오케이, 알겠어요. 그냥 다 넣죠, 뭐."

"넵."

지난번에 봤을 때만 해도 꽤나 고민하는 표정이었던 임수하는, 계약으로 마음을 확정해서인지 무척이나 신이 난 모습이었다.

"이거 발코니 확장은 하는 게 맞죠?"

"확장은 무조건 해야죠. 이건 선택이 아니라 필수 옵션 같은 겁니다."

원래 뭐가 됐든 쇼핑이란 즐거운 법이었는데, 그 쇼핑의 대상이 전 재산에 가까운 거액을 들여 고급스런 집을 장만하는 것이었으니. 사실 그녀가 신난 것도 무리는 아니라고 할 수 있었다.

"후아, 이제 끝났네요."

"고생하셨어요."

"제가 뭘 고생은요. 대표님이 설명해주신다고 고생하셨지."

계약서에 명시되어 있는 임수하의 동호수를 다시 한번 확인한 우진은 고개를 주억거리며 속으로 중얼거렸다.

'예비당첨으로 분양받은 것치고, 되게 로열 호실이 걸리셨네.'

20층 이상의 고층에, 지하철역도 두 번째로 가까운 로열동 43평 아파트. 우진은 확신할 수 있었다. 지금부터 딱 2년만 더 지나면, 수하가 계약한 이 아파트에 프리미엄이 3억 정도는 가볍게 붙을 것임을 말이다. 아마 그때가 되면 임수하가 43평을 분양받은 가격으로, 클리오 아파트 25평조차 사기 어려워질 것이었다.

'쩝. 확실히 여기만 한 투자처도 없는데. 계약 취소분이라도 안 나오려나.'

어차피 당장은 투자할 돈도 없었지만, 입맛을 다시며 걸음을 옮기는 우진. 그는 임수하와 두런두런 이야기를 나누며, 홍보관 밖으로 빠져나왔다.

"생각보다 일찍 끝났네요."

"그러게요. 배우님께서 고민을 거의 안 하고 지르셔서…."

"이게, 처음에는 계약할까 말까 고민도 좀 했었는데, 오늘 홍보관 다시 와서 한 번 더 구경하니까… 그냥 자연스레 마음이 결정되더라고요."

"하하, 그래요?"

"자재부터 시작해서 집 구조까지 싹 다 마음에 들어서… 그냥 질렀어요. 우리 대표님께서 투자 가치도 확실하다고 하셨으니까."

능청스럽게 눈을 찡긋하는 임수하를 보며, 우진 또한 기분 좋은 얼굴로 웃었다.

"맞아요. 돈만 있으면 저도 하나 샀을 겁니다."

"그 얘길 들으니, 더 든든하네요."

"그래도, 투자 결과에 대한 책임은 항상 본인 몫인 거 아시죠?"

"당연하죠. 저, 그렇게 대책 없는 여자 아니에요."

어차피 성공할 수밖에 없는 투자였지만, 우진은 일부러 불확실성에 대한 언급을 덧붙였다. 너무 확실하다는 듯이 계속 이야기하면, 약장수 같은 이미지가 생길 수도 있었으니 말이다.

"그런데 대표님, 다시 들어가 보셔야 하는 것 아니에요?"

"아, 아닙니다. 저도 마침 외부 일정이 생겨서… 가봐야 할 곳이 있거든요."

"오, 그래요?"

두 사람은 대화를 나누는 사이, 어느새 주차장에 주차되어 있는 임수하의 차 앞에 다가섰다. 그녀의 차는 아담하고 귀여운 디자인의, 독일제 소형 SUV였다.

"좋은 차 타시네요."

"대표님 차는요?"

"아, 저는 아직 차 없습니다."

우진의 대답에, 수하는 묘한 표정이 되었다.

"그래요? 의외네?"

"왜요?"

"대표님이시니, 당연히 차는 좋은 차 타실 줄 알았죠."

"하하, 조만간 살 생각은 있는데, 아직 시간적 여유가 없었네요."

우진은 있는 그대로 말했다. 어차피 이제 괜찮은 차 한 대 정도는 조만간 법인 리스로 뽑을 생각이었으니 말이다. 운전석에 오른 수하는 시동을 걸며 우진을 향해 물었다.

"다음 일정은 어디신데요?"

수하의 물음에, 우진은 별생각 없이 대답하였다.

"불광동입니다."

"불광동이면… 녹번, 연신내. 그쪽?"

"오, 잘 아시네요."

하지만 다음 순간, 우진은 조금 당황할 수밖에 없었다.

"당연히 잘 알죠. 매일같이 지나다니는 길인데."

"예…?"

"자, 타세요. 가는 길에 태워드릴 테니까."

이렇게 배우님의 차까지 얻어 타게 될 줄은 생각조차 못 했으니 말이었다.

— * —

불광동 인근이 매일같이 지나다니는 길이라는 임수하의 말은 정말 거짓이 아니었다.

"배우님은 어디 가시는데요?"

"일산 KBC요."

"아, 그래서…."

"요즘 일정이 그쪽으로 많이 잡혀서, 주 3회 정돈 왔다 갔다 하거든요."

KBC의 일산 사옥은, 고양시 덕양구에 있는, 삼송동에 자리 잡고 있다. 그리고 서울에서 그쪽으로 이동하기 위해서는, 필연적으로 '통일로'를 지나야만 한다. 광화문 인근에서부터 서북쪽으로 쭉 뻗어 나가 판문점까지 이어지는 기다란 국도. 이 통일로는 3호선 라인을 따라 서울 외곽을 지나는 도로였고, 때문에 정확히 불광역을 지나는 도로이기도 했다. 해서 우진의 마음속에 남아있던 약간의 의문은, 곧바로 해소될 수밖에 없었다.

'어쩐지. 진짜 태워줄 만한 위치라서 태워주는 거였네.'

잠깐이나마 자신에게 호감이 있는 건 아닌가 생각했던 우진은 피식 웃으며 고개를 절레절레 저었다. 회귀 이후 나이에 대한 감각이 무뎌져서 잊고 있었지만. 임수하와 우진의 나이 차이는 거의 열 살이었다.

"매번 통일로를 지나다니시는 거예요?"

"거의 그렇죠?"

"거기 출퇴근 시간에 진짜 지옥인데….."

"맞아요. 그래서 웬만하면 그 시간대는, 어떻게든 피하려고 하죠."

수하는 웃으며 말을 이었다.

"하지만 오늘은 그 정도까진 안 밀릴 거예요."

"그거, 희망 사항이죠?"

"하, 하하….."

내비게이션 위에 빨갛게 물들어있는 통일로를 보며, 수하는 멋쩍은 웃음을 지었다. 불광까지 도착하는 데 걸리는 시간이, 무려 한 시간 20분으로 찍혀있었으니 말이다.

"그래도 지하철로 가는 것보단 빠른 것 같네요."

"그것 참, 다행이군요."

조수석에 앉은 우진은 느긋한 표정이었다. 어차피 오전 일정이 생각보다 일찍 끝나는 바람에, 아직도 약속 시간까지는 충분히 많은 시간이 남아있었으니까. 해서 뜻밖에 오랜 시간 같이 이동하게 된 두 사람은, 제법 많은 이야기들을 나눌 수 있었다.

"대표님은 그럼, 천웅건설이랑 연계된 시공사를 운영하시는 거네요?"

"네, 뭐 비슷합니다. 그렇게 생각하시면 될 것 같아요."

"와, 어린 나이에 정말 대단하시네요."

"제 나이, 말씀드린 적 있나요?"

"아뇨. 그래도 뭐, 대충 짐작으로 알 수 있죠."

"몇 살 같은데요?"

"대충 스물여덟쯤 되셨겠죠, 뭐."

“….”

내 말이 맞지 않냐는 듯, 확신에 찬 어조로 이야기하는 수하. 우진은 속으로 적잖은 충격을 받았지만, 그녀의 짐작을 따로 정정해주지는 않았다.

‘내가 그렇게 노안인가….’

어차피 그 정도의 나이로 생각하는 게, 여러모로 이야기하기 편할 테니 말이었다. 그리고 수하가 우진의 나이를 20대 후반 정도로 짐작한 것은, 사실 그의 외모 때문이 아니었다. 우진이 가진 지식과 업체 대표라는 직책, 거기에 요상하게 아재 같은 말투까지. 그런 것들이 무의식 속에 조합되면서, 스물여덟이라는 나이가 만들어진 것이었으니까. 오히려 우진의 외모는 그의 이미지를 20대로 유지시켜주는 데 큰 기여를 한 요소라고 할 수 있었다. 하지만 그런 사실과 별개로 충격을 받은 우진은 화제를 다른 방향으로 돌렸다.

“그나저나 배우님, 다음 작품은 정하셨어요?”

“아뇨. 아직 못 정했죠. 왜요? 추천해주고 싶으신 작품이라도 있으세요?”

“어….”

잠깐 움찔했던 우진이, 자연스레 다시 말을 이었다.

“제가 무슨 연예계 종사자도 아니고… 작품 추천을 어떻게 합니까? 하하.”

“모르시는 게 없기에, 이것도 대답해줄 줄 알았지.”

화제를 돌리기 위해 작품 이야기를 꺼냈던 우진은 겉으로는 웃고 있었지만, 속으로 가슴을 쓸어내려야 했다.

‘하마터면 말실수할 뻔했네.’

우진은 조만간 수하가 찍을 작품을 하나 알고 있었다. 2012년쯤 개봉하여 천만 관객을 동원하는 초대박 작품, 〈한남동 로맨스〉. 수하를 일약 스타로 만들어줄 작품을 하나 알고 있었기에, 무의식적으로 입 밖에 꺼낼 뻔했던 것이다.

'쓸데없이 곤란해질 뻔했어.'

만약 이 작품을 언급했다면, 우진은 후에 진짜 약장수를 넘어 점쟁이 취급을 받았을지도 몰랐다. 그녀가 인생에 처음으로 주연 제의를 받은 영화가, 이 〈한남동 로맨스〉였으니 말이다. 게다가 이 작품명은 아직 대중에게 알려지지도 않은 상태였다. 우진의 입에서 이 이름이 튀어나온다면, 아주 곤란한 상황이 될 수 있는 것이다. 앞으로도 말조심을 해야겠다고 생각한 우진은 작품 대신 다른 이야기를 떠올렸다.

'그래도 이 정도 이야기는 해줘도 되겠지.'

수하에 관한 몇 가지 기억을 떠올린 우진이, 그녀를 향해 다시 입을 열었다.

"그런데 배우님은 혹시, 예능 쪽으로는 생각 없으세요?"

"갑자기 예능은 왜요?"

의아한 표정으로 고개를 갸웃하는 그녀를 향해, 우진이 말을 이었다.

"그냥요. 요즘 배우 분들 예능 쪽으로도 많이 나오시잖아요."

"아하, 그건 그렇죠."

"기회 되면 한번 해보세요. 입담도 좋으시고… 임 배우님 예능에 나오면 재밌게 볼 수 있을 것 같아요."

"그래요?"

"팬심 비슷한 거라고 해두죠."

원래대로라면 수하는, 2012년쯤 〈한남동 로맨스〉가 빵 터진 뒤 본격적으로 예능에 데뷔한다. 특유의 거침없는 입담과 내숭 없는 모습으로, 범국민적인 사랑을 받기 시작하는 계기. 그때 수하가 출연했던 예능은 〈우리 집에 왜 왔니〉 시즌 2였는데, 우진은 그녀가 조금 일찍 예능에 데뷔했다면 어땠을까 생각해본 적이 있었다. 이를테면 올해 연말에 시작되는 〈우리 집에 왜 왔니〉 시즌 1에 말이다.

　'영화 출연과 순서가 바뀐다고 해서 있던 예능감이 사라지는 것도 아니고. 더 빨리 뜰 수 있을 테니, 배우님 입장에서도 나쁠 게 없겠지. 〈우리 집에 왜 왔니〉는 시즌 1부터 대박이 터질 예능이기도 하니까.'

　사심도 조금 있었다. 연말쯤 되면 우진은 WJ 스튜디오를 훨씬 더 크게 키워놓을 자신이 있었고, 만약 그 시점에 임수하가 〈우리 집에 왜 왔니〉에 출연이라도 한다면, 콩고물을 꽤나 크게 받아먹을 수 있을 테니 말이다. 〈우리 집에 왜 왔니〉는 우진의 사업과도 밀접한 관련이 있는 예능이었으까. 그래서 우진은 입이 근질거린 나머지, 저도 모르게 한마디를 던지고 말았다.

　"올해 안에 꼭 예능 하나 해보세요, 배우님."

　"어머, 갑자기 왜 이리 적극적이래. 누가 보면 제 매니전 줄 알겠네요."

　"그냥 감 같은 겁니다. 그리고 제 촉이 좀, 좋은 편이거든요."

　결국 개인적인 사심 때문에, 점쟁이의 길을 선택한 우진이었다.

— ＊ —

　서울시 서북쪽. 광화문에서부터 이어진 통일로를 따라, 은평구의 초입에 있는 '녹번동'을 지나면 우측으로 멋들어지게 솟아오른 북한산의 봉우리와 함께, 오르막을 따라 불광동의 모습이 드러난다. 2010년에 불광동은 평범한 서울 외곽의 주거지역이었다. 아파트보다는 빌라가 많이 들어서 있고 대로변을 따라 늘어선 상업지역에도, 대부분 5층 정도의 낮은 건물들이 늘어서 있는 동네. 하지만 평범한 도시의 모습과 달리, 불광동의 배후에 있는 북한산은 장엄한 경관을 연출한다. 해서 버스를 타고 불광동까지 도착한 소연은 예상치 못했던 멋진 풍경에 감탄하는 중이었다.

"와, 강북 도심에도 이렇게 공기 좋은 곳이 있었네."

끼이익-!

버스가 멈추고 독바위역 인근에 내린 소연은 약속장소인 1번 출구를 찾기 위해 고개를 두리번거렸다. 다행히 독바위역은 출구가 하나뿐이었기 때문에, 장소를 헷갈릴 일은 없었다. 시계를 확인한 소연은 고개를 절레절레 저으며 작게 한숨을 쉬었다.

"역시 너무 일찍 출발했나? 아직 20분이나 더 남았잖아?"

출구 앞을 둘러본 소연은, 우진과 제이든이 보이지 않자 팔을 들어 크게 기지개를 켰다. 그런데 바로 그 순간.

"어…?"

출구 바로 옆에 있는 카페 건물에서 한 커플이 커피를 들고 나왔고 그것을 본 소연의 두 눈은, 화등잔만 하게 확대되었다.

'뭐야? 저거 서우진이잖아?!'

소연은 반사적으로 옆에 있던 나무 뒤에, 슬쩍 몸을 숨겼다. 왜인지는 모르겠지만, 갑자기 심장이 두근거리기 시작하였다.

'서우진! 우진 오빠 맞네. 그런데 저 여자는 대체 누구지?'

소연이 알기로 우진에게는 여자친구가 없었다. 분명히 없는 것으로 알고 있었다.

그런데….

'뭐야, 거짓말을 했던 거였어? 아냐. 그건 아닐 거야. 손을 잡고 있거나, 바짝 붙어 있다거나… 그렇지는 않잖아? 그럼 혹시, 소개팅인가?'

우진의 옆에서 제법 다정해 보이는 늘씬한 여자는(사실 그냥 옆에 서 있을 뿐이었다), 대충 봐도 압도적인 비주얼까지 가지고 있었다. 호기심, 당혹스러움. 그리고 왜인지 모를 질투. 여러 가지 감정이 섞인 소연은 우진의 앞에 나타날 타이밍을 놓쳐서인지 계속 둘을 지켜보기 시작했다.

'와… 대박! 서우진 배신자! 아니, 저렇게 예쁜 여자는 또 어디서 소개받았대?'

소연이 지켜보기 시작한 뒤에도, 우진과 그 의문의 여자는 커피숍 앞 벤치에 앉아 삼사 분 정도 더 이야기를 나눴다. 그런데 그 모습을 가만히 지켜보던 소연은 뭔가 위화감이 느껴지는 것을 깨달을 수 있었다.

'근데 저 여자… 어디서 본 것 같기도 한 얼굴이지 왜?'

우진과 함께 잠시 커피를 홀짝이던 여자는 곧 환하게 웃으며 인사한 뒤 커피숍 앞에 서 있던 차의 운전석에 올라탔다. 그리고 그 차의 후방에 붙어 있는 엠블럼까지 확인한 소연은, 무의식중에 부들부들 떨었다.

'시, 심지어 부잣집 딸내미였어! 세상, 왜 이렇게 불공평한 거야?'

기분 좋게 버스를 타고 왔던 소연의 얼굴에 먹구름이 끼었다. 왠지 모르게 우울해진 그녀는 휙 뒤돌아 나무 옆에 있던 벤치에 털썩

주저앉았다.

"그래, 뭐… 서우진이라고 연애하지 말라는 법은 없지…."

괜히 바닥에 있던 돌멩이를 발로 찬 뒤, 투덜거리며 휴대폰을 여는 한소연. 그런데 잠시 후 그런 소연의 어깨를 누군가 툭툭 건드렸다.

"너, 여기서 뭐하고 있냐?"

— * —

우진이 임수하와 커피숍에서 나온 이유는 지극히 평범하고 단순한 것이었다.

"저기 커피숍 하나 있네요."

"으, 아무래도 졸려서 안 되겠어요. 시간도 좀 있으니, 아메리카노라도 한 잔 사서 가야겠네요."

독바위역에 우진을 내려준 임수하는 그저 졸음운전을 피하기 위해 커피숍에 들어갔던 것뿐이고 졸음을 쫓기 위해 그 앞에서 잠시 우진과 얘기를 나눈 것뿐이었다. 게다가 두 사람의 대화 내용은 심지어 이런 것이었다.

"이런 서울 외곽에도 이제 신축 아파트들이 들어오네요."

"아, '북한산 The Village' 말씀하시는 거죠?"

"네, 저기 짓고 있는 저거."

"대충 보니 2달 정도면 완공되겠네요."

"와, 그런 걸 그냥 보면 알아요?"

"별것 아닙니다. 현장 조금 다니다 보면, 어렵지 않게 알 수 있는 사실이니까요."

직업병 말기환자인 우진이 커피 마시며 보이는 아파트를 놓고, 이러쿵저러쿵 떠드는 것이 대화의 전부였던 것.

"아마 여기 짓고 있는 단지가, 북한산 The Village 3차일 거예요."

"이 근방 아파트들 브랜드가 전부 다 The Village인데, 업계에서는 북한산 시리즈라고…."

다행히 우진의 입에서 나오는 쓸데없이 많은 정보들을, 임수하는 제법 재밌게 듣고 있었지만 말이다.

"그럼, 조심히 들어가세요, 배우님. 태워주셔서 감사합니다."

"별말씀을. 저도 오늘 고마웠어요."

이렇게 달달함이라고는 하나도 느껴지지 않는 상황을, 소연은 어떻게 소개팅의 현장이라고 짐작했는지 알 수 없었지만. 어쨌든 그 덕에 소연은 심기가 불편했고, 우진은 영문을 모를 뿐이었다.

"너, 오늘 어디 아프냐?"

"몰라. 아니, 안 아파."

"그런데 왜 그래?"

"내가 뭘?"

"내가 약속 시간에 늦었나? 흠… 그건 아닌데…."

"나, 아무렇지도 않다니까?"

"흐음, 그렇게 잔뜩 인상 쓰면서 아무렇지도 않다고 하면…."

"혼자 있고 싶으니까, 저쪽으로 가줄래?"

오늘따라 까칠한 소연의 기분을 풀어주기 위해 이런저런 노력을 해보는 우진과 지금 자신의 기분이 왜 이런지도 제대로 인지 못 한 채, 우진에게 뭐라고 할 수도 없는 상황에 우울한 소연. 이런 미묘한 분위기 속에서 소연은, 결국 참지 못하고 우진에게 물어보고 말았다.

"그나저나 오빠, 그 여자는 누구였어?"

"여자? 그게 무슨 말이야."

소연은 짐짓 태연한 표정을 지으며, 별 관심 없는 척 물어보았다.

"생각해보니 아까 오빠 누구랑 얘기하고 있던 것 같아서, 갑자기 궁금해졌거든."

그제야 소연이 누구를 말하는지 깨달은 우진이, 어깨를 으쓱하며 대답하였다.

"아, 그분?"

"그분…?"

"연예인이야."

"뭐…?"

"임수하 배우님이라고, 혹시 알아?"

"아…!"

임수하라는 이름을 듣자마자, 소연은 조금 전에 느껴졌던 위화감의 정체를 알 수 있었다. 그녀는 소연 또한 들어본 적이 있는 배우였고, 그래서 왠지 모르게 낯이 익었던 것이다.

"이번에 일하면서 어쩌다가 알게 됐거든. 방송국 가시는 길에 태워주셨어."

"…."

우진으로부터 생각지도 못했던 이야기를 들은 소연은, 잠시 얼굴이 화끈거리는 것을 느꼈다. 우진의 태도나 제스처를 통해, 그녀와 정말 아무런 관계가 아니라는 것을 깨달았으니 말이다.

'뭐야, 나 왜 이러지?'

하지만 소연은 부끄러움과 별개로, 기분 자체는 훨씬 더 나아지는 것을 느끼고 있었다. 뭔가 찝찝하고 답답했던 기분이, 진실을 알게 된 순간 확 풀어졌으니 말이다.

'에이 씨, 그럼 그렇지. 눈치라고는 쥐뿔도 없는 서우진한테, 여자가 있을 리 없잖아…?'

소연은 시선을 돌려, 남은 커피를 홀짝이고 있는 우진을 슬쩍 훔쳐보았다. 그리고 충동적으로, 우진의 팔뚝을 잡아끌었다. 아니, 그러려고 했었다.

"헤이, 친구들. 들어봐. 난 정말 한 시간 전에 집에서 출발했다고."

약속 시간에서 10분 정도 늦게 도착한, 제이든의 시끄러운 목소리만 아니었다면 말이다.

'아오, 저 도움 안 되는 영국 놈이 진짜.'

티 나지 않게 제이든을 흘겨 본 소연은, 슬쩍 우진의 옆으로 가깝게 붙어 섰다. 조금 전까지만 해도 더없이 우울했던 기분은, 어느새 오간 데 없이 사라진 소연이었다.

— * —

"헤이, 친구들. 들어봐. 난 정말 한 시간 전에 집에서 출발했다고."

"그런데?"

"차가 이렇게 막힐 줄은 몰랐어. 통일로? 거기 완전히 지옥이야. Hell이라고."

우진은 제이든의 말이 거짓이 아니라는 걸 잘 안다. 그 또한 임수하의 차를 타고 통일로를 지나왔으며, 그 지옥 같은 정체구간을 경험했으니 말이다. 하지만 그것과 별개로, 왠지 제이든을 놀려주고 싶었다.

"게으른 데다 비겁한 제이든. 거짓말까지 서슴지 않다니."

"Oh, Shit! 거짓말이라니. 그렇지 않아. 제이든은 정직하다고."

"어제 또 밤늦게까지 게임을 한 거지? 석구한테 다 들었어."

"젠장, 이게 다 석현 때문이야."

"왜?"

"한 판만 이길 때까지 하려고 했는데, 결국 한 판도 못 이겼어."

"…?"

"석현이 못해서 우리 팀이 자꾸 졌다고."

"그 말, 석구한테 전해도 돼?"

"제길, 지하철이나 탈걸. 차는 괜히 가져왔어."

그러나 우진은 제이든을 그리 오래 놀릴 수 없었다. 어느새 다가온 소연이, 궁금한 표정으로 제이든을 향해 물어봤으니 말이다.

"그런데 차는 무슨 차? 너, 차도 있었어?"

"내 건 아냐. 아빠 차지."

우진 또한 호기심 어린 표정으로 물었다.

"차는 어디에 댔는데?"

"골목 안쪽에 자리 있어서 대고 왔어."

"아버지 차면… 좋은 차 아냐? 그렇게 막 대도 돼?"

"별로 좋은 차 아냐. 아빠가 한국에 버리고 간 차거든."

"…."

우진은 제이든의 아버지가 버리고 갔다는 그 차가 뭔지 잠깐 궁금했지만, 굳이 물어보고 싶은 수준은 아니었다. 그리고 무엇보다도, 더 이상 답사를 지체해서는 안 됐다. 오늘 계획한 일정을 전부 소화하려면, 이제부턴 바삐 움직여야 했으니 말이다.

"뭐, 어쨌든 이제 전부 모였으니, 답사나 빨리 시작하자. 벌써 두 시가 넘었어."

말을 마친 우진이 앞장서 걷기 시작하자, 제이든과 소연 또한 고개를 끄덕이며 그의 뒤를 따랐다. 그리고 그들 일행은, 금세 목적지에 도달할 수 있었다. 세운 요양병원은 제법 가파른 오르막길을 따라 5분 정도 걸어 올라가면 보이는 위치에 있었으니 말이다.

"와, 이거 공모전에 주어진 부지보다 두 배도 넘게 크겠는데?"

가장 먼저 건물을 발견한 소연이 작게 감탄하며 입을 열었다. 세운 요양병원의 규모는, 지도에서 봤던 것보다 훨씬 더 크게 느껴졌으니 말이다. 우진 또한 소연의 말에 동의했기에, 고개를 끄덕이며 대답하였다.

"아마 그럴 거야. 하지만 병원 부지를 제외하고 보면, 그럭저럭 비슷하기도 해."

"아하."

요양병원의 앞에 도착한 우진은 그 안으로 들어가는 대신 측면의 골목길로 걸어 올라갔다. 그 길은 또다시 언덕길이었고, 이미 숨이 차기 시작한 제이든이 황급히 우진을 불러 세웠다.

"멍청한 우진! 입구는 이쪽이라고!"

"나도 알아."

"그런데 왜 거기로 가?"

"한눈에 내려다보고 싶어서."

"제발…! 꼭 퍼킹 언덕으로 올라가야겠어?"

제이든이 끊임없이 구시렁거렸지만, 우진은 말없이 길을 따라 걸을 뿐이었다. 산비탈에 지어진 건물의 특성상 건물 전체를 내려다볼 수 있는 고지대가 분명히 존재할 것이었고, 내부 답사를 하기에 앞서 우진은 주변 환경과 더불어 건축물 전체의 전경을 한번 보고 싶었던 것이다.

'요양원의 특성상, 건물 안에서부터 북한산 둘레길로 이어지는 산책로를 분명히 만들어 뒀을 거야.'

안락하게 조성된 산책로는, 노쇠한 환자들의 요양에 필수적인 요소 중 하나이다. 하물며 이렇게 공기 좋은 산자락에 인접한 요양병원이라면. 산길을 따라 조성할 수 있는 친환경적 산책로를, 만들지 않았을 리가 없다고 생각하였다. 그리고 우진의 예상대로, 잘 정돈된 산책로가, 곧 모습을 드러내었다.

"역시."

건물의 뒤편에서부터 이어져 나와, 사실상 등산로의 형태로 북한산까지 연결된 산책로. 그것을 발견한 우진은 망설임 없이 그 길을 따라 걸음을 옮겼다. 하여 그렇게 십여 분 정도를 더 걸었을 즈음 우진은 원했던 수준의 만족스런 전망이 확보되는 고지대를 찾아낼 수 있었다.

"자, 둘 다 그만 헥헥거리고, 이쪽으로 와보라고."

꽤나 높은 지대에서 내려다보는 요양원의 풍경은, 고즈넉하고 평온한 느낌이었다. 그런데 이 요양원의 건축구조에서, 우진은 특이점을 하나 발견할 수 있었다.

'잠깐. 저기 부지 안에서도, 제법 크게 단차가 존재하잖아?'

노쇠한 환자들이 기거하는 요양원에서, 가파른 언덕이나 계단은 치명적인 요소이다. 병원으로 환자를 이송할 때는 물론, 휠체어가 돌아다니거나 기력 없는 노인들이 이동할 때도. 생각보다 큰 장애물이 될 수 있었으니 말이다. 그런데 이 요양원의 부지 안에는, 분명 건물 한 층 높이 이상의 높은 단차가 존재하고 있었고 심지어 그것을 제법 현명한 건축설계로 극복하고 있었다. 계단이나 언덕 없이 아주 자연스럽게, 건축물의 구조만으로 가파른 대지의 높이 차이를 극복해낸 것이다. 제이든도 우진과 비슷한 생각을 한 것인지, 요양원을 내려다보며 문득 입을 열었다.

— * —

K대 공간디자인과의 3학년이자 학회장인 심기태는, 최근 기의 학교에서 사는 중이었다. 학회장으로서 해야 하는 학과 일에, 빡세기로 유명한 3학년 1학기 기말고사에 더불어 SPDC 공모전 준비까지, 동시에 진행하고 있었으니까. 하지만 몸이 힘들고 고달플지언정, 그는 항상 자신감과 여유가 넘쳤다. 학교에 입학한 이후 4학기 동안 단 한 번도 학점이 평점 4.2 밑으로 내려가 본 적이 없었으며 2학년 때부터 이미 공모전이란 공모전은, 싹 다 휩쓸며 학교를 다녀온 그였으니 말이다.

'이제 기말과제는 얼추 다 끝나가니⋯ 공모전에만 집중하면 되겠어.'

하지만 공모전 수상경력이 그렇게나 많은 김기태에게도, SPDC는 무척이나 중요한 공모전이었다. 어중간한 공모전 수십 곳에서 상을 받는 것보다, SPDC에서 제대로 된 상 하나를 받는 것이 훨씬 더 값어치 있는 수준이었으니 말이다. 그는 2학년 때도 이 공모전에 출품했지만, 겨우 '입선'을 받은 것이 전부였다.

'작년에는 SPDC를 내가 너무 우습게 봤었지. 하지만 올해는 분명 다를 거야.'

김기태는 이번 공모전을 정말 칼을 갈며 준비하였다. 콘셉트 디자인부터 수없이 교수님께 컨펌받으며 갈고닦았고, 그렇게 해서 나온 디자인은 아버지 회사의 도움을 받아 실시설계 수준의 도면으로 세분화해서 뽑아내었다. 대지에 대한 분석이나 건축법에 대한 부분도 마찬가지였다. 기태의 아버지는 업계 최상위 건설사인 명성건설의 상무이사였고 아버지의 말 한마디면 입지 분석부터 설계까지 싹 다 해줄 사람이, 회사에 널리고 널렸으니 말이다.

물론 모든 설계를 맡긴다는 이야기는 당연히 아니었다. 공간 자체는 기태가 직접 짠 것이 맞았으며, 기본적인 러프 설계안도 기태의 머릿속에서 나온 것이었으니까. 다만 개략적으로 그린 도면을 구체화시키고 시공 가능한 수준까지 퀄리티업을 하는 데 있어서, 아버지의 도움을 '조금' 받았을 뿐이었다.

'어차피 내 디자인인데, 뭐. 난 그냥 시간을 아낀 것뿐이야.'

건축모형도 명성건설의 하청업체 중 한 곳에 의뢰하였으니 조만간 완성되어 배송될 것이고 기태가 남은 시간 동안 해야 할 것은, 이제 그럴싸한 패널을 제작하는 것뿐이었다. 하지만 그렇다고 해서 여유 부릴 생각은 아니었다. 기태는 남은 시간을 최대한 쏟아부어서, 그가 디자인할 수 있는 최고의 패널을 만들 생각이었으니까.

'대상. 무조건 그걸 받아야 해. 다른 상은 필요 없어.'

이제껏 살면서 실패라는 걸 경험해본 적 없는 기태는, 이번에도 마찬가지일 것이라고 생각했다. 그가 볼 때 참가자격이 학부생으로 제한되는 SPDC 공모전의 특성상, 자신만큼 작품을 뽑아낼 수 있는 팀이 서울 어디에도 없을 것이라 생각되었으니 말이다. 단순한 비교 우위 정도가 아닐 것이다. 그는 이번 공모전에서, 압도적인 성적으로 대상을 거머쥐리라 생각했다.

'다음은… 없으니까.'

기태는 3학년을 마치고 나면, 스페인 건축대학으로 교환학생을 갈 예정이었다. 그래서 올해가 사실상 SPDC에 도전할 수 있는 마지막이었고, 그래서 더욱 집착할 수밖에 없었다.

'그래. 스페인으로 가기 전에, 서울에 내 이름 박힌 건축물 하나 정도는 남겨놓고 가야지. 그래야 서울에 미련이 남지 않을 거야.'

SPDC에서 기태가 대상을 받는다면, 그의 디자인은 무조건 채택되어 시공될 수밖에 없을 것이다. 보통 SPDC 대상 작품이 시공되지 못하는 이유는, 해당 설계에 입찰해주는 건설사가 하나도 나오지 않기 때문인데 명성건설을 등에 업고 있는 기태에겐, 그럴 일이 절대로 없었으니 말이다. 기분 좋은 상상을 한 기태는, 컴퓨터 앞에 앉아 더욱 작업에 박차를 가하기 시작하였다. 건축가 '김기태'의 이름으로 지어진 첫 번째 건축물이, 벌써 그의 눈앞에 아른거리는 것 같았다.

— * —

"저기, 단차 안쪽으로 쑥 들어가 있는 반지하 주차장 말이야. 우리도 어쩌면 써먹을 수 있지 않을까?"

제이든이 손가락으로 가리킨 곳을 향해 소연의 시선이 반사적으로 움직였다. 그리고 이미 제이든과 같은 곳을 보고 있던 우진이, 고개를 끄덕이며 대답하였다.

"맞아, 나도 저걸 보고 있었어."

뒤늦게 구조물을 발견한 소연도, 두 눈을 크게 뜨며 입을 열었다.

"우와, 주차장을 저런 식으로 설계할 수도 있네?"

세운 요양병원이 지어진 부지는, 지대가 낮아질수록 넓어지는 사다리꼴 형태의 땅이었다. 그리고 지금 세 사람이 주목하고 있는 부지 내의 단차는, 마치 분지(盆地)처럼 벌어진 디귿자 모양으로 푹 패여 있는 모양새였다. 만약 이 부지 위에 별생각 없이 건물을 설계했다면, 병원 동과 요양원 동을 오갈 때마다 한 층 정도의 높이를 오르락내리락 했어야 하는 것이다.

'그렇게 지어졌다면, 진짜 최악의 설계였겠지.'

물론 건물과 건물 사이에 브릿지를 놓는 방법도 있겠지만, 그것이 그리 영리한 해결책은 아니라고 할 수 있었다. 디자인적 요소로서 브릿지가 들어가는 것이라면 모르되 어쩔 수 없이 그런 구조물이 들어간다면, 그것은 디자인이라기보단 공간 낭비에 가까운 것이었으니 말이다. 그런데 이 세운 요양병원을 디자인한 건축가는, 무척이나 영리하게 이 문제를 해결하였다. 푹 패인 넓은 부분을 아예 지하주차장으로 만들면서, 그것으로 병원 동과 요양원 동의 단차를 깔끔하게 상쇄시켰으니 말이다.

'말 그대로 일석이조네. 단차도 없애고, 주차장 공사비도 아끼고.'

지하주차장의 면적은, 건축물의 용적률을 산정할 때 제외되는 부분이다. 지하주차장을 넓고 깊게 판다고 해서, 대지 위에 지을 수 있는 건물의 면적이 줄어들지 않는다는 얘기다. 하지만 그럼에도 불구하고 많은 건축주들이 지하주차장을 충분히 짓지 못하는 것은, 당연히 공사비 때문이었다.

지상 면적과 달리 주차, 혹은 창고 용도로밖에 쓸 수 없는 지하층에 공사비를 투자한다는 것 자체가, 건축주 입장에서는 결코 쉽지 않은 일이었으니까. 그런데 이 요양원 건물처럼 단차를 이용해 지상층 같은 지하주차장을 설계한다면 땅을 파내는 비용을 대폭 절감할 수 있기 때문에, 공사비를 크게 아낄 수 있다. 제이든은 단순히 창의적인 구조에 감탄한 것이었지만, 우진은 여기까지 생각하고 감탄한 것이었다.

'역시, 현장에 와야 보이는 게 있다니까.'

재밌는 설계구조를 발견한 우진은 기분 좋은 표정으로 꼼꼼히 요양원의 외관 구조를 살폈다. 하지만 이 단차를 활용한 반지하 주차장을 제외한다면, 요양병원 건물의 구조는 평이한 편이었다. 디자인적 아름다움보다는 현실적인 실용성에 초점을 맞춰 지어진 건축물이었기 때문에, 그 이상의 특이점은 찾을 수 없었던 것이다. 하여 슬슬 건축물 외관에 대한 관찰을 마무리한 우진은 이제 건물 내부의 답사를 위해 걸음을 돌려 움직였다. 하지만 우진은 곧, 고개를 갸웃할 수밖에 없었다.

'음…?'

우진이 건축물 외관에 대한 분석을 정리하는 동안 어느새 커다란 바위에 걸터앉은 제이든이, 요양병원의 전경을 옐로페이퍼 위에 스케치하고 있었으니 말이다.

'저걸 왜 하는 거지?'

슥슥-

스케치의 의도가 궁금했던 우진은 제이든에게 다가가 물어보았다.

"이건 왜 그리는 거야, 제이든?"

우진의 물음에, 제이든이 당연하다는 듯 자신 있게 대답하였다.

"그림으로 남겨 둬야 회의 때 보면서 얘기할 것 아냐."

하지만 그 말을 들은 우진은 더욱 어이없는 표정이 되어 다시 말했다.

"그런 용도면, 그냥 폰으로 사진 찍으면 되잖아."

"…?!"

"뭐 하러 그렇게 힘들게 그림을 다 그리고 있어?"

"그, 그러니까. 그게…!"

"제이든, 혹시 바보…?"

건수를 잡은 우진은 특유의 맹한 표정으로 버벅거리는 제이든을 맹비난할 준비가 되어 있었지만 이번에도 제이든을 구해준 것은 우진의 뒤에 있던 소연이었다.

"제이든의 스케치가 느낌 있잖아."

"음…?"

"공모전 출품할 때 A1사이즈 패널도 하나 만들어서 걸어야 되더라고."

"그래서?"

"제이든이 아이디어 스케치한 것들을 패널 한쪽에 모아서 예쁘게 꾸며두면, 프로세스 보여줄 때 좀 더 그럴싸해 보일 수 있을 거야. 물론 일러스트로 좀 예쁘게 다듬은 다음에, 포샵으로 리터칭도 해야겠지만 말이지."

소연의 말을 들은 제이든은, 마치 구세주라도 만난 표정으로 벌떡 자리에서 일어나며 입을 열었다.

"여, 역시 소연이 똑똑해. 우진은 이 제이든 님의 깊은 뜻을 바보같이 알아차리지 못했다고."

"이건 제이든의 뜻이 아니라 소연의 뜻인 것 같은데?"

"아냐. 그건 오해야. 결코 그렇지 않아, 우진."

우진은 웃으며 제이든을 놀리고 있었지만, 그와 별개로 소연의 이야기에 조금 놀란 상태였다. 우진이 미처 생각지 못하고 있던 부분을, 소연이 캐치한 것이었으니 말이다.

'그러고 보니… 패널을 어떻게 꾸밀지도 미리 생각해둬야 하네?'

SPDC 공모전에 출품해야 하는 작품은, 크게 두 가지로 구성된다. 하나는 디자인의 콘셉트부터 시작해서 프로세스, 설계도, 투시도 등이 담겨있는 A1사이즈의 2D판넬. 다른 하나는 설계도를 바탕으로 제작된, 가로 세로 높이 70cm 이내 크기의 건축모형. 건축모형이야 당연히 걱정할 일이 없는 부분이다. 지금 이 순간에도 실사 수준의 퀄리티로 모형을 뽑아내고 있는 WJ 스튜디오의 작업실이, 다른 누구도 아닌 우진의 소유였으니 말이다.

하지만 패널은 달랐다. 공모전에 출품되는 패널이란, 이 설계와 디자인이 어떻게 나온 것인지, 심사위원들이 볼 수 있도록 시각화해주는 역할을 하는 것이었고 이 부분에 있어서는 우진이라 해도, 딱히 다른 신입생들보다 뛰어난 수준의 실력을 가지고 있지 않았으니 말이다.

물론 건축모형만으로도 다른 출품작들을 압도해버릴 자신은 있었다. 하지만 건축모형의 디자인이 아름답고 설계가 아무리 잘 뽑혔다고 한들 그것을 설명하는 역할인 패널의 디자인이 그럴싸하게 나오지 않는다면, 작업물의 퀄리티가 반감되어 보이는 것은 필연적인 수순이었다. 적어도 이 패널 디자인에서 감점 요소를 받는 일은 피해야 했기 때문에 그것을 간과하고 있던 우진은 머리를 망치로 한 대 맞은 기분이었다.

'디자인이라는 게 알맹이도 당연히 중요하지만… 그걸 감싸는 포장지도 무시할 수 없는 역할이니까.'

솔직히 지금 제이든이 그린 요양병원의 스케치는, 디자인과 설계를 하는 데 별로 도움 되는 그림은 아니다. 그냥 이미 지어진 요양병원의 구조와 외형을 그대로 보면서 그린 것뿐이었으니, 새로운 디자인에 도움 될 리 없는 것이다. 하지만 그것과 별개로 패널을 더 풍성하게 만드는 데에는 도움을 줄 수 있다. 디자인 초기 단계에서 나온 스케치들이 많으면 많을수록, 심사위원의 입장에서는 더 깊은 고민의 흔적을 느낄 수밖에 없을 테니까.

'알맹이 없이 그럴싸하게 포장지만 바른 디자인은 최악이지만… 알맹이만 덩그러니 보여주는 것도, 그것 나름대로 성의 없어 보이겠지.'

하여 제이든이 스케치를 전부 끝낼 때까지 잠시 기다리던 우진과 소연은, 잠시 후 우쭐거리는 제이든을 대동하여 올라왔던 언덕길을 다시 걸어 내려갔다.

"아까 보니까, 요양원 안으로 이어지는 길이 있던데. 거기로 가는 거지?"

"맞아."

하지만 순조롭게 진행되던 세 사람의 현장답사는, 곧 생각지도 못했던 난관에 봉착할 수밖에 없었다. 내부답사를 위해 건물 안쪽으로 들어가려던 우진의 일행을, 요양원의 보안팀에서 막아섰으니 말이었다.

"죄송합니다. 보호자로 등록되신 분들이 아니라면, 8월까지 출입을 통제하고 있습니다."

"저… 빠르게 한 번 돌아보고 나오는 것도 안 될까요?"

"병원장님 방침이라, 어쩔 수가 없습니다. 최근에 A형 독감이 심하게 유행하고 있어서… 면역력 약하신 어르신들께는 치명적일 수가 있거든요."

출입을 통제하는 이유 또한 너무 당연하고 명확한 것이었으니, 우진 일행의 입장에서는 들여보내 달라고 떼를 쓸 수도 없는 상황.

"음… 어떡하지?"

하여 어쩔 수 없이 걸음을 돌려 요양원 밖으로 나온 우진은 잠깐 고민에 빠질 수밖에 없었다. A형 독감이 유행하는 것이 불광동에 한정된 것은 아닐 것이었고, 그렇다면 답사를 위해 다른 요양원에 가더라도 별로 다르지 않은 상황일 것 같았으니 말이다.

그런데 우진이 그렇게 고민하고 있던 그때.

"저… 오빠."

"응?"

옆에서 뭔가 우물쭈물하고 있던 소연이, 우진을 향해 다시 입을 열기 시작하였다.

소연의 이야기

　지금껏 학교생활을 하면서, 소연은 단 한 번도 동기들에게 가족에 대한 이야기를 한 적이 없었다. 부모님은 물론, 둘이나 되는 그녀의 동생들에 대한 이야기까지도 말이다. 그렇다고 해서 가정사를 꼭 숨겨야만 하는 어떤 이유가 있냐면, 그런 것은 아니었다. 다만 그녀는 자신의 가정사로 인해 상처를 많이 받으며 자라왔고, 때문에 가족에 대한 이야기 자체를 누구에게도 하고 싶지 않았던 것뿐이었다. 그녀가 항상 밝은 모습을 유지하려 노력하고, 웃는 얼굴을 보이려 애쓰는 것도 어쩌면 우울함이 남아있는 자신의 내면을, 들키고 싶지 않아서였을지도 모른다. 물론 세월이 흘렀고, 이젠 그 상처들이 제법 아물어가는 상황이었지만 말이다.

　'오늘따라 엄마가… 보고 싶네.'

　소연의 어머니는 그녀가 어린 시절, 암 투병을 이겨내지 못하고 돌아가셨다. 당시 10대 초반이었던 소연에게는, 이겨내기 힘들 정도로 아픈 시련. 그렇다고 기댈 수 있는 아버지가 계신 것도 아니었다. 소연은 아버지의 얼굴을 아예 기억조차 하지 못하였다. 그녀의 아버지는 그녀가 더 어렸던 시절, 어머니와 이혼하고 해외로 나가셨으니까. 그래서 그녀에게 의지할 수 있는 가족이라고는, 그녀를 어릴 적부터 키워주신 외할머니 한 분이 전부였다.

[어린 것이, 불쌍해서 어쩔꼬….]

[흑… 흐아아아앙…!]

그나마 다행인 것은. 얼굴도 모르는 그녀의 아버지가 꽤나 부유했다는 사실. 어머니는 이혼하실 때 아버지께 꽤나 많은 위자료를 받으셨고 지금까지도 소연은, 양육비 명목으로 꼬박꼬박 평범한 직장인 월급 정도를 받을 수 있었다. 물론 그것이 소녀 가장인 소연에게 넉넉할 정도의 금액은 아니었지만 그래도 그 돈이 아니었다면, 소연이 이렇게 대학에 다닐 수는 없었을 것이다. 지금 살고 있는 이 집도, 아버지의 위자료가 아니었다면 구할 수 없었을 테고 말이다.

끼이익-

오늘도 바쁜 일정을 마치고 돌아온 소연은, 조용히 문을 열고 집에 들어섰다. 지금 시간이면 아마 집에 들어온 동생이, 방문을 닫아놓고 공부를 하고 있을 것이었다. 그녀의 첫 번째 동생은, 두 살 터울의, 고등학교 3학년 여학생이었다.

"가연아, 저녁은 먹었니?"

"먹었어."

"그래, 공부 열심히 하고."

"언니가 말 안 해도, 열심히 하고 있어."

예민한 고3인 가연은, 퉁명스럽긴 해도 착한 동생이었다. 반에서도 거의 1등을 놓치지 않을 정도로, 똑똑한 동생이기도 했고 말이다. 물론 이제 중학교 3학년인 셋째 아연만큼, 귀여운 맛은 없었지만 말이다.

"가연 언니 오늘 예민해. 그 좋아하는 치킨도 안 먹고 남겨놨어."

"치킨? 치킨이 어디서 났어, 아연아?"

"할머니가 사주셨어. 하굣길에 할머니 보고 왔거든. 헤헤."

셋째 아연의 성향은, 가연과 완전히 반대였다. 매사에 살갑고 애교가 많았으며, 큰언니인 소연을 잘 따르고 무척이나 긍정적인 아이. 한 가지 단점이 있다면, 공부와는 완전히 담을 쌓았다는 정도였다.

"그런데 아연이 너도, 이제 기말고사 기간 아니야?"

TV 앞에 앉아 아이스크림을 핥아먹던 아연이, 천연덕스런 표정으로 얘기했다.

"맞아, 내일부터 시작이야."

"근데, 공부 안 해?"

"공부 다 했어."

"…?"

"내 목표는 어차피 반 30등이거든."

"너네 반, 서른다섯 명 아냐?"

"정확해."

"으음…."

"하지만 어쩌면 25등을 할 수 있을지도 몰라, 언니. 어쩌다 보니 공부를 좀 많이 한 것도 같거든."

"그, 그래…."

소연은 배시시 웃는 막내 동생의 머리를 쓰다듬어준 뒤, 가방을 풀고 외투를 벗어 걸었다. 공부에 조금 소홀하기는 해도, 그녀는 아연을 별로 걱정하지 않았다.

'커서 뭘 해도 자기 앞가림은 할 녀석이니까.'

아연은 아주 어린 시절부터 아무리 힘들고 어려웠던 상황 속에서도, 항상 사랑받을 줄 아는 아이였으니 말이다. 아연에게는 주변 사람들을 행복하게 해주는 재능이 있었고. 소연은 그것이, 그 어떤 재능보다도 가치 있는 것이라 생각하였다.

툭-

가방과 함께 등에 메고 있던 도면 통을 내려놓은 소연은, 침대에 벌러덩 드러누웠다. 그리 넓지 않은 침대에 대자로 뻗어 드러누운 소연. 빡빡한 하루로 인해 피곤했던 것인지, 소연의 두 눈이 스르르 감겼다. 작은 보조개가 파인 그녀의 입가에는, 옅은 미소가 가볍게 걸려 있었다.

— * —

소연에게는 사실, 며칠 전부터 고민이 하나 있었다.

'어떻게 해야 할까.'

소연의 고민은, 어찌 보면 별것 아닌 것이었다. 결과론적으로 이야기하자면, 공모전 팀플 장소에 대한 고민일 뿐이었으니까.

'확실히 할머니가 계신 요양원에 한번 다녀오면, 많은 아이디어를 얻을 수 있을 것 같기도 한데….'

소연과 그녀의 동생들을 길러주신 외할머니는, 퇴행성 질환으로 인해 몇 년 전부터 요양원에 계셨다. 때문에 팀플을 하며 자료조사를 할수록, 할머니께서 머물고 계시는 요양병원이 생각날 수밖에 없었다. 소연과 그녀의 팀원들이 생각하는 이번 공모전의 가장 중요한 포인트가 바로 사용자의 경험이었고 그러한 측면에서 실제 요양원에 계시는 할머니의 말씀을 들어볼 수 있다면, 제법 큰 도움이 될 게 분명했으니 말이다. 실제로 운영 중인 요양원을 방문하는 것을 넘어, 그곳에 머물고 계신 할머니의 경험을 간접적으로 들어 보는 것은 좀 더 UX 차원에서 심도 있는 고민을 할 수 있게 해줄, 훌륭한 소스가 될 것이었다.

'그렇기는 하지만….'

하지만 소연은 선뜻 그 이야기를 꺼낼 수가 없었다. 할머니께서도 손녀가 친구들을 데려오면, 기뻐하실 게 분명했지만 이것은 그녀가 가지고 있는 일종의 강박관념 같은 것이었다. 정말 마음을 터놓고 모든 것을 공유할 수 있는 사람이 아니라면, 가족에 대한 이야기를 꺼내지 않아왔던 그녀의 원칙. 그것이 지난번 우진과 가정사에 대한 이야기를 하게 되었을 때도, 끝까지 자신의 이야기를 하지 않았던 이유였다. 부모님이 계시지 않다는 사실로 인해 어릴 적 받았던 수많은 상처들이, 아직까지 완전히 아물지 못한 탓이다.

'분명 할머니의 요양원에 간다 해도 별일은 없을 텐데….'

물론 우진과 제이든을 빼고 소연 혼자 할머니를 찾아가서, 요양원 생활에 대한 이야기를 듣고 기록해오는 것도 하나의 방법일 수 있다. 하지만 소연이 갈등하는 본질은, 더 깊숙한 곳에 있었다. 만약 이런 계기가 있음에도 우진에게 가족에 대한 이야기를 하지 못한다면 앞으로 우진뿐 아니라 그 누구에게도 다시 마음을 열기 힘들 것이라는 마음속 걱정. 때문에 소연은 쉽사리 고민에서 벗어나지 못했다. 바로 어제, 불광동 답사가 예정되어 있던 전날까지만해도 말이다.

'어쩌지… 내일 팀플이 끝나기 전까지는, 확실히 결정해야 하는데.'

하지만 오늘 소연에게는, 어쩌다 보니 너무도 확실한 계기가 다시 한번 생기고 말았다. 예정되어 있던 세운 요양병원 답사에서,

불가피한 이유로 병원 내부 답사를 하지 못하게 되어버렸으니 말이다. 그렇지 않아도 마음이 제법 기울었던 소연은, 결국 우진과 제이든에게 이야기할 수 있었다.

"저… 오빠."

"응?"

"답사 장소, 성동구 쪽으로 옮기는 건 어때?"

"성동구? 갑자기 성동구는 왜?"

"사실 우리 외할머니께서, 성동구에 있는 요양병원에서 치료를 받고 계시거든."

"…!"

소연은 간략하게나마, 우진에게 외할머니에 대한 이야기를 해주었다. 그리고 그 얘기를 들은 우진은 잠시 침묵했지만, 결국 고개를 끄덕이며 대답하였다.

"아무리 A형 독감이 유행한다 해도… 소연이는 확실한 보호자니까, 들어갈 수 있겠네."

"그렇지."

"게다가 할머니께 실제 요양원 생활에 대한 이야기들도 현실감 있게 들어볼 수 있을 테고."

소연이 빙긋 웃으며 고개를 끄덕였다.

"맞아. 오빠가 제일 중요하게 생각한다고 했던 게, 그거잖아."

해서 소연을 포함한 세 사람은, 그 길로 내려와 제이든의 차에 탔다. 제이든의 아버지가 한국에 버리고 갔다고 했던 차는, 무려 삼각별 로고가 박혀있는 독일제 중형 세단이었다. 제이든은 운전석에 앉자마자, 우쭐한 표정으로 자화자찬을 시작하였다. 오늘 아버지의 차를 끌고 나온, 자신의 선택이 나름 뿌듯했던 모양.

"역시 제이든은 훌륭해. 미래를 내다볼 줄 알지."

물론 그 말이 끝나자마자, 기다렸다는 듯 우진의 핀잔이 이어졌지만 말이다.

"운전이나 해, 헬보이. 면허는… 있는 거지?"

"후우, 우진은 제이든을 너무 무시하는 경향이 있어."

"그런데 제이든. 네 아버지가 버리고 가신 이 차 말이야, 혹시 나한테 싸게 넘길 생각은 없어?"

"그건 곤란해, 우진. 만약 그랬다간 최소 세 달 동안 용돈이 끊길 거야."

여느 때와 다름없는 두 사람의 만담을 뒷좌석에서 지켜보며, 소연은 피식피식 웃을 수밖에 없었다.

'무슨, 덤앤더머도 아니고….'

그리고, 그렇게 성수동의 요양병원으로 가 소연의 외할머니를 만난 세 사람은, 그곳에서 무척이나 값진 것을 얻을 수 있었다. 실제 요양원의 생활. 그곳의 경험을 가진 할머니의 값진 이야기들. 거기에는 실제로 이 생활을 해보지 못하면 알 수 없는 사실들이 밀도 있게 담겨있었고, 밤늦게 성수동 요양원에서 나온 우진은 머리가 맑아지는 기분이었다.

'그래. 요양원 디자인에서 고려해야 할 가장 중요한 게 뭔지… 이제 확실히 알겠어.'

그렇게 우진을 비롯한 세 사람의 실질적인 공모전 작업이, 본격적으로 시작되었다.

— * —

 스페인 최고의 건축 디자이너 중 하나로 꼽히는 인물인 브루노 산체스(Bruno Sanzchez)는, 지난 일 년 동안 서울에 머물고 있었다. 하지만 서울에 개인적인 연고가 있는 것은 아니었다. 그가 서울에 머무는 이유는, 단지 일 때문이었으니 말이다. 그는 일 년 전에 서울시에서 열었던 국제 건축 공모전에 자신이 디자인한 설계를 출품했었고, 그것이 당선되어 서울에서 일하게 된 것뿐이었으니까. 그리고 산체스는 서울에서 지내는 동안, 이 한국이라는 나라에 제법 호감이 생겼다. 서울은 그가 가봤던 세계 어떤 나라의 도시보다도 치안이 훌륭했으며, 대중교통부터 시작해서 많은 시스템들이 편리하게 자리 잡혀 있었으니 말이다.

 '난개발 때문에 아직까지 낙후된 지역들도 분명히 있기는 했지만… 그런 곳들까지 전부 다 정비되고 나면, 서울은 분명히 세계적인 도시로 발돋움할 거야.'

 하지만 바로 며칠 전, 브루노는 무척이나 곤란한 상황에 직면하게 되었다. 한국에 들어온 이후, 처음으로 불쾌한 일을 겪게 된 것이다. 그 발단은, 그가 속해있는 스페인 건축 디자인 협회에서부터 걸려온 한 통의 전화였다.

 [자네, 이번 서울시에서 주관하는 공공건축 공모전에, 심사위원으로 참관하게 됐다는 사실을 들었네.]

 "협회장님께서 그걸, 어떻게 아십니까?"

 [마티아스에게 들었지. 아니, 그전에… 자네가 모르는 사람으로부터 먼저 들었다는 얘기가 더 정확하겠군.]

 브루노는 자신이 속한 협회를 자랑스럽게 여겼지만, 현직 협회장인 '로드리고'는 무척이나 싫어했다. 그는 건축가라기보다 정치인에 가까운 인물이었으며, 자신의 이익을 위해서라면 도덕성은 딱히 고려하지 않는 사람이었으니 말이다. 그리고 이번에 걸려온 그의 전화도, 비슷한 맥락에서 브루노를 곤란하게 만들었다.

[아마 자네가 심사하게 될 작품 중에, K대학교 출신의 학생 '김기태'의 작품이 있을 거라네.]

"…"

[협회에서 중요하게 생각하는 서포터의 부탁이야. 자네의 한 표를, 그에게 행사해줬으면 해.]

"협회장님, 저 이런 일 싫어하는 거… 잘 아시지 않습니까."

[공익을 위해서 때론 약간의 불합리를 수용할 줄도 알아야 하지.]

"이게 어떻게 공익입니까. 이건…."

[끝까지 듣게, 브루노. 나도 그렇게까지 무리한 요구를 하는 사람은 아니야.]

"그게 무슨…?"

[그 '김기태'라는 학생의 작품이 자네가 객관적으로 봤을 때 턱없이 부족한 클래스라면, 내 요구를 거절해도 아무 말 않겠다는 말일세.]

"음…."

[하지만 비슷한 수준의 작품들이 마지막까지 올라온다면, 그의 손을 들어달라는 정도가 내 부탁이지.]

"협회장님."

[어때, 이 정도면 할 수 있지 않겠나? 아니, 이건 협회를 위해서라도 해야만 하는 일이라네.]

협회장은 이래저래 포장했지만, 결국 부탁을 가장한 협회장의 명령은 '청탁'의 성질을 가진 것이었고 브루노는 협회장의 전화를 신경질적으로 끊어야만 했다.

"더 하실 말씀 없으면, 끊습니다."

뚝–

협회장 로드리고의 영향력은 스페인 내에서 상당한 수준이었으며, 때문에 그의 눈 밖에 나는 순간 협회에서도 소외당할 게 분명했다. 하지만 그렇다고 해서 청탁 같은 것을 받기엔, 건축가로서 그의 자존심이 너무 고고했다.

"김기태라고 했나? 어지간하면 그 작품은, 뽑지 말아야겠어."

브루노의 불쾌한 감정은, 비단 로드리고에게만 향한 것이 아니었다. 협회장에게 들어간 그 청탁의 발원지는 분명히 이 한국일 것이었고, 때문에 기꺼운 마음으로 참여하려 했던 공모전 심사 자체가 불쾌하게 느껴지기 시작했으니 말이다. 오랜 경험상 이런 경우, 자신뿐 아니라 다른 심사위원들에게도 청탁이 들어갔을 것이었으며 아마 자신의 의지가 어떻든, 그 청탁을 받은 학생이 입상할 확률이 무척이나 높을 것이었다.

'이런 청탁을 하는 놈들은, 보통 비빌 언덕이 있을 때 머리를 들이밀지.'

브루노가 알기로 이번 서울시의 공모전 심사위원은, 자신을 제외한다면 전부 한국인 교수들로 구성되어 있었다. 그리고 스페인의 협회까지 움직이게 할 정도의 존재가 청탁의 배후라면 그들 중 절반 정도는 이미 매수당했을지도 모른다고 생각하였다.

"제길. 이럴 줄 알았으면, 심사위원 요청을 거절하는 건데…."

쓴웃음을 지은 브루노는, 신경질적으로 노트북을 덮으며 일어섰다.

'이런 청탁이나 나오는 공모전이라면, 그 수준을 안 봐도 뻔히 알겠어.'

브루노는 탁자 위에 놓여있던 진한 에스프레소를 그대로 입에 털어 넣었다. 이어서 작업실 밖으로, 터벅터벅 걸어 나갔다.

— * —

옅은 밤 그림자가 깔린 K대학교의 후문. 아직까지 가로등 없이 걸을 수 있는 초저녁 수준의 어둠이었지만, 시계는 벌써 여덟 시를 가리키고 있었다. 슬슬 6월이 끝나가면서, 해가 길어지고 있는 탓이었다.

"저, 떡볶이 5인분 주세요."

"떡볶이면 돼요?"

"음, 튀김도 한 3인분에 어묵탕도 2인분 정도. 아, 여기 치즈스틱도 맛있던데, 그것도 세 개 추가해주세요."

후문 골목에 있는 분식 맛집에서 떡볶이를 잔뜩 산 소연은, 기분 좋은 표정으로 흥얼거리며 걷고 있었다.

"으아. 떡볶이 냄새 진짜, 엄청나잖아…? 빨리 먹고 싶다."

소연의 손에 들려있는 떡볶이를 비롯한 분식들은, 절대 혼자 먹을 수 있는 수준의 양이 아니었다. 하지만 소연은 이것을 동생들을 주기 위해 산 것은 아니었다. 그녀는 오늘 오랜만에, 우진의 작업실을 방문할 예정이었으니까.

'그러고 보면 이 오빠 작업실은, 초기 오픈 때 이후로 한 번도 안 가봤네.'

우진의 작업실은 학교에서 가까웠지만, 소연이 방문할 일은 별로 없었다. 애초에 우진이 동기들을 작업실로 부르는 일 자체가 없었으며, 최근에는 우진조차 작업실에 잘 있지 않았으니 말이다. 그래서 궁금했던 소연은, 제이든에게 한번 작업실에 대해 물어본 적이 있었다.

그리고 제이든의 말에 의하면, 그곳은 'Hell'이라고 했다.

[우진의 작업실? 거긴 Hell이야.]

[근데 넌 왜 만날 거기 들락거리는 건데?]

[그야 난 일개미고, 거긴 개미지옥이니까.]

[…?]

[악덕 업주 우진의 마수에 한 번 걸리고 나면, 쉽게 빠져나올 수 없어. 소연도 조심해.]

[….]

제이든의 평가가 어떻든, 우진의 작업실로 향하는 소연은 기분이 무척 좋았다.

오늘은 지난 한 달 가깝게 그녀와 팀원들이 디자인한 작업물 중 하나가, 완성되어 세상에 나오는 날이었으니 말이다. 그 작업물이란 바로, SPDC 공모전에 출품할 요양원 건축물의 모형. 우진의 말에 의하면 오늘 모형이 완성될 것이라 하였고, 때문에 소연은 오늘 깜짝 방문을 계획하였다. 어차피 며칠 뒤면 모형을 보게 될 테지만, 당장 지금 궁금해서 보고 싶었으니까.

'제이든이 아주 자신만만해하던데… 뭐, 우진 오빠가 만든 모형이니, 어련하겠어.'

모형이 완성단계에 이를 때까지, 같은 팀원인 소연이 한 번도 보지 못한 이유는 간단했다. 우진과 제이든이 모형 쪽을 맡아 작업하는 동안, 그녀는 모형 옆에 붙일 패널 디자인 작업을 맡았으니 말이다. 패널 작업도 하루 이틀 만에 끝낼 수 있을 만큼 만만한 작업은 아니었고 그것을 혼자 만들어낸 소연 또한, 우진과 제이든 못지않게 제 몫은 단단히 한 셈이었다.

"이쪽 근처였던 것 같은데… 찾았다!"

우진의 작업실 건물을 찾은 소연은, 환하게 웃으며 그 안쪽으로 들어갔다. 엘리베이터도 없는 구식 건물이었지만, 우진의 작업실은 2층이었기에 딱히 문제가 되는 부분은 아니었다.

딩동-

소연은 천천히 계단으로 올라가 조심스레 작업실의 벨을 눌렀다. 그런데 어쩐 일인지, 작업실 안에서는 아무런 반응도 없었다. 소연은 고개를 갸웃하며, 작은 목소리로 중얼거렸다.

"뭐지? 잘못 왔나…? 그럴 리는 없는데….'

— * —

"야, 우진! 큰일 났어!"

우진과 다른 방에서 모형작업을 하던 석현이, 우당탕 소리를 내며 우진을 향해 뛰어왔다.

"뭔데, 석구. 나 지금 집중해서 작업 마무리해야 하니까, 조금 있다가 얘기하면 안 될까?"

우진의 핀잔에도 불구하고, 석현은 계속해서 말을 이었다.

"지금 당장 문제가 생겼는데, 어떻게 조금 있다 말해?"

"무슨 문젠데."

"이상한 사람이 작업실 벨을 눌렀단 말야."

"이상한… 사람?"

"그냥 문 열어줬다가, 장기라도 털리는 건 아니겠지? 저어기 태평양 새우잡이 배에 팔려간다거나?"

석현의 말을 들은 우진은 어처구니없는 표정이 되어 반문했다.

"뜬금없이 그게 무슨 개뼈다귀 같은 소리야?"

하지만 석현의 흥분은, 여전히 현재진행형이었다.

"미친! 말도 안 되게 예쁜 여신님이 우리 작업실 벨을 눌렀다고!"

"…?"

"뭔가 목적이 있지 않으면, 절대로 있을 수 없는 일이야. 공대 강의실만큼 시커먼 이 모형 작업실에 예쁜 여자라니. 안 그래, 제이든?"

마치 랩이라도 하듯 속사포처럼 말을 쏟아낸 뒤, 제이든의 동의를 구하는 석현. 하지만 어이없는 표정의 우진과 흥분한 석현과는 다르게, 제이든은 아주 태연한 표정으로 대답했다.

"석현, 어쩌면 이곳에 제이든이 있다는 소문이 퍼졌을지도 몰라. K대 캠퍼스에는, 이 제이든 님을 흠모하는 미녀들이 아주 많거든. 바로 어제만 해도 이 제이든 님은…."

"후…."

우진은 제이든의 말을 끝까지 듣지도 않은 채, 고개를 절레절레 저으며 방문 밖으로 걸어 나갔다. 제이든도 제이든이었지만, 요즘 석현까지도 '제이든화'되어 가는 것 같았다. 아무래도 둘이 매일 밤 헤드셋을 쓰고 밤새워 가며 게임하기 시작한 뒤부터 석현이 조금씩 제이든에 동화된 것이 분명하였다. 둘은 요즘 무슨 일만 있으면, 자신들이 영혼의 듀오라고 떠들어대곤 했으니까.

"그나저나 예쁜 여자라니. 이 시간에 누가 찾아온 거지?"

철컥-

　호들갑을 떤 석현과 달리, 우진은 별생각 없이 문을 열어주었다. 그리고 다음 순간. 문 앞에서 낯익은 얼굴을 발견한 우진은 다시 한번 한숨을 쉬고 말았다. 솔직히 예쁜 여자라기에 조금은 기대했는데, 정확히 세 시간 전에도 마주 보고 있던 얼굴이 눈앞에 나타났으니 말이다. 물론 소연이 예쁜 건 맞지만, 그건 그거고 이건 이거다.

　"뭐야. 왜 이렇게 늦게 열어?"

　"휴우."

　"지금 그 불량한 태도, 뭐냐. 팀원님이 이렇게 떡볶이까지 사 들고 오셨는데, 보자마자 한숨이라니!"

　짧은 한숨 뒤, 뒤늦게 반가운 표정이 된 우진이, 소연의 떡볶이를 받아들고는 그녀를 작업실 안으로 안내하였다. 우진은 팔자 눈썹까지 만들며 째려보는 소연의 머리를 살짝 헝클어준 뒤, 그녀가 기분 좋아할 만한 이야기를 던져주었다.

　"작업실에 있는 친구 놈 하나가, 너보고 여신님이래."

　"…?"

　"들어와. 인사시켜줄게. 네 첫 번째 신도인 것 같으니까."

　잠시 우진이 무슨 말을 하는지 이해하지 못했던 소연은, 곧 그 뜻을 깨닫고는 거만한 표정이 되었다.

　"후훗, 오빠 작업실에도 뭘 좀 아는 분이 계셨잖아?"

　"뭘 모르는 바보가 하나 있었지."

　"그리고 첫 번째 신도라니. 틀렸어, 오빠"

　"…?"

　"내 추종자들이 얼마나 많은데."

"설마."

"이제 오빠도, 내 미모에 대해 좀 깨달을 때가 됐어."

"제발 제이든 같은 소리 하지 마."

제이든이라는 우진의 얘기에, 밝아졌던 소연의 표정이 다시 구겨진다.

"철학가라고 불러도 좋으니까, 어지간하면 제이든이랑은 비교하지 말아 줄래?"

"제길, 내 작업실에 제이든이 셋이라니."

"그건 또 무슨 말이야?"

"몰라도 돼."

소연을 데리고 들어온 우진은 석현에게 그녀를 인사시켜주었다. 늦은 시간이라 직원들은 이미 퇴근한 상태였기에, 작업실에는 그들 네 사람뿐이었다. 재밌는 것은, 방금까지 흥분상태로 날뛰었던 석현이 마취 총이라도 맞은 것처럼 조용해졌다는 사실이었다.

"야, 석구. 여신님 들어오셨는데, 왜 이렇게 조용해졌냐?"

"소연. 여기 석현이, 너 엄청 예쁘대. 아까 막 흥분하더니, 텀블링까지 하면서 뛰어다녔어."

"내가 언제!! 님들, 제발 그러지 마. 부탁이야, 제발."

얼굴이 잔뜩 빨개진 석현은 어쩔 줄 몰라 했고, 그런 석현을 놀리는 게 재밌는 우진과 제이든은 깔깔거리면서 웃어대었다. 다만 그런 석현이 안쓰러워 보인 소연이, 어색하게 웃으며 그를 향해 말했을 뿐이었다.

"원래 이런 사람들이에요. 오빠가 이해해요."

"네…? 넵!"

처음 보는 석현의 귀여운 모습에, 우진은 피식피식 웃음이 새어

나왔다. 생각해보면 석현은 남중, 남고, 공대를 나온 전형적인 공돌이였고 매일같이 시커먼 남자들 사이에서 공부한 석현의 눈에, 소연 정도면 여신으로 보일 만하다는 생각이 들었다.

"좋아, 여신 소연. 오늘만큼은 특별히 여신님이라고 불러주도록 할게."

"뭐야, 아재 몇 살이세요? 갑자기 왜 이래, 이 오빠."

"이렇게 완벽한 타이밍에 떡볶이를 사 왔으니까. 사실 조금 전까지만 해도, 뭐라도 사먹으러 나가야 할지 고민 중이었거든."

놀림의 대상으로 장작처럼 활활 불타오른 석현 덕분에, 소연은 금세 작업실 분위기에 동화될 수 있었다. 하지만 떡볶이를 먹으며 왁자지껄 떠들던 소연은, 곧 두리번거릴 수밖에 없었다. 세 사람과 함께 웃고 노는 것도 재밌었지만, 오늘 여기 온 목적은 따로 있었으니 말이다.

"그나저나 오빠, 모형은 어디 있어?"

"아, 한소연. 갑자기 어쩐 일인가 했더니, 그거 보러 왔구나?"

"궁금하잖아."

"잠깐, 이쪽으로 와봐."

우진은 아직까지 떡볶이를 먹으며 신나서 떠들고 있는 영혼의 듀오를 구석방에 남겨둔 채, 소연을 자신이 작업하던 방으로 데려갔다. 그리고 기대에 찬 눈빛으로 우진을 따라 들어온 소연은, 잠시 후 그 자리에서 얼음이 될 수밖에 없었다.

"와…."

작업실 정중앙의 탁자 위에 놓여 있는 모형의 퀄리티가, 입이 떡 벌어질 정도로 어마어마한 수준이었으니 말이다.

"이게… 우리 모형이야?"

"보면 알잖아. 같이 디자인한 건데."

"미친… 대박…."

소연은 우진이 모형작업을 잘한다는 사실을 O.T 때부터 알고 있었지만, 그와 동시에 우진이 전력을 다해 작업한 모형을 보는 것은 이번이 처음이었다. 게다가 석현과 작업실 직원들의 도움까지 받아 미친 듯이 퀄리티를 올린 노가다의 결정체였으니. 소연의 입이 벌어진 것도 무리는 아니라고 할 수 있었다. 가만히 선 채로 모형에서 눈을 떼지 못하는 소연을 향해, 우진이 다시 입을 열었다.

"사실상 완성된 모형이야. 마무리 작업이 조금 남긴 했는데… 자세히 보지 않으면 티 나지도 않을, 디테일 작업들만 조금 남은 거니까."

우진의 말을 들은 소연은, 고개를 절레절레 저었다. 그녀는 애초에, 이 모형이 완성이 아닐 수도 있다는 생각은 하지도 못했으니 말이다.

"그냥, 사진 같아 오빠."

멍한 표정으로 중얼거리는 소연을 향해, 우진이 웃으며 말을 이었다.

"내가 지난번에 말했잖아. 이번 공모전, 대상 타게 해주겠다고."

"사기 진작 차원에서 해본 말인 줄 알았지."

"맘에 드십니까, 여신님?"

"지금 감동하고 있었는데, 꼭 그렇게 분위기 깨야겠어?"

우진에게 핀잔을 준 소연은, 모형의 앞으로 더욱 가까이 다가갔다. 이어서 그녀는 가방을 열어, 다른 동기에게 빌려온 고가의 DSLR 사진기를 꺼내 들었다. 그녀가 작업한 패널에는 아직 모형 사진이 배치될 공간들이 비어있었고 소연은 한시라도 빨리 이 모형 사진을 빈자리에 삽입해서, 패널 디자인 파일에 Final이라는 수식어를 붙이고 싶었으니 말이다.

"아직 완성 아니라니까?"

"있어 봐. 어차피 티도 안 날 거라며."

"그래도 그 미묘한 차이가⋯."

"시끄럽고, 사진 찍는 거나 좀 도와줘 봐."

우진은 소연이 사진을 찍을 수 있도록, 주변에 널브러져 있던 집기들을 깔끔하게 치워줬다. 그리고 모형 사진을 찍기 위해, 하얀 실크 스크림(Silk Scrim)*과 반사판을 적당히 설치했다. 우진이 WJ 스튜디오 포트폴리오를 만들 때 사용하던 장비였다.

"좋았어."

생각지 못했던 장비까지 세팅이 되자, 소연은 더욱 신난 표정이 되었다.

이어서 그녀는, 거의 삼십 분이 넘도록 모형 구석구석에 카메라 렌즈를 들이밀며 셔터를 눌러대었다. 소연은 불을 다 끈 상태에서 LED조명을 키고, 야경 버전의 사진까지 수십 장을 찍어낸 다음에야 사진 찍는 것을 멈출 수 있었다. 그리고 카메라에 쌓인 사진들을 쭉 훑어본 뒤, 만족스런 표정으로 우진에게 말했다.

"오빠, 나 이만 가볼게."

"벌써?"

"당장 집에 가서, 사진 보정 작업을 시작해야겠어."

"벌써 가면 석구가 서운해할 텐데⋯."

"어쩔 수 없어. 나 바빠. 간다!"

---

* 실크 재질의 망사로 조밀하게 짜인 그물망. 조명 앞에 설치하여, 빛의 강도를 낮추고 부드럽게 퍼지는 빛을 만들 때 사용한다.

DSLR을 보물처럼 싸서 가방에 집어넣은 소연은, 제이든과 석현에게 대충 인사를 남긴 뒤 빠르게 작업실을 나섰다. 우진은 갑자기 후다닥 작업실을 나서는 소연의 모습에 조금 당황했지만, 곧 기꺼운 표정이 되었다.

'뭐, 열정적인 건… 아무래도 좋은 거니까.'

그렇게 여느 때보다 조금 더 다이내믹했던 하루가 또 지나갔고 어느덧 6월 마지막 날이 다가왔다. 우진을 비롯한 세 사람은 무리 없이 일정 안에 작업물을 완성하였고 마지막까지 소연이 밤을 새워가며 작업한 A1사이즈의 디자인 패널 파일을, 기한에 맞춰 SPDC 홈페이지에 올릴 수 있었다. SPDC 공모전의 예선은 모형 실물 없이 패널 디자인만으로 결과가 결정되기에, 모형은 계속 우진의 작업실에 보관되었다. 물론 패널만 제출한다고 해서 모형의 영향력이 적은 것은 아니다. 패널의 내용 안에는 필수적으로, 직접 제작한 모형 사진이 첨부되어야 했으니 말이다. 그리고 7월의 둘째 주 수요일인 7월 7일. 우진과 소연, 제이든의 휴대폰에 같은 내용의 문자가 동시에 날아왔다.

[서우진 님, SPDC 공모전에 출품해주셔서 감사합니다.]
[예선 심사 통과를 축하드리며, 본선 일정을 안내해드리겠습니다.]
[SPDC의 본선은 서울시 디자인재단 건물에서 진행되며….]

처음부터 예선 탈락 같은 결과는 생각도 않고 있었지만 그것과 별개로 합격이라는 소식은, 기분 좋은 것이 아닐 수 없었다.

'본선이라… 이제 시작인가?'

합격 소식을 확인한 우진의 입가에, 기분 좋은 미소가 번져 나갔다. 목표는 당연히 대상. 그리고 우진은 자신 있었다.

SPDC

K대 캠퍼스의 디자인학부는 아침부터 무척이나 분주했다. 오늘은 SPDC의 본선 일정이 잡혀있는 날. 올해 K대학교는 가장 많은 본선 진출자를 배출해냈고, 그것이 아침부터 캠퍼스가 분주한 이유였다. 다들 아침 일찍부터 자신의 모형을 포장해서, 서울시 디자인재단 건물이 있는 용산으로 이동해야 했으니까. 보통의 학생들은 우진처럼 본인의 작업실을 가지고 있지 않았으니, 대부분 학교 작업실이나 과실에서 공모전 작업을 진행한 것이다.

철컹-!

학교 차원에서 대절한 버스가 디자인대 건물 앞에 도착했고, 측면의 트렁크 문이 열렸다. 그러자 대기하고 있던 학생들이, 꼼꼼히 포장된 자신들의 모형을 하나씩 차곡차곡 그 안에 쌓아 넣었다.

"올해 본선 진출 팀이 열한 팀이라고?"

"그렇습니다, 학과장님. 역대 최고 숫자인 것 같습니다."

"그래?"

"본선 진출 팀이 두 자릿수가 된 건, 이번이 처음이니까요."

SPDC에서 본선에 선발되는 인원은, 총 36팀이다. 때문에 11팀이라는 숫자는 전체 합격 인원의 30%에 육박하는 수치였고, 그것이 한 학교에서 나온 숫자라는 건 충분히 고무적인 일이었다.

"작년이 몇 팀이었지?"

"여섯 팀입니다."

"거의 두 배수가 됐군."

공간디자인과의 학과장 윤치형 교수의 얼굴에, 흐뭇한 표정이 어렸다. 그가 학과장으로 부임한 게 올해부터였으니, 이 또한 그의 실적으로 기록될 것이었다. 창밖으로 버스에 오르는 학생들을 지켜보던 윤치형 교수는, 탁자 위에 놓여있던 커피를 한 모금 음미하였다. 오늘따라 커피 향이 그윽한 게, 스트레스가 풀리는 기분이었다.

"사실 이번에 본선 진출자가 많은 데에는, 신입생들의 선전이 큰 몫을 했습니다."

조교수의 이야기에, 윤치형의 눈이 반짝였다.

"그래?"

"본선에 올라간 열 한 팀 중에, 1학년이 무려 세 팀이나 되거든요. 4학년이 네 팀, 3학년이 세 팀… 한 팀밖에 올라가지 못한 2학년보다도, 오히려 많은 숫잡니다. 처음 있는 일이죠."

"오호…?"

"작년과 재작년에 한 팀도 본선 진출을 하지 못했던 걸 생각하면… 신기할 정도로 특별한 일입니다."

윤치형의 기분이 더더욱 좋아졌다. 자신이 부임한 해의 신입생들이 이렇게나 역량이 뛰어나다면, 장기적으로 그의 커리어에 큰 도움이 될 수밖에 없을 테니 말이다. K대학의 학과장 임기는 3년이었고 이 뛰어난 신입생들은, 그 3년 동안 K대의 이름과 자신의 실적을 드높여줄 것이었다.

"혹시 신입생 팀 중, 우수상까지 바라볼 만한 작품이 있을까?"

윤치형의 말에, 잠시 고민하던 조교수가 고개를 끄덕이며 대답했다.

"제가 대충 살펴봤는데, 그 박준민 교수가 멘토링하고 있는 팀하나는 가능할 것도 같습니다."

"오…! 그래?"

"그 이번에 수석 입학했던 류선빈이라는 학생이 리더인 팀인데, 퀄리티가 진짜 괜찮더라고요. 어중간한 3학년 팀보다 나았습니다."

"후후, 기대되는군. 그럼 나머지 두 팀은?"

"한 팀은 본선 턱걸이로 보이고, 나머지 한 팀은 잘 모르겠습니다."

"잘 모르겠다…?"

"작업을 학교에서 안 하고 외부에서 하는 모양이더라고요. 제가 작품을 본 적이 없어서, 감이 잘 안 옵니다."

윤치형 교수가 턱을 만지작거리며 중얼거렸다.

"흐음… 그래. 뭐, 한 팀만 우수상 이상 받아도, 신입생 수준에선 훌륭한 결과지."

본선에 진출한 서른여섯 팀은 사실상 '입선'까지는 수상이 확정된다. 그 절반인 열여덟 팀은 '특선' 수상이 확정되며, 다시 그 절반인 아홉 팀이 '우수상' 이상을 받을 수 있는 팀. 그중 '최우수상'을 받는 팀이 세 팀이며, 한 팀이 대상을 받게 된다.

'세 팀 정도만 우수상 안쪽으로 들어갔으면 좋겠군. 기왕이면 대상도 하나 나왔으면 좋겠고 말이지.'

친구인 S대의 교수 박명철을 떠올린 윤치형은, 기분 좋은 웃음을 머금었다. 올해 본선 진출자의 숫자가 오랜만에 S대를 앞질렀기 때문에. 다음 모임에서 만나면, 친구의 속을 좀 긁어줄 수 있을 것 같았다. 대상 수상자가 S대에서 나오지만 않는다면 말이다.

"오늘 오후 일정, 비어있지?"

"예, 교수님."

"최종심사 시간에 맞춰서, 용산으로 가봐야겠어."

"직접 참관하실 생각이십니까?"

윤치형이 고개를 끄덕였다.

"그래. 내 새끼들 상 받는 건, 봐야지 않겠나. 하하."

최종심사에는, 우수상 이상 받을 아홉 팀만이 올라온다. 만약 그중 K대 학생이 아무도 없다면 허탕을 치겠지만, 윤치형은 그럴 일이 없다고 확신했다. K대 공간디자인과의 학과장실에는, 오늘따라 훈훈함이 가득하였다.

— * —

아침부터 미용실에 들러 한껏 멋을 부린 김기태는, 용산까지 자차로 움직이고 있었다. 다른 학생들은 학교에서부터 땀을 뻘뻘 흘려가며 모형을 이동시키고 있었지만, 기태는 그럴 필요가 없었다. 그가 준비한 것은, 패널 디자인 파일과 발표 PPT가 담겨있는 작은 USB 하나뿐. 모형은 업체에서 용산까지 직접 배달해준다고 했으니, 같은 팀 후배들과 함께 여유 넘치게 이동할 수 있는 것이다. 기태는 같은 3학년 여자 후배 둘과 한 팀이었고, 그들 또한 기태의 차를 타고 함께 용산으로 이동 중이었다.

"선배, 아침부터 저희 때문에 고생하시고… 죄송해서 어쩌죠?"

"죄송하기는. 그냥 가는 길에 태워 가는 건데."

"모형 작업도 거의 선배 혼자 하셨잖아요. 저희 둘이 한 게 너무 없는 것 같아서…."

"아, 아냐, 아냐. 너희가 한 게 없다니. 예진이 네가 이미지 보정 다 했고, 유민이가 패널 거의 다 만들었잖아? 그 정도면 충분히 살 해줬어. 그러니까 그런 말 하지 마."

기태의 팀원인 김예진과 이유민은, 같은 3학년이었지만 두 학번이 차이 나는 후배였다. 그리고 말은 이렇게 했어도, 기태는 본인이 이 프로젝트를 9할 이상 다 했다고 생각하고 있었다. 그게 사실이기도 했고 말이다.

'지들 한 거 없는 거, 다행히 알긴 아네.'

예진과 유민은 실력이 나쁘지 않았지만, 그래도 명성건설이라는 인프라를 등에 업은 기태에 비할 바는 아니었다. 그래서 거의 모든 작업은 기태 위주로 흘러갈 수밖에 없었고, 때문에 두 여학생들은 시쳇말로 무임승차를 하게 되었다. 하지만 기태는 그것이 기분 나쁜 것은 전혀 아니었다. 애초에 이렇게 될 걸 알고도, 그 둘에게 먼저 팀플 제안을 했던 게 기태였으니 말이다. 예진과 유민이 오히려, 나서서 뭐라도 해보려고 노력했을 정도였다.

'이제 남은 건, 최종심사 피티할 때 입에 기름칠 좀 하는 것뿐이려나? 내 덕에 대상까지 받게 되면, 유민이도 날 보는 눈이 조금 달라질 수밖에 없겠지.'

사실 기태가 두 후배들을 팀원으로 섭외한 데에는, 처음부터 목적이 있었다. 08학번이 신입생일 때부터, 신입생 중 가장 예쁘기로 유명했던 유민. 기태는 그녀의 마음을 얻고 싶었던 것이다. 어쩌다 보니 그녀와 친한 예진도 함께 팀에 끼게 됐지만, 딱히 상관은 없었다. 어차피 팀원이 하나 더 는다고 불이익이 생기는 것도 아니었고, 자신의 이미지 메이킹에는 오히려 더 좋을 테니 말이다.

끼이익-

디자인 제단 건물의 지하에 주차한 뒤 배송된 모형을 수령한 김기태는, 후배들과 함께 느긋한 표정으로 심사장이 있는 3층으로 올라갔다.

'발표 연습도 충분히 했고. 아버지께서도 도움 좀 주시겠다고 했으니… 여기서 대상 못 받으면, 김기태 나가 죽어야지.'

아직 본선 첫 번째 심사도 시작되지 않은 상황이었지만, 기태는 거의 확신하고 있었다. 아버지께서 정확히 어떤 도움을 주시는지까진 알지 못했지만, 그게 자신의 대상 수상을 확정적으로 만들어 줄 것이라는 짐작 정도는 어렵지 않게 할 수 있었다. 명성건설의 상무이사라는 직책은, 이 바닥에서 그 정도 힘은 가지고 있는 자리였으니까.

"자, 후배님들. 음료수나 한 잔씩 뽑아 먹고 긴장 좀 풀자고."

"예, 선배."

"저희야 뭐… 발표하시는 선배님이 걱정이죠."

"하하, 연습 많이 했다니까? 대상까진 몰라도, 최우수 이상은 받아야지, 우리."

표정 하나 바뀌지 않으면서, 마음에도 없는 이야기를 하는 김기태. 그런데 바로 그때. 먼저 3층에 올라와 모형을 제출하는 한 팀을 발견한 기태의 눈썹이, 저도 모르게 살짝 꿈틀거렸다.

"…!"

SPDC 관계자가 수령하고 있는 모형이, 얼핏 봐도 미친 수준의 퀄리티를 가지고 있었으니 말이다.

'뭐지? S대 놈들인가?'

학과 내에서 다른 팀들의 작품을 봤을 때도 속으로 코웃음을 쳤던 김기태의 머릿속에, 처음으로 경각심이라는 단어가 떠올랐다. 모형의 퀄리티뿐 아니라 감각적으로 디자인된 외관 형태까지도 자신의 작품에 비해 꿀릴 것이 전혀 없는 작품이었으니 말이다.

'어디서 튀어나온 작품이지? 어디 해외 디자인업체에, 몰래 의뢰라도 해서 가져온 건가?'

자신 또한 명성건설의 인프라를 빌렸다는 사실은 까마득하게 잊은 것인지, 눈앞에 보이는 작품을 보며 속으로 부들부들 떠는 김기태. 그런데 다음 순간, 더욱더 생각지도 못했던 일이 그의 눈앞에 펼쳐지기 시작했다.

"와, 재들 1학년 아냐?"

"맞아! 그때 3학년 대면식 때, 우리 테이블에 앉았던 우진이잖아?"

"대박! 모형 퀄리티 개 쩐다!"

그의 옆에 있던 예진과 유민이, 모형을 제출 중이던 학생에게 아는 척을 하며 쪼르르 달려간 것.

'뭐? 우리 과 1학년이라고?'

잠시 멍한 표정으로 서 있던 김기태는, 곧 가슴속 깊은 곳에서 분노가 느껴지기 시작했다. 눈앞에 있는 모형의 퀄리티는 도저히 1학년이 만들었다고 생각할 수 없는 수준의 것이었고 때문에 어디 해외 디자인업체의 손을 빌려, 편법으로 작업한 것이라고 확신했으니 말이다. 국내업체라고 생각지 않는 이유는 간단했다. 기태가 아는 국내 모형업체 중에는, 저만한 퀄리티를 뽑을 수 있는 곳이 없었으니까. 게다가 팀원들 중 멀대 같은 외국인까지 하나 포함되어 있었으니 이것은 기태가 볼 때, 의심조차 할 수 없는 사실이었다.

"아! 선배 안녕하세요, 선배도 SPDC 본선 출품하러 오셨나 봐요?"

"우리 그때 동갑이라고 말 놓기로 했었잖아, 우진아."

"아, 그랬었나?"

"후배님, 나는 기억해? 대면식 때 같은 테이블에 앉았던 유민인데."

"당연히 기억하죠, 제가 또 기억력이 나쁘지는 않은 편이거든요."

"또, 존댓말 한다, 우진이. 우리 전부 동갑이라, 그때 다 같이 말 놓기로 했잖아."

"야. 우진이 쟤, 기억력 나쁘지 않다는 거, 아무래도 거짓말인 것 같은데?"

우진이라는 1학년 새내기에게, 팀원인 예진과 유민이 살갑게 대하는 것을 보자 기태는 더욱 속에서 열이 뻗치기 시작하였다.

'저 속 없는 것들은 저기 쪼르르 가서 뭐 하는 거야?'

해서 기태는, 온 힘을 다해 마인드 컨트롤을 하기 시작했다. 마음 같아서는 확 다 뒤집어 엎어버리고 싶었지만, 그랬다가는 지금까지 힘들게 쌓아온 학회장으로서의 이미지가 무너질 것이었으니 말이다.

'침착하자. 아직 결과가 나온 것도 아니고… 1학년 정도는 피티에서 눌러버리면 돼. 발표까지 외주로 돌릴 수는 없을 테니까.'

이를 악문 채 천천히 우진에게 다가간 기태는, 가까스로 표정 관리를 하며 그에게 손을 내밀었다. 오늘 처음 보는 신입생이었지만, 어쩐지 인상부터가 마음에 들지 않았다.

"반가워요, 후배님. 학생회장 김기태라고 해요."

그리고 김기태의 손을 맞잡은 우진은 씨익 웃으며 기분 좋게 대답하였다.

"아, 오티 때 봬서 기억하고 있습니다. 10학번 서우진이라고 합니다."

우진과 기태의 시선이, 허공에서 짧게 맞부딪쳤고 그 순간 두 사람은, 각자 다른 생각을 속으로 떠올리고 있었다.

'1학년부터 못 돼 처먹은 것만 배워가지고… 내가 네놈은 무슨 수를 써서라도 떨어뜨린다.'

'김기태, 이놈도 본선까진 올 줄 알았지. 오늘 한번, 제대로 밟아줘야겠어.'

맞잡은 두 사람의 손에 조금씩 힘이 들어갔지만, 그것을 눈치챈 사람은 이곳에 아무도 없었다.

— * —

SPDC의 본선 1차 심사는, 무척이나 빠르게 진행되었다. 서른여섯 팀이나 되는 본선 진출자들의 PPT를 일일이 다 들어볼 수 없었으니 심사위원들이 각 팀원들에게, 작품에 대한 질문을 몇 가지 던지는 방식으로 심사를 진행한 것이다. 그 질문이란, 이를테면 이런 것이었다.

"설계하신 평면을 보면, 물리치료실과 영상 의학실이 2층과 3층으로 다른 층에 배치되어있습니다."

"예, 심사위원님."

"혹시 이렇게 설계하신 이유에 대해 알 수 있겠습니까?"

"물리치료실은 환자 분들이 거의 매일같이 이용하시는 시설입니다. 반면 영상 의학실은 특정 주기에 한 번 정도로, 사용 빈도수가 좀 낮은 곳이지요."

"그래서요?"

"물리치료실이 2층의 병동 병실들과 가장 가까워야 한다고 생각했습니다. 환자 분들의 동선을 최대한 고려한 결과입니다."

"좋습니다, 여기까지. 3분 휴식 후, 다음 팀의 질의를 시작하겠습니다."

"감사합니다!"

한 팀당 질의를 나누는 시간은, 거의 5~7분을 넘지 않는 수준이었다. 휴식시간까지 포함해서 10분에 한 번씩, 다음 팀의 질의로 넘어가는 것이다. 그렇게 진행해도 모든 팀의 질의를 마치려면 총 360분. 여섯 시간이라는 긴 시간이 필요하기 때문에, 어쩔 수 없는 수순이었다.

"김 위원님, 지금부터는 좀 더 속도를 내보도록 하죠."

"알겠습니다. 벌써 시간이 이렇게 되어버렸군요."

오전 9시부터 시작된 1차 심사는, 거의 오후 세 시가 다 되어서야 끝이 났다. 중간에 점심 식사 시간이 빠지기는 했지만, 그걸 감안하더라도 무척 오랜 시간이 걸린 것이다. 그리고 시간이 부족했기 때문인지, 3분도 안 걸려서 심사가 끝난 팀도 있었다. 그런 팀의 경우, 두 가지 케이스였다.

"병동으로 들어가는 데까지, 모든 경로가 계단을 통해야만 하는군요?"

"그, 그것이…."

"휠체어는 이용하지 말라는 소리 같은데… 어떻게 생각하십니까?"

"건물 후문으로 이어지는 슬로프가 있습니다. 경사면을 따라 이동하면….”

“간병 일주일만 하면, 온몸에 알 배겨서 도망가겠습니다.”

“….”

“다음 팀으로 넘어가죠.”

설계 자체에 큰 하자가 있다거나, 다른 본선 진출팀들보다 디자인 퀄리티가 확연히 떨어진다거나 하는 팀의 경우.

혹은….

“경사 지대에 필연적으로 존재할 수밖에 없는 단차를, 주차장 설계를 통해 해결하셨군요?”

“그렇습니다. 이렇게 설계하면, 높은 지대까지는 환자분들이 자연스레 자동차를 타고 올라오게 될 것이며, 주차장 공사를 위해 땅을 파내는 데 드는 비용을 대폭 절감할 수 있을 것입니다.”

“자가를 이용하지 않고 도보로 왕래해야 하는 경우도 분명히 있을 텐데요?”

“건물 후면의 산책로가, 북한산 둘렛길을 따라 이어져 있습니다. 또, 주차장 측면에 보시면 엘리베이터실이 마련되어 있어서, 환자분께서 직접적으로 언덕길을 오르시게 될 일은 없을 겁니다.”

“좋아요. 훌륭합니다.”

“전 더 물어볼 거 없습니다.”

“다음 심사 때 뵙도록 하죠.”

“감사합니다…!”

처음 심사가 시작될 때부터 이미 불합격은 고려하지 않은, 압도적인 퀄리티의 작품을 출품한 팀의 경우라고 할 수 있었다.

“올해는 정말 눈이 즐겁군요.”

“그러게 말입니다. 재작년쯤이었나? 뽑을 작품이 없어 힘들었던 해도 있었는데 말이지요."

"사실상 최종심사에 올릴 네 작품은 이미 결정된 것 같은데… 어떻게 생각하십니까?"

"하나가 좀 애매하긴 한데, 나머지 세 작품은 확실하죠."

그리고 심사위원으로 참석한 인사 중, 전직 K대 디자인과의 명예교수였던 강문식은, 기분이 무척이나 좋을 수밖에 없었다.

"하하. 그중에 K대 작품이 두 개나 되다니. 강 심사위원께서는 기분 좋으시겠습니다?"

"임 교수님께서 그렇게 봐주시니, 정말 감사합니다."

"두 작품이 아니라 세 작품이 될 수도 있죠."

"아, 세 작품이 되긴 힘들 것 같습니다. 아무리 팔이 안으로 굽는다고 해도, 일 학년 작품 중 하나는 최우수까진 보지 않거든요."

"하하, 겸손하십니다. 투표 결과에 따라 가능할 수도 있다고 보는데요, 저는."

오늘 큰 기대 없이 심사위원으로 왔던 강문식은, 모교 후학들의 선전에 눈이 휘둥그레질 정도로 놀라는 중이었다. 김기태라는 3학년 학생의 작품은 말할 것도 없고, 1학년 학생들의 작품 두 개가 거의 졸업반 수준의 퀄리티로 본선까지 올라왔으니 말이다.

'올해 애들 수준이 왜 이래?'

오히려 4학년의 작품들은 우수상 수준이 한계였는데, 신입생의 작품이 이렇게 감탄스러울 정도의 퀄리티를 보여주고 있었으니 보고도 믿기가 힘든 지경이었다.

'예년 같았더라면, 류선빈? 그 친구가 리더로 있는 팀의 작품만 해도 충분히 최우수상 이상을 노려볼 수 있었을 거야.'

강문식은 1학년 학생으로 구성된 류선빈 팀이 제일 안타까웠다.

68

충분히 훌륭한 작품을 뽑아내고도, 대진운이 너무 좋지 못했던 탓에 우수상에서 그치게 될 것 같았으니까. 그리고 가장 놀라운 팀 또한, K대의 1학년으로 구성되어 있는 서우진 팀이었다. 정말 사심 하나도 보태지 않은 객관적인 시선으로, 대상을 받아도 이상하지 않은 수준의 작품을 내어놓았으니 말이다. 이제 갓 입학하여 1학기를 마무리하고 있는 신입생. 그 햇병아리들로만 구성된 팀이 말이다.

'기가 찰 노릇이군, 하하.'

설계부터 시작해서 외관디자인. 거기에 모형의 퀄리티까지. 만약 이 작품이, 유명한 건축사무소에서 출품한 설계라고 했더라도 강문식은 아마 별 의심 없이 믿었을 것이다.

'굳이 따지자면 패널에서 1학년 티가 좀 나긴 하지만… 이것도 모르고 봤다면 보일 수준은 아니지.'

강문식은 들고 있던 펜대를 빙글빙글 돌리며, 흡족한 표정으로 남은 심사까지 끝마쳤다. 이어서 우수상 이상의 작품들과 최우수상 이상의 작품들을 선별하기 위한 심사위원 회의가 열렸고.

"좋습니다. 이대로 가시죠."

"이견 없으시면, 사회자에게 전달하겠습니다."

"좋습니다!"

약 30분 만에, 별다른 논쟁 없이 그 결과가 발표되었다.

"최종심사에 출품이 확정된 팀을 발표합니다."

공모전의 사회자가 대기실에 들어서자, 백여 명에 육박하는 참가인원 전원이 쥐죽은 듯 그의 다음 말을 기다렸다. 그리고 다음 순간.

"K대학교의 3학년, 김기태 팀!"

"와아아!! 선배! 됐어요!"

"기태 선배!"

최우수상 이상이 확정된 팀이 하나하나 호명될 때마다, 대기실이 가득 울릴 정도의 함성이 터져 나왔다.

"S대학교의 4학년, 유지선 팀!"

"와아앗! 언니! 축하해!"

"W대학교의 4학년, 고민성 팀!"

"민성이, 대박!"

"축하해! 최우수라니…!"

하지만 마지막 팀이 호명되었을 때.

"마지막으로… K대학교의 1학년, 서우진 팀!"

장내는 마치 찬물이라도 끼얹은 듯, 조용해질 수밖에 없었다.

"뭐야, 1학년?"

"1학년이라고? 미친 거 아냐?"

심사위원의 입에서 호명된 1학년이라는 단어가, 대기실에 모인 모든 사람들에게 충격으로 다가왔으니 말이었다.

— ＊ —

서울시 디자인재단의 사외이사인 고석진은, 오늘 SPDC의 본선 심사가 진행되는 내내 머리가 지끈거리고 있었다.

[제 아들이라서 드리는 말씀이 아니고, 기태 이놈. 이번에 정말 작정하고 이를 갈았습니다.]

[그렇습니까?]

[보시면 바로 아시겠지만… 전년도 대상 작품과 비교해도 전혀

밀리지 않을 겁니다.]

사실 1차 심사의 첫 열 작품 정도가 지나갔을 때만 해도, 그는 무척이나 밝은 표정이었다. 오늘 그가 한 표를 행사할 수밖에 없을 작품의 퀄리티가, 충분히 그 표를 받아갈 만한 수준이었으니까.

'흐음. 김진명 이사가 그렇게나 장담을 하더니… 확실히 그럴 만한 이유가 있었군.'

심사 초반에 차례가 왔던 '그' 작품의 퀄리티는, 분명 팀들을 압도할 정도로 훌륭했다.

[녀석이 턱도 없는 수준의 디자인을 제게 보여줬다면… 이런 부탁, 드리지도 않을 겁니다.]

하지만 심사가 후반으로 접어들수록, 이건 점입가경이었다. 김기태의 작품과 우열을 가리기 힘들 정도로 뛰어난 작품들이, 뒤 순번에 몰려 있었던 탓이다.

'하, 김진명이 이거 어떡하지. 받아먹은 게 있으니, 모른 척할 수는 없는 노릇인데….'

S대학교 학생들의 작품이나 W대학교의 작품만 있었더라도, 충분히 김기태의 작품을 밀어볼 만하였다. 하지만 어처구니없게도 가장 문제가 되는 것은, 기태와 같은 K대학교의 1학년 학생들 작품이었다. 아직 최종 발표 심사가 남아있었지만, 거기서 김기태가 서우진 팀에게 우위를 점하지 못한다면 김기태 팀에 표를 주는 그림이 이상해질 수도 있었으니 말이다.

'일 학년 애들이니까, 발표는 잘 못하겠지?'

어차피 고석진은, 김기태의 팀에게 표를 줄 것이다. 하지만 그의 표를 받고도 김기태가 떨어진다면, 자신이 어떤 표를 행사했건 김진명은 분노할 것이었다. 명성건설과 그사이에 얽혀있는 복잡한 이해관계를 생각한다면, 그것은 그리 좋지 못한 결과였다.

'제길. 이번 심사위원… 괜히 한다고 했나?'

힘 안 들이고 생색을 낼 수 있는 좋은 기회라고 생각했건만, 어쩌면 본전도 건지기 힘들지도 모르는 곤란한 상황이 되어버렸다. 그런데, 그가 그렇게 고민하고 있던 그때.

"이 작품은… 정말 대단하긴 한데, 학부 1학년생 작품이라고는 도저히 믿기지 않는군요."

"저도 마찬가집니다. 하지만 이렇게 눈앞에 있으니, 어찌 믿지 않을 수 있겠습니까?"

"조심스럽지만… 어떤 부정한 방법을 쓴 건 아닌지, 그게 우려되어서 그럽니다."

심사위원 중 하나가 조심스럽게 입을 열었고, 그 말을 들은 고석진의 눈이 번뜩였다.

'그래, 내가 왜 그 생각을 못 하고 있었지?'

지금도 눈앞에서 보고 있지만 정말 말도 되지 않는 하이 퀄리티의 설계와 디자인 그리고 모형이다. 애초에 그런 가정 자체를 해보지 않아서 생각하지 못했지만 어쩌면 이런 의문은 너무도 당연한 것이었다.

'졸업반이 했다 해도 기가 막힐 수준의 작품이야. 그런데 1학년이 했다? 생각해보면, 말도 안 되는 일이지.'

사용자 동선을 배려한 꼼꼼한 설계와 자로 잰 듯 치밀하게 작업된 모형. 실무 담당자 몇 붙여다가 며칠만 뜯어고친다면, 그대로 시공 입찰에 들어가도 될 정도의 완벽한 도면. 한번 의심이 시작되자, 그것은 꼬리에 꼬리를 물고 증식하기 시작하였다.

'학생 셋이서 작업한다면, 디자인에 설계만 뽑는 데도 한 달이

72

넘게 걸릴 작품이야. 그런데 이런 실사 같은 모형까지 한 달 안에 만들어냈다? 이건, 확실히 냄새가 나.'

고석진의 생각은, 결코 주관적이라고만 볼 수 없는 것이었다. 학생이라는 전제를 빼고 보더라도 이 정도의 완성도를 가진 설계와 디자인이 뽑혀 나오려면, 한 달도 짧은 시간이다. 그런데 여기에 모형까지 이제껏 보지 못한 퀄리티로 완성되었으며, 그 안에 담긴 스토리와 디자인 철학도 뛰어나다. 이것은 물리적인 시간상 불가능하다고 판단해도 이상하지 않았다. 우진의 경우 자신이 직접 운영하는 체계화된 모형제작 스튜디오가 있기 때문에 가능한 일이었지만 1학년 학생에게 그런 인프라가 있다는 사실부터가 누구도 생각할 수 없는 전제였다.

'후후. 이렇게 생각하니, 한결 마음이 편해지는군.'

무겁게 얹혀 있던 마음의 짐을 조금 덜은 고석진이, 의문을 제기한 심사위원에게 다가가 그 의견에 힘을 실어주었다.

"저도 내내 그 부분이 걸렸었는데… 이 위원님께서 먼저 얘기를 꺼내주시는군요."

한 사람이 더 입을 열었다.

"그런 상황은 아니길 진심으로 바라지만, 심사가 전부 끝난 뒤에 조사는 한번 해봐야겠습니다."

몇 사람이 제기한 의견 때문에, 열 명 정도가 앉아있는 심사위원 대기실이 웅성거리기 시작했다. 하지만 다음 순간. 심사위원장 안정묵의 칼칼한 목소리가 장내에 내리깔렸다.

"다들 지금 뭐하시는 겁니까."

"…!"

"지금 이 자리가, 그런 얘기나 나누자고 모인 자리는 아니지 않습니까?"

"하지만 위원장님⋯."

고석진이 다시 입을 열었지만, 안정묵은 그 말을 대번에 잘라내었다.

"그런 문제가 있다면, 우리 디자인재단에서 누구보다 앞장서서 밝혀낼 것입니다. 하지만⋯!"

주름진 안정묵의 눈동자에, 묵직한 안광이 내리깔렸다.

"그런 색안경을 미리부터 끼고 작품을 보는 것은, 제가 용납할 수 없습니다."

SPDC의 심사위원장이자, 서울시 디자인재단 이사장인 안정묵. 그는 한국 건축계에서도 손에 꼽힐 정도의 거장이었고, 사실상 이 SPDC라는 공모전을 만들어낸 인물이었다. 그래서 장내의 그 누구도, 그의 말에 쉽게 토를 달 수 없었다.

"그 어떤 확인되지 않은 주관이 SPDC의 심사 결과에 영향을 미친다면, 전 무척이나 실망할 겁니다."

말을 하던 안정묵의 시선이, 대기실의 구석에 잠깐 머물렀다. 묵묵한 표정으로 눈을 감고 있는, 유일한 외국인 심사위원 브루노 산체스. 그를 잠시 응시한 뒤, 정묵은 굳은 표정으로 마지막 한마디를 내뱉었다.

"저, 안정묵은 그 어떤 불공정한 정황도 묵과하지 않을 겁니다. 그러니 심사위원들께서는, 이곳에서 오직 작품만을 봐주시길 바랍니다."

조용해진 대기실에서, 심사위원들은 묵묵히 고개를 끄덕였다. 정묵이 이야기한 말 중에, 틀린 것은 아무것도 없었으니 말이다. 다만 내심 여론이 형성되길 바랐던 석진의 미간에는, 깊게 골이 패일 수밖에 없었다.

'후우. 노인네, 혼자 깨끗한 척은.'

예기치 않은 이야기들로 인해, 대기실에 어색한 침묵이 지속됐다. 그리고 그 침묵을 깬 것은.

"곧 최종심사가 시작됩니다! 준비해주십시오!"

심사위원 대기실에 울려 퍼진, 사회자의 경쾌한 목소리였다.

— * —

많은 사람들은 자신의 상식으로 이해할 수 없는 현실을 마주했을 때, 그것을 애써 부정하곤 한다. 지금 김기태의 심정이 바로 그러했으며, 그 부정의 대상은 당연히 서우진이었다.

'오늘 결과가 어떻게 나오든… 이 일 학년 세 놈은 내가 무슨 수를 써서라도 매장시킨다.'

이제 갓 입학한 새내기들로 인해, '대상'이라는 그의 목표가 좌절될 수도 있는, 그의 상식으로는 도저히 이해할 수 없는 지금의 상황. 처음에 김기태는, 극도로 흥분할 수밖에 없었다. 자신 또한 아버지의 힘을 빌렸다는 사실은 까마득히 잊어버린 채 발랑 까진 1학년 연놈들이, 편법을 써가며 자신의 대상을 가로채려 한다고 생각했으니 말이다.

하지만 시간이 지나자 그 흥분은, 점점 차갑게 식어가기 시작하였다. 어차피 그의 생각에 이건 부정행위가 확실하였고. 그렇다면 그 부정(不正)을 밝혀내는 것으로, 결국 자신의 목표를 달성해낼 수 있을 테니 말이다. 게다가 아직 상황이 끝난 것도 아니었다. 어차피 부정한 방법으로 본선에 올라온 녀석들이라면, 자신들이 가져온 설계와 디자인에 대한 이해도가 떨어질 수밖에 없을 것이었으며 그렇다면 최종심사 때 발표 실력으로, 그들을 압도해버릴 수 있을 테니까.

'멍청한 녀석들. 얼마나 잘못된 선택을 한 건지, 이번 기회에 뼈저리도록 느끼게 해주지.'

기태의 계획은 이랬다. 일단 발표에서 확실한 우위를 보여줌으로써, 계획했던 대로 대상을 수상한다. 어차피 편법으로 올라온 1학년 녀석들은 최우수상 정도로 만족할 수도 있겠지만, 기태는 그 꼴을 두고 볼 생각이 없었다.

'이 바닥이 얼마나 좁은데. 조금만 쑤셔보면, 먼지가 탈탈 털려 나오겠지.'

시상식이 끝난 뒤 아버지께 부탁하면, 1학년 녀석들의 구린내 나는 편법 정도는 어렵지 않게 밝혀낼 수 있을 것이다. 해서 그 증거를 충분히 확보한 다음 치밀하게 기사화해서, 녀석들의 최우수상 입상실적까지 깔끔하게 부숴버릴 생각이었다.

'앞으로 이 바닥에, 발붙일 곳도 없게 만들어주지.'

그리고 기태의 그 계획은, 첫 번째 순서인 자신의 발표가 끝났을 때까지만 해도 그대로 될 듯 보였다.

"김기태 학생, 훌륭합니다. 학부생의 작품이라고는 믿을 수 없을 정도의 디자인이었습니다."

"확실히 요양원이라는 시설에 대한 이해도 뛰어나고… 디자인도 감각이 있어요."

준비해온 모든 말을 마친 김기태가, 여유 넘치는 표정으로 참관석을 향해 고개를 숙였다.

"감사합니다. 같이 이 자리에 온 후배님들과 함께했기 때문에,

가능했던 결과물이라고 생각합니다."

그러자 발표를 들은 모두가 박수를 치며 감탄했고 심지어 그들 중에는, 깐깐하기로 소문난 K대 공간디자인과의 학과장 윤치형 교수도 포함되어 있었다. 기태는 이 정도면 됐다고 생각했다. 방금 의 발표는 그가 생각하기에도, 완벽에 가까울 정도로 훌륭했으니 말이다.

'다시 기회를 준다 해도, 이보다 더 잘할 자신은 없어.'

하지만 그럼에도 불구하고 그 '서우진'이라는 녀석의 발표 차례 가 다가올수록, 그는 조금씩 더 초조해지기 시작했다. 분명히 머리 로는 자신의 승리라고 생각되었지만, '감'이라는 것이 자꾸 적신호 를 보내오고 있었으니 말이다.

'후우, 진정하고 기다리자. 내 생각이, 틀릴 리가 없어.'

그리고 잠시 후, 마지막 차례인 서우진이 발표를 위해 단상 위에 올라섰을 때 기태와 잠시 눈이 마주친 우진의 입술은, 분명 살짝 비틀려 있었다. 그것은 분명한 웃음. 혹은 기태 자신을 향한 비웃 음. 기태는 꽉 틀어쥔 두 주먹이 부르르 떨렸지만, 당장 그가 할 수 있는 일은 기다리는 것뿐이었다. 적어도 지금부터 30분 동안은 저 기 단상 위에 올라온 1학년, '서우진'의 시간이었으니 말이다.

— * —

우진은 긴장했다. 이 디자인재단 건물에 처음 들어섰을 때도, 1차 질의 심사에서 심사위원들과 마주 앉았을 때도 단 한 번도 긴 장하지 않았던 그였건만, 최종 발표를 위해 걸음을 옮기는 지금은 심장이 쿵쾅쿵쾅 뛰고 있었다.

'과연 SPDC인가…?'

천천히 걸음을 옮기는 우진의 시야에, 몇몇 저명한 인사들의 모습이 들어왔다. 심사위원들을 이야기하는 것이 아니다. 다만 서울시 건축 디자인의 미래가 될, 학부생들의 발표를 보기 위해 왕림한 관계자들. 참관석에는 우진도 얼굴을 알 정도로 유명한 인물이 몇몇 보였고, 우진은 침이 바짝 마르는 것을 느꼈다. 사실 디자이너로서의 본격적인 데뷔는 아직도 멀었다고 생각했었다.

그런데 그게 아니었다. 오늘 이 자리에서 그가 얼마나 뛰어난 프레젠테이션을 보이느냐에 따라, 생각보다 많은 것이 바뀔 수도 있는 자리임을 깨달았다. 참관석 뒷자리를 빼곡히 채우고 있는 경쟁자들? 그들은 이미 우진의 안중에도 없었다. 학부생들을 무시해서가 아니었다. 다만 그는 자신의 설계를 믿었고, 팀원들과 함께한 한 달 동안의 피나는 노력을 믿었다.

'준비한 전부를 보여주고 내려올 수 있다면, 결과는 중요치 않아.'

처음 공모전 준비를 시작할 때부터, 바로 조금 전까지만 해도 우진의 목표는 명확했다. 이 심사가 전부 끝난 뒤, 그의 손에 대상 트로피를 쥐는 것이 그의 목표였으니 말이다. 하지만 단상으로 걸어 나가는 그 짧은 시간 동안, 우진의 목표는 조금 바뀌었다. 지금 이 자리에 모인 모두에게, 서우진이라는 존재를 똑똑히 각인시키는 것. 그래서 단지 '잠재력 있는 학부생'의 수준이 아니라, 한 사람의 디자이너로서 그들의 기억 속에 남는 것.

오직 그것만이, 우진의 목표가 된 것이다. 물론 그런 완벽한 발표를 보여줄 수 있다면, 대상은 필연적으로 그의 손에 쥐어질 것이다. 하지만 반대로 대상을 받을 수 있다고 한들 만족스럽지 못한 발표로 오늘이 마무리된다면 우진은 그게 대상보다, 훨씬 더 아쉬울 것 같았다.

저벅– 저벅–

모두의 시선이 우진에게 모여들었고, 단상 위에 선 우진은 다시 한번 좌중을 둘러보았다. 그리고 똥 씹은 표정을 한 김기태와 눈이 마주쳤을 때 굳은 표정이던 우진은 저도 모르게 피식 웃을 수밖에 없었다. 지금에서야 비로소, 김기태의 작은 그릇이 눈에 들어왔으니 말이다.

'저놈은, 뭐가 저렇게 억울할까.'

밥그릇 뺏긴, 비루먹은 강아지처럼 부들부들 떨며 우진을 노려보는 김기태. 나름대로는 표정 관리를 한다고 하고 있었지만, 우진의 눈에 그것이 보이지 않을 리 없었다.

'웃기는 놈.'

이제 우진은 김기태를 경쟁 상대라고 생각조차 하지 않았다. 이곳에서 결정되는 순위와 별개로, 그는 이미 오늘 우진에게 패배했으니 말이다. 그래서 우진은 웃으며 발표를 시작할 수 있었다. 아이러니하게도 김기태 덕분에, 전신을 옥죄던 긴장감마저 스르륵 녹아내린 것이다. 전면의 심사위원들에게 살짝 고개 숙여 인사한 우진은 한결 가벼워진 마음으로 발표를 시작하였다.

"K대학교 1학년, 서우진입니다. 그럼, 발표 시작하겠습니다."

마지막 발표순서이기 때문인지 박수와 함성 대신, 긴장감이 장내를 가득 채웠다. 방금 전만 해도 우진이 쥐고 있던 그 긴장감이, 참관석으로 전이된 모양이었다. 이어서 우진은 레이저 포인트를 들어 스크린을 가리켰고.

지이잉–!

그곳에 가장 먼저 떠오른 것은 투박하지만 생동감 넘치는, 제이든의 수많은 아이디어 스케치들이었다.

— * —

"모든 디자인은 작은 점 하나에서부터 시작됩니다."

"그 점이 모여 선을 이루고, 그 선이 모이면 또 하나의 면이 만들어지죠."

"점과 선과 면. 그것들이 모여 만들어진 것이, 결국 '건축'일 것입니다."

이번 공모전을 진행하면서, 우진은 제이든에게 배운 것이 하나 있었다.

[우진, 그렇게 설계 위주로 디자인을 짜기 시작하면, 결국 '기능'이라는 틀 안에 갇혀버리지 않을까?]

[물론 우진의 디자인도 훌륭하지만, 난 좀 더 멋진 그림을 그려보고 싶어.]

[세상에 없었던 건축을 하는 게, 디자이너 제이든의 꿈이야.]

[그러기 위해서는, 아무것도 없는 백지에서부터 그림을 그려야 하지 않을까?]

우진은 디자인을 생각할 때, 자연스레 구조에 대한 고민과 실용성을 먼저 떠올리곤 했다. 그러다 보니 항상 최적의 효율을 보여줄 수 있는 평면디자인과 공간배치가, 모든 것에 우선할 수밖에 없었고 말이다. 하지만 이번 공모전을 진행하면서, 우진은 생각을 조금씩 바꾸기 시작하였다.

[난 그렇게 생각해, 우진. 디자이너의 건축물은 멋있어야 해.]

[모두가 편리한 건축만을 원한다면, 세상의 모든 건물은 육면체

가 되고 말 거야.]

　제이든의 이야기들은, 보는 시각에 따라 신입생의 망상으로 치부될 수도 있는 것이었다. 실무와 현실에 대해 쥐뿔도 모르는 학부 1학년 학생이, 건축에 대한 '이상'만을 가지고 하는 이야기로 들릴 수 있다는 말이다. 하지만 반대로 그 '이상'이야말로, 학부생이 당연히 가져야 하는 소양일지도 몰랐다. 실무를 모르기 때문에 할 수 있는 생각. 그리고 현실을 보지 않았기 때문에 떠올릴 수 있는 가능성들.

　그것은 하얀 백지 상태인 학부 신입생들에게만 허락된, 일종의 '특권' 같은 것일지도 몰랐다. 이미 현장에서 이십 년이 넘게 구른 우진에게는, 꽤나 오래전에 마모되어버린 것들 말이다. 그래서 우진은 지금까지 고수해왔던 디자인 프로세스를 한번 바꿔보기로 했다. 지금까지는 속 알맹이들을 만들고 그 위에 껍질을 씌웠다면 이번에는 먼저 틀을 만들고 그 안에 내용물을 끼워 맞춰보기로 한 것이다.

　요양원이 지어지게 될 장소. 요양원이라는 단어가 그 자체로 가지고 있는 감성. 그리고 그 안에 담기게 될, 휴먼 스토리. 그것들이 어우러지면서 우진의 머릿속에 떠오른 다양한 건축 조형에 대한 심상을 그대로 먼저 스케치에 표현한다면 기능과 설계에 구애받지 않으면서도 제법 그 알맹이들을 잘 담아낼 수 있는, 아름답게 디자인된 '틀'이 만들어질 것이라고 생각했다.

　[봐, 우진! 훨씬 더 나이스한 그림이 그려지기 시작했다고!]

　그래서 우진과 제이든, 그리고 소연은 머리를 맞대고 앉아, 각자 수십 장의 스케치들을 쏟아내었다. 하여 그 스케치들이 점점 더 많이 쌓여갈수록, 그들의 손에서 빚어진 투박하고 추상적인 '틀'이

점점 날카롭고 예리한 형태를 갖춰가기 시작하였다.

"저희가 가지고 있던 심상이 모여, 이렇게 점과 선과 면이 만들어지기 시작했고… 그 수많은 점, 선, 면들이 모여, 저희 팀만의 독창적인 조형이 완성되었습니다."

우진이 레이저 포인트를 누를 때마다, 그들이 그렸던 수많은 스케치들이 빠르게 스크린을 스쳐 지나갔다. 처음에는 1차원적이고 단순한 도형에 가까웠던 스케치들이 점점 쌓이면서 그것들은 형태를 만들어가기 시작했고, 건축을 만들어 가기 시작하였다. 그렇게 백 장이 넘는 스케치가 지나갔을 때 비로소 그들의 디자인이 담길 '틀'이 완성되었다.

"건축이란, 수많은 제약과 현실 속에서, 최대한의 가능성을 찾아내는 것이라 했습니다."

우진의 말은 계속해서 울려 퍼졌고, 고요한 가운데 모두가 그의 말에 집중하고 있었다.

"그 '제약'과 '현실' 안에는… 건축물이 지어질 환경, 그것의 기능. 그리고 건축주가 가진 예산과 국가에서 만들어둔 건축법까지. 그 모든 것들이 포함될 것입니다."

목이 타는지 마른침을 삼킨 우진이, 좌중을 둘러보며 다시 입을 열었다.

"그리고 저희는 이 수많은 제약들 속에, 한 가지 제약을 더하기로 했습니다."

잠시 뜸을 들인 그가, 확신에 찬 어조로 한마디를 덧붙였다.

"그것은 바로, '디자인(Design)'입니다."

두 번째 골든 프린트

말이 갖는 힘은 위대하다. 말에는 뜻을 담을 수 있고 의지를 담을 수 있으며, 사람의 마음을 움직이는 힘까지도 담을 수 있다. 때문에 어떤 한 분야를 날카롭게 관통하는 통찰력이 담긴 말은, 듣는 이의 가슴에 큰 파문을 일으킬 수도 있다. 특히나 듣는 이가 그 분야에 정통한 식견을 갖고 있다면, 그 파장은 더욱 클 것이고 말이다.

"¡No puedo creerlo(믿을 수 없군)!"

브루노 산체스의 입에서, 저도 모르게 스페인어가 튀어나왔다. 그는 한국에 온 뒤로 거의 영어를 사용하였지만, 그래도 무의식중에 튀어나온 감탄사는 모국어일 수밖에 없었다.

'믿을 수 없군. 정말 믿을 수 없어. 저 꼬마가 한국의 학부생이라고?'

브루노는 최근, 약간의 매너리즘에 빠져있는 상태였다. 디자이너로서 지금 최고의 전성기를 구가하고 있는 그였지만, 그것과 디자인에 대한 고민은 별개의 문제였다. 어떤 분야든 그 이해도가 심화될수록, 오히려 그 본질에 대한 고찰은 더욱 깊어지기 마련이었으니까.

'그래. 건축이라 것은 본디, 주어진 제약 속에서 아름다움을 찾아내는 학문이지.'

브루노가 최근에 관심 갖던 건축의 양식은, 그 형식이 정해져 있지 않은 비정형 건축물이었다. 수십 년 건축을 하면서, 그의 디자인은 항상 비슷한 형식과 느낌을 가지게 되었고, 브루노는 그 고착화된 자신의 한계를 벗어나기 위해 다각도로 고민 중이었던 것이다. 좋게 말하면 그가 가진 건축 디자인의 스타일이라 할 수도 있겠지만, 브루노는 거기에 안주하고 싶지 않았다. 여기서 한 번 더 껍질을 깨고 나아가야, 그가 추구하는 건축의 진정한 이상에 다다를 수 있다고 믿었으니 말이다. 하지만 그의 수십 년이 담긴 '틀'이라는 것은 쉽사리 깨질 수 있는 성질의 것이 아니었고.

그래서 브루노의 고민은 더욱 깊어졌다.

'관계 속에서 형성되는 인간의 삶. 그것을 담을 수 있어야 하는 그릇이 바로 건축의 본질이며, 건축이 그러한 역할을 할 수 있기 위해 필요한 것이 바로 건축양식이거늘….'

건축은 인간이 안락한 삶을 영위할 수 있도록, 수천 년 동안 진보해왔다. 그 과정에서 만들어진 것이 바로 정형화된 건축의 틀.

그런데 브루노가 최근 고민 중인 것은 그 틀을 깨고 나와 새로운 건축을 하는 것이었다. 건축 디자인을 고민하면서, 건축이라는 학문의 목적성과는 정면으로 대비되는 그런 역설(逆說)을 마주하게 된 것이다.

'사용자의 편리를 고려하지 않는다면, 그게 과연 건축일 수 있을까?'

'단순히 아름다움을 추구하는 조형물과 인간의 삶을 담아야 하

는 건축물. 어쩌면 난, 그 경계 위에서… 의미 없는 고민을 하고 있던 것은 아닐까?'

브루노가 자신에게 던져놓은 이 숙제는, 벌써 몇 년째 쳇바퀴처럼 같은 논리 구조 안에서 빙글빙글 돌고 있었다. 이것은 결코 쉽게 풀리지 않는 모순이었으니 말이다. 그런데 바로 오늘. 생각지도 못했던 자리에서 브루노는 미제로 남아있던 자신의 숙제에 실마리가 될 수 있는, 작은 힌트를 하나 얻을 수 있었다. 이제 갓 학부 1학년. 건축에 입문했다고 말하기도 애매한, 그런 '햇병아리'의 디자인 프레젠테이션을 보다가 말이다.

'디자인 그 자체를 건축이 가진 제약 중 하나라고 생각하다니… 아니, 그전에 대체 왜 난 저 생각을 못 했던 걸까?'

목적으로서의 디자인이 아닌 수단으로서의 디자인. 단상 앞에 나와 있는 꼬마가 자신과 같은 고뇌를 했는지는 알 수 없었지만, 그것과 별개로 브루노는 감탄할 수밖에 없었다. 이 정도의 통찰력을 가진 이야기를 확신 있게 할 수 있다는 것은, 자신만의 디자인 철학이 확고하게 자리 잡혔음을 의미하는 것이었으니까. 업계에서 수십 년을 굴러도 갖기 어려운 것을 브루노는 저 1학년짜리 학부생에게서 본 것이다.

'대체 어떤 경험을 해야 저 나이에 저런 통찰력이 나올 수 있는 걸까? 한국에선 대체 어떤 교육을… 아니, 저 꼬마가 특별한 거겠지.'

협회장 로드리고의 전화를 받은 직후부터 브루노의 기분은 오늘 아침까지도 줄곧 불쾌한 상태였다. 서울시 디자인재단의 이사장이라는 사람과 약속을 했기에 어쩔 수 없이 심사위원으로 참석하긴 했지만, 최대한 빨리 심사를 마치고 돌아가야겠다는 생각만 하며 심사위원석에 앉은 것이다. 하지만 공모전에 출품된 작품들이 의외의 퀄리티를 보여주었기에 심사가 진행될수록 그의 기분은 조금씩 나아졌다. 그리고 이 최종심사단계의 마지막 발표가 시작된 이후 브루노는 가지고 있던 모든 불쾌감을 잊을 수밖에 없었다. 청탁 같은 하찮고 무가치한 대상에 감정 소모를 하고 있기에는, 저 어린 디자이너로부터 너무 큰 선물을 받았으니 말이다.

'그래, 이제 디자인이라는 제약 위에서 어떤 건축을 고민했는지… 그것을 내게 보여다오.'

숨소리조차 들리지 않을 정도로 고요한 가운데, 브루노는 빨려들어가듯 우진의 발표에 집중하였고 그렇게 5분 정도가 지났을 즈음, 프레젠테이션 서론이 마무리되었다.

"그렇게 저희는 이런 형태의 파사드(Facade)를 디자인할 수 있었으며, 이 디자인의 안에서 가장 아름다운 건축이 될 수 있도록 설계를 고민했습니다."

"다소 파격적일 수 있는 유기적인 형태의 외관이 되었지만, 이 안에 요양원이 갖춰야 할 모든 가치가 최대한 아름답게 담길 수 있도록 설계했습니다."

우진의 말은 청산유수처럼 물 흐르듯 이어졌으며 그와 동시에, 스크린의 화면에 커다란 도면 하나가 떠올랐다. 그것은 우진의 팀이 디자인한 요양원 건물의, 1층을 총망라하여 보여주는 평면도.

딸깍-

레이저 포인트로 그것을 가리킨 우진이 버튼을 한 번 더 누르자, 도면 위에 수많은 점선들과 실선들이 차례대로 떠오른다. 얼핏 보면 무척 복잡하지만, 그것들은 결국 하나의 큰 흐름을 그리고 있었다. 그것을 잠시 응시하던 브루노의 두 동공이, 점차 확대되기 시작하였다.

'설마, 동선(動線)을 표현한 건가?'

———— ＊ ————

2월 말. 그러니까 O.T 때 진행됐던, '디자인의 밤' 이후로 '그것'이 우진의 눈앞에 나타난 것은, 처음 있는 일이었다.

"헤이, 우진. 작업하다 말고 갑자기 왜 멍한 표정인 거야?"

수없이 많은 얇고 굵은 황금빛 선들. 황금빛으로 프린팅된, 오직 우진의 눈에만 보이는 특별한 도면. 아니, 그것은 도면이라기보단, 숨겨진 공간을 보여주는 마법의 열쇠 같은 것이었다. 디자인의 밤에서 우진이 봤던 '골든 프린트'가 최적의 공간배열 솔루션을 보여주는 힌트였다면 이번에 우진의 눈앞에 나타난 두 번째 '골든 프린트'는 러프하게 디자인된 구획들 안에서 최적의 동선(Traffic Line)을 보여주고 있었으니까.

슥슥-

우진이 외벽으로 그려뒀던 진한 선을 지우고 그 아웃라인을 수정할 때마다, 황금빛 물결은 계속해서 다른 모양을 보여주었다. 구조에 따라 달라질 수밖에 없는 사용자의 동선 흐름을, 그때그때 반영하여 눈앞에 보여주는 것이다. 물론 이 황금빛 선들이 동선을 의미한다는 사실을, 우진이라고 해서 처음부터 바로 알았던 것은 아니다. 한 시간이 넘도록 이 현상에 대해 고민했고, 그제야 겨우 깨달을 수 있었으니까. 이번에 골든 프린트가 그에게 보여주려는 것이, 최적의 동선 구조임을 말이다.

'대체 골든 프린트가 나타나는 조건은 뭘까?'

골든 프린트는 우진에게 있어, 일종의 '기적'이다. 그것이 모든 디자인과 설계를 책임져주지는 않지만, 적어도 그가 해낼 수 있는 디자인의 한계치를 한 단계 이상 더 끌어 올려주는 것은 사실이었으니까. 하지만 우진은 원인조차 알 수 없는 이 현상에 의존하고 싶은 생각이 없었다. 그래서 이 기적을, 이번이 마지막이라는 생각으로 자신의 것으로 만들고 싶었다

'구조의 변화에 따라 트래픽 라인을 실시간으로 볼 수 있다는 건….'

우진은 자신이 그린 도면 위에, 골든 프린트가 보여주는 동선을 그대로 베껴 그렸다. 그것이 다 그려지면 또 조금 바뀐 새로운 구조의 도면을 그렸고, 그에 따라 달라진 골든 프린트의 선들을 또다시 그려 올렸다.

'이 황금빛 선들이 최대한 서로 부딪치지 않으면서, 유기적으로 흘러갈 수 있는 모양새가 되어야 해.'

최적의 동선이란, 최대한 짧고 간결해야 하며, 제각각 독립성을 가져야 한다. 때문에 우진은 황금빛 선이 그렇게 이상적인 그림을 그려낼 때까지, 미친 듯이 새로운 도면을 그리고 버리고를 반복하였다. 우진은 그날, 도면을 그리며 밤을 샜다.

'그래, 이게 답이었어. 층간 공간배치만 생각하다가, 중요한 부분을 하나 놓치고 있었네.'

하여 작업실 창으로 아침햇살이 스며들 즈음, 결국 우진은 만족스러울 만한 도면을 뽑아낼 수 있었다. 결과를 보여주는 골든 프린트를 이용해, '최적의 동선을 유도할 수 있는 최선의 공간구조'라는 답을 찾아낸 것이다. 우진의 마지막 도면이 완성되자, 허공에 빛나던 골든 프린트가 더욱 밝은 금빛을 뿜어내며 도면 위로 내려앉았다. 그리고 마치 우진의 도면 안에 스며들기라도 하듯, 우진이

그려놓은 선을 따라 부드럽게 빨려 들어갔다. 그 광경을 본 우진은 놀랄 수밖에 없었다. 이것은 디자인의 밤에서 골든 프린트를 마주하였을 때는, 보지 못했던 현상이었으니 말이다.

'설마… 그때는 골든 프린트가 의도했던 최적의 공간을 뽑아내지 못했던 건가?'

이 골든 프린트에 대한 어떤 설명서가 존재하는 것이 아닌 이상, 이 현상에 대한 원인을 정확히 아는 것은 불가능하다. 하지만 우진은 감으로 느끼고 있었다. 방금 그의 생각이, 맞다는 사실을 말이다.

드르렁-

우진의 건너편 자리에서는 제이든이 코를 골며 자고 있었지만, 우진은 여기서 작업을 마무리할 생각이 없었다. 골든 프린트 덕에 생각지 못했던 답안을 도출해낼 수 있었지만, 우진의 생각에 그것은 단지 기적의 힘을 빌린 치팅(Cheating)일 뿐. 여기서 만족하고 끝낸다면, 이 도면은 결코 우진의 것이 될 수 없었다.

'순서가 좀 뒤바뀌긴 했지만… 이제 역으로 분석을 해봐야겠어.'

찾은 답을 가지고 거꾸로 짚어나가며, 도면의 설계 과정을 역으로 분석한다. 이 작업을 통해 우진은 골든 프린트를 통해 엿볼 수 있었던 도면을 자신의 것으로 만들어나가기 시작하였고, 그 과정에서 평면설계에 대한 새로운 깨달음을 얻을 수 있었다.

지이잉-!

스크린의 화면을 연속으로 돌린 우진이, 좌중을 둘러보며 다시 자신 있는 목소리로 입을 열었다.

"방금 여러분께 보여드린 도면들은, 구조의 변화에 따른 동선의 흐름을 도식화해서 그린 작업물입니다."

우진의 목소리가 울려 퍼졌고, 참관 중인 사람들의 표정은 가지각색이었다. 처음부터 이 그림이 사용자 동선을 나타냈다는 사실을 알아챈 사람들도 있었지만, 그렇지 못한 사람들이 훨씬 더 많았으니 말이다.

"저희는 수많은 시행착오를 통해 가장 간결하고 독립적인 동선을 가질 수 있는 최적의 설계를 찾아냈으며…."

딸깍-

스크린이 다음 화면으로 다시 넘어갔고, 그 위에는 3D로 그려진 아이소매트릭(Isometric)*이 나타났다. 우진의 팀이 디자인한 건축물의 모든 내부구조가 한눈에 드러나는 아이소매트릭.

"바로 이 아이소(ISO)에 그 설계가 담겨있습니다."

우진은 그 공간들이 이렇게 구성된 이유에 대해 하나하나 설명하기 시작하였고, 청중들은 그 모든 이야기를 놓치고 싶지 않기라도 한 듯 우진의 발표에 집중하였다. 하여, 그렇게 모든 설명이 끝났을 때.

짝- 짝짝-

어디에선가 울려 퍼지기 시작한 작은 박수 소리를 시작으로. 발표장 전체에 진심 어린 박수갈채가 퍼져나가기 시작하였다. 하지만 우진에게는 아직까지도 해야 할 이야기가 하나 더 남아있었다.

---

* 건축에서 클라이언트에게 구조를 한눈에 보여주기 위해, 내부가 잘 보이도록 일정 높이 이상의 벽과 천장부를 들어낸 3D모델링 작업을 의미한다.

— ✳ —

우진은 전생에서 프레젠테이션을 그리 잘하는 타입은 아니었다. 아니, 정확히는 그럴 만한 기회가 별로 없었다고 할 수 있다. 우진의 포지션은 현장 전문가이자 시공 기술자에 가까운 것이었고, 그렇다고 한 업체의 대표도 아닌 월급쟁이였으니, 누구에게 프레젠테이션을 할 일이 없었던 것이다. 때문에 이렇게 수많은 사람들 앞에서 자신의 디자인을 발표하는 것은 사실상 우진에게 처음이나 마찬가지인 일이었다. 또한 우진이 공모전을 진행하면서 가장 걱정했던 부분이었다.

'내가 그렇게 언변이 뛰어난 사람도 아니니까.'

하지만 우진은 자신의 그런 걱정이 기우에 불과했음을 증명이라도 하듯, 마지막까지 팀원들과 함께 준비했던 그 모든 것들을 심사위원들 앞에 남김없이 쏟아내었다.

"요양원이라는 시설에서 가장 중요한 것은, 당연히 시설을 이용하는 유저(User)들의 경험입니다."

"앞선 팀들이 수없이 이 자리에 서서 어필했던 UX 디자인을, 저희 팀 또한 디자인을 함에 있어 가장 우선적으로 고려했다는 이야기죠."

프레젠테이션을 거의 처음 하는 사람이라고는 믿을 수 없을 만큼, 군더더기 없이 깔끔한 설명을 보여주는 우진.

"하지만 지금까지 발표했던 팀들이 이야기했던 UX와, 저희 팀의 디자인 설계에 골자가 된 UX 사이에는 적지 않은 차별점이 존재합니다."

그렇다면 우진의 이런 프레젠테이션 능력은 어디서 기인한 것이

두 번째 골든 프린트

었을까? 사실은 우진에게 숨겨뒀던 말주변이 있었던 것이었을까? 그것은 아니었다. 다만 우진에게는 오늘 이곳 공모전에 참가한 그 어떤 팀도 갖지 못했던 무한한 자신감이 있었을 뿐이다.

"그것은 바로… 다른 팀들과 저희 팀이 착안한 유저 경험의 맥락이, 완전히 다르다는 점입니다."

전생에서부터 이어진 수많은 경험과 치밀한 도면분석 그리고 '요양원'이라는 시설에 대한 심도 깊은 이해. 여기에서 기인한, 완벽한 자신감 말이다.

"요양원은 안락하고 편리해야 한다. 몸이 불편한 환자들을 최대한 배려하고 보살펴야 한다."

"그러니까 이 요양원의 유저인 환자들이 '편한 경험'을 할 수 있게 디자인해야 한다."

"이것이 지금까지 다른 모든 팀들이 착안했던 요양원의 UX 디자인이었습니다."

말을 멈춘 우진이 잠시 뜸을 들이며 좌중을 둘러보았다. 이어서 낮고 또렷한 목소리로, 다음 말을 이었다.

"물론 전부 다 맞는 말입니다. 몸이 불편한 환자들에게 편리성이라는 것은, 1차적인 고려대상이 될 수밖에 없겠죠."

"하지만…."

우진의 눈이 빛났다. 지금부터 그의 입에서 나올 이 마지막 이야기가, 지금까지 설명했던 설계와 디자인에 마침표를 찍어줄 것이었다.

"과연 유저들이 요양원에서 바라는 경험이, 단지 편리성 한 가지뿐일까요?"

우진의 머릿속에 정확히 2주 전의 경험이 주마등처럼 스쳐 지나갔다.

── * ──

"허허, 우리 소연이가 젊은 총각들을 친구라고 다 데려오고… 살다 보니 이런 날도 다 있구나."

"안녕하세요, 소연이 학교 친구 서우진이라고 합니다."

"그래, 반가워요. 총각들이 훤칠하니 잘생겼네."

"감사합니다!"

"소연아, 그래서 이 친구들 중, 네 신랑감은 누구인 게냐?"

"아, 할머니! 진짜!"

우진을 비롯한 세 사람이 불광동의 요양원에서 절반 정도의 허탕을 친 뒤 제이든의 차를 타고 찾아갔던 소연의 외할머니가 계시는 성수동 요양원. 그곳에서 우진은 소연의 외할머니를 만나 뵐 수 있었고, 꽤나 오랫동안 많은 이야기들을 나눌 수 있었다.

"그래, 학교 과제를 하는 중이라고?"

"과제는 아니고 공모전이라니까, 할머니."

"그게 그거 아니냐."

"아니야!"

소연의 할머니는 연배에 비해 젊고 유쾌한 사람이었고, 이야기도 조목조목 기품 있게 할 줄 아는 인물이었다. 그녀가 요양원에 들어가게 된 것은 단지 불편한 하반신 때문이지 총명을 잃은 것은 아니었으니까.

"아무튼… 그래서 이 할미에게 듣고 싶은 이야기가 뭐고?"

"요양원에서 할 수 있는 경험들이 궁금합니다."

"경험?"

"그렇게 말하면 너무 애매하잖아, 오빠."

"음…?"

"할머니, 요양원에서 제일 행복했던 경험이 뭐야?"

"가장 행복했던… 경험?"

"응. 우리는 새로운 요양원을 디자인해야 하고, 그 요양원에선 행복한 경험을 많이 할 수 있어야 하니까."

소연의 외할머니는 우진을 비롯한 세 사람에게, 정말 꼼꼼히 많은 이야기들을 해주었다. 실제 요양원의 스케줄부터 시작해서 요양원의 편리한 점, 불편한 점 그리고 개선을 바라는 부분까지도. 하지만 그 이야기들 중 우진에게 가장 큰 울림을 주었던 것은 소연이 화장실에 다녀온다며 잠깐 방문을 나섰을 때 그녀가 씁쓸한 표정으로 꺼냈던 이야기였다.

"하지만 이런 사소한 즐거움들이 다 무슨 소용이겠는가."

"그게 무슨 말씀이세요, 할머니."

"결국 여기서 생활하는 나 같은 이들에게 가장 필요한 것은 사람… 이라네. 사람."

창밖을 잠시 응시하는 그녀의 눈시울이, 살짝 붉어졌다.

"사회에 대한 그리움. 그리고 가족과 나눌 수 있었던 온정에 대한 그리움… 우리에게 가장 필요한 건, 바로 그런 것들인 게지."

할머니의 이야기를 듣던 우진은 순간 말을 잃을 수밖에 없었다. 그것은 소연이나 제이든과 달리 벌써 사십 년이 넘게 살아온 우진으로서도, 미처 헤아리지 못했던 부분이니까.

"아까 소연이가 내게 가장 행복했던 경험이 뭐냐고 물어봤었지?"

"그렇… 습니다."

"그건 바로, 소연이가 자네들과 함께 날 찾아온 바로 오늘, 지금 이 순간의 경험이라네."

"…!"

"내게는 내 손녀딸들이 이렇게 날 찾아줄 때가 가장 행복한 시간 이거든."

우진은 저도 모르게 고개를 끄덕였다. 그리고 감정이 복받치는 것을 느낄 수 있었다. 순간 전생에서 봤던 어머니의 주름 자글자글한 얼굴이 떠올랐으니 말이다.

"몸이 불편하다고 해도 결국 사람을 행복하게 해주는 것은 다 비슷하다네, 학생."

"물론 건축을 해야 하는 자네의 입장에선, 내 얘기가 비현실적으로 들리겠지만 말이야."

할머니는 차오르는 눈물을 삼켜내는 것이 쉽지 않은지, 더 이상 말을 잇지 못하였다. 하지만 그것으로 충분했다. 우진은 그때 그 순간, 그의 디자인과 설계에 담아야 할 마지막 한 조각의 가치가 뭔지 깨달을 수 있었으니 말이다.

— * —

"인간의 모든 삶은 관계 속에서 형성됩니다."

"사람과 사람 사이의 관계 속에서 오는 만족감이 충족되지 않는다면, 사람은 우울해지고 외로워지죠."

"그리고 그런 관계의 결여가 가장 심할 수밖에 없는 곳이 바로, 이 요양원이라는 시설입니다."

우진의 입에서 흘러나온 뜻밖의 이야기에, 심사위원들의 동공이 살짝 확대되었다. 이것이야말로 지금까지 발표했던 그 어떤 팀에게서도, 단 한 번도 언급되지 않았던 종류의 이야기였으니 말이다.

"늙고 병들고, 몸이 불편해질수록. 그는 인간 사회에서 필연적으로 소외될 수밖에 없습니다."

"그렇기 때문에, 더욱 사람을 그리워하고 갈망하게 되겠지요."

지이잉-

우진이 레이저 포인트의 버튼을 누르자, 스크린의 화면이 전환되며 평면도의 한쪽 파트가 크게 확대되었다. 'Entertainment Zone'이라는 이름으로 명명되어 있는, 제법 널찍한 면적을 차지하고 있는 공간. 확대된 공간에는 무척이나 다양하고 많은 집기들이 배치되어 있었고, 그것을 자세히 확인한 심사위원들은 놀란 표정이 되었다. 그 집기들의 생김새나 용도가 요양원이라는 시설과는 너무 어울리지 않았으니 말이다. 심사위원들의 놀란 표정을 느낀 우진이 곧바로 다시 말을 이었다.

"Entertainment의 어원을 알고 계십니까?"

우진이 질문했지만, 대답은 어디에서도 나오지 않았다. 하여 우진이 다시 그 답과 함께, 이야기를 이어갔다.

"그건 바로… Entretenir라는 프랑스어. 즉, '붙들어두다' 라는 뜻입니다."

척-

우진이 레이저 포인트를 움직여, 도면 위에 그려진 집기류 중 하나를 가리켰다. 그것은 누가 보아도 아이들이 타고 노는 미끄럼틀의 형태. 그 옆에는 정글짐도 있었고, 볼 풀장(Ball Fool)도 있었으며, 트램펄린(Trampoline), 시소, 목마 등 다양한 아이들의 놀이기

구가 있었다.

"엔터테인먼트 존이라는 이름을 붙여 두었지만, 사실상 이 공간은 키즈 카페(Kids Cafe)와 비슷한 기능을 합니다."

"당연한 얘기겠지만 이 공간이, 요양원의 유저들을 붙들어둘 수는 없을 겁니다. 애초에 어른들을 위한 공간이 아니니까요."

"하지만 그들의 손자 손녀들을 붙들어둘 수 있겠지요."

이제는 우진의 이야기를 듣고 있는 대부분의 사람들이, 그가 하고자 하는 말이 어떤 것인지 알 수 있었다. 이것은 누구나 가지고 있을 가족에 대한 이야기이기도 했으니 말이다. 누구에게는 소연처럼 조부모의 이야기일 것이었으며, 누군가에게는 그의 부모님, 또 누군가에게는 머지않은 미래에 대한 이야기일 수도 있었다.

"그리고 그 어린아이들은 요양원의 노인들이 이곳에 머물게 할 것이며, 그들에게 가장 행복한 경험을 할 수 있게 해줄 겁니다."

"아이들이 마음 놓고 뛰놀 공간이 요양원에 있다면, 부모들도 훨씬 마음 편히 아이들을 데리고 노부모가 계시는 요양원에 방문할 수 있을 테고 말이죠."

순식간에 많은 이야기들을 쏟아낸 우진은 잠시 숨을 고르기 위해 말을 멈췄다. 그리고 그 순간, 우진은 확신할 수 있었다. 심사위원들 모두가 그의 이야기에 공감하고 있음을 말이다. 하여 우진의 프레젠테이션은 마지막을 향해 달려가기 시작하였다.

"단순히 편안을 위한 설계를 넘어, 행복을 위한 설계를 생각했습니다."

"사용자들이 행복을 경험할 수 있는 공간을 디자인하는 것. 어쩌면 그것이, 진정한 UX 디자인의 목적점이자 본질 아닐까요?"

"건축의 목적이란 본디 사람을 널리 이롭게 하는 것이니까요."

말을 마친 우진은 크게 한 번 심호흡을 하였다. 이어서 마지막으로.

지이잉-

스크린 위에, 그가 디자인한 요양원의 전경이 펼쳐졌다.

"제 디자인 프레젠테이션은 여기까집니다. 짧지 않은 시간 동안 제 이야기를 들어주셔서 감사합니다."

저벅- 저벅-

마이크가 세워진 단상의 옆으로 몇 걸음 걸어 나온 우진은 심사위원들을 포함한 청중들에게 정중히 고개 숙여 인사하였다. 그리고 굽어졌던 우진의 허리가 곧게 다시 펴졌을 때.

짝짝짝-

우진은 벅찬 광경과 마주할 수 있었다. 그의 프레젠테이션을 듣던 모든 심사위원들과 청중들이 일제히 자리에서 일어나 기립 박수를 보내고 있는 광경을 말이다.

"Bravo."

"훌륭하군."

"미쳤어. 이게 학부생의 발표라니."

"앞에 있던 발표들이 하나도 기억나지 않는군요. 저만… 그렇습니까?"

"그럴 리가요."

우레와 같은 박수 소리 때문에, 우진은 저마다 한마디씩 하는 심사위원들의 이야기를 들을 수 없었다. 하지만 그것과 별개로, 한 가지는 확실히 알 수 있었다. 오늘, 이 자리의 Winner는 다른 누구도 아닌 우진, 자신이라는 것을 말이다.

The Winner

거대한 성취감과 희열이 벅차오르는 가운데, 우진은 천천히 단상에서 내려왔다. 그리고 참관석으로 돌아 들어오는 우진을 가장 먼저 반겨준 것은 그의 팀원인 소연과 제이든이었다.

"우진! Amazing! 미쳤어! 진짜로 미쳤다고!"

"오빠…!!"

제이든은 마치 광분한 들소처럼 뛰어와서 우진의 목을 양팔로 휘감았고, 한발 늦은 소연은 제이든을 억지로 떼어낸 뒤 우진을 다시 끌어안았다. 생각보다 더 흥분한 두 사람의 모습에 우진은 조금 당황했지만, 그래도 그 기분이 싫지만은 않았다. 성취감이라는 것은 원래 함께 공유하고 나눌 수 있는 사람이 있을 때 더욱 커지는 법이었으니까.

"난 우진이 이렇게 말을 잘하는 줄 몰랐어. 물론 제이든이었으면 조금 더 잘… 아니, 그건 아닌 것 같아. 오늘은 우진이 좀 더 나았던 것 같기도 해."

본인이 무슨 말을 하는지 인지하고 있기는 한 것인지, 혼미한 표정으로 횡설수설하는 제이든과

"흐어엉, 우리 대상 받으면 어떡하지? 나 울 것 같아."

"소연은 이미 울고 있어."

"아냐, 아직은 울지 않았어. 나 안 울었다고!"

아직도 우진의 옆구리에 매미처럼 매달린 채, 꺽꺽대며 자신의 감정 상태를 부정하고 있는 소연. 우진은 양팔을 들어 올린 채 어색한 표정으로 얘기했고

"이제… 조금은 떨어져서 대화를 나누는 게 어떨까, 팀원님."

"아…!"

그제야 자신의 행태를 자각한 소연이, 어색한 표정으로 슬쩍 두 걸음 물러났다. 하지만 그렇다고 해서 어색한 침묵이 흐르기엔, 세 사람의 텐션이 너무 최고조였다.

"우진, 내가 볼 땐 말이야, 우리 팀이 무조건 대상이야."

"아직 결과 안 나왔어, 제이든."

"하지만 확실해."

"맞아, 확실해."

"제발 주변 눈치도 좀 보고 그래라, 화상들아."

우진의 발표가 아무리 압도적이었다 해도, 이미 대상이라고 설레발을 치는 것이 다른 경쟁자들의 눈에 좋게 보일 리는 없다. 사실 참관석은 엄청나게 넓었고 제이든과 소연의 이 얘기들이 들릴 정도로 가까이에 다른 팀이 있는 것은 아니었지만, 그래도 우진이 조심스러운 것은 너무 당연했다.

'물론 우리가 대상일 수밖에 없다는 부분은, 나도 동의하지만….'

소연, 제이든과 함께 참관석의 가장 뒤에 다시 자리 잡고 앉은 우진은 최종심사의 마지막 남은 순서를 차분히 지켜보았다. 시간이

지나자 두 팀원들의 흥분도 어느 정도 가라앉았고 발표 자체는 우진의 팀이 마지막이었지만, 이 행사를 마무리하기 위한 식순이 남아있던 탓이다. 우진이 발표한 그 자리에 서서 마이크를 잡은 사회자는, 무척이나 기분 좋은 목소리였다.

"2010 SPDC를 찾아주신 모든 참가자분들과 귀빈 여러분께, 다시 한번 감사의 말씀을 올립니다."

"여러분의 관심과 열정이 있어 올해도 이렇게 훌륭한 작품들을 만나볼 수 있었으며, 서울시 건축 디자인의 밝은 미래를 엿볼 수 있었습니다."

또렷이 울려 퍼지는 사회자의 목소리에, 참관객들이 고개를 주억거린다. 우진의 작품을 차치하고라도, 올해 SPDC의 수준은 역대 최고였으니까.

"마지막으로 다시 한번, 최종심사에 출품되었던 작품들을 소개하며…."

사회자의 진행에 따라, 최종심사에 올라왔던 네 팀의 작품들이 간결하게 스크린을 타고 지나갔다. 그리고 그 순서를 끝으로….

"심사 결과는 금일 내로 SPDC 공식 홈페이지에 게재될 예정입니다."

"그럼 이것으로 행사의 모든 일정은 여기서 마치도록 하겠습니다."

SPDC의 모든 일정이 마무리되었다.

— * —

브루노 산체스는 심사위원석을 빠르게 빠져나왔다. 모든 식순이 끝나고 SPDC의 폐막이 선언되자마자, 그대로 자리에서 일어나 쏜 살같이 걸어 나온 것이다. 브루노의 옆에 앉아있던 통역가는 덩달아 당황하여 자리에서 일어났고, 그를 향해 물을 수밖에 없었다.

"브루노, 어딜 그렇게 급하게 가십니까? 이제 곧 있으면 심사위원 인터뷰가…."

"지금 인터뷰가 중요한 게 아닙니다, 미스 림. 꼭 만나봐야 할 사람이 있습니다."

"예?"

다시 걸음을 옮기려던 브루노는, 순간 깨달음을 얻은 것인지 다시 멈춰 섰다.

"미스 림. 죄송하지만 함께 가주실 수 있겠습니까?"

"그, 그야…."

"부탁드리겠습니다. 오래 걸리진 않을 겁니다."

이어서 브루노는 통역가 임지연까지 함께 끌고 나갔다. 그가 지금 만나려는 사람은 한국인이었고, 브루노는 한국말을 할 줄 몰랐으니까. '그'가 영어를 잘한다면 의사소통에 문제가 되진 않겠지만, 그래도 통역사를 데리고 가는 게 확실했다.

저벅- 저벅- 저벅-

브루노는 발표장 안에 있던 거의 모든 사람들 중 가장 빨리 밖으로 나왔고, 때문에 아직 메인 홀은 텅 비어있을 수밖에 없었다. 하지만 그것도 잠시뿐. 곧 홀의 후문 쪽으로, 참가자들을 비롯한 참관객들이 우르르 몰려나오기 시작하였다. 그리고 그들 사이에서 브루노는 한 남자의 얼굴을 발견하였다.

'우진! 저 친구가 확실해.'

적당히 훤칠한 키에 말끔한 차림새. 짙은 눈썹에 단단한 눈매를 가진, SPDC의 마지막을 장식했던 청년. 성큼성큼 그에게 다가간 브루노는, 다짜고짜 입을 열었다.

"¡Espere!(잠깐만!)"

그리고 그의 목소리가 울려 퍼짐과 동시에, 브루노와 우진의 눈이 허공에서 마주쳤다.

— * —

우진은 눈앞에 나타난 외국인의 얼굴을 기억했다. 심사위원 중 유일하게 내국인이 아니었던, 백발에 새하얀 수염까지 기르고 있던 남자. 그는 하얀 모발과 수염이 아니라면 40대 정도로밖에 보이지 않을 정도의 미남이었으며, 그 잘생긴 얼굴 탓에 하얀 백발이 더욱 돋보였던 인물이었다. 때문에 브루노는 어지간히 눈썰미가 좋지 않은 사람이라 해도, 충분히 기억날 만한 인상이었다.

"반갑습니다, 우진. 아, 그전에 제 소개부터 해야겠군요."

브루노는 환하게 웃으며 자신의 명함을 품속에서 꺼내 들었다. 그는 스페인어로 계속 이야기하고 있었지만, 옆에 따라온 통역사가 즉석에서 한국말로 통역해줬다.

"감사합니다, 심사위원님. 제 이름을 기억해주시는군요."

"물론입니다. 아마 저뿐만 아니라, 당신의 마지막 발표를 들은 모든 심사위원들이 '우진'을 기억하고 있을 겁니다."

우진은 무척이나 호기심 어린 표정이었다. 지금의 상황과 별개로, 이 백인 심사위원이 자신을 왜 찾았는지 감이 잘 오지 않았으니 말이다.

'음, 어느 나라 사람이지? 언어는 라틴쪽 계열인 것 같은데….'

하지만 브루노의 명함을 받아든 순간 단순한 호기심에 가까웠던 우진의 표정은 완전히 반전될 수밖에 없었다. 명함 위에 적혀 있는, 이 백발 외국인의 정체. 그것은 그야말로 생각지도 못했던 것이었으니 말이다.

[Studio 'De Pinos']
[Guest designer]
[Bruno Sanzchez]

'데피노스…? 브루노 산체스라면, 설마…?!'

우진은 데피노스를 잘 안다. 스페인에서 손에 꼽힐 정도로 유명한 건설사이자 설계사무소의 이름이 바로 데피노스였으며, 전생에 우진과 처음 악연이 생겼던 김기태가 바로 이 데피노스의 디자인 팀장이었으니 말이다. 하지만 우진을 놀라게 한 가장 큰 이유는 사실 '데피노스' 때문이 아니었다. 명함의 정중앙에 선명하게 박혀 있는, '브루노 산체스'라는 이름. 그는 우진이 전생에서 가장 존경하던 건축가 중 한 명이었으니 말이다.

'진짜 브루노 산체스인가? 그러고 보면, 이맘때쯤 브루노가 국내에 있을 법하기도 해.'

우진이 회귀하기 전, 서울 용산에 지어진 '글래셜 타워(Glacial Tower)'는 유명한 랜드마크 중 하나였다. 용산에서 가장 높은 85층의 마천루임과 동시에, 서울시에서도 손에 꼽을 정도로 호화스러운 호텔 건물. 그 건물의 디자이너가 바로 브루노 산체스였고, 준공년도가 올해인 2010년도였으니 SPDC의 심사위원으로 그가 초빙된 것은 충분히 개연성 있는 사실이었다.

'브루노 산체스가, 이런 이미지였다니!'

그래서 우진은 저도 모르게 조금 흥분할 수밖에 없었다. 존경심을 갖고 있던 건축가를 마주함으로 인한, 순수하게 반가운 마음에서 말이다.

"브루노! AT타워를 설계하신 그 브루노 산체스죠?"

우진이 아는 체를 하자, 브루노 또한 기꺼울 수밖에 없었다. 우진이 자신에 대해 알고 있다면, 이야기하기가 조금 더 편할 테니 말이다.

"오, 저에 대해 알고 계시는군요."

"물론입니다. 이렇게 뵙게 되어 영광입니다."

우진과 브루노가 반갑게 대화를 나누는 탓에 제이든과 소연은 벙찐 표정이 되었다. 하지만 그것도 잠시, 그들은 곧 자리를 옮겨야 했다. 참관 인원들이 전부 다 몰려나오면서 홀이 너무 시끄럽고 어수선해졌으니 말이다.

"잠시 커피 한잔하실 수 있겠습니까?"

브루노의 제안에 우진은 흔쾌히 고개를 끄덕였고.

"물론입니다."

그의 뒤에 꿔다 놓은 보릿자루처럼 서 있던 소연과 제이든 또한, 얼떨결에 고개를 끄덕였다.

———— * ————

브루노가 우진을 찾은 이유는, 그렇게 거창한 것은 아니었다. 그는 단지 오랜만에 그의 디자인 철학에 자극을 준 이 특별한 청년과, 얼굴을 마주하며 대화를 나눠보고 싶었던 것뿐이었으니 말이다. 물론 그 대화와 더불어, 몇 가지 하고 싶은 제안이 있기는 하였다. 그는 '데피노스'의 객원 디자이너임과 동시에, 바르셀로나 건축대학의 명예교수이기도 하였으니까.

"오늘 발표는 정말 인상 깊었습니다, 우진."

"하하, 위원님께서 그렇게 말씀해주시니 정말 영광입니다."

"대체 그런 생각은 어쩌다 하게 되신 겁니까?"

"무슨 생각 말씀이신지요?"

"디자인 자체를 건축의 제약 중 하나로 여겼다고 하지 않았습니까?"

"아하, 그거요?"

"건축을 위한 수단으로서의 디자인. 정말 멋진 말이 아닐 수 없습니다."

"여기 이 친구 덕분이죠."

우진이 옆에 앉은 제이든의 어깨를 툭툭 건드리며 말하자, 그는 어울리지 않게 수줍은 표정이 되었다. 나중에 제이든에게 들어 알게 된 사실이지만, 브루노 산체스는 제이든 또한 존경하던 건축가였다고 했다.

"오, 이런! 내가 너무 발표자의 칭찬만 한 것 같군요. 그 멋진 작품은 여러분 세 사람의 공동작품이었는데 말입니다. 하핫."

처음 브루노와의 대화는 우진 위주로 이어졌지만, 결국 화기애애한 분위기 속에 네 사람이 함께 대화를 나누는 구도가 되었다. 특히나 영어가 유창한 제이든의 경우, 우진이 잠시 통화를 하러 나간 사이 신이 나서 브루노와 영어로 떠들기도 하였다.

"브루노, 나중에 바르셀로나에 놀러 가도 될까요?"

"물론입니다. 여러분의 방문이라면 언제든 환영이지요."

"음, 브루노가 초대해준다면 이비사(ibiza) 없는 바르셀로나도 충분히 매력적일 겁니다."

"하하, 역시 젊은 친구라 그런지 이비사의 멋짐을 잘 알고 있군요."

제이든의 예상보다 영어 실력이 훨씬 좋았던 소연이, 그 대화를 전부 알아들어버렸지만 말이다.

"이비사? 거기는 어딘데?"

"Oh, shit. 소연, 영어 할 줄 알아?"

"당연하지. K대에 포커 쳐서 들어온 줄 알았어?"

"젠장, 못 들은 걸로 해줘."

소연은 제법 괜찮은 영어 실력으로 브루노에게 물었고.

"브루노, 이비사는 어떤 곳인가요?"

브루노는 웃으며 대답하였다.

"밤과 음악 그리고 정열의 섬이죠."

"…?"

어차피 포털 사이트에 이비사라고 치는 순간, '바르셀로나 클럽'이라는 단어부터 검색될 테지만 말이다.

통화를 짧게 마친 우진은 금세 다시 방으로 들어왔고, 그 이후로도 30여 분 정도, 그들은 즐겁게 대화를 나누었다.

"여러분과 더 긴 대화를 나누고 싶었지만, 다음 일정이 있어서 어쩔 수 없군요."

"저희도 아쉽습니다."

"다음에는 용산에 있는 제 사무실에 한 번 초대하겠습니다. 말씀드렸듯, 올해 가을까지는 서울에 머물 예정이니까요."

"그래 주신다면, 기쁘게 찾아뵙도록 하겠습니다."

브루노의 초대 제안에, 제이든과 소연의 눈은 반짝일 수밖에 없었다. 브루노의 사무실은 용산의 글래셜 타워 현장사무실일 게 분명했고, 두 사람은 누구보다 열정 넘치는 건축학도들이었으니 말이다. 우진이야 현장 설계사무소에 대한 로망 같은 게 있을 리 없었지만, 소연과 제이든은 평범한 학부 1학년생일 뿐이었다.

"자, 그럼 일어날까?"

우진의 말에 소연과 제이든은 아쉬운 표정으로 엉덩이를 털었고, 브루노는 우진을 향해 오른손을 내밀어 악수를 청하였다.

"오늘 반가웠습니다, 우진."

"저도요, 브루노."

그리고 마지막으로, 우진은 품속에 가지고 있던 명함 한 장을 브루노에게 건네었다.

"저도 한 장 받았으니, 제 것도 드려도 되겠지요?"

그것을 받아든 브루노의 두 눈은, 휘둥그레 커질 수밖에 없었다.

— * —

브루노와 헤어진 세 사람은, 곧바로 소고기 집으로 향했다. 이런 날은 무조건 소고기를 먹어야 한다는 소연의 강력한 주장도 한몫했지만, 우진이나 제이든도 오늘따라 맛있는 고기가 당겼으니 말이다.

"우진, 당연히 결제는 법카겠지?"

"제이든, 법카라는 단어는 대체 또 어디서 주워들은 거야?"

"석현이 그랬어. 우진의 법카는, 요술 방망이 같은 거라고."

"석구… 젠장."

낭패한 표정이 된 우진을 힐끔 응시한 소연이, 제이든에게 물었다.

"법카? 법인 카드?"

"맞아. 오늘 우리가 먹은 소고기 값을 지불해줄 카드야."

"…!"

"쉽게 말해, 우진의 회사 돈이랄까."

"WJ 스튜디오를 말하는 건가?"

"맞아, 마음껏 써도 된다는 뜻이지."

우진이 한숨을 푹 쉬며 답했다.

"내 회산데 왜 네가 마음대로 써, 제이든?"

우진이 한숨을 쉬든 말든, 제이든은 뻔뻔했지만 말이다.

"난 WJ 스튜디오의 넘버3이니까."

"…?"

"우진, 석현, 그다음이 바로 나라고."

"너 언제 우리 회사 취직했냐?"

"난 취직하지 않았어."

"그럼?"

"처음부터 WJ 스튜디오의 일원이었지."

"뭐라는 거야? 젠장."

돈은 또 깨졌지만, 우진은 기분 좋게 하루를 마무리할 수 있었다. 어차피 고생한 두 팀원에게 고기 한 끼 사주는 정도는, 그렇게 아깝지 않았으니 말이다. 사실 월 매출 5천만 원이 넘기 시작한 WJ 스튜디오의 법인통장에서, 소고기 한 끼 값 정도 빠져나가는 게 그렇게 티가 나는 것도 아니었다.

"자, 그럼 다음 주에 보자고, 친구들."

"오빠 내일 학교 안 와?"

"설마 우리 중에, 금요일 공강이 아닌 바보가 있는 거야?"

"제이든, 한 대 맞고 싶지?"

하여 소고기를 배불리 먹고 기분 좋게 헤어진 세 사람은, 날이 어둑어둑해질 즈음 각자의 집에 도착하였다. 그리고 집에 도착한 우진은 정갈하게 샤워부터 한 뒤, 경건한 마음으로 컴퓨터 앞에 앉았다. 오늘의 마지막 일정. SPDC의 심사 결과를, 홈페이지에서 확인하기 위해 말이다.

"자, 이제쯤 나왔겠지? 한번 볼까…?"

하지만 검색창에 SPDC를 치던 우진은 엔터를 누르기 전에 멈출 수밖에 없었다.

지이잉-!

성질 급한 제이든에게, 스포를 당해버렸으니 말이다.

[우진! 됐어! 됐다고! 우리가 대상이야! We are the Wiiiiiiiiiiiner!]

— * —

[서울시 디자인재단에서 주최하는 공공 디자인 공모전 'SPDC(Seoul Public Design Contest)'에서, 역대 최고의 이변이 발생했습니다.]

[이변의 주인공은 바로, K대학교 공간디자인과 1학년 학부생인 서 씨 외 2인으로….]

[이제껏 SPDC에서 1학년 학생이 우수상 이상을 수상한 적은 단한 차례도 없었다고 합니다.]

[하지만 이번 10회 SPDC 공모전에서, 그들은 심사위원 만장일치로 대상을 수상하였으며….]

쾅-!

110

인터넷 기사를 읽고 있던 김진명이 자신의 책상을 있는 힘껏 두 손으로 내리쳤다. 붉으락푸르락한 얼굴이 되어 씩씩거리며, 책상을 내려친 두 주먹을 꽉 말아 쥐는 김진명. 어찌나 책상을 세게 내리쳤는지, '명성건설 상무이사 김진명'이라 쓰여 있는 명판마저도 옆으로 삐뚤어졌지만. 김진명은 그것을 신경도 쓰지 않은 채, 책상 위에 놓여있던 전화기를 들어 올렸다. 이어서 그는 수화기에 대고 벼락처럼 소리쳤다.

"윤 실장! 윤 실장 들어와!"

김진명은 회사에서 평판이 그리 나쁘지 않은 임원이었다. 조금 날카로운 인상과 달리 항상 웃는 얼굴로 회사에 출퇴근하였으며, 아랫사람들을 잘 챙기고 수완이 뛰어나다는 것이 그에 대한 평가였으니 말이다. 하지만 이렇게 한 번씩 그의 입에서 큰 소리가 날 때가 있었는데, 그때마다 회사에는 피바람이 불곤 했다. 그는 화를 잘 내지 않았지만, 한번 화가 나면 물불 가리지 않는 타입이었다.

'이 머저리 같은 놈들은, 대체 일 처리를 어떻게 하는 거야?'

그리고 그런 진명의 성향을 잘 알고 있는 탓에, 윤영운 실장은 쏜살같이 이사실로 뛰어왔다.

타다닷- 끼익-

"이사님, 부르셨습니까."

물론 그렇다고 해도, 김진명으로부터 분노에 찬 욕설이 쏟아지는 것은 다를 바 없었지만 말이다.

"너 대체 뭐 하는 놈이야?"

"그게, 무슨 말씀이신지…."

"어떻게 일 처리를 하면, 이런 개 쓰레기 같은 결과가 나올 수 있어?"

"…!"

"명성건설이 무슨 동네 구멍가게야? 엉? 어떻게 니들 손을 탄 설계안이, 학부 1학년 설계에 밀릴 수가 있냐고. 이게 말이 돼?"

영문도 모른 채 후다닥 이사실로 달려왔던 윤영운은, 김진명이 화난 이유를 어렵지 않게 깨달을 수 있었다. 지금 이 상황은 사실, 이미 충분히 예견하고 있었던 상황이었으니 말이다.

'벌써 이사님 귀에 들어갈 줄은 몰랐지만….'

윤영운에게 한 통의 전화가 걸려왔던 것은, 바로 어제 저녁이었다.

[삼촌, 통화 가능하세요?]

[오, 그래. 기태야. 그렇지 않아도 연락해보려 했었는데… 오늘 발표는 잘했냐?]

[그게, 삼촌….]

윤영운은 김진명의 아들인 김기태와도 사적으로 친분이 있었다. 사실 윤영운과 김진명의 관계는 단순한 회사의 상하 관계 이상이었으니 말이다. 김진명은 윤영운이 대학생이던 시절부터 그를 이끌어준 선배이자 멘토였으며 기태가 어렸던 시절부터 회사에서 보필해왔던, 단순한 상관 이상의 존재였다. 김진명에 대한 윤영운의 충성은 회사의 영역을 한참 넘은 수준이었던 것이다. 때문에 김기태 또한, 피는 섞이지 않았지만 영운이 조카처럼 아끼는 아이였다.

[그러니까, 확실히 냄새가 난다는 거지?]

[그렇다니까요, 삼촌. 제가 장담하는데, 그거 1학년짜리가 할 수 있는 수준이 아니에요.]

[흐으음… 하긴. 네 작품이 1학년짜리한테 밀렸다는 게, 좀 많이

이상하기는 하네.]

　[저도 한번 학교 안에서, 여기저기 좀 파볼게요.]

　[그래, 기태야. 뭐 하나 걸려 나오면, 대상 수상은 바로 취소될 거야. SPDC가 애들 장난은 아니니까.]

　기태는 SPDC에서, 대상 수상에 실패했다고 했다. 하지만 기태는 그 원인을 자신의 부족이 아닌 다른 곳에서 찾고 있었고, 영운 또한 그 이야기에 동의할 수밖에 없었다. 기태가 SPDC에 출품한 작품에 대해서는 누구보다도 영운이 잘 알고 있었으니 말이다.

　'기태가 가끔 철이 없긴 해도, 머리는 똑똑한 녀석이니까.'

　전화를 통해 들은 기태의 말대로라면, 이번에 대상을 받았다는 신입생에게 확실히 구린 구석이 있다고 하였다. 실력 있는 설계사무소에 비밀리에 의뢰를 넣은 게 분명하다는 것이다. 그리고 그 말이 맞다면, 대상은 다음 순위인 기태에게로 돌아갈 것이었기에 기태와 영운은 그때까지 SPDC의 결과에 대해 함구하기로 얘기했었다. 김진명이 공모전 결과에 대해 알게 된다면, 불벼락이 떨어질 것은 너무도 자명했으니까.

　[그럼 네 아버지껜 당분간 말씀드리지 않는 거로 하자.]

　[당연하죠, 삼촌. 아버지 아시면… 저 맞아 죽어요.]

　[너만 죽냐? 삼촌도 같이 죽어, 인마.]

　[하아… 진짜, 쓰레기 같은 1학년 새끼들 때문에 이게 무슨 짓인지….]

　영운과 기태는, 한동안 김진명의 귀에 SPDC에 대한 이야기가 들어가지 않을 것이라 생각했었다. 명성건설의 상무이사 자리는 한낱 공모전 결과나 찾아보고 있을 정도로 한가하지 않았고, 때문에 영운이 직접 보고하지 않는다면 그가 알게 될 일은 없을 것이라 생각한 것이다. 하지만 그런 둘의 판단은 틀려버렸다. 우연히 포털 사이트의 한쪽에 뜬 기사의 제목이 김진명의 눈에 들어와 버렸으며, 그 제목에 SPDC라는 네 글자가 쓰여 있었으니까.

"자, 대체 어떻게 된 건지 내가 납득할 수 있도록, 지금부터 아주 잘 설명해야 할 거야."

"⋯."

"설마 이 거지 같은 기사에 아무런 문제가 없다는 걸, 날더러 믿으라는 소리는 아니겠지?"

잔뜩 흥분했던 김진명의 목소리가 다시 차갑게 내려앉았다. 그의 분노를 마주한 윤영운의 표정은 당황한 사람의 그것이 아니었고. 그렇다는 말은 윤영운도 이미 이 사실을 알고 있었다는 얘기였으니 말이다. 그가 아는 윤영운은 어떤 문제가 생겼을 때, 그것을 회피하는 성격이 아니었다.

"미리 말씀드리지 못해 죄송합니다, 이사님."

"흠."

"말씀대로 공모전의 결과에 약간의 문제가 있어서, 그것을 알아보던 참이었습니다."

"약간의 문제라⋯."

윤영운은 침착한 표정으로 말을 이었다.

"대상 수상으로 알려진 1학년 학생들의 작품에 부정이 개입된 정황을 발견했거든요."

"부정이라고?"

"완전히 확인 마친 후에 다시 보고드리도록 하겠습니다."

"⋯."

"그 부분만 명확히 밝혀진다면 대상의 주인은 바로 바뀔 겁니다."

다시 의자에 앉아 몸을 반쯤 기댄 김진명이 턱을 만지작거리며 윤영운을 응시하였다.

"그 한 놈만 치우면, 기태가 대상인가?"

"그렇습니다, 이사님."

"그렇다면 조금은 더 기다려보도록 하지."

"감사합니다."

"일 여러 번 하게 만들지 말고, 이번엔 확실하게 처리해."

"여부가 있겠습니까."

김진명의 목소리가 가라앉은 것을 느낀 윤영운은, 속으로 짧게 한숨을 내쉬었다.

'휴우.'

김진명의 화가 조금이나마 누그러진 이유는 윤영운의 입에서 나온 '정황'이라는 단어 때문이었다. 영운은 어떤 확신 없이 그렇게 쉽게 이야기하는 인물이 아니었고 때문에 그의 입에서 정황이라는 이야기가 나왔다는 것은, 어느 정도 실질적인 물증이 나왔다는 얘기였으니까.

그리고 김진명의 짐작대로, 영운은 이미 어느 정도 단서를 확보한 상태였다.

'좀 더 빨리 움직여야겠군. 건설사에 입찰 공시가 뜨기 전엔, 대상 수상작품의 주인이 바뀌어 있어야 할 테니 말이야.'

SPDC에서 대상을 수상한 작품은, 해당 디자인과 설계 그대로 실제 건축물로 지어질 기회가 주어진다. 대상이 확정된 이후 서울시 산하의 설계사무소의 도움을 받아 실시설계 도면을 작업하고 그 후 국내 건설사들을 대상으로, 입찰공고를 띄우는 것이다. 만약 공고가 뜨기 전에 김기태의 작품이 대상 수상작으로 무사히 바뀐다면, 이번 일은 별 탈 없이 넘어갈 것이다. 김진명의 성격이 불같다고 한들, 그 정도로 꽉 막힌 인물은 아니었으니 말이다. 하지만 그때도 듣도 보도 못한 1학년 학생들의 설계가 입찰 공시에 올라와 있다면 김진명은 제대로 폭발할 것이었다.

"사실 명성의 개입이 없었다면, 기태놈이 죽을 쑤든 똥을 쌌든 상관없어. 무슨 말인지 알지?"

"알고 있습니다."

"그럼 나가 봐."

"예, 이사님."

이사실을 나선 윤영운은, 곧바로 자리에 돌아와 어디론가 전화를 걸었다.

"그래, 병태야. 클리오 모델하우스 건은 확인해봤지?"

"WJ스튜디오라… 소재지도 K대 인근이고… 오케이, 알겠다. 대충 그림이 나오네."

이어서 전화를 끊고 외투를 걸친 그는, 잰걸음으로 빠르게 사무실을 빠져나갔다.

역공

우진은 오랜만에 늦잠을 잤다. 지난 한 달 동안 쉼 없이 달린 탓에 오늘은 일부러 하루를 통째로 비워놓은 것이다. 하지만 그렇다고 해서 일정이 아예 없는 것은 아니었다. 일과 관련된 일정을 비워놓은 것이지, 사적인 약속까지 없는 것은 아니었으니까. 조금 슬픈 것은 그 사적인 일정마저 매일 보는 얼굴들과 함께한다는 사실이었지만 말이다.

[우진! 준비 다 했지?]

"그래, 양치만 하고 나간다."

[뭐야, 우린 이미 도착했다고! 왜 이렇게 게을러, 우진!]

"제이든. 다시 한번 말하지만, 아직 약속 시간까지는 20분이 더 남았어."

[그건 중요하지 않아. 제이든 님이 벌써 도착했다는 게 중요…]

뚝-

제이든의 전화를 매정하게 끊어버린 우진은 최대한 이빨을 골고루, 세심하게 닦았다. 그리고 천천히 옷을 챙겨 입은 뒤, 집 앞으로 걸어 내려갔다. 그곳에는 이미, 제이든의 차가 와 있었고 말이다.

철컥-

뒷좌석의 문을 열고 차에 탄 우진은 고개를 절레절레 저으며 입을 열었다.

"석구, 대체 이 영국인은 왜 데려온 거야?"

"차까지 태워준다는데, 데리고 오지 않을 이유가 없잖아?"

"맞아, 우진. 오늘은 제이든이 꼭 필요한 날이라고."

"…."

이미 한통속이 되어버린 석현과 제이든을 향해, 우진은 한숨을 푹 하고 내쉬었다. 하지만 뭐가 그리 신났는지, 둘은 우진을 신경조차 쓰지 않았으며 시끄럽게 떠들어대면서 어디론가 향하기 시작하였다. 조금 길눈이 어두운 제이든은 약간 헤맨 끝에 개포동을 벗어나 영동대로를 탈 수 있었고 대로를 따라 쭉 직진해 도착한 곳은, 청담동이었다. 가만히 둘의 행태를 지켜보던 우진이, 기가 막힌 표정으로 입을 열었다.

"근데, 니들. 적어도 목적지는 물어보고 가야 하는 것 아니냐?"

"목적지? 그건 이미 알고 있는데?"

당연하다는 듯 대답하는 석현을 보며, 우진은 반사적으로 되물었고.

"뭐?"

그 물음에는 제이든이 대신 대답하였다.

"일단 저쪽에 있는 아우디 매장부터 들어가 볼 거야. 이어서 BMW, 벤츠, 재규어까지. 어차피 포르쉐를 사게 될 테지만, 한 번씩 구경은 다 해봐야 하지 않겠어?"

"…."

"그렇지, 석현?"

"물론이야, 제이든. 완벽한 일정인 것 같아."

"하아…."

오늘 우진이 석현과 약속을 잡았던 것은, WJ 스튜디오의 법인차량을 한 대 계약하기 위해서였다. 회사가 점점 커지고 일정이 많아질수록, 대중교통을 이용하는 데에는 한계가 있었으니 말이다. 차에 크게 관심 없는 우진과 달리 석현은 광적인 차덕후였고, 그래서 그를 대동한 것뿐이었다. '적당히 괜찮은' 차를 한 대 사기 위해서, 석현의 도움이 조금 필요했으니까. 다시 강조하지만, 제이든은 원래 계획에 없던 인물이었다.

"석구."

"응?"

"분명히 말했지만, 나는 적당히 괜찮은 차를 사려고 한다니까?"

석현이 고개를 끄덕이며 대답했다.

"그치. 독3사* 정도면, 확실히 적당하고 괜찮은 차야. 믿어도 돼."

우진은 오늘따라, 한숨 쉴 일이 많은 것 같다고 생각했다.

"하아… 당연히 괜찮겠지. 문제는 적당하지 않다는 거야. 난 그런 비싼 외제 차를 살 만큼 자금이 넉넉하지 않다고."

제이든이 끼어들었다.

"What? 우진! 너 한 달에 몇천만 원씩 번다며!"

"누가?"

"석현이 그랬어. WJ 스튜디오 매출 장난 아니라고."

"후… 그건 매출이지 순이익이 아니야, 제이든."

"그래도! CEO라면 포르쉐 정돈 타줘야 한다고!"

---

* 독일의 3대 외제차 브랜드.

"벤츠도 아니고, 포르쉐?"

"우리 벤츠 매장은 스킵하자, 석현. 생각해보니 벤츠는 아빠가 한국에 버리고 간 차였어."

"너네, 다 집으로 돌아가면 안 되냐? 그냥 차는 나 혼자 살게. 적당히 가성비 좋은 국산 차 검색해서 사면 될 것 같아."

"그럴 순 없지."

"맞아, 석현은 오늘 수업도 쨰고 왔다고."

우진이 어이없는 표정으로 석현을 응시했다.

"야, 석구. 너 오늘 수업 없다며. 거짓말이었어?"

"거짓말은 아니야. 네가 전화한 순간, 수업이 거짓말처럼 없어졌으니까."

"젠장, 거짓말 같은 놈들."

우진은 어차피 외제 차는 살 생각 없다며 둘을 열심히 설득했지만, 이미 흥분한 둘에게 그건 씨알도 먹히지 않는 말이었다. 그래서 결국 우진은 구경이라도 하자는 석현의 손에 질질 이끌려 외제 차 매장을 돌아다닐 수밖에 없었다. 제이든이 벤츠를 끌고 온 탓인지, 딜러들은 꽤나 친절하게 세 사람을 상담해주었다.

"그러니까 이번에 나온 신형 카브리올레가, 가격 대비 성능이 상당히 괜찮습니다."

"카브리올레가 뭐야, 석현?"

"뚜껑 열리는 거."

"오픈카?"

"맞아."

"그럼 문짝 두 개?"

"그렇겠지?"

"안 사."

"아, 왜! 구경이라도 해!"

우진은 시종일관 퉁명스러웠지만, 그래도 석현과 제이든의 흥을 깨는 것은 불가능하였다.

"그럼, 이 모델은 어떻습니까? 작년에 나온 4도어 쿠페인데, 루프 라인이 아주 매끈하게 빠졌습니다. 디자인도 스포티하고, 이번에 할인이 꽤나 많이 들어가거든요."

딜러는 우진에게 물었지만, 대답은 석현이 했다.

"와우, 할인 얼마나 되는데요?"

"딜러 할인까지 하면, 거의 천삼백 정도 가능합니다."

천삼백만 원이나 할인이 가능하다는 말에 우진은 잠깐 솔깃하였지만, 할인된 가격이 7천만 원이라는 얘길 듣는 순간 바로 관심이 식어버렸다.

'무슨 차를 사는 데 7천만 원을 써? 그 돈으로 차라리 분양권을 하나 계약하겠다.'

지금의 우진에게 자동차란, 편리성을 위한 것 이상도 이하도 아니었으니까.

"으음. 그래서 연비는요?"

"터보 엔진이다 보니, 연비가 썩 좋지는…."

"야, 이런 차 사는 데 무슨 연비를 따져!"

"그래서 연비는요?"

"연비는…?"

그리고 결국 우진의 한결같은 태도에, 석현과 제이든도 폭발하고 말았다.

"Bloody Hell!"

"이런 미친 연비충!"

"연비충이 뭐야, 석현?"

"연비만 따지는 벌레라는 뜻이야."

"완전히 우진 그 자체군."

"후우…."

"한국에도 파브르가 있다면, 지금 당장 우진을 잡아갔으면 좋겠어."

"동의해."

물론 둘이 뭐라고 하든, 우진은 신경조차 쓰지 않았지만 말이다.

"시끄러. 그러니까 처음부터 국산 차나 보러 가자니까."

"Holy…."

그래서 결국 우진 일행이 마지막으로 간 곳은, 영동대로 끝자락에 있던 국산 차 전시장이었다. 그곳에서 우진은 정말 아무런 고민 없이 국산 중형차 한 대를 계약했고 말이다.

"후회할 거야, 우진."

"제이든, 나 마음이 너무 아파."

"나도 그래."

시무룩한 둘을 향해, 우진이 만족스런 얼굴로 얘기했다.

"모름지기 자동차란, 기름 냄새만 맡아도 굴러가야 하는 법."

"제길! 우리 아빠보다 연비를 더 따지는 사람이 내 친구일 줄이야."

"이건 자동차 엔진에 대한 모독이야."

석현과 제이든이 뭐라고 하던 기분 좋게 자동차 계약을 마친 우진은 콧노래까지 흥얼거리며 전시장을 빠져나왔다.

'흐흐, 드디어 뚜벅이를 벗어나다니!'

사실 우진도 외제차가 싫은 것은 아니었다. 솔직히 디자인 예쁜 몇몇 차종들은, 적잖이 마음이 끌리기도 했었고 말이다.

　'하지만 아직은 아니야. 투자할 돈 부족해서 어머니 집도 못 옮겨드리는 마당에… 외제차라니, 말도 안 되는 일이지.'

　돌아오는 길에 차 안에서 투덜대는 둘을 힐끔 응시한 우진이, 웃으며 입을 떼었다.

　"야, 근데. 내 차 사는데, 왜 너희 둘이 그렇게 열을 내냐?"

　우진의 말에, 석현이 반발하였다.

　"네 차라니! 회사 돈으로 사는 거잖아!"

　제이든도 거들었다.

　"맞아. 이건 WJ 스튜디오의 차라고. 우진의 차가 아니야."

　"이런 독재자 같으니라고."

　우진의 눈이 게슴츠레해졌다.

　"설마 내가 차 사면, 너희 둘이 타고 다니려고 했던 건 아니지?"

　"…!"

　"그, 그런!"

　정곡을 찔린 둘이 당황한 표정이 되자, 우진이 웃으며 다시 입을 열었다.

　"일 년만 딱 기다려봐, 석현."

　"일… 년?"

　"일 년 뒤에 매출 열 배 정도 커지면, 그땐 진짜 좋은 차로 한 대 법인리스 해줄게."

　우진의 말에 잠시 설레던 석현은, 지금 매출의 열 배라는 말에 한숨을 푹 쉬었다. 외제차를 사기 싫은 우진이, 일부러 말도 안 되는 목표를 잡았다고 생각했으니 말이다. 하지만 석현의 생각과 달리,

우진의 목표는 많이 보수적인 것이었다. 지금 매출의 열 배 정도는 사실 올해 안으로 달성하는 것이 목표였으니까.

'어휴, 이런 단순한 놈들.'

그런데 우진이 그런 생각을 하고 있던 그때, 그의 휴대폰이 갑자기 울리기 시작하였다.

위이잉-!

이어서 발신자의 전화번호를 확인한 우진은 조금 의아한 표정으로 전화를 받았다.

— * —

원래 오늘 우진은 자동차 계약만 하고 집에 들어가 죽은 듯이 잠만 자려 했었다. 하룻밤 충분히 잤음에도 불구하고, 아직 피로가 남아있던 탓이다. 하지만 그는 집으로 향하던 길에 제이든의 차를 돌릴 수밖에 없었고, 그래서 결국 도착한 곳은 WJ 스튜디오의 작업실이었다. 근무 중이던 직원으로부터, 생각지 못했던 전화를 받았으니까. 작업실에 도착한 우진은 기다리고 있던 직원에게 물어보았다.

"정훈 씨, 자세히 좀 말해주세요. 누가 다녀갔다고요?"

임정훈은 지난달부터 WJ 스튜디오의 작업실에서 일하게 된, 석현이 데려온 직원이었다.

"그러니까 분명히 명성건설이라고 그랬거든요."

"명성이요?"

"네."

"거기서 왜…?"

뒷머리를 긁적거린 정훈이, 다시 말을 이었다.

"그야, 저희에게 작업 의뢰하고 싶어 찾아왔다고…."

"작업 의뢰라."

"작업 의뢰는 대표님 통해서 직접 하셔야 한다고 했는데도, 막무가내로 들어오더라고요."

"그래요?"

"작업실 한번 구경이라도 시켜달라고, 제법 큰 건으로 의뢰할지도 모른다면서 말이죠."

정훈의 말을 듣던 우진은 머리를 굴리기 시작하였다. 명성건설에서 작업실에 직접 찾아오는 것이 아예 불가능한 시나리오는 아니었으니 말이다.

'우리가 홈페이지가 따로 있는 것도 아니고, 대외적으로 발주처를 만들어놓은 것도 아니니… 외부에서 의뢰를 넣으려면 찾아와야 하는 건 맞지.'

지금까지 WJ 스튜디오는, 항상 인맥을 통해서만 작업을 의뢰받았다. 그것만 해도 사실 일손이 작업량을 못 따라갈 지경이었으니, 굳이 대외적인 홍보를 할 필요가 없었던 것이다. 천웅에서는 전국에 수주한 거의 모든 사업장의 모델하우스 모형 외주를 WJ 스튜디오에만 의뢰하였으며 천웅을 통해 소개받은 크고 작은 건설사들의 일들도 적잖이 많았으니 말이다.

그리고 이런 방식으로 운영하게 된 것은, 박경완의 부탁 때문이기도 하였다. 박경완은 WJ 스튜디오에서, 경쟁건설사들의 모형 외주를 최대한 받지 않길 원했으니까. 하지만 그럼에도 불구하고 WJ 스튜디오의 모형은 업계에서 슬슬 유명해지고 있었고, 그래서 다른 건설사들에서도 WJ 스튜디오를 찾기 시작하였다는 사실을 우진도 알고 있었다.

'명성이라… 명성… 정말 일을 의뢰하기 위해 찾아온 걸까? 왜 자꾸 뭔가 찝찝한 기분이 드는 거지?'

우진은 다시 정훈에게, 이것저것 물어보기 시작하였다. 어차피 당장 명성건설의 일을 받을 생각은 없었지만, 뭔가 개운하지 않았던 탓이다.

"정훈 씨, 그 사람들 들어와서 뭐 했어요?"

정훈이 대수롭지 않게 대답했다.

"말 그대로 작업장을 둘러봤어요."

"잠깐 둘러보고 나갔나요?"

"음… 잠깐은 아니에요. 거의 20분 정도는 있었던 것 같거든요."

"…?"

우진은 다시 의아한 표정이 되었다.

모형업체의 작업설비나 시설 같은 것을 보기 위해 잠깐 들어올 수는 있겠지만, 그것들을 보는 것은 사실상 5분이면 충분한 일이었다. 그리고 작업 중인 사무실에 그렇게 오래 머무는 것은 예의가 아니기도 하였다.

'뭐 하는 놈들이지? 확실히 뭔가 있는데….'

그런데 우진이 그렇게 고민하던 그때, 정훈이 갑자기 뭔가 생각났는지 다시 우진을 향해 입을 열었다.

"아, 그리고 대표님."

"말씀하세요."

"오셨던 분 중 하나가, 대표님 작업하시던 방에 들어가서 사진을 좀 찍으시더라고요."

"사진요?"

"네. 아까는 아무 생각 없었는데, 지금 생각해보니 뭔가 이상하네요."

"…!"

정훈의 말을 들은 우진은 뭔가 깨달음을 얻은 표정이 되어 곧바로 자신의 작업실로 들어가 보았다. 그리고 다음 순간, 우진의 입에서 낮은 웃음이 새어 나왔다.

"하하."

뭔가 꺼림칙하고 찝찝하던 기분이, 완전히 해소되는 것을 느꼈으니 말이다.

'그래, 이거였구나.'

지금 우진의 작업실에는, 그가 SPDC에 출품하기 위해 했던 모형 작업들의 잔재가 그대로 남아있었다.

그리고 이 어수선한 작업실을 굳이 사진으로 찍어갔다는 것은….

'김기태, 아무래도 그놈의 냄새가 나는 것 같은데… 한번 알아봐야겠어.'

김기태를 떠올린 우진의 표정이 순식간에 차갑게 식어버렸다.

— * —

김기태는 우진을 모르지만, 우진은 그를 너무 잘 안다. 물론 그의 인간관계나 배경 같은 것까지 세세하게 아는 것은 아니었지만, 적어도 그 인간 됨됨이만큼은 누구보다 적나라하게 안다는 뜻이었다.

'모를 수가 없지. 그렇게 데였는데 말이야.'

김기태는 누구보다 자존심이 세며, 겉과 속이 완전히 다른 사이코패스 같은 인물이었다. 겉으로는 항상 사람 좋은 척을 그렇게 하면서, 자신이 손해 보지 않기 위해서는 그 어떤 비열한 짓도 서슴지 않는 인물이었으니 말이다. 게다가 우진이 가장 이해할 수 없었던 부분은 그가 자신의 부정한 행동들을 아무렇지 않게 생각한다는 점이었다. 너무 쉽게 그것을 정당화해버린다거나, 혹은 그런 일이 아예 없던 것처럼 완벽히 잊어버린다거나.

[내가 그랬다고? 무슨 소리야. 다른 사람이랑 착각한 거겠지.]

[사람을 모함할 거면 증거를 가져와, 증거를. 이거 아주 안 될 놈이네.]

처음에는 그냥 단순한 발뺌인 줄 알았다. 하지만 시간이 갈수록 우진은 묘한 위화감을 느낄 수밖에 없었다. 그는 자신의 부정한 행동을 그냥 모른 척하는 것이 아니라, 그런 적이 없다며 자기 자신까지도 완벽히 속이는 느낌이었으니 말이다. 그 표정, 제스처, 그리고 모든 행동들까지. 그는 진심으로 억울해 보였고, 우진마저도 억울한 사람을 추궁하는 게 아닌가 하는 착각이 들 정도였다. 그러니까 그것은, 아무리 봐도 연기가 아니었었다. 우진은 그때, 이런 종류의 사람도 있을 수 있다는 것을 처음 알았다.

'이번 생에서는 어지간하면 상종도 하지 않으려 했었는데….'

하지만 어떤 운명의 장난 같은 것이었는지, 결국 이렇게 엮이고 말았다. 학년은 다르지만 같은 학교 같은 과의 학생이 되었으며, 같은 공모전에 출품까지 했다. 그리고 그 공모전에서, 우진은 김기태를 완벽히 실력으로 눌러버렸다.

"생각해보면 김기태가… 이걸 그냥 참고 있을 놈은 아니지."

김기태를 속까지 꿰고 있는 우진은 그가 어떤 식으로 행동했을

지 쉽게 유추할 수 있었다. 그래서 공모전 모형 작업을 하던 자신의 작업실을 찍어갔다는 얘기를 들은 순간, 곧바로 김기태와 연결 지을 수 있었고 말이다.

'김기태와 명성건설의 관계를 알아봐야겠어. 생각해보면 전생에도 데피노스는 거의 대부분의 경우 명성 건설 쪽과 일을 하곤 했었지.'

처음에는 당연히 심증만 있었지만, 그것을 물증으로 바꾸는 데까지는 그리 오랜 시간이 걸리지 않았다. 학과 사무실에 찾아가서 서류 몇 장 떼어보니, 너무도 쉽게 단서가 쏟아져 나온 것이다.

"조교님, 저 컴퓨터 좀 써도 될까요?"

"응? 뭐, 안 될 건 없지만… 왜?"

"교수님께서 학년별 명부 좀 뽑아달라고 하셔서요."

"아, 그래? 알겠어. 저쪽 컴퓨터 쓰면 돼."

우진은 3학년 학생명부에서 김기태의 이름을 찾을 수 있었고, 관련 서류를 전부 다 뒤지기 시작하였다. 그의 가족관계부터 시작해서 중·고등학교 졸업기록까지. 우진은 김기태가 나온 고등학교의 이름을 알아낸 뒤, K대 관계자인 척 전화하여 그의 학생기록부를 열람해볼 생각이었다. 대학교의 학생명부와 달리 중고등학교의 생기부에는 그와 관련된 자세한 이력이 기술되어 있을 테니 말이다. 하지만 결과부터 말하자면, 그럴 필요가 없어졌다.

'김진명? 어디서 들어봤는데.'

학생명부에 김기태의 아버지로 기록되어 있는 '김진명'이라는 이름을 발견한 순간, 아주 낯이 익다는 느낌을 받았으니 말이다. 해서 포털 사이트에 그 이름을 검색해본 순간.

탁-!

우진의 입에선 웃음이 새어나올 수밖에 없었다.

"줄줄이 묶여있는 굴비도 아니고, 이렇게 쉽게 딸려 나온다고?"

명성건설의 상무이사 김진명과 김기태의 아버지 김진명이 동일 인물이라는 사실을, 곧바로 알 수 있었으니까.

'이거 그림이 그려지는데….'

한번 단서가 확실하게 잡히자, 그다음부터는 훨씬 쉬워졌다. 김기태의 아버지가 명성건설의 상무이사라는 사실을 확인한 순간, 그가 어떤 식으로 행동했을지 전부 다 머릿속에 그려진 것이다.

'보나마나 공모전 작업도 명성건설의 인프라를 빌려서 쉽게 쉽게 갔겠지.'

우진은 SPDC 공모전 사이트에 업로드된 기태의 작품을, 다시 한번 자세히 살펴보았다.

'설계 수준을 보니 완전히 맡긴 건 아니었을 것도 같지만… 모형 제작이나 세부 설계도는 백 퍼센트 외주야.'

우진의 머리가 빠르게 회전하기 시작했다. 먼저 건드리지만 않았다면 그냥 상종하지 않으며 살 생각이었지만 이렇게 김기태가 먼저 이빨을 드러낸 이상, 그것을 그저 회피하는 것으로 끝내줄 생각은 없었다.

'주먹을 휘둘렀으면, 거꾸로 맞을 생각도 할 줄 알아야지.'

우진은 곧바로 가장 최근에 오픈된 명성건설의 모델하우스를 검색하였다. 그리고 홈페이지에서 그쪽 실무관계자의 전화번호를 확인한 뒤, 망설임 없이 전화를 걸었다.

"아, 안녕하세요. 명성건설 오 팀장님이시죠?"

"모델하우스에 들어가는 건축모형을 납품하고 싶어서 전화드렸는데요…."

"아, 이미 장기 계약이 되어 있다고요? 혹시 어떤 회사인지 알 수 있을까요?"

"예, 감사합니다. 좋은 하루 되세요!"

현장 구조를 거의 꿰고 있는 우진에게, 몇 가지 정보를 찾아내는 일은 너무도 쉬운 일이었다. 해서 그렇게 하루 한나절 정도를 투자한 결과 우진은 김기태를 완전히 옭아매는 데 필요한 정보들을 거의 다 수집할 수 있었다.

'최우수상이라도 만족하고 가만히 있지 그랬냐, 김기태. 그것도 네놈에겐… 과분한 상이었는데 말이야.'

우진은 자신이 수집한 모든 자료를 싹 다 정리하여, 서울시 디자인재단에 보낼 투서를 만들었다. 특히나 설계 단계에서 명성건설의 도움을 받았던 모든 정황들을 정리하여 꼼꼼하게 기록해 넣었다. 하지만 그럼에도 불구하고 우진은 뭔가 부족함을 느꼈다. 그가 조사한 자료들만 봐도, 누구나 김기태의 설계를 의심할 수밖에 없게 되겠지만 그렇다고 해서 '명백한 증거'라고 할 만한 확실한 물증이 확보된 것은 아니었으니 말이다.

정황이 아무리 김기태의 부정을 말해준다 한들 발뺌할 수 없을 정도의 명확한 물증이 없다면 김기태는 분명 무슨 수를 써서라도 미꾸라지처럼 빠져나갈 게 분명했으니까. 게다가 그렇게 김기태가 빠져나가는 데 성공해버린다면, 오히려 우진이 역풍을 맞을 가능성도 있었다. 명예훼손과 관련된 죄목을 들먹일 수가 있는 것이다.

'뭐, 괜찮은 방법이 없을까?'

그런데, 우진이 모니터를 응시하며 고민에 빠져있던 바로 그때.

드르륵-

우진의 방문이 열리며, 밖에서 작업 중이던 석현이 안으로 들어왔다.

"야, 우진."

"응?"

"내가 좀 도와줄까?"

우진의 시선이 닿은 석현의 입가에는 어느새 음흉한 미소가 떠올라 있었다.

— * —

석현은 고등학교 때부터, 공부를 무척이나 잘했다. 이공계열 쪽에서는 한국에서 탑으로 쳐주는 S대의 공대를 들어간 것만 봐도, 그것은 어렵지 않게 짐작 가능한 사실이었다. 그리고 우진은 종종 망각하는 사실이지만 석현의 전공은 공과대학 안에서도 컴퓨터 공학이었다. 석현의 이야기를 듣는 동안 우진은 그 사실을 다시 한 번 깨달을 수 있었다.

'맞네. 그리고 보니 얘, 컴공이었지.'

석현은 지금 우진이 뭘 하고 있는지, 대략적으로 들어 알고 있었고 우진은 생각지도 못하고 있던 해결책을 제시해주었다.

"그러니까 역으로 그 김기태인지 뭔지 하는 너희 선배한테 엿을 제대로 한번 먹여주고 싶다는 거 아냐."

"뭐, 그런 셈이지."

"부정행위 정황도 거의 확실하다는 거고."

"맞아, 그건 백 프로야."

석현이 씨익 웃으며 말했다.

"그럼, 메신저를 한번 털어보는 게 어때?"

"메신저…?"

"잘 생각해봐. 그 선배, 학교에서 작업하던 컴퓨터 같은 거 없어?"

2010년은 아직, 스마트폰이 보편화되기 이전이었다. 그래서 대부분의 소통은 문자나 메신저를 사용했었고, 특히 이런 팀 과제 같은 것을 할 때는, 메신저가 거의 필수라고 할 수 있었다.

'학과 컴퓨터실에서, 매번 패널 작업하는 걸 본 것 같긴 한데…'

하지만 컴퓨터에 대한 지식이 그리 깊지 못한 우진은 메신저를 털라는 석현의 말을 정확하게 이해하지 못했다.

"그런데 메신저는 어떻게 털어?"

"캐시 파일(Cache File) 까보면 돼."

"음…?"

"쉽게 말해, 채팅 기록이 컴퓨터에 남아있을 거라는 얘기야."

"아…?!"

석현의 설명을 들은 우진의 입에서, 저도 모르게 옅은 탄성이 흘러나왔다.

'그래. 외주를 넣었으면, 분명히 채팅 기록이 남아있을 수밖에 없어.'

디자인 외주라는 것은 통화 한 번으로 해결할 수 있는 종류의 것이 아니다. 작업물을 맡겼으면 컨펌이 오가야 했고, 특히 김기태 같은 성격이라면 어지간히 까다롭게 굴었을 것이 분명했다. 그리고 그 채팅 기록 안에서 명확한 증거를 찾아낸다면 그것이야말로 김기태를 오도 가도 못하게 만들, 확실한 무기가 되어줄 것이었다.

"어떤 메신저를 쓰는지는 잘 모르겠지만…"

"KSN메신저일 거야. 우리 학교 선배들, 거의 그것만 쓰더라고."

"아, 그래?"

"KSN이 유료문자까지도 연동돼서, 나도 요즘 계속 쓰게 되더라."

우진의 말을 들은 석현이 손뼉을 딱 치며 대답했다.

"좋아, KSN이면 더 편하겠네."

"왜?"

"캐시 파일에 간단한 암호화가 걸려 있을 텐데, KSN메신저 암호화 장치는 거의 애들 장난 수준이거든."

"그래?"

다른 유저의 대화 기록을 그렇게 쉽게 뜯어볼 수 있는 것인지 우진은 조금 의아했지만 석현은 정말 자신 있는 표정이었다.

"그 선배가 사용했던 컴퓨터만 찾을 수 있으면 돼. 그다음부턴 내가 알아서 해줄게."

하여 석현을 데리고 학교에 올라간 우진은 컴퓨터실의 문을 열고 구석자리에 들어가 앉았다. 컴퓨터실은 주말까지도 상시개방이었기 때문에, 들어가 작업하는 데에는 딱히 문제가 없었다. 공모전이 막 끝난 상황이라, 사람도 거의 없었고 말이다. 자리에 앉은 석현은, 신이 나서 우진에게 설명하기 시작했다.

"사실 메신저 대화 내용이라는 게, 누군가 해킹을 시도할 만큼 중요한 정보가 담긴 경우는 보통 없거든."

"불특정 다수의 수많은 채팅 기록 안에서, 유의미한 정보를 찾아내는 것 자체가 거의 불가능하니까."

"그래서 메신저 개발사에선, 거의 형식적으로만 암호화 작업을 해두는 경우가 보통이야."

"하루에도 어마어마하게 많은 대화가 오가는데, 암호화가 전부 들어가면 데이터 전송량만 늘어나고…."

탁-

"그게 다 결국 서버 비용이니까."

석현은 우진에게 장담했던 대로, 캐시 메모리에 저장되어 있던 대화 내용들을 순식간에 긁어내었다. 물론 그 안에서 김기태의 대화 기록들을 찾아내는 데까지는 생각보다 오랜 시간이 걸렸지만, 그래도 우진이 생각했던 것보다는 훨씬 수월하게 끝난 것이다.

"찾았다."

"…!"

컴퓨터실에 들어와 앉은 지 딱 두 시간 정도가 지났을 무렵 석현이 메모장에 옮겨놓은 김기태의 대화 내역 안에는 우진이 원했던 내용들이, 그야말로 적나라하게 들어차 있었다.

"크흐, 이거면 된 거지?"

우진은 석현의 머리를 살짝 헝클어뜨리며, 기분 좋게 웃었다.

"물론이야, 충분해."

미리 준비해온 USB에 채팅 기록을 그대로 담은 우진은 빠르게 컴퓨터실을 벗어나 작업실로 돌아왔다. 이것으로 모든 퍼즐이, 깔끔하게 완성되었다.

— * —

"삼촌, 오셨어요?"

"그래, 일찍 와 있었구나."

"커피라도 한잔하실래요?"

"좋지, 난 아이스 아메리카노."

"잠시만요, 주문하고 올게요."

K대 인근에 있는 작은 카페 한쪽에서, 두 사람이 마주 앉아 커피를 마시기 시작하였다. 멀끔한 정장의, 사십 대 중후반 정도로 보이는 한 명의 남자와 캐주얼한 면바지에 깔끔한 후드티를 걸친, 대학생으로 보이는 한 사람. 그는 K대 3학년인 김기태였고, 마주한 사람은 그가 삼촌이라 부르는 명성건설의 직원 윤영운이었다.

"그래, 학교에서는 뭐 좀 찾은 게 있냐?"

"아뇨. 지난번에 말씀드렸잖아요. 얘들 거의, 외부에서만 작업했다고요."

"그랬지."

"학교엔 남아있는 게 거의 없어요. 이 새끼들, 죄다 업체에다 외주 넣은 게 분명해요."

기태의 표정을 확인한 윤영운은 속으로 살짝 한숨을 쉬었다. 겉으로는 꽤나 침착한 척 무표정한 얼굴을 유지하고 있었지만, 그를 오래 알아온 영운에게는 부글부글 끓고 있는 속이 보였던 탓이다.

'어지간히 억울한가 본데.'

사실 영운은 기태에게 처음 이 이야기를 들었을 때, 1학년 학생들이 설계부터 시작해서 모든 디자인 프로세스를 전문 설계사무실에 의뢰했다고 생각했었다. 만약 그게 사실이라면 기태의 입장에서도 억울할 것이라 생각했고. 그래서 적극적으로 그의 편을 들며, 조사에 가담했던 것이고 말이다. 하지만 어느 정도 조사가 진행된 지금, 영운은 이 상황이 무척이나 애매하다고 느끼고 있었다.

'이러면 사실, 기태랑 다를 게 없잖아.'

지난 며칠 동안 영운이 찾아낸 것은 우진의 모형을 제작했을 것으로 추정되는 WJ 스튜디오라는 업체와, 그 업체 내부에서 발견한 우진의 모형에 대한 흔적 정도. 다시 말해 설계 자체를 외부에 의뢰했다거나 하는 흔적들은 전혀 찾을 수가 없었던 것이다. 그리고 만약 이 1학년 팀이 외주를 맡긴 게 모형제작뿐이었다면, 오히려 기태가 나을 것이 없었다. 모형이야 기태도 완전히 업체에 맡긴 상황이었으며, 기태는 한술 더 떠서 세부설계까지 명성건설의 도움을 받은 상황이었으니까. 원래는 겨 묻은 개가 똥 묻은 개 나무라는 격이었다면, 이제 똥 묻은 개의 포지션이 오히려 기태가 되어버린 것이다.

"흐음….."

"삼촌은 뭐 좀 찾으신 거죠? 그렇죠?"

기태와 눈이 마주친 영운은 천천히 고개를 끄덕였다.

그리고 자신이 찾은 증거들에 대해 간단하게 설명해주었다.

"그러니까 이 사진들을 보면, 그 1학년 팀이 출품한 모형 작업현장인 걸 바로 알 수 있어."

"확실히 그러네요."

"여기가 WJ 스튜디오라는, 너희 학교 근처의 모형작업장이거든."

"아….."

"최근에 업계에서도 이슈가 좀 됐던 곳이야."

"업계에서요?"

"얼마 전에 천웅건설 홍보관에 여기에서 작업한 건축모형 들어왔었는데, 완전히 대박 났거든. 모형 퀄리티를 진짜 실사처럼 뽑아내는 업체야."

"후우, 역시….."

자신의 예측이 확실히 맞아떨어지자, 기태는 더욱 분노한 표정이 되었다. 주먹을 꽉 쥔 기태의 손에는, 핏기마저 사라진 느낌이었다.

"이거 말고 다른 정황은 없어요?"

"응. 꽤나 공들여서 조사해봤는데, 설계 의뢰나 디자인 의뢰가 보이는 정황은 없더라고."

"음….'

"나도 모르는 해외업체를 1학년들이 알고 있는 게 아닌 이상, 설계는 걔들이 한 게 맞는 것 같아."

잠시 기태의 표정을 살피던 윤영운이, 낮은 목소리로 다시 입을 열었다.

"그래서 말인데, 기태야."

"네, 삼촌."

"그냥 여기서 접는 건 어떠냐."

"예?"

"어차피 외주로 뽑은 부분이 모형뿐이고, 설계나 디자인은 걔들이 직접 한 거라면…."

하지만 윤영운의 그 말은, 더 이상 이어질 수 없었다.

"아니, 삼촌. 그건 아니죠."

"뭐?"

"지금 저는, 걔들을 의심하는 게 아니라 확신하고 있는 거예요."

"그게 무슨 말이야?"

기태의 목소리는 점점 더 커지기 시작했다.

"그냥 증거가 나오지 않은 것뿐이지, 걔들은 분명히 디자인이고 설계고 싹 다 의뢰했어요."

"….'

"삼촌도 아시잖아요? 1학년 수준에서 그런 설계가 가능할 것 같아요? 절대 아니죠."

김기태는 점점 더 흥분하고 있었고, 영운은 가만히 그의 말을 듣기만 하였다.

"어차피 SPDC 규정상, 모형이 외주인 것만 밝혀져도 무조건 수상 취소예요."

"그건 그렇지."

"삼촌이 찾아주신 것만 해도 충분히 보내버릴 수 있으니까."

슥-

기태는 영운이 책상 위에 올려둔 USB를 그대로 가져가 주머니에 집어넣었다.

"이건 제가 가지고 갈게요. 고생하셨어요, 삼촌."

입을 달싹이려던 영운은, 짧은 한숨과 함께 고개를 끄덕였다.

"휴우, 그래."

'모형은 너도 의뢰했잖아'라는 말이 목구멍까지 튀어나왔지만, 차마 그것을 입 밖으로 꺼낼 수는 없었다. 지금 눈앞에 있는 기태의 얼굴에서, 흡사 광기 같은 것이 느껴졌으니 말이다.

'그래, 뭐. 좋은 게 좋은 거지.'

그의 상관이자 기태의 아버지 김진명에게 어떻게 보고해야 할지 잠깐 고민이 되었지만, 결국 영운은 고개를 절레절레 저어버렸다. 어차피 김진명은 이런 사소한 과정을 별로 궁금해하지 않을 것이다. 그가 원하는 것은 결국 결과일 뿐. 기태의 말처럼 자신이 찾아낸 증거만 가지고도 1학년 학생들의 대상 수상은 취소되고 남을 것이고, 그 자리는 기태의 것이 될 게 분명했다. 영운은 찝찝함에 입맛이 조금 썼지만, 그거면 되었다고 생각했다. 적어도 그 '결과'가 바뀔 일은 없을 테니까.

— * —

주말이 지나고 월요일이 왔다. 우진은 여느 때와 다름없이 조금 일찍 등교하였고 우진이 도착한 1학년 과실은 지난주에 있었던 SPDC에 대한 이야기로 시끌벅적하였다.

"야, 그거 들었어? 올해 SPDC 대상, 우진 오빠네 팀이 받았대."

"진짜? 헐. SPDC 엄청 빡센 거 아니었어? 선배들도 상 받기 어려운 수준이래서, 난 아예 출품도 안 했는데."

"일 학년 딱 세 팀 출품한 것 같은데, 세 팀 전부 상 받았어."

"정말이야?"

"우진 오빠네 대상. 선빈이네 우수상. 유림이네가 특선."

"와, 대박. 부럽다…."

"젠장. SPDC 특선이면, 대외활동 점수 한 방에 50점 채우는 거 아냐?"

"맞아."

"졸업 때까지 그거 100점 채워야 한다던데."

"선빈이네 팀은 60점이고, 우진 오빠네 팀은, 그냥 한 방에 100점이야. 대상은 그냥 프리패스라고."

"우와…."

드르륵-

과실 문을 열자 소란스러움을 느낀 우진은 평소처럼 소리 없이 들어와 자리를 잡고 앉아 노트북을 폈다. 수업까지 남아있는 한 시간 동안, 오늘 제출해야 하는 과제를 최종 점검하기 위해서 말이다. 하지만 우진의 그 계획은, 시작부터 틀어질 수밖에 없었다.

"야, 우진 오빠 왔다."

"어, 정말?"

"형! 우진 형이다!"

평소에는 조용조용한 우진이 과실에 나타나던 말든 거의 신경도 쓰지 않았던 동기들이 우진이 책상에 앉자마자, 그를 에워싸며 우르르 모여든 것이다. 우진은 잠깐 당황했지만, 곧 그 이유를 깨달을 수 있었다.

"형, SPDC 대상 받았다며? 작품 좀 보여주면 안 돼?"

"오빠, 축하해. 아침에 기사 봤어. 대박!"

"누구랑 팀이었어? 소연 언니?"

"소연 언니랑 제이든."

"와, 부럽다… 나도 같이하자고 할 걸….'

SPDC는 건축 디자인을 전공하는 디자인학부생이 쌓을 수 있는 최고의 스펙 중 하나였고 거기서 무려 대상이라는 쾌거를 이뤄낸 우진에게 관심을 보이지 않는 게 오히려 이상한 것이었으니 말이다. 동기들의 반응은 순수한 호기심과 부러움 같은 것들이었기 때문에 딱히 기분이 나쁘지는 않았다.

"그냥 운이 좋았던 거야, 운이."

"에이, 무슨 말도 안 되는 소리야?"

"맞아, 대상 작품은 실제 시공설계까지 진행해준다던데?"

"대상 수상할 만한 작품이 없으면, 대상 자리를 비워버릴 때도 있다고 들었어."

"운으로 당선된 설계를, 서울시에서 시공까지 해줄 리가 없잖아."

"맞아, 맞아!"

우진을 둘러싸고 재잘거리는 동기들은, 기분이 무척이나 좋아

보였다. 뭔가 같은 학번에 소속된 동기가 졸업반 선배들까지 제치고 대상을 수상했다는 사실이 자랑스럽고 뿌듯한 모양이었다. 사실 SPDC라는 공모전 자체가 1학년들의 입장에서는 다른 세상 같은 느낌이었기 때문에, 시기 질투나 부러움보다는 자랑스럽고 신기한 감정이 더 크다고 할 수 있었다.

"그러니까 빨리, 작품 작업한 것 좀 보여줘!"

"보여줘!"

"모형 전부 디자인재단에 출품했는데, 나한테 지금 없지."

"패널이랑 피피티 파일은 있을 것 아냐."

"맞아."

"거기 모형 사진도 다 있을 텐데, 왜 이러실까."

"밑장 빼지 마시고. 빨리!"

"아, 알겠어, 보여줄게. 잠깐만."

우진은 동기들의 성화를 못 이겨 노트북에 저장해 둔 작업 파일들을 오픈하였다. 이어서 하나씩 그것들을 보여주기 시작하자, 동기들의 눈은 완전히 휘둥그레졌다.

"뭐… 뭐야. 이 오빠, 무서워."

"우리랑 같은 학년 맞아?"

"제도 시간에 만날 잠만 자던 오빠 아니었어? 이게 다 뭐람."

"와… 형…."

"우와, 우진 오빠 개 멋있어."

우진의 옆에 모여든 학생들은 저마다 감탄하며 한마디씩 떠들어 댔고, 우진은 멋쩍은 표정으로 그 광경을 지켜보았다. 학부생 1학년에 불과한 동기들의 칭찬이었지만, 그래도 칭찬이 싫지는 않았으니 말이다. 하지만 잠시 후 제이든이 합류했을 때, 우진은 뭔가 잘못됐다는 사실을 깨닫기 시작하였다.

"유후, 제이든 등장!"

"제이든!"

"제이든 등장이 뭐냐? 오그라들게."

"괜찮아, 제이든. SPDC 대상 받았으면, 오늘 하루 정도는 등장해도 돼."

"난 건축 디자인계의 슈퍼루키 제이든이라고. 곧 스타 디자이너가 될 몸이지. 혹시 나한테 사인 받고 싶은 사람은 없어?"

학교에 오자마자 텐션이 절정으로 치솟은 제이든이 미친 듯이 날뛰며 떠들어대기 시작한 것이다. 게다가 더욱 고통스러운 것은, 다른 동기들까지 신이 나서 제이든의 장단을 맞춰주고 있다는 것이었다.

"맞아, 슈퍼루키 제이든. 공모전은 당연히, 제이든이 캐리했겠지?"

"물론이야."

"발표는 우진 오빠가 했다던데?"

"우진은 훌륭했어. 하지만 제이든이 없었다면 아무것도 할 수 없었겠지."

"크…!"

"소연도 마찬가지야. 둘 다 Genius지만, 결국 제이든이 있었기 때문에 모든 게 가능했던 거니까."

우진이 중간에 태클을 걸어봤지만….

"하… 대체 뭐라는 거야?"

"제이든은 훌륭하다는 이야기를 하는 거야."

애초에 날뛰기 시작한 제이든은, 가벼운 태클 정도로 저지할 수 있는 존재가 아니었다.

"차라리 영어로 말해줘, 제이든. 무슨 말인지 하나도 모르겠어."

"우진, 영어 잘 못 하잖아?"

"어차피 못 알아듣는 건 똑같아. 그렇다면 스트레스가 덜한 쪽을 택하겠어."

"어리석은 우진!"

수업이 가까워질수록 과실에는 점점 더 많은 학생들이 모였고 그것은 곧, 우진의 고통도 그만큼 커졌음을 의미하였다.

"어때, 이제 제이든의 위대함을 좀 알겠지, 우진?"

"시끄러."

"소연이 없어서 아쉬워. 소연이라면 분명 제이든의 훌륭함에 대해 이해했을 거야."

"제발 이제 수업 준비나 하자, 제이든."

그런데 그렇게 수업이 20여 분 정도 남았을 즈음 우진은 예상치 못한 상황 덕에, 제이든의 마수에서 벗어날 수 있었다. 1학년 과실에, 의외의 손님이 찾아온 것이다.

"엇, 선배! 무슨 일이세요?"

"혹시 과실에 우진이 있니?"

"아, 우진 오빠요? 저기 있어요. 잠시만요!"

소리를 들은 우진은 반사적으로 고개를 돌렸고, 그곳에서 낯익은 얼굴을 발견할 수 있었다. 결코 반가울 수 없는, 어쩌면 우진이 이 학교 안에서 가장 싫어하는 얼굴. 하지만 우진은 밝게 웃으며, 자리에서 일어났고, '그'를 향해 성큼성큼 걸어갔다. 갑자기 나타난 불청객 김기태는 우진이 아주 싫어하는 인물이었지만, 그것과 별개로 이 상황 자체는 전혀 싫지 않았으니 말이다.

"선배, 여긴 어쩐 일이세요?"

우진의 웃는 얼굴을 마주한 김기태가, 그를 마주 보며 웃었다. 그리고 그 기분 나쁜 미소와 함께, 우진을 향해 천천히 입을 떼었다.

"잠깐 박준민 교수님 집무실로 올래? 할 얘기가 조금 있거든."

김기태의 목소리를 들은 우진은 오히려 기분이 더 좋아졌다. 우진은 오늘 벌어질 일들이, 기대돼서 아주 미칠 것만 같았다.

칼을 뽑아들 때에는

선빈은 오늘, 조금 심란한 기분으로 학교에 왔다. SPDC에서도 우수상이라는 훌륭한 성적을 거뒀으며, 그것은 평소에 칭찬에 인색한 아버지조차도 함박웃음을 지으실 정도의 훌륭한 성과였지만 그럼에도 선빈이 심란한 데에는 복합적인 이유가 있었다. 우선, SPDC가 끝난 뒤 오늘 학교에 도착하기 전까지 그러니까 주말 내내 심란했던 이유는, 같은 동기인 우진에게 비교조차 부끄러울 정도로 완벽히 밀려버렸다는 것이었다.

우수상을 받은 것은, 사실 선빈도 충분히 만족할 만한 성과다. 하지만 선빈은 우수상보다도, 우진을 이기고 싶은 마음이 더욱 컸었다. 처음 O.T에서 우진과 함께 디자인의 밤을 치렀을 때부터 그의 마음속 한쪽 구석에는, 열등감이라는 것이 조금씩 자리 잡기 시작했으니 말이다. 선빈은 우수상이 아니라 특선에서 성적이 그쳤더라도, 우진을 이겼더라면 지금보다 훨씬 기뻤을 것이었다.

하지만 이 심란한 감정은, 학교에 와서 느낀 심란함에 비하면 아무것도 아닌 수준이었다. 바로 방금 전, 박준민 교수로부터, 생각지도 못했던 이야기를 들었으니 말이다.

"선빈아, 어쩌면 네가 받을 상, 우수상이 아니라 최우수상이 될 수도 있겠더라."

"네? 교수님, 그게 무슨 말씀이세요?"

"나도 바로 방금 전에 기태에게 들은 이야긴데…."

"3학년 학회장, 기태 선배요?"

"그래, 그 김기태."

박준민은 씁쓸한 표정으로, 충격적인 말을 선빈에게 꺼내었다.

"네 동기 우진이 있잖냐. 이번에 대상을 받은."

"예, 그런데 우진이 형이 왜요?"

"치팅을 했다는구나."

"예에…?"

"모형부터 시작해서 설계까지, 싹 다 외부 설계사무소에 의뢰를 한 모양이야."

"…!"

"기태 말에 의하면 이미 증거까지 충분히 있다는데…."

"그, 그럴 리가요."

"이미 주말에 서울시 디자인재단 측에 투서가 들어갔을 거라고 하더구나."

"기태 선배가요?"

"응, 건설업체 관계자 쪽에서 그 사실을 먼저 눈치채서, 투서를 보낸 모양이더라고."

박준민 교수의 이야기처럼, 우진의 대상 자격이 박탈당한다면, 선빈이 받게 될 상은 달라진다. 이번 공모전에서 그의 순위는 정확히 5위. 최우수상을 받을 수 있는 순위에서, 한 계단 부족한 순위였으니 말이다. 하지만 기쁨보다 훨씬 더 크게 다가오는 감정은 혼란스러움일 수밖에 없었다. 선빈이 아는 우진은 결코 그럴 형이 아니었으니까. 우진에게 열등감이 있다고 해서 그의 성품까지 의심할 정도로 선빈의 그릇이 그렇게 좁지는 않았다.

'물론 공모전에 가져왔던 작품은 내가 봐도 당황스러울 정도로 하이 퀄리티였지만…,'

정말 솔직하게 얘기하자면, 선빈 또한 우진이 출품한 작품의 수준을 믿기 힘든 것은 마찬가지였다. 그것은 우진의 실력이 뛰어나다는 사실을 넘어서, 지난 반년 동안 치열했던 그의 노력마저 부정당하는 느낌이 들 정도의 결과물이었으니 말이다. 우진이 최종심사에서 발표를 했을 땐, 그에게서 넘을 수 없는 어떤 벽까지 느꼈던 선빈이었다.

'하지만 그런 수까지 안 쓰더라도, 충분히 입상할 실력이 있는 형인데… 위험부담까지 감수해가면서 치팅을 했을까?'

선빈은 우진이 그러지 않았을 것이라고 생각하면서도, 가슴 한편에는 묘한 기대감을 가질 수밖에 없었다. 자신이 받을 상이 최우수상으로 격상되는 것도 당연히 좋지만 그것보다 이렇게 된다면, 우진을 이긴 것이나 다름없었으니 말이다. 그래서 선빈은 혼란스러웠다. 그리고 박준민 교수의 집무실 소파에 앉아있는 지금, 아무런 말도 꺼낼 수가 없었다. 박준민 교수가 다시 그에게 말을 걸기전까지는 말이다.

"선빈이 너, 우진이랑 친분이 좀 있지?"

"네, 그럭저럭 친한 편이죠."

"아마 곧 기태가 우진이를 데리고 올 테니까, 오면 이야기 좀 잘 해봐."

"무슨 얘기요, 교수님?"

준민의 표정이 다시 씁쓸해졌다.

"일이 더 커지기 전에, SPDC 측에 먼저 자수하라고 말이야. 그렇게 한다면, 내가 학교 쪽은 잘 무마해볼 생각이거든."

"…."

"너희는 이제 1학년 신입생이고, 얼마든지 이런 실수를 저지를 수 있는 나이니까."

준민은 거의 확신하는 표정이었고, 그런 그의 생각을 선빈도 이해하였다. 만약 선빈도 우진의 진면목을 경험해본 적이 없었더라면, 준민과 똑같이 생각했을 테니 말이다. 그만큼 우진이 출품한 작품의 퀄리티는, 신입생의 것이라기에 너무 비현실적이었다. 그래서 선빈은 작은 목소리로 대답했다. 딱히 다른 할 말이 있지도 않았으니까.

"예."

선빈의 대답을 들은 준민은, 소파에서 일어나 성큼성큼 교수실 안쪽으로 걸어 들어갔다. 이어서 탁자 위에 있던 라이터를 집어든 그는, 창가에 앉아 담배에 불을 붙이고 깊게 빨아들였다.

"휴우."

박준민 또한, 선빈 못지않게 무척이나 심란한 표정이었다. 바로 어제까지만 하더라도 그는 1학년 신입생의 대상 소식을 진심으로 기뻐하던 교수 중 한 명이었으니까.

'학과장님껜 어떻게 보고를 올려야 할지….'

그리고 그렇게 10여 분 정도의 시간이 흘렀을까? 준민과 선빈 두 사람만이 어색하게 남아있던 공간에,

드르륵-

그들이 기다리고 있던 두 사람이 모습을 드러내었다.

— * —

박준민 교수의 집무실로 향하기 시작했을 때, 김기태와 우진 사이에는 어색한 침묵이 흐를 수밖에 없었다. 하지만 그것도 잠시뿐. 먼저 입을 연 것은 우진보다 조금 앞서 걷고 있던 김기태였다. 이동하는 동안 아무 말 없이 가만히 있기엔, 그는 지금 입이 너무 근질거리던 상태였으니까.

"서우진, 지금 박 교수님 집무실에 왜 불려 가는지 혹시 알아?"

우진은 앞서가는 김기태의 표정이 보이지는 않았지만, 한 가지 사실을 어렵지 않게 알 수 있었다. 지금 그의 표정이 제법 상기되었다는 사실 말이다.

'눈엣가시 같던 후배를 치워버릴 생각에, 아주 신바람이 나셨겠지.'

굳이 김기태의 속에 들어가 보지 않아도, 우진은 지금 그의 기분을 알 수 있었다. 감히 치팅까지 해가며 선배의 대상 입상을 방해한, 재수 없는 후배를 밟아주는 것은 김기태의 성품에, 적잖은 쾌감을 줄 만한 일이었으니까. 물론 우진은 김기태가 기대하고 있을 그 쾌감을, 굴욕과 수치스러움으로 바꿔줄 준비가 되어 있었지만 지금은 기태의 장단에 좀 맞춰줄 생각이었다. 사실 우진 또한 지금의 상황을 조금은 즐기고 있었으니까.

"잘 모르겠습니다."

"그래? 정말 몰라?"

"으음… 제도 수업은 과제도 다 제출했고 기말도 잘 본 것 같은데, 정말 무슨 일로 부르셨는지 모르겠네요."

해맑기 그지없는 우진의 목소리에, 기태의 걸음이 살짝 느려졌다. 어차피 잠시 후면 불쾌하게 능글거리는 이 낯짝까지도 완전히 구겨버릴 수 있을 테지만 그래도 너무 태연한 모습을 보이니, 조금 약이 오른 것이다.

"잘 생각해봐, 서우진. 힌트를 하나 주자면, 좋은 일로 가는 건 아니야."

기태의 목소리를 들은 우진은 장단을 맞춰주려던 조금 전의 계획도 잊은 채, 하마터면 그 자리에서 웃음을 터뜨릴 뻔했다. 타이르기라도 하듯 말하며 우진을 압박하려는 모양새가, 꽤 유치하고 안타까워 보였으니까. 하지만 학생들이 지나다니는 학과 복도에서 기태와 주먹다짐을 하고 싶은 생각은 전혀 없었기 때문에 우진은 겨우 그 웃음을 참아낸 뒤, 다시 연기하기 시작하였다.

"그, 글쎄요. 선배. 제가 딱히 잘못한 건 없는 것 같은데…."

우진의 말을 들은 기태는 더욱 복장이 터질 것 같은 표정이 되었지만, 아랫입술을 깨문 채 계속 걸음을 옮길 수밖에 없었다. 조금만 참으면 이 낯 두꺼운 녀석을, 제대로 혼내줄 수 있을 터였다.

저벅- 저벅-

하여 박준민 교수의 집무실 앞에 도착한 기태는, 가볍게 문을 두들긴 뒤 입을 열었다.

"교수님, 기탭니다."

"그래, 들어와."

드르륵-

이어서 우진과 기태는, 나란히 박준민 교수의 앞에 앉게 되었다.

가장 먼저 운을 뗀 것은, 박준민 교수였다. 그리고 그 첫 마디는, 김기태가 했던 말과 거의 같은 이야기였다.

"우진이 너, 내가 왜 불렀는지 알고 있니?"

하지만 우진은 느낄 수 있었다. 그 안에 담겨있는 감정 자체는 기태의 그것과 완전히 다른 것이라는 사실을 말이다. 김기태의 목소리에는 멸시와 분노 그리고 우월감 등의 복잡하고 부정적인 감정이 담겨있었다면, 우진이 박준민 교수의 목소리에서 느낀 감정은 안타까움이었으니까. 그래서 우진은 담백한 어조로 대답하였다.

"아뇨, 잘 모르겠습니다."

우진의 대답에 김기태는 경멸의 시선을 보내왔고 박준민은 그럴 줄 알았다는 듯, 곧바로 다시 말을 이어갔다.

"SPDC에 출품해서 대상을 받은, 네 작품 말이다."

"예, 교수님."

"그거, 전부 네가 한 것 맞아?"

박준민의 질문에 잠시 장내에 정적이 흘렀다. 바로 건너편 소파에서 그 대화를 듣고 있던 선빈까지도, 우진의 다음 말을 기다리는지 숨죽이고 있었으니까. 그리고 그 찰나의 정적을 깬 것은 여전히 담담한 우진의 대답이었다.

"전부 제가 했을 리가요."

"음…?"

"제 팀원 한소연, 제이든. 두 사람도 같이 작업했는걸요."

우진의 답을 들은 박준민의 표정에, 처음으로 노기가 어렸다.

"너, 지금 나랑… 말장난이나 하려는 거냐, 서우진."

하지만 준민의 이런 반응까지도 이미 생각하고 있던 우진은 아무런 표정 변화 없이 계속해서 말을 이었다.

"전, 교수님께서 왜 이러시는지 아무리 생각해도 모르겠습니다."

"뭐?"

"방금 제 입장에선, 있는 그대로를 말씀드린 것뿐인데 이렇게 화나신 이유를 모르겠다는 얘깁니다."

우진의 대답에 준민은 벙찐 표정이 되어버렸고, 옆에 있던 기태가 참지 못하고 대화에 끼어들었다.

"서우진, 너 바보야?"

"그럴 리가요."

"교수님께서 정말 아무런 이유 없이, 널 여기까지 부르셨을 거라고 생각해?"

우진 또한 짐짓 화난 표정을 지으며, 기태의 물음에 반발하였다.

"이유야 있겠죠."

"뭐…?"

"그렇게 어이없는 표정 짓지 마시죠, 선배. 지금 가장 어이없는 건 저니까요."

우진은 조금 더 딱딱해진 어조로, 다시 말을 이었다.

"갑자기 절 여기에 불러놓고 이유도 알려주시지 않은 채로 이렇게 얘기하시면, 전 대체 뭐라고 대답해야 합니까?"

우진은 박준민과 김기태를 번갈아 응시하였고, 둘은 그대로 말을 잃어버렸다. 우진이 이렇게까지 당당하게 나올 줄은, 둘 중 누구도 생각지 못했으니 말이다. 하지만 아무리 당당하다고 한들 기태는 이미 증거까지 두 눈으로 똑똑히 본 상태였고, 그래서 우진의 이 당당함을 허세라고 생각할 수밖에 없었다.

"대체 뭘 믿고 이렇게 당당한진 모르겠지만."

기태가 우진을 노려보았다.

"이미 네가 치팅했다는 증거까지, 싹 다 SPDC 측으로 넘어갔어."

기태는 이야기를 하며, 우진의 표정 변화를 살폈다 증거에 대한 말까지 꺼낸다면, 아무리 배짱 좋은 우진이라도 움찔할 것이라 생각했으니 말이다. 하지만 우진으로선 자신이 직접 짜놓은 판 위에서 당황할 하등의 이유가 없었고 점점 더 이 상황이 즐거울 뿐이었다. 다만 조금 놀란 척은 해줘야 계획대로 판을 굴릴 수 있기 때문에, 두 눈을 크게 뜨며 기태를 향해 반문하였다.

"치팅이라뇨?"

그리고 김기태는 기다렸다는 듯, 곧바로 우진을 물어뜯기 시작하였다.

"네 디자인, 설계 그리고 모형까지. 싹 다 외주로 작업한 증거까지 다 나왔어, 인마."

기태의 말을 들은 우진은 이번에는 진심으로 어이없는 표정이 되었다.

'뭐? 디자인에 설계? 이 새끼는 대체 무슨 망상을 하는 거야?'

WJ 스튜디오의 작업실에서 확보해 간 사진을 통해, 모형 외주라는 프레임을 씌울 거라는 것은 당연히 예상하고 있었다. 하지만 증거 비슷한 것도 있을 리 없는 설계나 디자인까지도 당연히 외주작업이라 생각하며 엮어 넣을 줄은, 우진조차 전혀 예상하지 못했다. 그러나 예상 범위를 벗어난 기태의 이야기와 별개로 어떻게 된 건지는 금방 알아차릴 수 있었다. 김기태라는 캐릭터를 너무 잘 알기 때문에, 가능한 일이었다.

'이놈에겐, 그게 너무 당연한 거겠지. 신입생이 자신보다 나은 설계를 할 수 있다는 전제 자체가, 뇌 구조에 존재하지 않을 테니까.'

우진은 점점 더 흥미진진해지는 것을 느꼈다. 오늘 이 자리의 끝에 남은 김기태의 표정이, 점점 더 궁금해지기 시작한 것이다. 어쩌면 우진은 지금의 이 상황을, 조금만 즐기고 있는 것이 아닐지도 몰랐다.

— * —

우진의 계획은 치밀했다. 그의 목적은, 단순히 김기태를 짓밟는 것에서 끝이 아니었다. 그랬다면 이렇게 아무것도 모르는 척 연기하는 것조차, 처음부터 할 이유가 없었을 테고 말이다. 우진은 자신이 짜놓은 이 판의 마지막에서, 오로지 억울한 누명을 쓴 신입생으로 남기를 원했다.

박준민은 물론 김기태조차도 기태의 치팅에 관련된 투서를 SPDC에 보낸 사람이 우진이라는 사실을 모르도록 만들 작정이었다. 김기태를 대놓고 적대시하여 시원하게 밟아주는 것도 재밌기는 하겠지만, 그러면 결국 흙탕물 싸움이 될 것이다. 우진이 투서를 보낸 것을 알게 된다면, 기태는 명성건설의 힘을 등에 업고 어떻게든 우진을 방해하기 위해 혈안이 될 테니까.

물론 그 흙탕물 싸움이 무서운 것은 아니었지만, 똥은 본래 더러워서 피하는 법. 우진이 보고 싶은 것은, 자신을 공격하는 존재가 누군지도 모른 채, 허공에 분풀이를 하며 몰락해가는 김기태의 모습이었다. 때문에 우진은 정말 억울한 표정으로 김기태와 박준민을 번갈아가며 보았다.

"그럴 리가요. 뭔가 오해가 있나 봅니다, 선배."

김기태가 웃었다.

"오해? 웃기고 있네."

하지만 우진은 말을 멈추지 않았다.

"오해가 아니라면 뭐란 말입니까. 저는 결백한데, 증거가 있다니요."

김기태는 어이없는 표정으로 다시 입을 열었다.

"와, 이놈. 진짜 엄청 뻔뻔하네. 야, 잠시 후면 드러날 거짓말을 그렇게 뻔뻔하게 하는 이유가 뭐냐?"

"잠시 후요?"

"그래. 곧 서울시 디자인재단에서 전화가 올 거다. 교수님께서 네가 오기 전, SPDC 쪽에 문의를 넣어놨거든."

"무슨 문의 말입니까?"

"주말에 네 부정행위에 대한 증거자료가 디자인재단으로 넘어 갔어. 교수님은 우리 학교 지도교수 차원에서, 그 결과를 공유 요청드린 거고 말이지."

박준민은 아무 말 없이 둘의 대화를 지켜보고 있었다. 하지만 그 것과 별개로, 뭔가 이상함을 느끼고 있었다.

'기태, 저 녀석은 왜 필요 이상으로 흥분한 것 같지?'

처음 후배의 부정사실을 준민에게 전할 때만 해도, 분명 기태는 이런 태도가 아니었다. 후배의 대상 수상을 진심으로 축하하고 있 었는데, 너무 안타깝다는 듯한 선배의 태도. 하지만 지금 기태의 모습은, 그때와는 전혀 달랐다. 그는 우진에게 화를 내는 것을 넘 어서, 악이라도 오른 듯한 모습이었으니까. 그리고 한 가지 더. 우 진의 당당한 태도가 계속해서 이어지자, 슬슬 이쪽도 뭔가 이상함 이 느껴지기 시작했다.

"그럼 정말 잘됐네요."

"뭐?"

"선배 말씀대로라면, 잠시 후에 제 말이 거짓이 아니라는 게 밝혀질 테니 말입니다."

우진의 부정을 확신하는 입장에서, 그의 태도는 위화감이 들 수밖에 없었다. 이쯤 되면 단순한 배짱으로 치부하기에는, 우진이 너무 여유로워 보였으니 말이다. 기태가 말하는 '증거'라는 것을 두 눈으로 본 적 없는 준민은 그 위화감을 더 크게 느끼고 있었고, 증거를 직접 확인한 기태조차도 조금씩 당황하기 시작하였다.

'삼촌이 주신 증거는 틀릴 리가 없어. 대체 이 미친놈은 뭘 믿고 있는 거지?'

그리고 기태의 그런 당혹감을 눈치챈 우진은 그를 조금 더 놀려주고 싶어졌다.

"교수님."

우진이 부르자, 준민은 살짝 당황한 표정으로 대답했다.

"응?"

"그 SPDC에서 올 전화 말입니다. 혹시 언제쯤 올까요?"

우진은 아예 의자까지 쭉 당겨 앉으며, 넉살 좋은 표정으로 말을 이었다.

"선배도 그렇고 교수님도 그렇고, 뭔가 크게 오해가 있는 것 같은데… 아무래도 오해를 풀고 여기서 나가야 제가 마음이 편할 것 같아서 말입니다."

기태는 아예 입이 쩍 벌어져 버렸고, 준민은 묘한 표정이 되었다. 이제 준민은 둘 중 누구의 말이 맞는 것인지, 헷갈릴 지경이었다.

"그, 그래. 전화는 금방 올 거다. 담당자가 늦어도 30분 내로는 연락 준다고 했으니까."

우진이 기다리던 수업 시간은 이미 5분 정도가 지난 상황이었지만, 그건 전혀 상관없었다. 지금 그와 함께 있는 박준민 교수가 우진의 월요일 전공 수업인 '기초제도'를 강의하는 교수였으니까. 우진은 자신의 태도로 인해 아예 말을 잃어버린 기태를 향해, 능청스레 말하였다.

"선배, 시간 조금 있으시죠?"

"뭐?"

"조금만 기다려주세요. 선배님 오해까지 말끔하게 풀어드려야, 제가 마음이 편할 것 같아서 그래요."

"…!"

"생각해보니 선배가 이번 공모전 2등이셨잖아요? 제가 부정행위를 했다고 오해하셨다면, 충분히 기분 나쁘셨을 수도 있겠더라고요."

기태는 말을 잃은 것을 넘어서, 책상 밑에 숨긴 주먹을 부들부들 떨기 시작했다. 당장이라도 주먹을 휘두르고 싶은 수준으로 화가 치솟았지만, 교수님 앞에서 그럴 수는 없는 노릇이었다. 하지만 기태의 반응이 격하면 격할수록, 우진은 더욱 흥이 날 뿐이었다.

"뭐, 제 수상이 취소된다면 대상을 받으셨을 테니, 기대도 좀 하셨을지 모르겠지만… 그건 좀 아쉽게 됐네요. 이건 제가 계속 말했듯, 약간의 오해였을 뿐일 테니까요."

"야, 서우진…!"

우진의 연속된 비아냥(그것은 제3자가 보기에 전혀 그런 의도가 보이지 않는 담담한 어조였다)에, 기태는 결국 폭발하고 말았다. 그는 본래 참을성이 그리 많은 타입이 아니었으니 말이다. 하지만 기태가 폭발하던 바로 그때.

위이잉-!

때마침 박준민 교수의 휴대폰이 울리기 시작하였고, 기태는 일어서려던 동작을 멈출 수밖에 없었다. 그래, 어차피 이 전화 한 통이면 이 뻔뻔하고 쓰레기 같은 1학년을 학교에서 완전히 매장시켜 버릴 수 있을 거다. 기태는 그렇게 생각하였다. 사실이 어떻든 말이다.

착-

우진과 기태를 한 번씩 응시한 박준민이, 휴대폰을 꺼내 통화버튼을 눌렀다. 준민은 이제 아예 이 상황에 흥미까지 느끼고 있었으며, 해서 통화가 연결된 휴대폰을 스피커 폰으로 바꾼 뒤, 그대로 탁자 위에 올려두었다. 우진과 기태의 시선은 모두 그 휴대폰을 향했고 곧 스피커폰을 통해 흘러나온 SPDC 관계자의 목소리가 교수실에 울려 퍼지기 시작하였다.

[서울시 디자인재단 우인석입니다. 박준민 교수님 휴대폰 맞으시죠?]

"맞습니다."

꿀꺽-

누군가의 침 삼키는 소리가 적막 속에 울려 퍼졌고, 우진은 그 소리가 기태의 것일 거라고 생각하였다.

[아, 오래 기다리셨습니다. 사실 문의 주신 건은 이미 오전 일찍 결과가 나와 있던 부분이었는데요.]

"네, 담당자님."

[비슷한 문제로 다른 건에 대한 조사가 시간이 조금 더 걸려서, 함께 말씀드리기 위해 전화가 조금 늦어졌습니다. 죄송합니다.]

스피커폰 너머로 들려온 목소리에, 준민과 기태의 동공이 살짝 확대되었다. 지금 이 사람이 무슨 말을 하고 있는지 완벽히 이해한 것은, 여기에 우진 한 사람뿐이었다.

"비슷한 건이라면… 그게 무슨 말씀이시죠? 이해가 잘….'"

준민의 물음에 그럴 줄 알았다는 듯, 디자인재단 관계자의 목소리가 이어졌다.

[교수님께서 저희 측에 문의 주신 것은, 이번에 대상을 수상한 '서우진' 학생에 대한 건 맞죠?]

"그런데요?"

[일단 그 건에 대한 이야기부터 말씀드리면….]

휴대폰을 응시하던 김기태는, 다시 한번 마른침을 집어삼켰다. 드디어 그가 기다리던 순간이었다. 저 두꺼운 낯짝이 완전히 구겨지는 것을 볼 수 있는, 바로 그 순간 말이다.

'직접 담당자가 확인까지 해주면, 아무리 얼굴에 철판을 깔아도 더 이상 발뺌은 불가능하겠지.'

하지만 다음 순간 김기태는 자신의 귀를 의심해야만 했다.

[서우진 학생의 수상결과에는 아무런 문제가 없을 겁니다.]

"오, 그게 정말입니까?"

[디자인이나 설계에는 당연히 아무 문제가 없었고, 증거자료가 제출된 건축모형에 대한 부분도 본인의 작업이 맞는 것으로 확인되었습니다.]

"…!"

SPDC의 관계자는 기태가 생각지도 못했던 말도 안 되는 이야기를 하고 있었다.

'대체 이게 무슨 말이야?'

단 한 번도 생각해보지 못했던 상황으로 인해, 순간적으로 사고가 정지해버린 기태. 하지만 그의 충격은 여기서 끝이 아니었다. 이제부터 우진이 준비해놓은, '진짜'가 남아있었으니까.

　"확인해주셔서 감사합니다, 담당자님."

　[아, 별말씀을요. 저는 심사관리자로서 당연히 해야 할 일을 한 것뿐입니다.]

　"오전부터 계속 심란했었는데, 덕분에 한시름 놓았습니다."

　기분 좋은 목소리로 얘기한 준민은 우진을 슬쩍 응시하였다. 그의 눈빛에는 의심에 대한 적지 않은 미안함과 그 이상의 기특함이 담겨있었다.

　'혼자의 힘으로 SPDC 대상을 가져온 신입생에게… 칭찬이나 격려보다 의심을 먼저 줬다니.'

　준민은 전화가 끝나는 대로, 우진과 좀 더 이야기를 나눠볼 생각이었다. 사과도 사과지만, 대체 어떻게 그런 퀄리티의 작품을 만들어낼 수 있었는지가 몹시도 궁금했으니 말이다. 하지만 스피커폰에서 다시 담당자의 목소리가 흘러나오기 시작하자, 준민은 우진에 대한 생각을 더 이어갈 수 없었다.

　[그런데 이거 어쩌죠, 교수님.]

　"예?"

　[우진 학생에 대한 심사 결과는 다행히 긍정적으로 해결됐지만, 다른 문제가 생겨서 말입니다.]

　"무슨 문제 말입니까?"

　[그 최우수상을 받은 학생 중에, K대 3학년 학생이 하나 있지 않습니까?]

　"예, 있지요."

[아무래도 그 학생의 최우수상 수상이, 취소되게 될 것 같습니다.]

"예에…?"

폭탄과도 같이 터져 나온 담당자의 발언에 박준민 교수의 집무실이 차갑게 얼어붙었다. 담당자가 말하는 그 3학년 학생은 바로 이 자리에 같이 있는 김기태였고 이것은 우진과 관련된 통화 내용보다도, 몇 배 이상 충격적인 것이었으니 말이다. 이미 몇 분 전부터 얼어있던 김기태는 아예 혼미해진 표정이었으며. 상황파악이 덜 된 박준민은 말까지 더듬었다.

"그, 그게 무슨 말씀이십니까? 기태의 최우수상이 취소되다니요."

하지만 담당자의 목소리가 기태의 충격 같은 것을 배려해줄 리 없었고, 스피커폰에서는 충격적인 이야기들이 계속해서 흘러나왔다.

[사실 투서가 두 개가 왔습니다, 교수님.]

"예?"

[둘 다 익명의 제보자인 것으로 보아 동일인인 것 같은데… 우진 학생과 마찬가지로 김기태 학생도 제보가 들어왔었거든요.]

"…!"

준민은 그저 듣고 있었고, 담당자의 말이 이어졌다.

[말씀드렸던 것처럼 우진 학생의 작품에 문제가 없다는 결과가 나온 것과 달리, 김기태 학생의 작품은 치팅으로 확인되었습니다.]

[우선 건축모형은 전부 삼일A&C라는 업체에서 제작된 것이었고요, 실시설계도 명성건설의 도움을 받았더군요.]

[증거까지 너무 확실해서 이건 빼도 박도 할 수 없는 확실한 실격입니다, 교수님. 유감스럽군요.]

이 비현실적인 상황에, 박준민은 아무런 말도 할 수 없었다. 분명히 처음 이 '투서'에 대한 제보를 자신에게 한 것이 바로 김기태다. 그런데 그 김기태가 사실은 치팅의 장본인이었고, 완전히 실격처리가 될 정도로 치명적인 치팅을 했다니.

이 상황을 대체 어떻게 받아들여야 할지, 지도교수로서는 감조차 잡을 수 없던 것이다. 하지만 바로 옆에서 이 모든 내용을 들었던 김기태에 비하면, 박준민의 충격은 아무것도 아니라고 할 수 있었다. 방금 전 심사위원의 목소리를 들은 기태는 눈앞이 새카맣게 내려앉는 착각을 느꼈으니 말이다.

'뭐? 내가 치팅이라고? 이게 무슨 개 같은 소리야?'

기태는 애초에 자신의 부정에 대해 생각조차 해본 적이 없었다. 그에게 명성건설의 도움을 받는 것은 마치 숨 쉬듯 당연한 일이었으니 말이다. 명성건설 또한 그가 가진 인프라였고, 그 인프라 또한 기태 자신의 능력이었다. 한데 치팅이라니. 이건 뭔가 잘못되었다.

'어떤 새끼지? S대 쪽 짓인가? 아니면 W대? 대체 어떤 놈이…!'

분노에 가득 찬 기태가, 건너편에 앉아있는 서우진을 잠시 노려보았다. 혹시 익명의 제보자라는 사람이 이 일 학년이 아닐까 하는 생각도 해봤지만, 그건 너무 큰 비약이었다. 우진은 바로 오늘 아침까지도, 자신과 별달리 갈등했던 적이 없었으니 말이다. 물론 투서를 누가 보냈든, 그것과 별개로 서우진은 너무 싫었지만 말이다.

으드득-!

기태의 머릿속을 가득 채운 것은, 처음에는 분노였다. 하지만 조금씩 이성이 돌아올수록, 그 분노를 다시 잠식한 것은 저릿저릿한 공포였다. 지금까지 이 학교에서 쌓아온, 모든 것을 잃어버릴지도 모른다는 것에 대한 공포.

'뭔가 잘못됐어! 증거라니! 그런 게 있을 리 없잖아!'

만약 심사담당자의 말대로 자신의 최우수상이 실격 처리되면, 그 소문이 학과 내에 퍼지는 것은 시간문제일 것이다. 이 내용을 바로 앞에서 들은 우진이 입을 닫아줄 것 같지도 않았지만 어차피 SPDC 홈페이지에 최종 고시되는 수상자 명단을 다시 한번 확인하는 학생들이 있을 테니까. 그렇게 되면 후배들의 선망의 대상이었던 학회장 김기태는 더 이상 존재하지 않게 될 것이다. 아마 이 사실을 아는 모두가 기태를 손가락질하기 시작할 테니 말이다.

'이, 일단 여기를 나가야겠어. 삼촌에게 전화부터 해봐야…'

혼비백산한 김기태는 다리마저 휘청거리며 자리에서 일어섰다. 박준민 교수는 담당자와의 통화를 마무리하기 위해 스피커폰을 끄고 접견실로 넘어간 상태였고 지금이 아니라면 박 교수의 추궁을 피해, 무사히 이 교수실을 나설 기회가 없을 테니 말이었다. 분노에 이어 공포 그다음에 그에게 찾아온 것은, 현실도피. 하지만 그가 교수실에서 도망치도록 우진이 그냥 놔둘 리는 없었다.

"선배, 그런 거였어요?"

"…?"

"본인이 그렇게 했으니, 저도 당연히 다르지 않을 거라고 생각했던 거였군요?"

우진은 김기태를 비웃었다. 그가 연기하는 '억울한 신입생 서우진'의 입장에서도, 지금은 충분히 화가 날 만한 상황이었으니 말이다. 비웃음에 이은 경멸. 우진은 기태를 노골적으로 경멸하며, 그가 가장 듣기 싫어하는 말을 꺼내 던졌다.

"선배, 실망이네요."

기태는 아주 미칠 노릇이었다. 상황이 꼬여도 이렇게까지 꼬일 수는 없는 것이다. 정확히 한 시간 전만 해도, 기태는 서우진을 끌어내리고 대상을 탈환해올 생각에 기분이 아주 좋았다. 하지만 SPDC에서 걸려온 전화 한 통 때문에, 순식간에 상황이 지옥으로 변해버렸다. 그리고 씹어 먹어도 시원찮을, 얄미운 1학년 서우진은 지금 자신을 벌레 보듯 쳐다보고 있었다. 기태는 그를 향해 당장이라도 욕설을 퍼붓고 싶었지만, 지금은 서우진이 중요한 상황이 아니다. 일단 최우수상이 박탈당할 위기부터 어떻게든 해결해야 했으니까.

"오해야, 우진아. 네가 그랬던 것처럼, 여기도 뭔가 오해가 있었던 거야."

김기태는 극도의 인내심을 발휘하며 심호흡을 하였고 그런 그와 눈이 마주친 우진은 어떤 의미에선 조금 감탄하였다.

'와, 이 상황에서 욕을 안 하고 버티네?'

우진은 기태가 이성을 잃어버릴 줄 알았다. 그래서 미친 듯이 욕을 한 뒤, 자신의 멱살이라도 잡을 것이라고 생각했었다. 하지만 기태는 어떻게든 감정을 억누르며, 아랫입술을 깨물고 있었다. 이건 우진이 원한 그림이 아니다. 해서, 기태를 조금 더 긁어보기로 하였다.

"뭐, 선배가 그러셨던 것처럼, 저도 별로 믿겨지진 않네요."

"…!"

마치 말장난이라도 하듯 똑같이 되돌려주는 우진을 보며, 기태의 얼굴이 시뻘겋게 달아올랐다.

"혹시 선배가 SPDC에 제 작품 투서 넣으신 거 아니에요? 대충 돌아가는 거 보니까, 저 끌어내리고 대상 받고 싶으셨던 모양인데…."

"야."

"학회장이 쪽팔리지도 않으세요? 신입생한테."

"야, 서우진!"

결국 화를 참지 못한 김기태가, 자리에서 벌떡 일어났다. 그리고 김기태의 입에서는, 드디어 서우진이 원했던 얘기가 나오기 시작했다.

"너야말로 양심은 있냐?"

"양심이요?"

"그래, 새끼야. 너 어디 뒷배라도 있어? 너 치팅한 증거자료 내가 다 봤는데, 어떻게 이렇게 억울한 척을 할 수가 있냐."

부들부들 떠는 김기태를 보며, 우진은 회심의 미소를 지었다. 박준민 교수는 옆방에 있지만, 문이 살짝 열려있었고, 때문에 대화 내용은 전부 다 듣고 있을 것이었다. 우진의 입이 다시 열렸다.

"제가 치팅한 증거자료를 봤다고요? 그게 뭔데요?"

일부러 살짝 놀란 표정을 지어 보이며, 원하는 대답을 끌어내는 우진. 이미 이성을 잃어버린 김기태는, 우진의 의도를 피해갈 수 없었다.

기태는 이를 악문 채, 씹어뱉듯 입을 열었다.

"WJ 스튜디오."

"…?"

"이 뻔뻔한 새끼… 설마 업체 이름까지 듣고도, 모른다고 발뺌할 셈이냐?"

우진은 웃었다. 진심으로 통쾌하게 웃었다.

"하하, 하하하!"

여기선 연기할 필요조차 없었다. 이제 우진이 그렸던 모든 그림이, 깔끔하게 완성되었다.

"하하, 이제야 이해가 가네."

"너 미쳤냐? 왜 웃어?"

"어이없어서 웃습니다, 어이없어서."

"뭐?"

부들부들 떠는 김기태를 한 번 더 비웃어준 우진은 품속에 가지고 다니던 자신의 명함 한 장을 슬쩍 꺼내어 탁자 위에 던졌다.

툭-

이어서 김기태를 향해, 우진의 입이 다시 열렸다.

"WJ 스튜디오. 그 회사를 제가 모를 리가 없죠."

"…?"

"제 건데."

김기태의 시선이, 자연스레 우진의 명함을 향해 꽂혔다.

[WJ Studio. CEO 서우진]

이 비현실적인 상황에 순간 사고가 정지한 김기태는 그 자리에서 얼어버렸고. 우진은 한 번 더 그를 비웃어주었다.

"WJ 스튜디오에 WJ가 뭐겠습니까, 선배. 하… 모형에 아예 대문짝만 하게 박아놓을 걸 그랬나."

김기태는 아직도 정신 못 차린 표정으로 우진의 명함을 응시하고 있었고, 우진은 그런 기태를 더 비웃어주고 싶었다. 하지만 두 사람의 대화는 더 이어질 수 없었다. 통화를 끝낸 박준민이, 다시 교수실로 들어왔으니 말이다.

"김기태, 넌 여기 좀 남고. 우진이는 강의실 가 있어."

"예, 교수님."

그것으로 우진은 바랐던 결과와 명분까지, 모두 손에 넣을 수 있었다.

— * —

그날 이후, 우진은 단 한 번도 김기태와 관련된 이야기를 주변에 꺼낸 적이 없었다. 물론 석현과 우진의 합작을 옆에서 지켜본 제이든은 속 내용을 알고 있었고.

"우진은 쓸데없이 착해."

"뭐?"

"왜 소문 내지 못하게 막는 거야? 그런 Bitch는 모두에게 다 알려져야 한다고."

같은 팀인 소연 또한 알게 될 수밖에 없었지만 말이다.

"와, 그 선배. 그렇게 안 봤는데 정말⋯."

"시원하게 말해도 돼, 소연."

"쓰레기네, 진짜."

"맙소사. 할 수 있는 최악의 욕이 고작 Trash였다니."

"대충 백만 가지 정도 욕이 생각났는데, 그냥 삼킨 거야, 제이든."

"왜?"

"이미 끝난 일에 의미 없는 감정 소모는 하고 싶지 않거든."

하지만 제이든의 생각과 다르게, 우진이 그의 입단속을 시킨 이유는 착해서가 아니었다. 어차피 소문이야 필연적으로 퍼질 수밖에 없을 것이고, 우진을 비롯한 팀원들이 가만히 있을수록 얻는 게 더 많기 때문이었으니까.

"우진 오빠, 선빈이한테 들었는데 학회장 선배 진짜 개 쓰레기라며?"

"뭐, 신입생한테 대상 뺏긴 게 억울했나 보지."

"와… 오빠 진짜 대인배다."

우진 개인적으로는 학과 내의 인지도와 민심을 얻었으며.

"진짜, 기태 선배 이 정도면 학회장 그만해야 하는 거 아냐?"

"걔, 명성건설 상무이사 아들이었다고? 알 만하다, 진짜. 알 만해."

김기태가 까이면 까일수록, 우진의 실력은 더욱 부각될 수밖에 없었다.

"그나저나 그 1학년은 그럼, 김기태가 명성건설에 외주 맡긴 것도 누르고 대상 받은 거야?"

"그렇다니까?"

"와, 신입생이 어떻게 그러지?"

"1학년 애들한테 좀 들었는데, 학교 들어오기 전에 현장에서 일 좀 했나 보더라고."

"아, 정말?"

"나이도 3학년이랑 동갑이잖아."

"어쨌든 대단하다."

"그러니까 말이야."

김기태는 침묵했고, 일주일 정도의 시간이 순식간에 지나갔다. 하여 SPDC 공모전의 최종 결과가 확정됨과 함께, 소정의 상금도 지급되었으며.

[대상 - 서우진 외 2명]

[상금 - 30,000,000]

드디어 SPDC 홈페이지에 대상 수상작품에 대한 설계 입찰 공시가 게재되었다. 그리고 우진은 다시 바쁘게 움직이기 시작하였다.

— * —

"야, 축하한다, 서우진이."

"뭘요?"

"뭐겠냐? 입찰 공시 뜬 거 봤지."

"부장님이 SPDC도 알아요?"

"당근이지. 재작년인가? 아니 3년 전? 아무튼 그때 대상 작품, 홍대 쪽에 지어진 복합문화공간 있잖아."

"네, 뭔지 알 것 같아요."

"그거 천웅에서 입찰받아서 시공했었어. 내가 직접 관리한 현장은 아니었지만 말이야."

우진은 오랜만에 종각역에 왔다. 퇴근 시간 이후, 박경완과 한잔하기 위해서 말이다. 얼굴을 맞대고 대화를 나누는 건 무척이나 오랜만이었고, 그래서 둘은 할 얘기가 많았다.

"아, 천웅에서도 SPDC 당선작을 입찰받은 적이 있구나."

"후후."

"그나저나 당근이 뭐예요, 당근이. 아재같이…."

"아재니까 아재 같지. 쓸데없는 태클 걸지 말고, 술이나 한잔 받아. 짜샤."

우진과 잔을 부딪친 경완은 말없이 웃으며 술잔을 홀짝였고, 그런 그를 잠시 보던 우진은 문득 궁금한 게 생겼다.

"그런데 부장님."

"왜?"

"천웅 같은 대형 건설사들이 이런 작은 공모전 입찰에는 왜 참여하는 거예요?"

"으음?"

"사실 남는 것도 거의 없잖아요. 요즘 그 정도로 일거리가 없나…?"

우진의 물음에 경완은 고개를 저었다. 그의 말처럼 공모전 당선작 시공은 남는 게 별로 없는 장사였지만, 그건 단순히 물질적인 부분에 한한 것이었다. 여기에는 우진은 알지 못하는, 약간의 이해관계가 포함되어 있었으니까.

"돈이야 안 남지. 진짜 부스러기도 안 남아."

"그런데요?"

"대신 무형적인 이득이 좀 남거든."

"무형적이라면…?"

"이를테면 서울시와의 관계개선이라든가, 대외적인 건설사 인지도라든가."

"아…!"

SPDC는 사설 공모전이 아니다. 서울시에서 처음부터 끝까지 주관하는, 국가 차원에서 밀어주는 공모전이었고 때문에 공공성과 공익성이라는 비시장적 가치를 가지고 있는 것이다. 그것이 고작 학부생의 디자인과 설계임에도 불구하고, 대형 건설사들을 움직이게 하는 원동력이었다.

'흐음, 이러면 얘기를 꺼내기 더 쉽겠는데.'

우진이 오늘 경완을 만난 이유는 그저 오랜만에 얼굴을 보기 위함도 있었지만, 당연히 그것으로 끝은 아니었다. SPDC는 우진의 디자이너로서 데뷔나 다름없는 첫 번째 설계나 다름없었고, 그런 만큼 우진은 제대로 된 건축을 하고 싶었다. 그러기 위해선 박경완의 도움이 조금 필요했다.

"그럼 혹시 올해는 천웅에서 입찰 안 하나요?"

기름기 좔좔 흐르는 방어회를 한 점 집어 든 우진이 경완을 향해 조심스레 물었고 경완은 껄껄 웃으며 다시 입을 열었다. 우진의 속내를 어느 정도 들여다봤기 때문이다.

"왜, 우리가 입찰했으면 좋겠어?"

"가능하다면요."

경완은 젓가락에 들고 있던 단무지를 우걱우걱 씹어먹은 뒤, 다시 말을 이었다.

"안 그래도 오늘 오전에, 입찰 관련 얘기 나왔었어."

"…!"

"그런데 내가 반대했지."

"아, 왜요!"

반사적으로 튀어나온 우진의 탄성에, 박경완은 재밌어 죽겠다는 표정이 되었다.

"입찰 들어가는 것도 다 일이야, 인마. 요즘 천웅 사업장도 넘쳐흐르는데, SPDC 입찰까지 뛰어다니기엔 인력이 너무 부족했어."

"하아…."

한숨을 푹 쉬는 우진을 보며, 경완이 의미심장한 미소를 지었다.

"그런데 SPDC 얘기 나왔던 오전 회의 땐, 내가 몰랐던 게 하나 있었더라고."

"몰랐던 거요? 그게 뭔데요?"

"이번 SPDC 대상 수상작 설계자가 서우진이라는 사실. 정말 생각지도 못했지 뭐냐."

사실 경완은 오늘 우진을 만나러 오기 전, 요양원 시공 입찰을 위해 상부에 올릴 기안을 이미 작성해둔 상태였다. 다만 애늙은이 같은 우진을 놀려주기 위해, 이렇게 한 번 튕겨본 것이고 말이다.

'흐흐, 귀여운 놈.'

오히려 경완은 오늘 이 자리에서, 우진에게 청탁 비슷한 것을 할 생각이었다. 어쨌든 메인 설계자가 우진인 상황이니, 시공사 선정에 입김을 어느 정도 넣을 수 있을 테고 편하게 SPDC 시공권을 따내고 싶었던 것이다.

"하, 부장님도 참. 오늘 조금 슬플 뻔했네."

너스레를 떠는 우진을 향해, 박경완이 웃으며 다시 입을 열었다.

"넌 알고 있는지 모르겠는데, 이번 공사 규모가 SPDC 설계 중엔 역대급으로 대규모야."

"음, 조금 큰 줄은 알고 있었는데⋯."

"공시 뜬 거 보니까, 지난해의 거의 다섯 배 규모더라고."

"헐, 그 정도예요?⋯!"

"그래서 아마 이번 설계 입찰, 꽤나 치열할 거다. 설계나 디자인도 SPDC 작품치고 꽤 고퀄로 알려졌고⋯."

경완의 말에 우진은 기분이 좋아질 수밖에 없었다. 보통 SPDC 대상 작품 설계는 입찰하는 건설사가 없어서 시공이 무산되는 경우가 많았는데, 적어도 그런 걱정은 할 일 없게 되었으니까. 그에 더해 자신의 설계가 높은 퀄리티로 알려졌다는 이야기까지 들었으니, 기분이 좋은 것은 당연하였다.

"어쨌든 입찰해달란 소린, 우리 밀어주겠단 얘기지?"

씨익 웃으며 묻는 박경완을 보며, 우진은 한 방 먹었다는 것을 인정할 수밖에 없었다.

"후우, 젠장. 이것저것 뜯어 먹었어야 하는데…."

"천웅이 무슨 닭다리냐? 뜯어먹게."

"뭐, 알겠어요. 도와주신 것도 많으니, 이번엔 특별히 천웅으로 밀어볼게요."

"특별한 척하지 마, 짜샤. 어차피 우리랑 하는 게 너도 좋잖아."

"네?"

"시공조율 과정에서 설계 바뀔까 봐 입찰해달라고 하는 거, 내가 모를 줄 알았냐."

오늘만큼은 우진의 머리 꼭대기에 앉아있는 박경완이었다.

도약의 밑거름

원래 SPDC에선 공모전 결과가 발표된 순간부터 출품자의 역할은 더 이상 없다. 학부생들만을 대상으로 하는 공모전이다 보니, 그들에게 실제 시공과 관련된 어떤 롤(Role)을 주는 것은 비현실적이었던 것이다. 그러다 보니 시공조율 과정에서 설계가 변형되는 일도 비일비재했지만, 그것이 법적으로나 도의적으로나 어떤 문제가 되는 것은 아니다.

설계야 당선자의 것이나, 건축을 시행하는 건축주는 서울시였고 건축을 어떻게 진행하든 그것은 서울시의 권한이었으니까. 그래서 우진은 발로 뛰고 있었다. 소연이나 제이든에게는 따로 말하지 않았지만, 디자인재단 관계자들과 미팅까지 잡아가며 어떻게든 관여하기 위해 노력한 것이다.

그리고 다행인 것은 서울시 디자인재단의 이사장이자 SPDC와 관련된 모든 결정권을 가지고 있는 안정묵이 그런 우진에게 호의적이라는 사실이었다.

"하하, 이거. 이런 경우는 처음이라 조금 당황했습니다, 서우진 학생."

"제 요청에 응해주셔서, 정말 진심으로 감사드립니다, 이사장님."

"뭐, 저희야 어차피 누군가 해야 할 일을 설계자에게 직접 맡길 수 있게 된 것이니, 나쁠 것이 전혀 없지요."

"그렇게 말씀해주시니, 마음이 한결 편해집니다."

우진이 시공과정에서 맡게 된 것은 현장의 시공감리였다. 건축물이 디자인과 설계대로 잘 지어지는지, 쉽게 말해 그것을 감시하는 일. 물론 감리라는 게 쉬운 일은 결코 아니다. 감리가 쉬워서 학생 신분인 우진에게 맡기는 게 아니라는 말이다.

다만 이번 설계 심사과정에서 우진이 WJ 스튜디오의 대표라는 사실을 서울시에서 알게 되었고, 내부적으로도 우진이 충분히 감리를 할 수 있는 역량이 된다고 판단하였기에 이렇게 우진의 요청이 먹혀들어 간 것이라고 할 수 있었다. 거기에 한 가지 더. 우진이 최종심사 날 보여준 프레젠테이션이 이사장 안정묵의 심금을 울린 것 또한 상황이 잘 풀리게 된 가장 큰 요인 중 하나였다.

'지난 10년간 학부생 수준에서 그런 프레젠테이션은 본 적이 없었지.'

안정묵은 이번 SPDC 당선작의 시공에 정말 총력을 다할 생각이었다. 공모전 당선작의 설계와 최대한 싱크로율이 높은 건축물을 완성해내고, 그 건축물의 디자인이 수준급이라면 SPDC의 입지는 더욱 공고해질 테니 말이다.

'이번 당선작 아웃풋이 정말 제대로 나온다면… 예산을 더 배정받아서 SPDC의 규모를 확 키울 수 있을지도 몰라.'

여하튼 그런 이유 때문에 우진은 서울시로부터 생각 이상의 지원을 받을 수 있었고, 계획대로 일들을 착착 진행시킬 수 있었다. 심지어는 너무 일사천리로 일들이 진행되어 우진조차 불안할 수준.

'이거 일이 너무 잘 풀리니까, 왠지 모르게 불안한데.'

하지만 그렇다고 해서 그 불안이 현실이 되지는 않았다. 이 모든 과정의 마침표나 다름없는 시공사 선정까지도, 결국 우진이 바라던 대로 깔끔하게 끝났으니 말이다.

[서우진 학생, 통화 가능하십니까?]

"예, 우 팀장님."

[오늘 있던 시공사 입찰이, 방금 유찰되었습니다.]

전화 너머로 흘러나온 SPDC 관계자의 말에, 우진은 순간 덜컥 가슴이 내려앉을 수밖에 없었다. 최소 건설사 서너 곳 정도에서는 입찰을 들어올 줄 알았는데, '유찰'이라는 생각지도 못했던 단어를 들었으니 말이다.

'뭐야, 설마 천웅에서도… 입찰을 들어오지 않은 건 아니겠지?'

시공사 선정이 유찰되는 경우는 두 가지뿐이다. 아무도 입찰에 들어오지 않았거나, 혹은 경쟁 입찰이 불가능하도록 한 곳에서만 입찰이 들어왔거나. 전자의 경우라면 우진이 지금까지 발로 뛴 모든 것은 수포로 돌아갈 테고, 후자의 경우라면 우진에게는 최상의 상황이 될 것이다. 입찰을 들어온 그 한 곳이, 천웅건설이라면 말이다.

'제발…!'

그리고 상황은, 우진이 원하는 최고의 시나리오로 흘러갔다.

"유찰이라면…."

[입찰에 들어온 건설사가 한 곳입니다.]

"천웅인가요?"

[헛…! 그건 어떻게….]

"그, 그냥 찍었습니다. 하하."

저도 모르게 천웅이라는 말이 튀어나온 우진은 방정맞은 자신의 입을 손으로 때렸다. 입찰결과를 우진이 미리 안 것처럼 알려진다면, 서울시로부터 괜한 의심의 눈초리를 받을 수도 있었으니 말이다. 하지만 다행히 우 팀장은, 우진의 말실수를 크게 문제 삼지 않았다.

[여하튼 말씀하신 대로 입찰 들어온 건설사는 천웅 한 곳뿐이니, 저희에겐 다른 선택지가 없군요.]

"수의계약(隨意契約)이 가능한 거죠?"

[원래대로라면 2회 유찰까지 기다려야 하지만, 공모전 특성상 곧바로 수의계약이 진행될 겁니다.]

수의계약이란 경쟁계약의 방식을 따르지 않고, 임의로 적당한 상대자를 선정하여 계약을 체결하는 방식이다. 쉽게 말해 서울시에서 다른 건설사들에 더 이상 기회를 줄 필요 없이, 천웅건설을 임의로 선택해도 되는 상황이 되었다는 뜻. 우진은 기쁜 나머지 두 주먹을 불끈 쥐었지만, 혹시 모를 의심을 피하기 위해 좋은 티를 내지 않고 입을 열었다.

"천웅에서 제시한 조건이 어떻던가요?"

[나쁘지 않았습니다. 시공단가도 그렇고… 괜찮은 조건이었죠.]

"저희에겐 선택권이 없으니… 그냥 진행해야겠죠?"

[뭐, 그렇습니다. 저도 사실 정보 공유 차원에서 전화드린 것뿐… 다른 선택지가 딱히 존재하지는 않거든요.]

"전화 주셔서 감사합니다, 팀장님."

[별말씀을.]

전화를 끊은 우진은 곧바로 자리에서 벌떡 일어서 양손을 번쩍 치켜들었다.

'만세!'

건설사끼리 입찰이 붙기 시작하면, 어떤 방법으로 천웅에 유리하게 상황을 핸들링할지 고민이 많았는데 이렇게 상황이 깔끔하게 떨어져버리니, 날아갈 것 같은 기분이었던 것이다.

'뭐, 입찰 과정에서 힘 좀 썼다면서 생색을 내긴 힘들게 됐지만… 그거야 사소한 부분이니까.'

천웅건설이 시공사로 확실하게 선정되었으니, 이제 설계가 크게 엎어지거나 하는 일은 없을 터. 하지만 모든 일이 잘 풀려 기분이 좋은 우진조차도, 전혀 상상조차 하지 못할 비하인드 스토리가 하나 있었다.

그것은 바로… 시공사 선정이 이렇게 완벽하게 풀릴 수 있었던 것이, 다름 아닌 명성건설 덕분이라는 사실이었다.

— * —

"뭐라고? 이 팀장. 자네 방금 뭐라고 했나?"

명성건설의 본사가 있는, 용산의 한 고층건물. 그곳에서 업무 중이던 윤영운은, 부하직원의 보고에 반사적으로 고개를 휙 하고 돌렸다.

"바, 방금 말씀드린 대로… 이번 SPDC에, 천웅건설이 단독으로 입찰했다고 합니다."

"천웅이 입찰을 들어갔다고? 천웅이?"

"네, 실장님."

이 팀장의 대답에, 윤영운은 손바닥으로 머리를 탁하고 짚었다.

"하… 아이고, 두야…"

영운은 의자에 몸을 푹 하고 기댄 뒤, 두 눈을 질끈 감아버렸다. 지난 한 달 동안, 풀리는 일이 하나도 없는 그였다.

'천웅에는 분명히 여력이 없었을 텐데… 대체 어떻게 된 거지?'

윤영운의 머릿속에, 바로 지난주에 있었던 일들이 주마등처럼 떠올랐다. 생각지도 못했던, 김기태의 수상 취소가 결정되고 난 뒤 있었던 일들 말이다.

[삼촌….]

[소식은 들었다. 안타깝게 됐더구나.]

[하아… 어떤 놈인지는 모르겠지만, 아무래도 외통수에 걸려버린 것 같아요.]

[….]

[어쩌면 휴학을 하는 게 좋을 것 같기도 하고… 이번 기회에 아버지께 유학이라도 보내달라고 할까 봐요.]

[네 아버지께서 해주시겠냐?]

[어떻게든, 싹싹 빌기라도 해봐야죠.]

영운의 머릿속에 가장 먼저 떠올랐던 건 시커멓게 죽은 표정으로 명성건설의 사무실을 찾아왔었던, 어깨 축 처진 김기태의 모습. 그날 사무실에 온 김기태는 이사실에 불려 들어가 거의 한 시간 동안 욕을 먹었고 이사실에서 나온 기태의 두 눈은, 분에 차 부르르 떨리고 있었다.

[삼촌.]

[그래, 기태야.]

[저, 한 번만 더 도와주세요.]

[이 삼촌이, 뭘 도와주면 되겠냐.]

[이번 SPDC 시공사 선정 건… 유찰되게 부탁드려요.]

[…!]

SPDC의 당선작이 시공사 선정 단계에서 유찰되는 건 그리 특별한 일이 아니다. 하지만 이번 요양원 건축 건은 역대 SPDC 사업장 중에 가장 사업성이 좋은 곳이었고, 하여 원래대로라면 명성건설도 입찰에 들어가 볼 예정이었다.

기태가 이렇게 된 지금에야, 그럴 일이 절대로 없겠지만 말이다.

[기태야. 그건….]

그래서 윤영운은 무척이나 난감하였다. 다른 시공사들이 입찰에 들어가지 못하게 막는다는 건, 생각보다 많은 로비와 사전작업이 필요한 일이었으니 말이다. 하지만 기태는 막무가내였고.

[어떻게든…! 무조건 해주세요. 부탁이에요, 삼촌.]

[….]

[아버지께도 말씀드렸어요. 다른 건 제가 다 참아도, 서우진 그 새끼 설계가 시공되는 꼴은 절대 못 보겠어요. 제발요.]

영운은 그 부탁을 거절할 수가 없었다.

'기태가 이렇게까지 얘기하는 건, 이사님도 암묵적으로 허락하셨다는 얘긴데….'

하여 영운은 그날부터, 빠르게 손을 쓰기 시작하였다. 입찰에 참가할 예정인 건설사들을 수소문해서 알아내고 사업장에 대한 좋지 않은 소문과 타 건설사의 관계자들에 대한 로비를 비밀리에 조용히 진행한 것이다. 다행인 건 그 과정에서 딱히 불협화음이 없었다는 사실이었다.

[윤 실장님이 그렇게까지 말씀하신다면야… 입찰에 참가할 이유가 없겠지요.]

[흠. SPDC 사업장의 사업성이 좋아 봐야 얼마나 좋겠습니까? 안

좋은 소문이 도는 찝찝한 사업장에, 굳이 입찰 들어가진 않을 겁니다.]

[알겠습니다, 실장님. 월요일에 출근하는 대로 기안 올려보도록 하죠.]

회사 차원에서 약간의 출혈이 있긴 했지만, 김진명 이사의 묵인 하에 로비는 깔끔히 진행되었다. 그리고 바로 오전까지만 해도, 윤영운은 확신하고 있었다. 어떤 건설사도 이번 SPDC의 시공사 입찰에는 참여하지 않을 것임을 말이다. 하지만 이렇게 결국 또 한 번 예상치 못한 결과가 나오고 말았다.

"기태가 부탁했던 대로, 유찰은 유찰이긴 한데…."

영운의 입에서 헛웃음이 흘러나왔다. 많은 건설사가 입찰에 들어간 가운데 경쟁적으로 시공사가 선정되는 것보다야 나은 상황이었다. 그림도 그림이지만, 경쟁이 붙는다면 우진의 설계가 더 좋은 조건으로 시공될 테니 말이다. 하지만 씁쓸한 건 씁쓸한 거다. 그래도 결국 당선작의 시공을 막는 것은 불가능해졌으니까.

'천웅은 분명 SPDC에 관심이 없어 보였어. 그런데 갑자기 이렇게 스탠스를 바꾼 이유가 뭘까?'

천웅의 SPDC 입찰은 실무자 선에서 이뤄진 결정이 아니다. 애초에 박경완이 임원진에게 다이렉트로 기안을 올려 통과시킨 결과물이었고, 때문에 외부에서 그 사실을 알 방법은 없었던 것이다. 영운은 답답한 상황에 고개를 절레절레 저었지만 사실 그가 알지 못하는 것들 중에는, 이보다 훨씬 더 충격적인 진실도 있었다.

사실은 영운이 만들어준 이 상황이 우진이 바라 마지않았던 최고의 상황이라는 것. 명성건설의 로비와 사전작업으로 인해 천웅건설의 경쟁 상대가 싹 제거되어 버렸으니, 우진을 향한 기태의 분

182

노는 졸지에 우진을 도와주는 결과를 만들어버린 것이다.

"후우… 뭐, 어쩔 수 없지. 그래도 수고했어, 이 팀장. 그만 나가 봐."

"알겠습니다, 실장님."

하지만 때론 진실을 모르는 게 정신건강에 이로운 상황도 있는 법이었다.

— * —

대학생에게 모든 기말고사 일정의 종료는, 곧 여름방학을 의미하는 것이다. 그리고 그런 의미에서 우진을 비롯한 10학번 신입생들 또한 첫 여름방학을 맞게 되었다. 사실 SPDC와 관련된 일들 때문에 우진의 방학은 오히려 늦어진 것이었고 다른 동기들은 이미 7월 초부터 학교에 나오지 않는 상황이었지만 말이다.

"후아, 드디어 제대로 된 방학인 건가?"

"지난주부터 거의 놀았으면서 바빴던 척하기는."

"와, 팀원의 고생을 이렇게 매도한다고?"

"어쨌든 오늘로 끝! 이제 자유를 줄게, 패널 요정."

"후아아! 끝이다! 끝! 디지털 노가다는 이제 한동안 손도 안 댈 거야!"

우진과 소연이 오늘까지 학교에 출근한 이유는, SPDC와의 최종 설계조율 때문이었다. 해서 소연이 말하는 디지털 노가다란, 한 땀 한 땀 그리는 도면과 디자인 작업들. 그리고 오늘에야 드디어, 그 과정이 전부 다 끝이 났다. 조금 더 정확히는 시행자인 서울시 디자인재단과 시공자인 천웅건설까지.

요양원 시공과 관련된 모든 구성원들 간의 설계조율이 드디어 끝난 것이다. 이제 본격적으로 공사가 시작되기까지, 우진은 SPDC 관련해서 할 일이 없다. 물론 WJ 스튜디오의 일이야 차고 넘칠 정도로 쌓여있었지만 말이다.

'하… 한 가지 끝나도 도무지 쉴 수가 없네. 모형 외주도 산더미처럼 밀려있는데….'

사람을 두어 명 정도 더 뽑고 싶었지만, 뽑는다고 해도 당장에 실전에 투입은 불가능할 것이다. 그래서 우진은 은근슬쩍 소연을 향해 운을 떼기 시작하였다. 석현만큼 실력이 좋지는 않아도, 소연 정도면 충분히 건축모형 작업에 즉전감으로 쓸 수 있을 터였다.

"한소연, 디지털 노가다 질렸으면 오늘부터 아날로그 노가다를 시작해보는 건 어때."

"그, 그게 무슨 말이야. 난 오늘부터 진정한 프리덤을 즐길 거라고. 행복한 방학 생활의 시작인데, 노가다라는 불길한 단어를 꺼내다니!"

소연의 반발에 우진은 어깨를 으쓱하며 말을 이었다.

"뭐, WJ 스튜디오에서 인턴으로 써주려 했는데… 싫으면 말고."

"인… 턴?"

"시급 만 오천 원에 점심, 저녁 식사까지 제공. 모형 하나 발주 나가는 날엔, 인센티브까지 추가지급."

"…!"

"내가 볼 땐 괜찮은 조건인 것 같은데, 싫다면 어쩔 수 없지. 조금 더 싼값에 다른 알바를 알아봐야…."

우진의 말이 끝나기도 전에, 소연은 그의 왼손을 덥썩 끌어다가 양손으로 붙잡았다. 딱히 계산기를 두들겨볼 필요도 없다. 우진이 제시한 조건은, 그녀가 평소에 하던 알바 중 가장 페이가 좋은 미술학원 보조강사 알바보다도, 거의 1.5배는 높은 액수였으니까.

"대표님, 출근은 언제부터 하면 될까요?"

"음…? 행복한 방학을 즐겨야 한다더니?"

"세상에 돈 버는 것만큼 행복한 일이 어디 있겠습니까."

사실 10대 후반 이후로 소연의 인생에서 아르바이트는 떼려야 뗄 수 없는 것이었다. 얼굴도 모르는 아버지가 보내주는 양육비는 동생들이 클수록 부족하기 그지없었는데, 몇 년 전부터는 할머니 요양원 비용까지 해결해야 했으니.

소녀 가장인 소연은 매달 몇십만 원 이상이라도 꼬박꼬박 벌어야 했던 것이다. 그러나 이번 방학만큼은 우진에게 얘기했던 대로 알바를 조금 설렁설렁할 생각이었다. 공모전 상금에서 소연의 몫으로 떨어진 돈이 세금 떼고도 육칠백만 원이나 되었으니까.

'그래서 오랜만에 좀 쉬어볼까 했는데….'

하지만 우진이 제시한 금액은, 쉬어야겠다는 생각을 쏙 들어가게 만들 수준이었다.

"대신 하루 12시간 근무인데, 괜찮?"

"최대 16시간까지 가능합니다, 대표님."

"아냐, 그렇게 일하면 너 탈진해."

"할 수 있습니다, 대표님."

"안 돼, 난 훌륭한 일개미를 잃고 싶지 않거든."

우진이 말하는 인센티브야 얼마인지 감이 잘 오지 않지만, 그걸 제외하더라도 하루 12시간 근무라면 매일 일당이 거의 18만 원 수준이다.

'워킹 데이 20일 기준으로 한 달만 빡시게 일해도….'

대충 한 달에 350만 원 이상을 벌 수 있는, 소연으로서는 경험해 보지 못한 고소득 직장!

"어쨌든 좋아. 그럼 출근은 언제부터?"

"다음 주 월요일 어떻습니까요."

"그래, 그럼 월요일부터 출근하도록."

"예쓰!"

하지만 이 훌륭한 직장에는 치명적인 단점이 하나 있었는데… 그것은 바로, 쉬지 않고 떠들어대는 영국인과 함께해야 한다는 사실이었다.

"제이든이랑 같이 일할 예정이니까, 심심하진 않을 거야."

훅 들어오는 우진의 한마디에, 해맑았던 소연의 표정이 살짝 구겨진다.

"그냥… 심심하게 일하면 안 됩니까, 대표님?"

"안 돼, 돌아가."

"힝…."

불쌍한 표정을 짓는 소연을 향해 고개를 절레절레 저은 우진은 웃으며 다시 입을 열었다.

"대신, 네 1호 신도도 거기 같이 있으니까, 그 친구가 널 영국인으로부터 지켜줄 거야."

제이든과 작업실에서 단둘이 일하는 것은 어지간한 체력으로 쉽지 않은 일이다. 제이든은 작업을 하면서도 단 한순간도 쉬지 않고 입을 놀렸으며, 단둘이 작업한다는 말은 그의 수다를 전부 다 혼자 받아줘야 한다는 얘기니까. 그래서 그 수다를 대신 받아줄 누군가가 있다는 것은 생각보다 중요한 부분이었다. 우진의 말에 처음엔 고개를 갸웃했던 소연은 금세 그 말의 의미를 깨닫고는 안도의 한숨을 내쉬었다.

"석현… 오빠?"

"빙고."

"휴우… 그나마 다행이네."

하지만 겨우 안정됐던 소연의 심리상태는 곧 다시 폭발할 수밖에 없었다. 우진의 다음 말이 이어진 순간….

"그나저나 한소연. 우리 석현이 어때?"

"그, 그게 무슨 말이야?"

"남자친구 만들 거라며. S대생에, 소연교 신도인 석현이 정도면…."

"뭐?"

소연은 저도 모르게, 분노의 등짝스매싱을 날려야 했다.

짝-!

우진의 얇은 반팔 티 한 장 위를, 찰지게 가격하는 소연의 손바닥.

"아! 왜 때려!"

"오빠, 좀 더 맞아야 해."

"왜! 아니, 갑자기 왜!"

소연은 우진의 한쪽 팔을 꽉 붙잡은 채, 연속으로 그의 등짝을 공격했고.

"아, 알겠어! 알겠다고! 석현이가 그렇게 싫은 줄은 몰랐지!"

"뭐? 매가 부족했네. 더 맞자, 서우진."

"으아아!"

소연은 우진에게 분노의 응징을 가하면서, 속으로 한 가지 생각을 하고 있었다.

'안 되겠어. 주변에 어디 석현 오빠 소개해줄 만한 애 없나? 서우

진 자꾸 쓸데없는 생각 못 하려면, 석현 오빠부터 빨리 보내버려야 겠어.'

오늘따라 우진이 얄밉기 그지없는 소연이었다.

—— * ——

학교에서 나온 우진은 소연과 같은 대중교통으로 이동했다. 성수동에 사는 소연과는 하굣길이 항상 비슷한 편이었지만, 오늘은 평소보다도 더 멀리까지 함께할 수 있었다.

"오빠, 오늘은 2호선 타고 쭉 가는 거야?"

"응. 다른 데 볼일이 좀 있어서."

"어디?"

"송파구."

"뭐 하러 가는데?"

"그건 비밀."

"아냐. 이 아저씨는 무슨 비밀이 이렇게 많아?"

소연은 툴툴대며 성수역에서 먼저 내렸고 소연과 헤어진 우진은 그대로 잠실역까지 직행하여 8호선으로 갈아탔다. 하여 우진이 향한 곳은, 그녀에게 말했던 대로 송파구 문정동이었다. 오늘은 꽤나 오랜만에 문정동의 김 씨 아저씨를 만날 약속이 잡혀 있었던 것이다. 우진이 이 시점에, 부동산 김 씨를 만나는 이유는 하나.

"제가 매도 올린 가격에, 매수인이 나왔다고요?"

"네, 대표님."

대략 두 달 전쯤 그를 통해 매입한, 세영아파트를 매도하기 위함이었다.

"흠. 생각보다 매수가 빨리 붙었네요. 8월을 돼야 팔릴 줄 알았는데…."

우진은 세영아파트 재건축 물건을, 김 씨 아저씨의 부동산에만 단독매물로 내놓은 상태였다. 김 씨의 능력이 괜찮았기 때문에, 그의 편의를 좀 더 봐준 것이다. 반대로 김 씨 또한 우진을 VIP로 생각하고 있었기에, 그에게 더 많은 신경을 쓰고 있었다. 우진이 아직 거래 규모 자체는 다른 단골손님들에 비해 큰 편이 아니었지만, 그가 보여준 투자 능력은 어떤 손님보다도 뛰어났으니까.

"그래서 말인데요, 대표님."

"네, 사장님."

"일단 매수가 붙긴 했지만, 조금 더 기다려보시는 건 어떻습니까?"

"8월까지요? 아니면 9월?"

"아뇨, 한… 겨울까지요."

"왜요?"

세영 재건축 조합에서 나온 안내 책자를 꺼내 든 김 씨가, 우진에게 다시 설명을 시작하였다.

"이번에 비대위가 거의 죽어버려서, 대표님께서 예상하신 대로 재건축 진행속도가 엄청 빨라졌거든요."

"흠."

"제 생각엔 11월 즈음이면 관리처분 얘기가 나올 것 같고… 그때까지만 기다리시면, 작은 거 네댓 장 정도는 더 먹으실 수 있을 것 같아서 말이죠."

김 씨가 말하는 '작은 거 네댓 장'이란, 4천에서 5천만 원 정도의 금액을 말하는 것이다.

우진이 세영아파트를 5억 9천 정도에 매수했고, 현재 매도하려는 가격은 8억 5천이었으니. 5천이 더 붙는다면, 9억에 육박하는 가격인 것이다. 이미 두 달 만에 2억 5천이라는 높은 차익을 냈지만, 그럼에도 5천이라는 액수는 결코 무시할 수 없는 큰돈. 그러나 우진은 김 씨를 향해 고개를 저었다 5천이 더 오를 것이라는 그의 말에는 동의하지만, 그것과 별개로 지금 매도하려는 생각에는 변함이 없었으니까.

"사장님 말씀이 맞긴 한데, 그래도 지금 매도하렵니다."

"예?"

살짝 당황한 표정의 김 씨를 향해, 우진이 웃으며 다시 입을 열었다.

"시세가 발목도 아니고, 거의 발바닥 수준일 때 샀는데… 꼭 머리 꼭대기까지 채워서 팔 필요는 없지 않겠습니까."

"으음….'

"까치밥도 어느 정도 남겨둬야죠. 제 뒤에 매수하신 분도, 먹을 건 있어야 하지 않겠습니까."

우진의 말을 들은 김 씨는, 순간 벙어리가 된 듯 말을 잃었다. 다음 투자자를 위해 차익을 조금 남겨놓는다는 그의 말이, 결코 허언처럼 들리지 않았으니 말이다.

'본인은 다른 투자처에 들어가도, 얼마든지 그 정돈 벌 수 있다는 건가.'

우진의 여유를 느낀 김 씨는 속으로 혀를 내둘렀다. 우진은 지금까지 김 씨가 수십 년 부동산업을 해오면서 봐왔던 투자자들 중에서도 손가락에 꼽을 만큼 감탄스런 인물이었다. 이십 대라는 우진의 어린 나이를 제외하고 생각해도 말이다.

'세영아파트에서 두 달 만에 2.5억 벌고 나온 사람이 있다는 얘기 하면… 대체 누가 믿을까?'

우진이 두 달 만에 얻은 2억 5천이라는 차익은, 다른 투자자들이 알았더라면 경악을 할 만한 수준이었다. 한창 부동산 경기가 좋은 시절이라면 그러려니 할 수도 있겠지만, 지금은 부동산 매입을 미친 짓으로 취급하는 사람들까지 있을 정도로 시장 상황이 좋지 않았으니 말이다. 물론 우진은 재건축 조합에 걸린 '소송'이라는 특수한 상황을 이용하여 차익을 극대화시켰기에 가능했던 일이지만 그것 자체가 흐름을 읽을 줄 아는 실력이었다.

"으음. 뜻이 그러시다면, 매도 진행하도록 하겠습니다."

"감사합니다."

"계좌는 지난번에 쓰셨던 그 계좌 그대로죠?"

"맞습니다."

우진에게 잠시 감탄하던 김 씨는 능숙하게 여기저기 전화를 돌린 뒤 다시 그의 앞에 마주 앉았다. 이제 매수자로부터 연락만 오면, 우진의 계좌로 계약금만 받으면 된다.

"그나저나 대표님."

"예, 사장님."

"이번에 투자금 회수하시면, 다음 투자처는 또 생각해두신 데가 있는 거죠?"

눈을 반짝이며 얘기하는 김 씨의 모습을 보며, 우진은 웃을 수밖에 없었다. 그의 말대로 우진은 생각해놓은 투자처가 있었고, 거기에 이번에 회수한 모든 돈을 싹 다 집어넣을 예정이었으니 말이다.

"예리하신데요?"

"하하, 척하면 척이죠."

김 씨는 의미심장한 미소를 지으며, 다시 운을 떼었다.

"어딘지 여쭤도 되겠습니까? 혹시 둔촌? 아니면, 신천역 쪽…?"

우진은 김 씨의 기대감 어린 표정을 봤지만, 아쉽게도 그의 기대에 부응해줄 수는 없었다. 이번에 그가 투자할 종목은 아파트가 아니었으니 말이다.

"생각하시는 곳 전부 틀렸습니다, 하하."

"헛, 그럼 혹시 송파구가 아닌가요?"

우진이 고개를 끄덕이며 대답했다.

"네, 송파구도 아니고 아파트도 아닙니다."

"예…?"

당황한 김 씨의 표정에 작게 실소를 흘린 우진이 탁자 위에 놓여 있던 지도 한쪽을 검지 손가락으로 짚었다.

"제가 이번에 투자하려는 곳은, 성동구 성수동."

"성수요?"

"정확히는 여기… 서울숲 바로 인근에 공사 중인 '지식산업센터'라는 건물입니다."

"…?"

김 씨는 우진이 손가락으로 짚은 위치를 다시 살펴봤지만, 그럼에도 우진이 무슨 말을 하는지 전혀 감을 잡을 수 없었다. 그리고 김 씨의 이런 반응을 예상했던 우진은 속으로 웃을 수밖에 없었다.

— ＊ —

2010년도에 지식산업센터는 아직까지 부동산 전문가들에게조차 생소한 단어였다. 본래 지식산업센터의 명칭은 '아파트형 공장'

이었고. 이것이 '지식산업센터'로 개명된 것이 바로 2010년도였으니 말이다. 그렇다면 아파트형 공장이란 어떤 용도의 시설일까? 아파트형 공장은 그 이름처럼 공업용지가 부족한 도시에서 활성화된 도시형 공장이라고 할 수 있었다.

쉽게 말하자면 공장이 들어서기에 땅이 너무 부족하고 땅값이 비싼 동네에 건물을 올린 다음, 건물의 호실들을 마치 아파트처럼 기업체에서 사용할 수 있도록 분양 방식으로 제공하는 형태인 것이다. 해서 아파트형 공장에는 보통 소규모 제조업체들이 입주하는 케이스가 많았으며.

그런 업체들을 지원할 수 있는 지원시설들이 복합적으로 입주하도록 되어있었다. 그러다가 지식, 정보통신산업의 수요가 증가함에 따라, 제조업 외에 해당 산업들도 복합적으로 입주할 수 있도록 하였고 그것이 2010년에 아파트형 공장이 지식산업센터로 개명된 이유였다.

'지금 성수동 지식산업센터 시세가… 평당 600만 원이나 하려나?'

지식산업센터는 IT업체들까지 수용할 수 있게 된 뒤, 단기간에 가치가 엄청나게 상승한다. 공급에 비해 수요가 엄청나게 증가하면서 가격이 급등하게 된 것이다. 우진이 회귀하기 전인 2030년 즈음, 성수동의 지식산업센터는 평당 2천만 원대가 훌쩍 넘는 수준이었으며 지금으로부터 10년 뒤인 2020년쯤만 하더라도, 대략 1,400~1,500만 원까지 치솟는다.

게다가 지금 우진이 매입하려고 하는 위치의 지식산업센터는, 2년쯤 뒤 분당선 '서울숲'역이 개통되는 위치. 지식산업센터 투자에서 가장 중요한 가치는 역세권이었고, 그런 의미에서 이곳은 우진의 눈에 완벽한 투자처였다.

"아파트형 공장에 투자하신다니. 거 참, 저도 잘 모르는 분야라서 드릴 말씀이 없네요."

부동산 김 씨의 이야기에 우진은 웃으며 고개를 끄덕였다.

"뭐, 모르시는 게 당연합니다. 저야 사업체를 운영하고 있으니까, 사무실로 사용할 겸 겸사겸사 투자하는 거고요."

"아하."

하지만 이 지식산업센터 투자는 지금까지 우진이 하던 투자들과 그 성격이 조금 달랐다. 이제까지 우진은 초단기간에 최대한 수익을 극대화할 수 있는 투자처 위주로 투자했었는데, 이번에는 꽤나 장기간 돈을 묶어둘 생각으로 투자를 결심한 것이다.

그리고 그 이유는 바로 김 씨에게 말한 것처럼 이곳을 사무실로 사용하기 위함이었다. 우진은 거의 한 층에 있는 호실 절반 정도를 다 매입해서, 모형제작 작업실 겸 설계사무소의 사무실로 사용할 생각이었다.

"조만간 아파트 투자도 다시 할 생각이니 너무 서운해 마시죠, 사장님."

"하하, 서운하기는요. 대표님께서 투자하신다니까 저도 지식산업센터라는 걸 좀 공부해봐야 하나 싶어서 생각 중이었습니다."

김 씨의 말은 진짜였다. 우진의 통찰력은 그가 생각할 때 어지간한 전문가들보다도 훨씬 뛰어났고, 그가 눈여겨보는 분야라면 분명히 돈이 될 것이라는 촉이 왔으니까.

"계약금 입금 확인하셨습니까, 대표님?"

"예, 방금 들어왔네요."

"그럼, 잔금 치를 때 뵙겠습니다."

"감사합니다, 사장님."

여하튼 세영아파트를 성공적으로 매도한 우진은 그 길로 김 씨의 부동산에서 나와 다시 지하철을 탔다. 우진이 다시 향한 곳은 성수동. 정확히는 서울숲 인근에 있는 지식산업센터의 시행사 사무실이었다.

— * —

'서울숲IT타워'는, 이제 준공을 앞두고 있는 지식산업센터 건물이었다. 총 연면적*이 12만 제곱미터가 훌쩍 넘는, 지식산업센터 중에는 손에 꼽을 만큼 커다란 규모로 지어진 건물. 이 건물의 시공사는 중견기업인 AT건설이었고, 시행사 겸 분양대행사는 '클라우드 파트너스'라는 회사였다. 그리고 이곳 클라우드 파트너스는 요즘, '서울숲IT타워'의 미분양 호실들 때문에 골치가 너무 아픈 상황이었다. 준공까지 이제 두 달도 채 남지 않았건만 아직도 미분양 상태인 호실이, 전체 호실의 30%나 되었으니 말이다.

"예, 사장님. 14층부터 15층 사이에도 괜찮은 호실 많이 남아있습니다."

"아, 조금 더 고민해보신다고요?"

"평단가 500만 원 중반까지 가능합니다. 준공 뜨기 전에 매입하셔야 취·등록세 할인되는 거 아시죠?"

"예, 그럼 꼭 좀 부탁드리겠습니다…!"

분양에 실패한 호실들은, 시행사에서 울며 겨자 먹기로 매입해야 한다. 그것은 회사 차원에서 쓸데없이 많은 돈이 묶이는 일이었

---

* 건축물의 모든 층, 바닥면적의 합계.

고, 돈을 계속 굴려야 하는 시행사의 입장에서는 큰 손실이 아닐 수 없다.

그래서 클라우드 파트너스는 영업사원들을 말려 죽일 기세로 닦달하는 중이었다. 수 채 이상 팔아치운 사원에게는 꽤나 큰 인센티브를 지급하지만, 반대로 실적이 저조한 사원에게는 권고사직까지 들먹이며 협박을 하는 것이다.

"김 대리, 어떻게 지금까지 한 채밖에 계약이 없을 수가 있어?"

"지금 다들 발에 불나도록 뛰어다니는 거 안 보여?"

"이번에 미분양 10% 이상 넘어가면, 실적 최하위부터 그대로 옷 벗는 거야. 알아?!"

그런 의미에서 현재 실적이 최하위인 김 대리는 요즘 하루하루가 죽을 맛이었다. 이 과장의 말처럼 뛰어다니지 않는 게 아니었다. 그 또한 어떻게든 한 채라도 더 팔아치우기 위해 미친 듯이 전화를 돌리고 발로 뛰고 있었지만 그래도 팔리지 않는 것은 어쩔 도리가 없었다.

'휴우… 정말 죽을 맛이네 진짜.'

하지만 그렇다고 해서 김 대리의 실적이 비교적 저조한 데에 아무런 이유가 없는 것은 아니었다. 성실함이야 다른 사원들 못지않은 김 대리였으나, 그의 성품이 너무 정직한 게 문제였다. 가족들에게 팔아치우거나 거의 사기꾼 수준으로 가치를 부풀려 홍보하는 다른 영업사원들에 비해, 김 대리의 영업은 정말 있는 그대로였으니까.

'하아, 진짜 다음 달에 사표라도 미리 내야 하나….'

우울해진 김 대리는 사무실 옥상에서 담배를 뻑뻑 피워 재낀 뒤 터벅터벅 옥상 계단을 걸어 내려갔다. 그런데 바로 그때.

위이잉-!

김 대리의 전화기가 진동하기 시작하였다.

"아, 박 부장님! 어쩐 일로 연락을 다 주셨습니까?"

그리고 그 전화는 그를 구원해줄 동아줄 같은 것이었다.

— * —

클라우드 파트너스는 시행사 중에서도 손가락에 꼽을 만큼 큰 규모의 회사였다. 때문에 AT건설 같은 중견 건설사는 물론, 도급 순위 10위 이내의 대형 건설사와 일한 적도 꽤나 많았고 그중에는 천웅건설도 포함되어 있었다. 김 대리와 박경완의 인연은 그때 생긴 인연이었고 말이다.

[김 대리, 요즘 AT건설 분양대행 때문에 죽을 맛이지?]

"하… 부장님. 저 진짜 죽겠습니다요. 대체 상부에서는 이런 공장건물 분양대행에 왜 뛰어들어서…"

[하하, 아직 미분양 소진 덜 됐나 보네.]

"소진이요? 하아… 자꾸 한숨 나오는 소리 하시네요. 9월 초 준공인데, 지금 아직도 30%는 미계약이에요."

김 대리는 박경완과 업무 외적으로 친분이 있는 것은 아니었지만, 경완을 꽤나 좋아했다. 몇 번 같은 사업장에서 일하는 동안 그의 인간됨이 좋다는 것을 많이 느꼈기 때문이었다. 그리고 그것은 경완 또한 마찬가지였다. 경완은 김 대리의 성실함을 잘 알고 있었고, 그래서 오늘도 굳이 그에게 전화를 준 것이다.

[김 대리, 내가 좋은 소식 하나 가져왔는데.]

"좋은… 소식이요?"

[자네 이번 사업장에서, 실적 걱정 없게 만들어줄 만큼 좋은 소식 말이야.]

경완의 목소리에, 김 대리는 헛웃음을 지었다. 그의 말이 농담인지 진담인지, 잘 구분이 되질 않았으니 말이다.

"저, 이직할 괜찮은 자리라도 하나 만들어주십니끼? 그게 아니면…."

하지만 다음 순간, 김 대리는 두 눈이 휘둥그레질 수밖에 없었다. 이어진 경완의 말은 믿기 힘든 것이었으니 말이다.

[아쉽게도 자네 이직 자리 알아봐놓은 건 아니고. 대신, IT타워를 사고 싶어 하는 큰손 하나 물어왔지.]

"예에?"

[나도 정확한 모르지만, 최소 호실 서너 개 정돈 계약하려는 모양인데. 어때, 구미가 좀 당기나?]

생각지도 못했던 경완의 말에, 김 대리는 정신없이 고개를 끄덕이며 대답했다.

"다, 당연하죠, 부장님! 그 구원자가 대체 누굽니까?"

물론 고개를 끄덕이는 것은 수화기 너머에 있는 박경완에게 보일 리 없었지만 너무 흥분한 나머지 반사적으로 튀어나온 행동이었다.

[아마 곧 시행사 사무실로 한 놈 갈 거야. 가서 자네 이름 대라고 했으니까, 잘 좀 부탁드릴게.]

"여, 여부가 있겠습니까! 물론입니다!"

경완과의 전화를 끊은 김 대리는 신이 나서 계단실을 뛰어 내려갔다. 그리고 사무실의 앞에 도착한 그는 그보다 한참 어려 보이는 한 남자를 발견할 수 있었다.

"저기, 혹시 김준영 대리님 찾아왔는데… 자리에 안 계시나요?"

아무리 높게 봐줘도, 절대로 30대로는 보기 힘든 젊은 남자. 하지만 그가 찾는 이름은 분명 자신의 이름이었고, 해서 김 대리는 떨떠름한 표정으로 그를 불러 세울 수밖에 없었다.

"혹시… 박경완 부장님 소개로 오신…?"

"아, 네. 김준영 대리님이시군요."

"맞습니다. 제가 김준영…."

김 대리와 눈이 마주친 남자는 기분 좋은 미소를 지으며 그에게 악수를 청하였다.

"반갑습니다. WJ 스튜디오 대표, 서우진이라고 합니다."

— * —

우진이 지식산업센터를 매입하기로 생각한 것은 사실 얼마 되지 않은 일이었다. 마침 문정동 부동산 김 씨 아저씨로부터 매수자를 찾았다는 전화를 받았을 즈음, 석현, 진태와 함께 사무실을 옮기기 위한 회의를 하고 있었으며 거의 그날, 즉흥적으로 결정한 투자였으니 말이었다.

"진태 형. 우리 다음 사무실, 성수동으로 정했어."

"뭐?"

"석현이 너도 그렇게 알고 있어. 집이랑은 더 가까워져서 좋지?"

"갑자기, 성수동? 거기 뭐 있는데?"

물론 투자 결정이 즉흥적이었다고 해서, 근거 없는 투자는 당연히 아니었다. 지식산업센터가 떠오른 순간, 우진은 곧바로 입지분석부터 시작하였고, 해서 성수동에서도 가장 투자 가치 높은 위치의 지식산업센터를 예쁘게 골라놓은 것이었으니 말이다. 분석하면 분석할수록 지금 우진의 상황에 딱 알맞은 투자가 지식산업센터 투자였고.

그 이유는 다음과 같았다. 첫째, 사무실 확장으로 인해 발생한 월세를 대폭 절감할 수 있음과 동시에, 법인의 월세 지출을 우진 개인의 수입으로 전환시켜 버릴 수가 있다.

'내 개인 명의로 사서, 내 법인에 월세를 줘야겠어.'

아무리 지분이 100% 우진의 것이라고 한들, 법인의 자산은 회사 돈이지 우진의 돈이 아니다. 하지만 법인에서 누군가에겐 내야 할 월세를 우진에게 낼 수 있는 상황을 만든다면 아주 합법적으로 법인의 돈을 개인 명의로 옮겨올 수 있으니, 우진으로서는 짭짤한 소득이 생길 것이었다.

'고정수입이 커지면, 어머니 용돈 드리기도 편하고….'

그리고 둘째, 아파트형 공장이 지식산업센터로 변경된 지 얼마 되지 않은 시점이기 때문에 현 시점 '지식산업센터'라는 상품 자체가 크게 저평가된 상황이다. 당장이야 우진이 직접 사용하지 않는다면 임대를 받는 데까지 시간이 좀 걸릴지도 모를 곳이 지식산업센터였지만 대충 반년에서 일 년 정도만 지나도 이 성수동 IT타워에는 공실이란 찾아볼 수 없게 될 것이다. 그렇게 되면 더욱 비싸진 값에 되팔아 큰 차익을 얻을 수도 있을 것이며, 만약 우진이 사옥을 옮기게 된다고 해도 훨씬 높아진 월세로 다른 세입자를 받을 수도 있을 것이었다.

게다가 마지막으로, 지식산업센터 입주기업에는 이런저런 혜택들이 많았다. 2010년 현재 국토부에서는, 이 새로운 형태의 산업

시설을 활성화시키기 위해 노력하는 중이었으니까.

'대출도 빵빵하게 나오고 말이지.'

해서 박경완으로부터 김준영 대리를 소개받은 우진은 시행사 사무실에 들어가 망설임 없이 계약서를 작성하였다.

"정말… 11호실부터 18호실까지 전부 계약하실 겁니까?"

"그렇다니까요?"

"할인된 분양가 기준으로 가도 20억이 넘는데…."

"대출 거의 90%까지 나오잖아요?"

"90%까진 장담 못 드리고, 85%까지는 확실히 해드릴 수 있습니다."

"그거면 충분해요. 어차피 4억 정도는, 집어넣을 생각이었으니까요."

우진은 1411호부터 1413호까지, 벽을 싹 다 터서 모형작업장으로 사용할 예정이었다. 그리고 1414호부터 1415호까지 두 개 호실을 터서, 설계사무소로 사용할 생각이었다.

'16호실부터 18호실까지는… 일단 세입자 받아서 월세 세팅해 둬야지.'

18억이라는 거액의 대출이 생길 테지만, 그것은 별로 걱정할 필요가 없었다. 현재 금리 기준으로 매달 6~700만 원 정도의 이자가 발생하겠지만, 16호실~18호실의 세입자들에게 받을 월세만으로도 500만 원 가까이 충당이 될 것이고 거기에 WJ 스튜디오로부터 받을 월세 또한 7~800만 원이 훌쩍 넘어가는 수준이니. 이자를 다 내고 나도, 우진에겐 매달 500만 원이 넘는 순이익이 떨어지는 것이다.

'땅 사서 사옥 지을 수 있을 때까진, 여기서 쭉 뿌리박아야겠어.

사옥 올릴 만큼 회사가 커질 즈음엔… 매매가도 최소 두 배 이상은 튀겨지겠지.'

그렇게 남들이 보면 미친놈 취급을 할 법한 투자를 또 한 번 감행한 우진은 가벼운 발걸음으로 시행사 사무실을 나섰다.

"김 대리님, 이 인근에 혹시 괜찮은 부동산 아시면 소개 부탁드려도 되겠습니까?"

"부동산이요?"

"호실 몇 개는, 조금 미리 임대 내놓으려고요."

클라우드 파트너스의 영업 범위에는, 당연히 인근의 부동산들도 포함된다. 부동산이 보유하고 있는 고객들 중에는 큰손들이 제법 많았고 그들을 상대로 영업하기 위해선, 당연히 부동산 사장들과 커넥션이 있어야 했으니까. 그런 부분을 잘 알고 있던 우진은 김 대리에게 소개를 요청한 것이고 당연한 얘기겠지만 김 대리는 흔쾌히 우진에게 명함 몇 개를 넘겨주었다.

"여기 두 곳 정도, 추천드릴 수 있을 것 같네요."

"예, 대리님."

"거리는 좀 멀어도, 영진부동산으로 가보세요. 여기 사장님이 정말 일 잘하십니다."

"하하, 신경 써주시니 고맙네요."

"고맙기는… 제가 너무 감사하죠."

기분 좋게 건물을 빠져나온 우진은 귀가를 위해 버스를 탔다. 부동산에는 일단 전화만 돌려놓고, 오늘은 집에 가서 쉴 예정이었다.

'으, 피곤해. 다음 주면 차도 출고될 테니, 뚜벅이 생활도 이제 안녕이겠지.'

차근차근 성장해가는 자신의 모습이 문득 대견해진 우진은 저도
모르게 기분 좋은 미소를 지었다.

브랜딩 Branding

방학이란 학교에 가지 않아도 됨을 의미하고, 그것은 그만큼 우진에게 시간이 많이 생겼음을 의미한다. 수업시간뿐 아니라 과제에 할애되는 시간까지도 비게 되는 셈이니 활동반경이 거의 두 배는 넓어진 것이다. 하여 우진은 마치 물 만난 고기처럼 움직이기 시작하였다. 그리고 오늘은 성수동으로 회사를 이전하기 전, 가장 중요한 미팅이 있는 날이었다.

"진태 형, 오늘 시간 되지?"

"뭐, MMA매장 최종 감수하러 가긴 해야 하는데, 그건 내일 가도 돼. 왜?"

"미팅 하나 잡혔거든. 나 혼자 가긴 좀 애매해서."

"좋아. 뭐, 대표님이 까라면 까야지."

"우리 지금까지 정리해둔 포트폴리오 준비하고, 이동은 내 차로 할 거야."

"오케이, 알겠어."

MMA매장은 가장 최근에 WJ 스튜디오에서 시공을 맡은 복합몰의 의류 매장이었다. 우진의 도움 없이 진태가 혼자서 수주해온 공사로, 최근 WJ 스튜디오 시공 파트의 제법 짭짤한 캐시카우(Cash Cow)였다. 사업장 한곳에서 그렇게 큰 이문이 남지는 않았지만, MMA 브랜드는 프랜차이즈였고. 그 말인즉 전국에 매장이 생길 때마다 추가적인 수입이 계속 들어온다는 이야기였으니 말이다. 진태를 데려온 우진의 눈이 옳았음을, 확실하게 확인할 수 있는 부분이었다.

'이 형이 영업까지 해줄 수 있을 줄은 몰랐지만….'

만약 진태가 없었다면 우진이 공모전을 준비하는 동안 시공 파트는 올 스톱이었겠지만, 진태는 우진이 생각한 것 이상으로 활발히 움직이며 기반을 튼튼하게 잡아둔 상태였다. 그리고 그 덕분에 우진은 오늘 이 미팅을 잡아올 수 있었고 말이다.

'카페 프레스코. 이건 무조건 따와야 해.'

2010년은, 전국에 커피 매장이 우후죽순처럼 늘어나기 시작하던 해였다. 08년쯤 스타트를 끊은 국내 브랜드 '커피 플레이스(Coffee Place)'를 시작으로, 요식업계의 대기업들이 각종 커피 프랜차이즈 브랜드를 경쟁적으로 론칭하던 시절. 하지만 우진이 알고 있는 미래에서 이 모든 브랜드들은, 결국 해외 브랜드 커피에 밀려 대부분 몰락하고 만다. 경쟁적으로 점포를 늘리고 덩치를 키우는 데만 주력하다 보니, 가맹점들의 품질관리도 안 되어 시간이 갈수록 경쟁력이 떨어진 것이다. 하지만 2030년까지도 꽤나 마니아층을 형성하며 명맥을 유지하던 브랜드가 몇 군데 있었는데 카페 프레스코가 바로, 그런 브랜드들 중 하나였다.

'여기 커피 맛은, 항상 일품이었지.'

우진이 아는 카페 프레스코는, 사실 그렇게까지 성공한 브랜드는 아니었다. 앞서 설명했듯 우진이 아는 미래의 커피 시장은, 해외 프랜차이즈 브랜드들의 각축장이었고, 그 안에서 카페 프레스코는 단지, 마니아층과 틈새시장을 공략하는 정도로 명맥을 유지하고 있던 국내 브랜드였으니 말이다.

하지만 우진이 이 브랜드를 높게 평가하는 이유는 이곳이 적어도 우진이 아는 커피 브랜드들 중, 본질에 가장 충실했던 곳이기 때문이었다. 커피 매장에게 있어 가장 중요한 본질이란, 당연히 커피의 맛. 우진이 생각할 때 카페 프레스코가 크게 성공하지 못했던 이유는 브랜딩(Branding)의 실패였을 뿐이었다.

'알맹이는 괜찮았는데, 포장지가 별로였던 거지.'

그 말인즉 반대로 이 부분만 해결할 수 있다면, 크게 성공할 잠재력이 있는 브랜드라는 이야기. 하여 우진은 이 카페 프레스코의 브랜딩에, 자신이 적지 않은 도움을 줄 수 있을 것이라고 확신하였다. 카페 브랜딩에서 가장 중요한 부분 중 하나가, 바로 감성적인 인테리어니까.

'인테리어만 좀 더 괜찮았어도, 최소 두 배 이상 성장할 수 있던 브랜드야.'

하여 우진이 이곳의 인테리어를 수주해내고 그 판단이 맞아떨어져 카페 프레스코를 메이저 프랜차이즈 브랜드로 크게 키울 수 있다면 그것은 곧 인테리어를 독점한 WJ 스튜디오의 매출 성장으로 이어질 터였다. 점포가 추가될 때마다 해당 지점의 인테리어를 WJ 스튜디오에서 가져갈 수 있을 테니, 잘만 키우면 황금알을 낳는 거위가 되는 것이다. 그러니까 오늘의 이 미팅은, 우진이 그리는 큰 그림 중 하나였던 것이다. 우진의 차를 타고 이동하던 진태가, 문득 뭔가 생각났는지 그에게 물어보았다.

"그런데 우진아."

"응?"

"지난번엔 커피숍 인테리어에 관심 없는 것처럼 말하더니."

"아, 로사커피?"

"맞아. 그땐 내가 거기 미팅 다녀왔다고 했더니, 네가 하지 말랬잖아."

"그땐 그때고. 이번은 이번이고."

"흐음…."

진태의 말을 듣던 우진은 속으로 웃을 수밖에 없었다. 로사커피가 제대로 론칭도 못한 채 망할 브랜드라는 걸, 얘기해줄 수는 없는 노릇이었다.

"그런데 우진이 너, 운전은 언제 배웠냐?"

"왜?"

"너 이제 스물둘이잖아?"

"그렇지."

"운전 생각보다 잘하는 것 같아서. 장롱면허일 줄 알았더니…."

이런저런 대화를 나누며 삼십 분 정도를 진태와 함께 차로 이동한 우진은 자유로를 지나 금세 고양시로 진입하였다. 미팅이 잡힌 곳은 카페 프레스코의 1호점이 생길 위치였고, 공교롭게도 삼송역 인근이었다. 고양 KBC사옥의 근처라는 이야기다.

'미팅 끝나고 한번 임수하 배우님께 연락이나 드려볼까….'

끼익-

널찍한 공영주차장에 주차한 우진은 준비한 자료들을 가지고 미팅 장소로 이동하였다. 그리고 잠시 후.

"반갑습니다. WJ 스튜디오, 서우진입니다."

"하하, 목소리로 젊은 분이실 줄은 예상하고 있었지만, 그래도 이렇게 젊으실 줄은 몰랐습니다. 강석중이라고 합니다."

우진은 카페 프레스코의 창업자인, 서른 후반 정도의 젊은 남자를 만나볼 수 있었다.

— * —

우진이 아는 강석중은 금수저였다. NA그룹 계열사 사장의 차남이자, W대학교 이사장의 외손자로 태어난 인물. 하지만 이것은, 딱히 우진이 회귀자라서 알고 있는 정보는 아니었다. 애초에 2010년인 지금도, 강석중은 꽤나 유명한 인물이었으니까.

'손대는 것마다 전부 말아먹는, NA그룹의 천덕꾸러기로 유명했지.'

미국 아이비리그의 유명 대학을 졸업한 강석중은, 무척이나 별난 인물이었다. 다른 재벌가의 3세들처럼 스캔들이 터지거나 말썽을 부리는 인물은 아니었지만 특이하게 사업 욕심이 많아서, 이것저것 안 해본 사업이 없을 정도였으니까. 다만 문제는, 카페 프레스코 이전까지 모든 사업을 다 말아먹었다는 것. 하지만 그렇다고 해서, 그렇게 큰돈을 날려 먹은 것도 아니었다. 마치 취미로 사업을 하고 싫증이 나면 접어버리기라도 하듯 강석중은 매번, 작은 사업체를 여닫기를 반복했던 인물이었다.

'뭐, 그것도 재벌 기준에서나 큰돈이 아니지… 최소 십억 단위는 넘을 테지.'

그렇다면 이렇게 쉽게 싫증을 내는 강석중이, 어떻게 카페 프레스코는 거의 이십 년 동안 운영할 수 있었던 것일까? 우진은 회귀 전 어떤 남성잡지에서 강석중의 인터뷰를 본 적이 있었고, 그 인터뷰에 여기에 대한 해답이 있었다.

[제가 요식업 쪽으로도 이런저런 사업을 많이 했지만, 사실 가장 좋아하는 건 커피였습니다.]

[미국에서 유학하던 시절, 정말 커피에 미쳐있던 적이 있었거든요.]

[사실 어디서 얘기한 적은 없었지만… 카페 사업도, 다른 사업들처럼 망할 뻔한 위기가 제법 많았습니다.]

[그래도 워낙 커피를 좋아하다 보니 꾸역꾸역 버티면서 하게 됐고, 그 덕에 이 정도나마 자리를 잡을 수 있었던 것 같습니다.]

우진의 인생 지론 중 하나가, 사업을 시작할 땐 반드시 좋아하는 종목을 해야 한다는 것이다. 그래야 꾸준함을 유지할 수 있고, 힘이 들 때 버텨낼 수도 있다. 그런 의미에서 커피 사업을 시작한 강석중은 최소한의 자격을 갖춘 CEO였고, 카페 프레스코는 비전 있는 커피 브랜드였다. 우진과 탁자에 마주 앉은 강석중은, 가장 먼저 한 가지 질문을 했다.

"저희 업체는 어떻게 아신 겁니까?"

강석중의 이 첫 번째 질문은, 우진이 이미 예상하고 있었던 것이다. 우진은 아직 커피 프레스코를 오픈하지도 않은 상황에서 석중의 사무실에 전화를 넣었고 론칭할 브랜드의 인테리어에 관심이 있다는 이야기를 먼저 꺼냈었으니까. 그래서 우진은 미리 준비했던 대답을 자연스레 꺼내었다.

"레옹 베이커리가 얼마 전에 문을 닫지 않았습니까?"

"음…?"

"곧 다음 브랜드를 론칭하실 거라고 생각했습니다. 대표님께선 여러 번 그래 오셨으니까요."

"오호."

레옹 베이커리는, 강석중이 카페 프레스코를 론칭하기 바로 전에 열었던 베이커리였다. 하지만 그렇게 잘 알려진 브랜드는 아니었기에, 석중은 신기하다는 듯한 표정을 지을 수밖에 없었다.

"레옹 베이커리를 아시다니… 재밌네요."

"그런가요?"

"아, 그것보다는 저라는 사람을 미리 알고 계셨다는 게 재미있군요."

강석중은 흥미롭다는 표정으로 우진을 잠시 응시하였다. 그리고 그런 석중을 향해, 우진의 말이 다시 이어졌다.

"뭐, 특별히 조사를 한 건 아닙니다. 단지 레옹 베이커리가… 여기 고양 KBC 쪽에 올 때마다, 꼭 사 먹었던 빵집이거든요."

"그래요? 맛있었나요?"

"다른 빵은 모르겠고, 식빵이 맛있더군요."

우진은 눈 하나 깜짝하지 않고, 아주 태연하게 거짓말을 계속했다. 그는 고양 KBC사옥에 와본 적도 없었고, 레옹 베이커리에서 빵을 사먹어 본 적도 없었다. 다만 미팅을 준비하면서 했던 사전조사로 인해, 어느 정도 알고 있던 정보들을 이야기한 것뿐이었다.

"갑자기 문을 닫았기에, 이유가 궁금했습니다. 그래서 찾다 보니, 대표님에 대해 조금 알게 되었고요."

우진의 이야기 안에는 딱히 의심될 만한 내용이 없었기 때문에, 석중은 천천히 고개를 끄덕였다. 자신이 새 브랜드를 론칭할 것임을 예상하고 연락했다는 부분이 조금 신선했지만, 그 또한 억지스런 추측이라고는 생각되지 않았다. 그는 레옹 베이커리 이전에도, 무려 세 가지 브랜드를 연달아 론칭했었고, 그것은 딱히 비밀이 아니었으니까.

"뭐, 어찌 됐든… 아주 기가 막힌 타이밍에 연락을 주셨습니다, 서 대표님."

"운이 좋았던 것 같군요, 하하."

그런데 기분 좋게 대화를 나누던 그때, 석중의 입에서 우진이 예상치 못했던 질문이 튀어나왔다.

"그런데 대표님."

"예?"

"실례가 되지 않는다면, 뭐 하나만 더 여쭤도 되겠습니까?"

호기심 어린 표정으로 묻는 강석중을 향해, 우진은 별생각 없이 고개를 끄덕였고.

"어떤 질문인가요?"

석중의 입에서, 의미심장한 질문이 흘러나왔다.

"혹시 대표님은… 레옹 베이커리가 왜 망했다고 생각하십니까?"

"…!"

"뭐, 편하게 말씀 주셔도 됩니다. 제가 이미 접은 사업에 미련 갖는 타입은 아니거든요."

"음… 그건….."

우진이 먼저 접촉하긴 했지만, 어쨌든 석중은 그의 클라이언트다. 그리고 지금 석중이 우진에게 던진 질문은, 클라이언트 앞에서 답하기 무척이나 부담스러운 것이라 할 수 있었다. 석중의 성향이 어떤지는 알 수 없지만, 괜히 직언을 했다가 그의 기분을 상하게 할 수도 있었으니까.

'흠, 뭐라고 해야 하지?'

우진이 고민하는 듯 보이자, 석중이 웃으며 다시 손사래를 쳤다.

"아, 제가 너무 난감하게 해드린 모양이군요. 답변이 어려우시다면, 하지 않으셔도 됩니다."

하지만 우진은 웃으며 고개를 저었다. 이 짧은 순간 이미 우진은 어떤 대답을 내놓아야 할지 떠올렸으니 말이다.

"아닙니다. 어떤 대답을 드려야 할지, 잠시 생각하느라 고민했던 것뿐이라서요."

"으음…?"

재미있다는 듯한 표정을 짓는 석중을 향해, 우진이 웃으며 대답하였다.

"브랜딩의 부재."

"예?"

"레옹 베이커리라는 브랜드는… 제 기준에서 미완성 브랜드였습니다."

우진의 말이 끝나자마자, 사무실에는 잠시 침묵이 내려앉았다. 그의 옆에 앉아있던 진태는 당황하여 눈이 휘둥그레졌고.

'이렇게 대놓고 깐다고?'

맞은편에서 우진의 대답을 기다리던 강석중 또한, 살짝 당황했으니 말이다.

'…!'

하지만 이 침묵은 정말 잠시였을 뿐. 곧 석중의 입에서, 호쾌한 웃음이 흘러나왔다.

"하하, 하하하."

그는 지금 이 상황이, 무척이나 재미있는 모양이었다.

브랜드(Brand)란, 과거 유목민들이 가축을 잃어버리지 않기 위해, 불에 달군 인두로 찍었던 행위를 말한다. 즉, '낙인'에서 유래된 단어였던 것이다. 하지만 오늘날의 브랜드는 어떤 상품이나 사업체의 이름 혹은 상징의 의미로 쓰이고 있었고. 해서 이 브랜드의 가치를 높이기 위한 행위가 바로 브랜딩이라고 할 수 있었다.

"브랜딩이 뭐라고 생각하십니까?"

우진의 질문에, 석중이 흥미롭다는 표정으로 답했다.

"글쎄요. 브랜드를 만들기 위한 모든 행위가 브랜딩 아닐까요?"

우진은 고개를 끄덕이며 대답했다.

"뭐, 맞는 말씀이십니다. 하지만 저는 이 브랜딩을, '담금질'이라는 말로 표현하고 싶군요."

"담금질이라…."

브랜드에는 이미지가 있다. 소비자들이 브랜드를 떠올리는 순간, 머리로 떠올릴 수 있고 감정적으로 느낄 수 있는 것들. 그 모든 것들이 하나의 심상이 되어 떠오르는 것이, 그 브랜드가 가진 이미지인 것이다.

"그냥 로고만 만들고 이름만 지어도. 그것은 이미 '브랜드'라고 할 수 있습니다."

"하지만 이 브랜드의 이미지를 고급스럽게 포장하고 가치를 높이기 위해선, 브랜딩이라는 담금질 과정이 필요한 거죠."

우진은 즉흥적으로 이야기하는 것 같지만, 이것은 그가 꽤나 오래도록 생각해온 명제였다. WJ 스튜디오를 처음 창업할 때부터, 그는 자신의 업체를 어떤 '브랜드'로 만들지 고민했었으니까.

"재밌네요. 조금 더 들어볼 수 있을까요?"

"물론입니다."

강석중이 흥미를 보이자, 우진은 물을 한 모금 홀짝인 뒤 다시 입을 열었다. 목이 조금 탔지만, 우진 또한 이 상황 자체가 즐거웠다.

"담금질에는 오랜 시간이 걸립니다. 몇 번 망치를 두들긴다고 완성되는 공정이 아니니까요."

"브랜딩도 마찬가집니다. 소비자들의 머릿속에 명확한 이미지를 심어주는 것이, 하루아침에 되는 일은 아니거든요."

우진의 머릿속에서, 수많은 생각들이 지나갔다.

"소비자들이 브랜드와 관련된, 긍정적인 경험을 할 수 있도록 만들어주는 것."

"그 경험들을 통해, 신뢰감, 충성도, 편안함 등의 좋은 감정을 느낄 수 있도록 만드는 것."

석중은 우진의 이야기에 빨려 들어가듯 집중하고 있었고, 그것은 심지어 우진의 옆에 있던 진태도 마찬가지였다.

"우리 브랜드만이 가진 특별한 경험을 창조하고, 그것으로 소비자들과의 진정한 관계를 발전시켜 나가는 과정을, 저는 브랜딩이라고 생각합니다."

"그러니까… 소비자들과의 관계구축을 위해 필요한 모든 준비와 노력들이, 전부 브랜딩의 일환이겠죠."

우진의 설명은 간결한 편이었지만, 그가 생각하는 브랜딩의 본질에 대한 이야기는 전부 담겨있는 것이었다. 강석중 또한 그것을 느끼고 있었고, 때문에 적잖이 감탄하고 있었다. 그의 눈앞에 앉아있는 이 어린 대표에게서, 어떤 통찰력 같은 것을 느끼고 있었으니까.

'담금질이라. 확실히 어울리는 비유야.'

그래서 석중은 우진의 말이 이어질수록, 이 이야기의 결론이 무척이나 궁금해졌다. 우진이 얘기를 꺼낸 것은 결국 '레옹 베이커리의 실패'에서부터 시작된 것이었으니, 이 이야기의 마지막에는 그 이유가 나오게 될 테니 말이다. 그리고 강석중의 기대처럼, 우진은 레옹 베이커리에 대한 얘기를 꺼내기 시작하였다.

"그런 의미에서 레옹 베이커리는, 아쉬운 점이 많았습니다."

"베이커리의 본질인 '빵의 맛'부터, 메뉴구성, 인테리어, 프라이스 포지셔닝(Price Positioning)까지."

"그 모든 것들이 별로였다는 얘긴 아닙니다. 다만 문제는, 어중간했다는 점이지요."

잠시 뜸을 들인 우진이, 결론에 대한 이야기를 꺼내었다.

"확실한 고급화. 혹은 확실한 가격적 메리트. 어떤 베이커리에도 없는 확실히 특별하고 맛있는 메뉴. 혹은, 고객들의 감성을 자극할 수 있는 특별한 인테리어…."

우진과 석중의 눈이 마주쳤고, 우진의 마지막 한마디가 이어졌다.

"그것들이 부족했던 레옹 베이커리는 적당한 가격대에 적당한 맛을 가진 좋은 빵집이었지만, 좋은 브랜드는 아니었던 겁니다. 왜냐하면, 얼마든지 '대안'이 존재하는 빵집이었으니까요."

하고 싶던 모든 이야기들을 마친 우진은 다시 냉수가 담긴 컵을 집어 들었다. 이야기를 하면서 우진의 머릿속에도 추상적으로 존재했던 개념들이 다시 정립되었고, 그와 동시에 머리가 맑아지는 기분이었다. 어쩌면 우진이 꺼내놓은 이야기들은, WJ 스튜디오가 나아가야 할 '지향점'인지도 몰랐다.

"…."

우진의 이야기가 끝났지만, 강석중은 잠시 침묵했다. 우진이 물을 다 마시길 기다린 것이다. 그리고 컵을 탁자에 내려놓은 우진이 멋쩍은 표정으로 다시 입을 열었을 때.

"주제넘은 이야기를 한 것 같아, 조금 민망하군요."

석중은 기분 좋게 웃고 있었다.

"주제넘다니요. 덕분에 좋은 이야기 들었습니다."

석중의 웃음은, 결코 가식이 아니었다. 그는 우진의 이야기들에 공감했으며, 이런 좋은 이야기를 해준 그에게 진심으로 고마워하고 있었다. 비록 직계는 아니지만, 재벌 3세나 다름없던 석중의 주변에는 이렇게 직언을 해줄 만한 사람이 별로 없었던 것이다.

'상품의 본질에 대한 고민은 많이 했었지만… 생각해보면 지금까지, 디자인이나 마케팅적 측면에서의 고민이 너무 부족했었어.'

사실 우진의 직설적인 제언에도 석중의 기분이 상하지 않은 데에는 그의 그릇이 그만큼 컸다는 이유도 한몫했겠지만, 무엇보다 금전적인 '여유'가 가장 큰 이유였을 것이다. 정말 쫄딱 망해서 빚밖에 남지 않은 사람에게 이런 조언을 한다면, 그것은 불난 집에 부채질하는 것밖에 되지 않았을 테니까. 하지만 강석중에겐 객관적으로 조언을 들여다볼 여유가 있었고 우진도 그러한 석중의 상황을 어느 정도 알기에, 말을 꺼낼 수 있었던 것이었다.

'다행히, 긍정적으로 통했나 보네.'

좋아 보이는 석중의 표정을 확인한 우진은 속으로 살짝 안도하였다. 사실 브랜딩에 대한 우진의 이런 열변은, 우진에게도 계획에 없던 일이었다. 하지만 결과적으로 이 이야기들은 미팅에 좋은 영향을 주었으며, 덕분에 미팅이 시작부터 좋은 방향으로 흘러갈 수 있도록 촉진제의 역할을 해주었다.

216

"여튼 그럼, 이제 슬슬 본론으로 들어가 볼까요?"

"그럽시다."

우진은 준비해온 포트폴리오들을 하나씩 보여준 뒤, 이어서 '카페 프레스코'의 디자인 방향성에 대해 제시하였다. 물론 디자인을 미리 한 것은 당연히 아니다. 다만 카페 프레스코를 생각하며 찾아둔 이미지 레퍼런스들을 이용하여, 그가 생각하는 디자인 지향점에 대해 어필한 것이었다. 석중은 우진의 제안을 하나하나 경청하였으며, 무척이나 적극적으로 미팅에 참여하였다.

"좋습니다. 훌륭하군요."

"부족한 제안서를 좋게 봐주시니, 감사할 따름입니다."

그리고, 그렇게 미팅이 전부 끝났을 때.

"그럼 마지막으로 제가, 한 가지만 더 여쭤도 되겠습니까?"

"물론입니다."

의미심장한 미소를 지은 석중은, 우진을 향해 한 가지 질문을 더 했다.

"서우진 대표님께선, 저희 '카페 프레스코' 브랜드 론칭을 위해… 처음에 말씀하셨던 그 '브랜딩'이라는 담금질을 도와주실 수 있겠습니까?"

석중과 눈이 마주친 우진은 기분 좋게 웃을 수 있었다.

이 질문에 대한 대답은, 이미 처음부터 정해져 있었던 것이었으니 말이다.

"인테리어는 브랜딩의 여러 가지 수단 중 하나일 뿐이죠."

"…?"

"하지만 '카페 브랜딩'에서 가장 큰 비중을 차지하는 요소 중 하나가, 바로 인테리어 디자인이기도 합니다."

우진이 가장 잘할 수 있는 '공간 디자인'이 바로, '카페 브랜드'에 가장 큰 영향을 줄 수 있는 브랜딩 과정이다. 우진의 대답을 이해한 석중이 흡족한 미소를 지으며 손을 내밀었고, 우진은 그 손을 망설임 없이 맞잡았다.

"잘 부탁드립니다, 서 대표님."

"저도 잘 부탁드리겠습니다, 강 대표님."

그렇게 우진은 카페 프레스코의 1호점 인테리어를, 성공적으로 수주할 수 있게 되었다.

— * —

2010년의 여름은, 무척이나 후덥지근했다. 곧 8월이 다가온다는 것을 알리기라도 하듯, 뙤약볕은 사정없이 도로 위를 내리쬐고 있었다.

"어후, 도로에 아지랑이 올라오는 것 봐."

일산 KBC로 향하는 도로 위에서, 임수하가 탄 밴을 몰던 매니저 송지호가 투덜투덜 중얼거렸다.

"아, 난 여름이 제일 싫어. 겨울 언제 오지?"

그러자 뒷좌석에 앉아 무표정한 얼굴로 아이스크림콘을 씹어 먹던 임수하가, 여느 때와 다름없이 지호에게 핀잔을 주었다.

"오빠, 이제 7월인데 무슨 겨울을 찾고 있어?"

"며칠 뒤면 8월이야."

"이상한 거로 말꼬리 붙잡지 말고."

"8월이 지나면 9월이고, 9월은 가을이지. 가을 다음은 겨울이니까, 겨울도 금방인 거야."

"언제는 겨울이 제일 싫다더니."

"내가 언제!"

"정확히 5개월 전에 그랬어."

"그럴 리가. 난 더운 것보다 추운 게 좋다고. 더워서 벗는 데는 한계가 있지만, 추우면 계속 껴입으면 되거든."

이상한 논리를 펼치는 지호를 향해, 수하는 고개를 절레절레 저었다. 하지만 매니저와 말장난을 하는 것이, 딱히 싫은 것은 아니었다. 도로 위에서 보내야 하는 따분한 시간에, 이런 재미라도 있어야 덜 지루했으니 말이다.

"그러니까 살 좀 빼, 오빠."

"갑자기 내 살 얘긴 왜 나와?"

"더워서 벗는 데 한계가 있다며."

"…?"

"뱃살 가려야 하니까 한계가 있는 거야. 몸 좀 예쁘게 만들어서 벗고 다니면, 매번 여름이 기다려질걸?"

"너처럼?"

"그건 또 무슨 말이야?"

"제발 사람 많은 수영장에서 비키니 좀 입고 다니지 마, 임수하."

"아, 왜."

"배우님 이미지 망가진다고. 이제 너 알아보는 사람도 많아져서, 이미지 관리 좀 해야 해."

"하… 여름이 싫다는 얘기가 대체 왜 여기까지 이어지는 건데?"

결국 매니저의 잔소리로 귀결되는 대화에, 수하는 고개를 절레절레 저으며 의자를 뒤로 쭉 밀어 내렸다. 일산 KBC까지는 이제 20분 정도면 도착할 테지만, 잠깐이라도 눈을 붙여볼 요량이었다.

"나 잠깐 누울 거니까 말 시키지 마, 오빠."

"예, 배우님. 누워서 휴대폰 만지지 마시고, 제발 말씀하신 대로 눈 붙이세요. 알겠죠?"

"으아! 잔소리 대마왕! 진짜!"

송지호의 잔소리에 습관처럼 휴대폰을 들었던 수하는 움찔했지만, 그렇다고 해서 휴대폰을 내려놓지는 않았다. 잔소리는 잔소리일 뿐, 한 귀로 듣고 한 귀로 흘려야 정신건강에 이로운 법이었다.

'다음 생에는 꼭 내가 송지호 매니저로 태어나리⋯.'

휴대폰에 쌓인 문자들을 하나씩 확인하던 수하는, 문득 오늘 있을 미팅이 생각났다. 그리고 미팅에 대한 생각과 동시에, 한 사람의 얼굴이 그녀의 머릿속에 떠올랐다.

'그나저나, 신기하단 말이지. 그 사람은 나한테 예능 섭외가 들어올 걸, 대체 어떻게 예상했을까?'

오늘 수하가 매니저와 함께 일산 KBC로 가는 이유는, 그녀에게 예능 프로그램 섭외가 들어왔기 때문이었다. 올해 가을부터 방영이 시작될 〈우리 집에 왜 왔니〉라는 이름의 예능 프로그램. 그리고 그녀에게 예능 프로그램을 추천했던 사람은, 그녀의 모든 지인을 통틀어 단 한 사람뿐이었다. 그녀의 가족도, 지금 그녀와 함께 차를 타고 있는 매니저도, 그녀의 가장 친한 친구들도 아니었다.

수하에게 예능을 추천했던 그 사람은, 그녀와 아주 짧은 인연이 있는 한 남자일 뿐이었다. 모델하우스에서 자신의 팬이라며 아파트 계약을 도와주었던, 무척이나 동안의 건설관계자. 물론 그가 수하에게 예능 섭외가 들어올 것임을, 정말 그대로 예언한 것은 아니었다. 다만 그는 그녀에게 이렇게 말했었고⋯.

[올해 안에 꼭 예능 하나 해보세요, 배우님.]

[어머, 갑자기 왜 이리 적극적이래. 누가 보면 제 매니전 줄 알겠네요.]

[그냥 감 같은 겁니다. 그리고 제 촉이 좀, 좋은 편이거든요.]

수하의 입장에서는 이 얘기가 거의 예언처럼 느껴졌을 뿐이었다.

'진짜 무슨 예지력이라도 있는 거야 뭐야.'

만약 예능이 그냥 뜬금없는 기획이었으면, 수하가 이렇게까지 생각하진 않았을지도 모른다. 하지만 〈우리 집에 왜 왔니〉라는 이름을 가진 이 예능 프로그램은, 그 이름에서부터 알 수 있듯 '집'과 관련된 콘텐츠로 기획된 예능이었고 이게 묘하게 서우진의 분야와 연결이 되다 보니, 수하의 입장에서는 더 신기하게 느껴진 것이다.

'업계 관계자는 아니겠지? 아니면 공 PD랑 지인이라거나….'

〈우리 집에 왜 왔니〉를 기획한 PD는, 이름이 거의 알려지지 않은 신출내기 PD였다. 그래서 만약 서우진이 했던 얘기가 수하의 귀에 밟히지 않았더라면, 그녀는 예능 섭외를 별 고민 않고 거절했을 것이다. 하지만 이 묘한 상황의 조합 때문에 그녀는 이렇게 오늘 KBC 사옥에 오게 되었고 공진영 PD와의 미팅까지 가지게 되었다. 사실 기획서를 읽어본 지금, 프로그램의 콘셉트 자체가 꽤나 마음에 들기도 했고 말이다.

'서 대표님은 요즘 뭐하고 계시려나….'

서우진의 얼굴이 머릿속에 떠오른 수하는, 저도 모르게 피식 웃을 수밖에 없었다. 그와의 관계는 사실 조금 애매해서, 사적으로 연락하거나 할 만한 수준은 아니었으니 말이다.

'내가 본인이 던진 얘기 때문에 이렇게 고민 중인 건, 혹시 알고나 있을까?'

그런데 다음 순간.

위이잉-!

갑자기 진동하는 휴대폰을 확인한 임수하는, 순간적으로 온몸에 소름이 돋을 수밖에 없었다. 그녀의 휴대폰에 찍힌 발신자의 이름이, 방금 전까지 그녀가 떠올리고 있던 바로 그 이름이었으니 말이다.

[서우진 대표님]

수하는 반사적으로 수신된 문자를 눌러보았고 그 내용을 확인하고는 더욱 경악하였다.

[배우님, 혹시 바쁘세요? 저 지금 일산 KBC 쪽 왔는데, 이쪽에 계시면 차나 한잔 하실래요?]

'뭐, 뭐야. 무섭잖아!'

마치 자신이 오늘 KBC에 올 것을 미리 알기라도 했다는 듯, 귀신같이 날아온 한 통의 문자. 우진으로부터 연락이 온 것은 거의 한 달 만이었기에, 그녀로서는 더더욱 이 상황이 공교롭게 느껴질 수밖에 없었다.

"와 진짜, 대박."

"뭐가?"

"아냐, 오빠. 운전에 집중해."

우진을 향한 수하의 의심은, 그렇게 조금 더 깊어졌다.

반가운 재회

우진이 수하에게 연락한 이유는, 시간이 잠깐 떴기 때문이었다.

"그럼 오늘 여기 온 김에, 실측이나 싹 따서 가도 될까요?"

"물론입니다. 저희야 빠르게 작업해주실수록 좋죠."

진태는 현장까지 나온 김에 실제 수치를 전부 실측해서 돌아가길 원했고. 그 작업은 굳이 우진까지 달라붙을 필요 없는 것이었으니 말이다.

"정묵이랑 진혁이 다 왔다니까, 걔들이랑 같이 치수 전부 따놓을게."

"흠, 그럼 그동안 나는 뭐하지?"

"커피라도 한잔하면서 쉬고 있어. 어차피 길어봐야 한 시간이야."

"뭐… 그러자, 그럼."

박정묵과 윤진혁은, 얼마 전에 새로 뽑은 WJ 스튜디오 시공 파트의 직원들이었다. 우진과 진태는 사무실에서 출발한 반면, 그 두 사람은 다른 현장에서 오고 있었기 때문에 따로 움직여 시간차가 조금 생긴 것이다. 게다가 현장 기술자인 두 사람은, 미팅에 굳이 들어올 필요도 없었고 말이다.

"커피라… 카페 프레스코 커피를 맛볼 수 있었으면 좋았을 텐데, 그건 어려울 것 같고….""

고개를 돌린 우진의 시선에, 높다랗게 솟아있는 KBC의 일산사옥이 들어왔다.

'배우님은 잘 계시려나? 오랜만에 한번 연락이나 해볼까?'

그러니까 우진은 오늘 수하가 여기 올 것을 예측한 게 절대로 아니었다. 그냥 그녀가 자주 이곳에 온다는 사실을 알았기에 한번 연락해 본 것뿐이었고 어쩌다 보니 타이밍이 잘 맞았을 뿐인 것이다. 물론 우진을 만나러 나온 임수하는, 결코 그렇게 생각하지 않았지만 말이다.

"대표님, 혹시 전직 점쟁이세요?"

"네?"

"아니, 내가 오늘 여기 올 거 어떻게 알고 딱 맞춰서 연락을 주셨대."

"KBC 자주 오신다면서요."

"물론 그렇기는 하지만요."

두 사람이 만난 곳은, KBC 사옥의 1층에 있는 커다란 카페였다. 미래에도 압도적으로 점유율이 높은, 해외브랜드의 커피 매장. 은은하게 코를 찌르는 원두향을 느끼며, 우진은 아이스 아메리카노를 한 모금 빨아들였다. 그런 그를 향해, 수하가 먼저 입을 열었다.

"그간, 어떻게 지냈어요?"

"뭐, 저야 바쁘게 지냈죠. 지난번에도 말씀드렸지만, 사업이 초기 단계라서요."

"어휴, 힘드시겠네요."

우진이 웃으며 덧붙였다.

"그래도 배우님만큼 바쁘겠어요? 연예인 스케줄이라는 말이, 괜히 나온 건 아니잖아요."

"하… 뭐, 저도 바쁘긴 했지만…."

두 사람의 대화 내용은, 당연히 일상적인 것들부터 시작되었다. 지난번처럼 아파트 청약이라든가 하는 공통의 주제가 있는 것도 아니었으니 말이다. 그래도 딱히 둘의 대화는 어색하지 않았다. 지난번 수하가 불광까지 차로 데려다준 이후로, 서로 꽤나 편해진 상태였으니까.

"아하, 그럼 이번에 이쪽에 오시게 된 건, 근처에 새로 생기는 카페 공사 때문이셨네요?"

"그렇죠. 정확히는 그 일을 따러 온 거지만요."

"아하. 그럼 이제 종종 오시려나요?"

"음… 아무래도 그렇겠죠? 다음 주부터 공사 시작될 테니까, 아마 8월 초까지는 자주 오겠어요."

그런데 재미있는 것은 이렇게 일상적인 대화를 하는 두 사람에게, 사실 서로에게 물어보고 싶은 말이 각자 하나씩 있다는 것이었다. 심지어 두 사람이 하고 싶은 말은, 같은 주제에 대한 질문이었다.

'혹시 예능 출연 잡힌 거 없는지, 슬쩍 한번 물어볼까?'

'오늘 예능 PD랑 미팅 있는 거, 어떻게 생각하는지… 한번 물어볼까?'

우진이 수하의 예능 출연에 대해 궁금해하는 이유는 새로 방영될 예능프로그램인 〈우리 집에 왜 왔니〉의 방영일자가 점점 더 다가오고 있기 때문이었다. 이제 출연진은 슬슬 정해져야 하는 시기였고 그 예능에 수하가 꼭 출연하길 바라는 우진으로서는, 어떻게 되어가는지 궁금하지 않을 수 없었으니 말이다.

'콩고물도 좀 얻어먹어야 하고 말이지….'

그러니까 우진은 자신이 한 달 전에 뿌려놨던 떡밥이 잘 여물었는지가 궁금했던 것이었고 반면에 수하가 예능 섭외에 관해 우진에게 물어보고 싶은 이유는, 완전히 다른 맥락이었다.

'서 대표는 뭐라고 할까? 아무래도 하라고 하겠지?'

수하의 궁금증은, 어쩌면 정말 단순한 것이었다. 신기가 있는 것으로 추정되는 우진이 이 예능의 구체적인 포맷을 들은 뒤, 과연 어떻게 이야기할지가 궁금한 것이었으니 말이다. 어쩌면 그녀는 이 예능에 합류하는 이유를, 우진에게서 찾고 싶었는지도 몰랐다. 이제 막 인지도가 생기기 시작한 배우의 입장에서 새로 편성되는 예능에 출연하는 것은 도박수에 가까운 것이었는데, 그럼에도 불구하고 그녀는 이 예능을 꽤나 하고 싶은 상태였으니까.

예능이 잘돼서 메인 패널로 얼굴을 알린다면 대박이 날 수도 있겠지만, 반대로 이미지가 잘못 잡히거나 예능 자체가 망해버린다면 이것은 꽤나 악수가 될 터. 선택의 기로에 선 그녀는, 이 화두의 근원이나 다름없는 우진이 자신의 등을 떠밀어주길 바랐다. 그래서 잠시 대화가 멈췄을 때, 둘은 거의 동시에 서로를 향해 입을 열었다.

"그나저나, 배우님."

"아, 그런데 혹시 대표님."

그리고 무척이나 어색해진 표정으로, 서로를 향해 발언권을 양보하였다.

"대표님 먼저 얘기하세요."

"아, 아니에요. 배우님 먼저 말씀하세요."

"음, 그럼…."

그리고 수하의 입이 다시 떨어졌을 때, 우진은 저도 모르게 한쪽 주먹을 꽉 움켜쥘 수밖에 없었다.

"지난번에 대표님이, 저더러 예능 한번 해보라고 하셨잖아요? 올해 가기 전에."

"그랬죠."

"그래서 말인데요…."

수하는 살짝 뜸을 들였고, 우진은 침을 꼴깍 삼키며 그녀의 말이 이어지길 기다렸다. 정확히는 그녀의 입에서, 〈우리 집에 왜 왔니〉라는 이름이 나오기를 간절히 바랐다. 만약 수하가 다른 이상한 예능의 이름을 꺼낸다면, 그걸 어떻게 말려야 할지도 고민이었으니 말이다. 하지만 정말 다행히도 그녀는 우진이 기대했던 정확히 그 프로그램의 이름을 꺼내었다.

"제가 사실, 〈우리 집에 왜 왔니〉라는 프로그램에 섭외됐거든요."

우진은 속으로 쾌재를 질렀지만, 겉으로 포커페이스를 유지하기 위해 적잖이 애를 썼다.

"음? 프로그램 이름이 꽤나 신선하네요. 예능인가요?"

우진의 표정을 잠시 살피던 수하가, 고개를 천천히 끄덕이며 다시 말을 이었다.

"네, 맞아요. 예능이죠. 대표님 말대로 올해 안에, 예능 프로그램에서 섭외가 들어오네요."

수하는 뭔가 뼈가 있는 이야기를 했지만, 우진은 능청스런 표정으로 말을 돌렸다.

"여튼, 그래서요? 그게 무슨 프로그램인가요?"

우진은 〈우리 집에 왜 왔니〉를 완전히 꿰고 있다. 그가 전생에 가장 좋아했던 예능 프로 중 하나였으니 말이다. 사실 시즌1보다는 시즌2부터 본격적으로 보기 시작했던 예능이지만, 포맷 자체는 비슷하다고 알고 있었다. 하지만 아는 척을 할 수는 없는 노릇,

"연예인 집에 놀러 가고 그런 프로그램인가…?"

우진은 일부러 조금 애매한 추측을 내어놓았고, 수하는 웃으며 설명을 시작하였다.

"그러니까 이게, 뭐 하는 프로그램이냐 하면요…."

우진은 전부 다 아는 내용을, 생전 처음 듣는 이야기처럼 눈을 빛내며 듣기 시작하였다.

— * —

먹방, 쿡방 등, 음식과 관련된 예능들은, 2010년에도 수없이 흥행하며 높은 인기를 끌고 있었다. 그리고 공진영 PD는 이 음식과 관련된 콘텐츠의 흥행 이유를, '누구나 공감할 수 있는 것'이라는 키워드에서부터 찾아내었다. 세상에 음식을 먹지 않고 살 수 있는 사람은 존재하지 않았고, 맛있는 음식을 싫어하는 사람도 없었으니, 시청자들의 공감을 끌어내기에 '음식'이라는 콘텐츠는 최상의 조건을 가지고 있었던 것이다.

하여 같은 맥락에서 공 PD는, 의식주 중 하나인 '주거'에 포커싱을 맞춰보았다. 누구에게나 필요한 음식처럼 '집' 또한 인간에게 필수적인 요소 중 하나였고 좋은 집, 예쁜 집에 대한 갈망은, 누구에게나 있는 것이었으니 말이다. 해서 공진영 PD는 〈우리 집에 왜

왔니〉라는 이름의 이 프로그램을, '집방'이라는 새로운 카테고리로 시청자들에게 소개하였다.

음식을 먹고 만드는 방송을 지겹도록 봐왔던 시청자들은 '집'이라는 새로운 콘텐츠에 열광했고 〈우리 집에 왜 왔니〉 시즌2가 방영될 즈음에는, 이 프로그램으로 인해 셀프 인테리어가 유행했을 정도였다. 그러니까 이 〈우리 집에 왜 왔니〉 프로그램의 기본 포맷은, 의뢰인의 집을 '셀프 인테리어'해주는 것이었다.

"고정 패널로 출연하는 MC 하나에 연예인 한 명과, 해당 연예인이 섭외한 전문가 하나. 그리고 제작진에서 섭외해준 무작위 게스트 연예인 정도가, 이 예능에서 한 팀으로 활동한대요. 뭐, 아직 확정은 아니라, 구성은 얼마든지 바뀔 수 있지만요."

"팀을 꾸려서 뭐 하는데요?"

"인테리어를 해요."

"인테리어… 요? 예능에서?"

"네, 정해진 예산 안에서 의뢰인의 집을 인테리어해주는 게 기본 포맷인 것 같고요. 인테리어된 그 집의 Before and After를 비교해서, 시청자들이 각 팀에 점수를 매기나 봐요."

"점수를 매겨서, 승리 팀, 패배 팀을 정하는 거겠죠?"

"네. 바로 그거죠."

우진은 적당히 모른 척을 하며 맞장구를 쳐주느라, 적잖이 애를 먹어야 했다. 자칫 말실수를 했다가는, 또다시 의심의 눈초리를 피할 수 없을 테니 말이다.

"물론 처음부터 다짜고짜 인테리어를 시작하는 건 아니에요. 제가 첫 방 대본을 좀 봤는데… 처음은 연예인들의 집에 놀러 가는 것부터 시작되더라고요."

처음 〈우리 집에 왜 왔니〉는, 프로그램 이름에 걸맞게 연예인이 자신의 집에 출연진을 초대하는 것으로부터 시작된다. 그리고 그 연예인이 사는 집의 인테리어를 전문가를 섭외하여 공사하게 되는데, 그러면서 자연스레 해당 연예인과 전문가가 한 팀으로 묶이게 된다.

"뭐, 말은 연예인이 섭외하는 전문가라고 하는데, 아마 제작진 쪽에서 섭외해준 전문가가 대본대로 출연 연예인에게 붙게 되겠죠."

"흐음."

"그리고 인테리어를 하는 데에는 몇 가지 조건이 있는데… 정해진 예산을 넘을 수 없으며, 시공업체의 힘을 빌리지 않고 전부 셀프 인테리어로만 해야 한다는 거예요."

수하의 이야기를 듣던 우진은 오래전에 봤던 예능의 내용들이 하나하나 머릿속에 기억나기 시작하였다.

'그땐 정말 재밌게 봤었는데….'

그리고 수하의 대략적인 설명이 끝났을 즈음 우진은 절반의 연기와 절반의 진심을 담아, 그녀를 향해 감탄하듯 대답하였다.

"와… 확실히 이거, 꽤나 재밌어 보이는데요?"

"대표님이 보시기에도 그래요?"

"네. 저야 뭐, 원래부터 전공이 이쪽이니까."

반짝이는 우진의 두 눈을 확인한 수하는, 한결 상기된 표정으로 우진을 향해 다시 물었다. 처음부터 우진에게 묻고 싶었던 하나의 질문.

"그럼 대표님은… 제가 이 예능, 했으면 좋겠어요?"

그리고 그 질문에 우진은 망설임 없이 고개를 끄덕이며 대답했다.

"물론이죠."

"물론… 이라고요?"

"네."

"왜요? 이 프로가 무조건 잘될 것 같은가요?"

수하는 흥미진진한 표정으로 우진을 향해 물었고, 그의 대답을 어느 정도 예상하였다.

'잘될 것 같다고 하겠지. 그럼 이유를 물어봐야….'

하지만 결론부터 말하자면, 그녀의 그 예상은 완전히 빗나갔다. 우진은 무척이나 뻔뻔한 얼굴로, 다음과 같이 대답했으니 말이다.

"그야 저도 모르죠."

"네?"

"하지만 배우님이 이 예능에 출연하셔야, 저도 전파 한 번 타보지 않겠어요?"

순간적으로 우진의 말을 이해하지 못한 수하는 조금 당황한 표정이 되었지만, 잠시 후 웃음을 터뜨릴 수밖에 없었다.

"아, 진짜…! 무슨 말인가 했네."

"하하."

"제가 여기 출연하면, 서 대표님 전문가로 섭외해줄 것 같았나 보죠?"

"당연하죠."

"대체 무슨 자신감?"

수하의 반문에 의미심장한 미소를 지은 우진은 그녀를 향해 자신 있게 대답하였다.

"저한테는 스토리가 있거든요, 스토리."

그 말이 이해되지 않았는지 수하는 아리송한 표정을 지었고. 우진은 그런 그녀를 보며 작게 웃을 뿐이었다.

— * —

예능에는 콘텐츠가 필요하다. 기본적으로 프로그램이 가지고 있는 포맷이라는 게 있긴 하지만, 그 메인 포맷을 살려줄 감초가 될 콘텐츠들은 많으면 많을수록 좋았으니 말이다. 그리고 그 감초의 역할을 할 '콘텐츠'들이 많이 만들어지려면, 출연진의 역할이 중요하다. 그것은 출연진의 방송 역량일 수도 있고, 출연진 간의 시너지일 수도 있다.

하지만 PD가 그런 방송 능력을 기대하는 대상은 출연 연예인들이지, 특수한 포메이션 때문에 섭외된 일반인들은 아니다. 그래서 예능에서 일반인 패널들을 섭외할 때 중요하게 보는 것은, 그 사람이 가진 스토리였다. 조금 더 풀어 설명하자면, 그 사람만이 가지고 있는 특별한 배경 같은 것들. 패널의 평범하지 않은 배경은 시청자의 흥미를 유발할 수 있음과 동시에, 예능에서 쉽게 써먹을 수 있는 콘텐츠가 되기도 하니 말이다.

때문에 우진은 공진영 PD가 자신을 무척이나 매력적인 카드로 느낄 것이라고 생각했다. 스물두 살에 한국 최고의 디자인학부를 보유한 K대학교 신입생이면서, 그와 동시에 WJ 스튜디오라는 번듯한 회사를 운영하는 대표. 게다가 얼마 전에는 SPDC라는 권위 있는 건축 공모전에서 대상을 수상하기까지 하였으니, 확실히 평범한 배경은 아니라고 할 수 있었다.

"이 정도면 어떤가요. 배우님이 PD였다면, 꽤 매력적으로 느껴질 카드 아닌가요?"

우진의 이야기를 듣던 임수하는, 이미 눈이 휘둥그레진 상태였다. 다른 건 딱히 놀랍지도 않았다. 다만 수하가 놀란 부분은, 방금 처음 알게 된 우진의 나이.

"에… 그러니까, 스물둘. 정말 스물두 살이라는 거죠? 서 대표님?"

우진이 고개를 끄덕이며 대답했다.

"네, 그때 배우님은 스물여덟이라고 하셨지만… 사실 전 스물둘이었습니다. 놀랍게도."

우진이 한 달 전에 했던 이야기를 끄집어내자, 수하는 딴청을 피며 뒷머리를 긁적였다. 상황이 어쨌든, 스물두 살 새내기에게 스물여덟이라 얘기한 것은 꽤 실례가 아닐 수 없었다.

"서 대표님…."

"네?"

"동안이 아니라 노안이셨네요."

"…."

"농담입니다. 노안까진 아니고, 다시 보니 대충 그 나이로 보이는 것도 같네요."

"하…."

우진의 나이로 인해 놀랐던 감정이 희석되자, 수하는 한 가지 사실을 깨달을 수 있었다.

'확실히 이 나이에 이 정도 스펙이라면….'

우진이 장담했던 대로. 그가 가진 배경은, 예능 PD 입장에서 충분히 매력적으로 느낄 만한 것이라는 사실을 말이다.

'키도 훤칠하니 비율도 나쁘지 않고 잘만 꾸미면 화면발도 괜찮

을 수 있을 것 같은데….'

하지만 그렇다고 해서, 우진을 곧바로 프로그램의 일반인 패널로 섭외할 수 있을 거란 얘기는 아니었다. 아무리 배경이 좋아도 PD가 보기에 그림이 그려지지 않는다면, 섭외는 이뤄지지 않을 테니 말이다. 다만 이 정도의 배경이라면, 수하가 공 PD에게 직접 추천해볼 만한 명분은 된다고 할 수 있었다.

"좋아요. 확실히 대표님 말씀대로, PD님도 매력을 느끼실 수 있겠군요."

"다행입니다."

"한번 추천은 해볼게요. 저도 처음 보는 일반인이랑 호흡을 맞추는 것보다는, 서 대표님 쪽이 좀 더 재밌을 것 같으니까요."

수하의 긍정적인 대답에, 우진이 씨익 웃으며 고개를 끄덕였다.

"당연하죠. 아니, 재밌는 정도가 아니실 걸요?"

"뭐예요, 오늘따라 자신감 왜 이래?"

"의욕 어필 정도라고 해 두죠."

우진의 반응에 흥미롭다는 표정이 된 수하가, 커피를 한 잔 홀짝인 뒤 슬쩍 물어보았다.

"으음… 방송을 그렇게 타고 싶어요?"

그 질문에 우진은 조금 솔직히 대답하였다. 자신이 방송 자체에 욕심이 있다고 오해하는 것은, 별로 좋지 않았으니 말이다.

"정확히는 방송을 타는 데 욕심이 있다기보단, '디자이너 서우진'을 브랜딩하는 것의 일환에 가깝겠네요."

"브랜딩이라…."

"대중의 인지도를 쌓는 것은, WJ 스튜디오를 키우는 데 큰 도움이 될 테니까요."

우진의 대답에, 수하는 고개를 주억거렸다. 그녀가 생각해도 확실히, 일리 있는 이야기였으니 말이다.

'하긴, 인테리어 쪽도 하는 것 같던데. 방송 한번 타고 나면, 일 따는 게 몇 배는 더 쉬워질 테지.'

KBC는 공중파 채널이다. 그리고 〈우리 집에 왜 왔니〉는, 주말의 괜찮은 시간대에 방영되는 예능. 우진이 여기에 출연했다는 사실만으로도, WJ 스튜디오에 대한 클라이언트의 첫인상은 훨씬 더 호의적이 되리라.

"여튼. 그럼 전 오늘 PD님 만나서 일단 방송하겠다고 말씀드리고…."

장난기 어린 표정이 된 수하가, 우진을 힐끔 응시하며 말을 이었다.

"거기에 서우진 대표님도 살짝 끼워 팔아보도록 할게요."

우진이 가볍게 박수를 쳤다.

"훌륭하십니다, 배우님."

"그럼 제가 대표님께, 빚 하나 지워드린 거예요?"

"당연하죠. 제가 또 이런 빚은 배로 갚아드리거든요."

"프하하, 말만으로도 고맙네요, 그래."

사실 우진이 스물둘이라는 이야기를 들은 직후, 수하는 살짝 위화감을 느꼈었다. 하지만 얘기를 계속하다 보니, 우진의 나이가 많이 어렸다는 사실은 금세 그녀의 머릿속에서 지워졌다. 어찌 된 영문인지는 몰라도, 우진과의 대화는 또래와 이야기하는 것처럼 편했으니까.

'진짜 무슨 스물두 살이, 이렇게 능글맞아? 그러니까 어린 나이에 사업도 하는 건가….'

그런데 우진과 수하가 즐겁게 대화하던 그때. 수하의 뒤쪽에서,

낯익은 목소리가 들려왔고, 두 사람의 시선은 자연히 그쪽을 향해 움직였다.

"하, 임수하. 여기 있었네. 너 왜 휴대폰을 안 봐!"

"아, 지호 오빠. 문자했었어?"

"문자만 했냐. 전화도 했지."

"진동인데… 언제 울린 거지?"

수하의 매니저로 보이는 곰 같은 이미지의 한 남자. 그리고 그 뒤에 함께 온, 뿔테 안경을 쓴 왜소한 체구의 여자. 그녀를 발견한 우진의 두 눈이 살짝 확대되었고….

'설마, 공진영 PD?'

우진의 기대에 부응이라도 하듯, 송지호가 수하를 향해 그녀를 소개하였다.

"여기, 이분이. 너 섭외하고 싶다셨던 공 PD님."

"아, 안녕하세요, PD님! 임수하라고 합니다."

"말씀 많이 들었습니다, 배우님, PD 공진영입니다."

자리에서 일어난 수하는 밝게 웃으며 그녀와 악수를 나누었고, 맞은편에 어정쩡한 자세로 서 있던 우진을 소개해줬다.

"여기는 제가 개인적으로 조금 친분이 있는 서우진 대표님이에요. 오빠도 인사해."

"서우진… 대표님?"

그렇게 수하와 카페에 앉아있던 우진은 얼떨결에 그녀의 매니저와 PD까지 소개받게 되었다.

"뭐야, 사오십 분 안엔 온다더니. 왜 이렇게 오래 걸렸어?"

"아, 그게. 생각지도 못했던 일이 좀 생겨서."

"무슨 일?"

"좋은 일이니까, 걱정 마."

우진이 KBC 사옥에서 뜻밖의 미팅을 갖는 동안, 카페 프레스코 공사의 실측 작업은 깔끔하게 마무리되었다. 하여 지금은 다시, WJ 스튜디오의 사무실로 돌아오는 길. 이번에 우진은 운전대를 잡지 않았다. 서울로 돌아오는 그의 머릿속은, 무척이나 복잡한 상태였으니 말이다.

'공진영 PD라… 그녀를 오늘 만나게 될 줄이야.'

이 뜻밖의 만남은, 우진에게 훨씬 더 많은 선택지를 안겨주었다.

단순히 수하의 추천으로 프로그램 패널 자리를 얻어내는 것보다 〈우리 집에 왜 왔니〉 프로그램의 전반을 전부 기획하는 메인 PD를 만나서 이야기하는 것은 훨씬 더 큰 가능성을 만들어낼 수 있는 기회였으니 말이다.

일단 우진과 수하가 어떤 제안을 하기도 전, 우진의 소개를 들은 공진영 PD가 먼저 패널 자리를 제안했다는 상황부터가 그랬다.

[정말, 인테리어 설계사무소 대표시라고요?]

[단순히 설계라기보단, 건축모형부터 시작해서 공간디자인, 시공, 설계 전반을 전부 하는 회사라고 생각하시면 됩니다.]

[그러면서 대학생… 이시고요.]

[어쩌다 보니까요.]

[수하 씨. 이분, 같이 섭외해도 되나요?]

[그걸 왜 저한테…?]

[그야, 서우진 대표님이 섭외되신다면, 당연히 친분이 있는 수하 씨한테 붙여드릴 테니까요.]

[그래도 서 대표님 의견을 먼저 들어봐야죠.]

[아, 참. 그렇지! 서우진 대표님, 혹시 저희 프로그램, 함께 해보실 생각 있으세요? 그러니까 저희가 지금 어떤 프로그램을 하려는 거냐면….]

공진영은 뭔가 정신없는 스타일이었다. 뿔테 안경에 단정한 셔츠 차림 때문인지 처음에는 차분한 이미지로 보였었지만 일단 대화가 시작되니, 마치 속사포처럼 정신없이 말하는 타입이었던 것이다. 신기한 것은 그렇게 엄청난 속도로 이야기함에도 불구하고, 그녀가 무슨 말을 하고 있는지 단번에 이해가 된다는 점. 발음이 좋은 것인지 말을 잘하는 것인지, 우진은 그녀가 랩을 해도 잘하겠다는 생각까지 들 정도였다.

'중간에 나한테도 말할 기회를 줬다면, 대화가 조금은 짧아졌을 텐데….'

그녀는 우진이 뭐라 말할 새도 없이 출연 제의부터 시작해서 프로그램 설명까지 쉴 새 없이 퍼부었으며, 덕분에 우진은 수하에게 들었던 이야기들을 그대로 한 번 더 들어야만 했다.

[그러니까, 서우진 대표님이 함께 출연해주신다면, 제가 괜찮은 그림을 뽑을 수 있을 것 같다는 거죠.]

[하, 하하. 그렇게 생각해주시니 정말 감사하긴 한데….]

[제가 대표님 이미지도 아주 예쁘게 만들어볼 자신이 있어요. 그리고 에… 또….]

하지만 공진영의 목소리가 정신없었던 것과는 별개로, 결국 우진은 그녀를 만난 덕에 조금 더 빨리 원하는 결과를 얻어낼 수 있었다. 당연히 우진이 그녀의 제의를 승낙했으며, 원했던 대로 수하와 함께 〈우리 집에 왜 왔니〉에 출연하게 된 것이다.

[그럼, 확답 주신 겁니다?]

[뭐, 제 포지션이 오늘 말씀해주신 부분에서 바뀌거나 하지 않는다면 말이죠.]

[그야, 그럴 일 없을 테니 걱정 마세요.]

그리고 여기에 더해 우진은 즉흥적으로 생각난 한 가지 제안을 덧붙일 수 있었다.

[아, 그런데 PD님.]

[넵?]

[이건 저도 아직 확답을 드릴 수는 없는 부분인데….]

[말씀하셔요.]

[제가 사실 요 인근에서, '카페 프레스코'라는 매장 인테리어를 조만간 시작하거든요.]

[오호, 그런데요…?]

[혹시 제가 너무 어려서 따로 전문가스러운 이미지 메이킹을 해야 할 필요가 있다면… 그 현장을 살짝 찍어서 삽입하는 건 어떨까요?]

[…!]

[시청자들 입장에선, 저 어린놈이 무슨 전문가냐고 생각할지도 모르잖아요.]

어쩌면 우진의 이 제안은, PD의 입장에서 조금 불쾌하게 느껴질 수도 있는 것이었다. 어떻게 보면 오늘 처음 만난 사람이, 자신이 만든 예능 포맷에 훈수를 둔 셈이 되는 것이었으니까. 하지만 우진은 사실 이러한 포맷을 〈우리 집에 왜 왔니〉 시즌2에서 본 적이 있었고, 그래서 그녀에게 슬쩍 제안해본 것이었다. 시즌1을 본 적이 없던 우진은 이 포맷 자체가 원래 존재하는 줄 알았던 것이다. 그러나 우진의 의도가 어찌 되었든, 결과적으로 공진영은, 우진에게 아이디어를 얻은 셈이 되어버렸다.

[와우! 그거 괜찮네요! 대박! 잠깐만요. 저 잠깐 메모 좀 해도 되죠?]

[그, PD님. 이거 저도 클라이언트 분께 여쭤봐야….]

[잠깐만요. 저, 메모 좀 하고. 메모 좀!]

그 모양새를 지켜보던 임수하와 그녀의 매니저 송지호는, 어이없는 표정이 되어버렸지만 말이다.

[야, 임수하. 이거 우리 미팅 맞지?]

[몰라, 오빠. 좀 이상하긴 한데, 아마 맞을걸?]

원래 그들의 미팅 장소는, KBC 내부에 있는 회의실 중 한 곳이었다. 그런데 우진을 소개하다 보니 자연스레 카페에 함께 눌러앉게 되었고, 어쩌다 보니 우진까지 함께 미팅에 끼어버린 희한한 구도가 되어버린 것이다. 하지만 그렇다고 해서 임수하나 송지호가 불만을 가진 것은 아니다. 그들 또한 우진이라는 변수의 등장을, 무척이나 흥미롭게 지켜봤으니까.

[수하 씨 덕에, 생각지도 못했던 보너스를 얻어 가네요.]

[하, 하하. 저도 이렇게 될 줄은 몰랐는데….]

[어쨌든 잘 부탁드릴게요, 두 분.]

[감사합니다.]

[그럼, 우진 씨는… 그 카페 사업주 분께 허락 맡으시면 개인적으로 연락 좀 부탁드릴게요!]

[뭐, 알겠습니다. 그러도록 하죠.]

KBC 사옥에서 있었던 일을 한 차례 복기한 우진은 고개를 절레절레 저으며 피식 웃었다. 클라이언트의 동의를 구해야 한다고 했던 '카페 프레스코'와 관련된 부분도, 사실상 거의 성사될 게 확실했으니 말이다.

'강석중 대표 입장에선, 이 제안을 거절할 이유가 없겠지. 카페 브랜드를 홍보할 수 있는, 좋은 기회가 될 테니 말이야.'

예상치 못했던 하루의 전개에 머리가 복잡해지긴 했지만, 그래도 생각이 전부 정리되자 기분은 더욱 좋아졌다. 즉흥적으로 수하에게 연락했던 것이 하나의 트리거가 되어. 마치 처음부터 설계되어 있던 퍼즐 조각들처럼, 우진이 그리고 있던 모든 그림 조각들을 하나의 아름다운 그림으로 깔끔하게 완성시켰으니 말이다. 어쩌면 이런 의외성 속에서 새로운 기회를 창출해내는 것이, 사업의 묘미인지도 모른다는 생각이 들었다.

카페 프레스코

NA그룹의 계열사인 'NA푸드원'은, 식자재 유통업을 기반으로, 각종 요식업 프랜차이즈를 개발하는 대기업이었다. 2000년대 초반에 이미 코스닥에 상장하여, 2010년 기준 매출액 1조를 달성한, 국내에서도 손에 꼽을 만큼 거대한 덩치를 가진 대기업. 때문에, NA그룹 회장인 아버지께 직위를 받아 이 'NA푸드원'의 대표직을 역임 중인 강도경은 소위 말하는 '재벌 2세'라고 할 수 있는 인물이었고. 그의 차남인 강석중은 재벌 3세라고 할 수 있었다.

하지만 위로 하나 있는 형이나 나이 차이가 많은 여동생과 달리, 석중은 크게 욕심이 없는 인물이었다. 석중이 20대 후반일 즈음, 이미 NA푸드원을 물려받기 위한 후계 구도에서 먼저 한발 물러선 것만 보더라도 알 수 있는 사실이었다.

"석중이 너. 그 말, 후회하지 않을 자신 있겠느냐."

"물론입니다, 아버지."

"공부하기 싫다고, 헛소리하는 건 아니겠지?"

"아버지 눈엔 제가 어려 보이시겠지만, 그 정도로 철없는 생각을 할 나이는 한참 전에 지났습니다."

"흐음…."

하지만 재미있는 점은, 세 남매 중에서 가장 음식을 사랑하고 요식업에 관심 많은 인물이 강석중이라는 점이었다. 그의 형인 강민준은 음식보다는 회사 경영에 관심이 많은 인물이었으며 이제 서른이 된 여동생은 연예계 쪽에 관심이 많았으니 말이다. 그리고 석중이 NA푸드원의 후계구도에서 일찌감치 손을 뗀 이유도, 그가 음식을 사랑하는 것과 같은 맥락이라고 할 수 있었다. 아이러니하게도 말이다.

"대신, 아버지."

"뭐냐."

"제게 세 괜찮게 나오는 건물 몇 채 정도만, 미리 좀 증여해주십시오."

"뭐? 창창한 20대부터 한량질이나 할 셈이냐?"

"그건 아닙니다."

"그럼?"

"그냥 거기서 나오는 돈으로, 제가 하고 싶은 일들을 작게 해보고 싶습니다."

석중은 남매들끼리 치고받으며 이권 다툼을 하는 것도 성격상 맞지 않았지만, 회사의 경영권 자체에 욕심이 없었다. 그가 관심 있는 것은, 자신의 음식을 개발하고 자신의 매장을 차리는 것이었지, 매출 현황을 보고받으며 거대한 회사 전체를 핸들링해야 하는 기업경영은 아니었던 것이다.

"네가 하고 싶은 게 뭔데?"

"요식업입니다, 아버지."

"나랑 지금, 말장난이나 하자는 건 아니겠지?"

"그럴 리가요."

"우리 푸드원은 요식업이 아니더냐?"

"하지만 아버지께서 형이나 제게 바라시는 건, 기업경영이잖습니까."

"…!"

"전 음식을 연구하고 개발해서, 저만의 브랜드를 만들고 싶은 겁니다. 기업경영은… 아무래도 제게 맞지 않습니다."

그날 강도경 대표는 석중이 원하는 대로 전부 다 들어주었다. 어차피 그가 원하는 것은 강도경의 입장에서 별것 아닌 수준의 지출이었고, 사랑하는 둘째 아들이 빨리 현실에 치여보면서 깨달음을 얻길 바랐으니 말이다.

'요식업과 기업경영이 별개라는 생각이 얼마나 잘못되었는지는… 제가 스스로 경험해봐야 알 수 있겠지.'

하여 아버지께 원하는 것을 얻은 강석중은, 그때부터 계속해서 자신의 브랜드를 만들어왔다. 하지만 그는 십 년이 지나도록 번번이 실패만 하였고, 이제껏 그 원인을 다른 곳에서 찾고 있었다.

'내 음식이 별로인 건가?'

'메뉴 구성이 애매했나?'

강석중 본인은 깨닫지 못했지만, 그가 론칭했던 브랜드들의 음식은 한결같이 괜찮은 수준이었다. 다만 그는 오직 음식만을 생각했고, 그 외적인 부분들을 간과했을 뿐이었다. 브랜딩 전략과 마케팅 전략에 큰 노력을 들이지 않았던 것이다. 하지만 십 년 동안이나 제대로 된 원인조차 모른 채 사업에 실패해온 '진짜' 이유는, 사실 그에게 치열함이 부족했기 때문이었다.

'휴우, 이번에도 매출이 조금씩 흘러내리네. 슬슬 접고 다른 걸

다시 준비해봐야 하나?'

'실패하면 다른 걸 해보지, 뭐'라는 안일하고 가벼운 생각. 게다가 아무리 실패해도 재정적 어려움이 없는, 그런 리스크 없는 상황까지. 그런 이유들이 맞물려 시간이 갈수록 그는 한량이 되어버렸고, 새로운 브랜드 론칭을 그저 취미생활처럼 즐겨온 것이었다. 처음 아버지께 호기롭게 이야기했었던, 그때의 마음을 잃어버린 채로 말이다.

'그러고 보면, 나도 참 철이 없었네.'

어쩌면 아버지께 건물 몇 채 증여받아 사업을 시작해본다는 발상 자체가, 처음부터 잘못된 첫 단추였을지도 몰랐다. 재벌 3세인 그에게는 너무 당연했던 그것이 말이다. 사무실에 앉아 옛날 생각을 하던 강석중은, 속으로 실소를 흘렸다. 아버지께 철없을 나이가 지났다고 이야기했던 때가 그의 이십 대 시절이었건만 그로부터 십 년도 더 지난 지금, 아직도 철이 없었다는 사실을 최근에야 깨달았다.

'이번엔, 마지막이라는 생각으로… 정말 한번 최선을 다해봐야겠어.'

커피는 요식업 중에서도, 그가 정말 좋아하는 종목이었다. 그래서 카페 사업을 기획할 때부터 각오가 남다르기도 했지만, 얼마 전의 미팅 이후로는 좀 더 목적의식이 뚜렷해졌다. 그에게 카페 프레스코의 인테리어를 맡아보고 싶다며, 먼저 미팅 제안을 꺼냈던 당돌한 20대의 대표.

그의 이야기를 들은 이후, 석중은 조금 더 의욕이 생길 수밖에 없었다. 막연히 열심히 해야겠다는 생각만 하고 있던 그에게, 우진은 구체적인 비전을 제시했으니 말이다. 그리고 한 가지 더. 어린 나이에 자신의 사업체를 열정적으로 일구어가는 우진의 모습은, 그에게 큰 자극이 되기도 하였다.

'브랜딩은 담금질이라. 이 말이 쉽게 머릿속을 떠나지 않는단 말이지.'

잠시 책상 앞에 앉아 펜대를 까딱이던 석중은, 곧 자리에서 일어나 찬장 위에 올려있던 서류 가방을 집어 들었다. 그가 향하는 곳은 카페 프레스코 1호점의 공사가 시작될 현장. 이제 10분 정도 뒤면, 우진과의 최종 미팅이 약속된 시간이었다.

— * —

우진은 이 카페 프레스코 현장을, 오늘 처음 와봤다. 물론 지난주 미팅 때문에 근처까지 오긴 했었지만. 실제로 공사가 진행될 현장은, 오늘 처음 들어온 것이다. 사실 지난번에는 딱히 들어올 필요가 없었다. 직원들이 그려온 실측도면만 가지고도, 얼마든지 공간을 머릿속으로 그려낼 수 있었으니 말이다.

지금 강석중에게 최종 설계제안을 하기 위해 들고 온 도면과 투시도가 바로 그 증거. 하지만 무리 없이 설계와 디자인을 마무리했음에도 불구하고 우진은 지난번 방문 때, 현장에 직접 들어와 보지 않은 것을 후회해야 했다. 지금 그의 눈앞에, 생각지도 못했던 광경이 펼쳐져 있었으니까.

'이건… 골든 프린트잖아.'

바로 얼마 전, SPDC 공모전의 설계 작업 때. 다시 한번 도면 위에 떠올랐던 황금빛 홀로그램을, 우진은 '골든 프린트'라고 부르기로 했었다. 아직도 이 골든 프린트의 정체는 정확히 알 수 없었지만. 설계도면, 혹은 미래의 계획을 일컫는 단어인 청사진 (Blueprint)에서 모티브를 딴 'Golden Print'라는 단어가, 이 기현상을 설명하기에 아주 적합한 단어라고 생각했었으니 말이다.

그리고 우진은 앞으로도 이 골든 프린트라는 현상이, 당연히 그가 그리는 도면 위에만 나타날 것이라고 짐작했었다. 하지만 그것은 우진의 오판이었다. 지금 그의 눈앞에 그려진 황금빛 홀로그램은, 공사가 시작되기 전인 텅 빈 현장 위를 찬란하게 수놓고 있었으니 말이다. 혹시나 해서 진태를 비롯한 다른 직원들의 표정을 살폈지만, 이 현상은 역시 우진의 눈에만 나타나는 듯 보였다.

'하… 이건 또, 골치 아프게 됐구먼.'

우진이 경험한 골든 프린트는, 그의 디자인에 담긴 수준을 언제나 한 단계씩 끌어 올려주는 역할을 했었다. 아마 이번에도 역시 이 골든 프린트는 우진의 설계를 수정하게 만들 것이고, 그렇다면 공사 일정이 지연되는 것은 필연적일 수밖에 없다. 때문에 우진은 이 골든 프린트가 반갑기도 하면서, 반대로 난감하기도 하였다. 물론 난감하다 해서 골든 프린트가 주는 시그널을, 무시할 생각은 전혀 없었지만 말이다.

'이용할 수 있는 건 전부 이용해야지. 아직도 난… 갈 길이 한참 멀었으니까.'

저벅- 저벅-

잠시 현장 앞에 멈춰있던 우진이 다시 걸음을 옮기며 안으로 들어서자, 그와 함께 온 WJ 스튜디오의 직원들도 우진의 뒤를 따라 걸음을 내딛었다. 그리고 심각한 우진의 표정을 옆에서 지켜보던 진태가, 작은 목소리로 우진에게 물어보았다.

"우진아, 뭐 잘못된 거라도 있어?"

"아냐, 형. 현장에 도면을 대조하다 보니까, 설계할 때 생각하지 못했던 부분들이 조금 보여서 그래."

우진의 대답은 거짓말이 아니다. 설계할 때 생각지 못했던 부분이라는 것이, 결국 골든 프린트였으니까. 다만 굳이 그것에 대해 언급하지 않은 것일 뿐이다. 이것은 누구에게도 이야기할 수 없는 부분이었다.

'휴. 이건 벌써 세 번째 있는 일인데… 아직도 적응이 쉽진 않네.'

우진은 지금 그의 눈앞에 떠오른 세 번째 골든 프린트를 해석하기 위해 필사적으로 머리를 굴리는 중이었다.

'이 금빛 선들이 뭘 뜻하는 건지… 최대한 빨리 알아내야겠어.'

첫 번째 골든 프린트가 공간구획을 나타내는 평면도였다면, 두 번째 골든 프린트는 유저의 동선을 나타내는 흐름도였다. 그리고 지금 우진이 보고 있는 세 번째 골든 프린트는, 평면 위에 떠올랐던 지금까지와 달리 3차원 구조를 갖고 있었다. 마치 공간 그 자체를 그리기라도 하듯 말이다.

'이건 분명, 내가 디자인한 설계도와 연관이 있는 형태인데….'

우진은 자신이 공사할 이 현장의 완성 이미지를, 어느 정도 머릿속에 떠올릴 수 있다. 때문에 이 점, 선, 면으로 이뤄진 황금빛 홀로그램이, 완성될 공간의 이미지와 겹쳐 보인다는 사실은 어렵지 않게 깨달을 수 있었다. 하지만 문제는, 이 골든 프린트가 지난번 동선 흐름도를 나타낼 때와 마찬가지로, 계속해서 모양이 바뀐다는 점이었다.

지난번엔 도면의 공간구조를 수정할 때마다 골든 프린트의 모양이 바뀌었다면 이번에는 현장 안에서 우진이 걸음을 옮길 때마다 모양이 바뀌고 있었다. 게다가 공간의 모든 부분을 보여주고 있는 것도 아니었다. 우진의 시선이 닿는 곳. 그 안에서도 특정 위치에 대한 공간구조만이, 이 골든 프린트를 통해 볼 수 있는 것이었다.

'하, 이게 대체 뭘 의미하는 거지?'

해서 우진은 골든 프린트의 변화를 읽기 위해, 현장 내부를 계속해서 돌아다녔다. 강석중 대표와 약속했던 시간보다 삼십 분 정도 미리 온 것이, 우진에게는 신의 한 수였다고 할 수 있었다.

"우진아, 정신 사납게 왜 이렇게 돌아다녀. 공간은 앉아서 봐도 되잖아."

"아니, 잠깐만. 치수 비교하면서 볼 게 조금 있어서."

"음…?"

우진의 목표는 어떻게든 강석중 대표가 현장에 도착하기 전까지, 이번 골든 프린트가 보여주는 정보를 이해해내는 것이었다. 만약 우진이 시간 내로 아무런 정보를 여기서 찾아내지 못한다면 미팅이 끝난 시점에는 공사 일정이 픽스되어 버릴 테고, 그 뒤에는 골든 프린트를 해석해낸다고 한들, 설계를 수정할 방법이 없을 테니 말이다.

'공간 안에서… 걸을 때마다 다르게 보이는 것. 그게 대체 뭘까?'

우진은 기왕 디자인을 도와줄 거라면, 이 골든 프린트가 조금 더 친절했으면 좋았겠다는 생각을 잠시 떠올렸지만 곧 고개를 절레절레 저었다. 경험상 골든 프린트가 뭘 의미하는지 알아내는 이 과정까지도, 항상 디자인과 설계에 도움이 됐으니 말이다. 그리고 그렇게 필사적으로 머리를 굴리던 우진은 결국, 미팅이 잡혀있던 시간보다 조금 더 지나서야, 이에 대한 깨달음을 얻을 수 있었다.

'잠깐! 지금 도면상, 이 위치에서 메인 홀을 바라본다면…!'

들고 있던 평면도와 공간을 비교하면서, 우진은 미세하게 걸음을 옮기기 시작하였다. 이어서 도면에 자신이 표시한 정확한 위치에 선 우진은 가지고 있던 투시도 중 한 장을 꺼내들고 눈앞에 보이는 골든 프린트와 비교해보았다. 그리고 다음 순간, 우진은 확실히 깨달을 수 있었다.

지금 그의 눈에 보이는 골든 프린트가 의미하는 것이, 우진이 서 있는 위치에서 허용되는 '시야'라는 것을 말이다. 공간 위에 떠올라있는 삼차원의 황금빛 선들은, 우진이 뽑아낸 투시도에서 확보되어 있는 시야를 정확히 그려내고 있었다.

'그래, 걸음을 옮길 때마다, 공간의 흐름에 따라 함께 바뀌는 것.'

명확한 깨달음을 얻은 우진은 다시 한번 공간을 돌아다녔고, 그러자 이제까지 보이지 않았던 더 많은 것들이 보이기 시작하였다. 골든 프린트가 보여주는 현상을 이해한 지금 이제 우진이 찾아내야 할 것은 이 황금빛 도면이 어떤 시그널을 보내고 있냐는 것이었고, 그에 대해 고민하던 우진은 잠시 후 저도 모르게 탄성을 터뜨릴 수밖에 없었다. 결국 그 시그널을 찾아내는 것까지 성공했으니 말이다.

"그래, 이거였어…!"

하지만 깨달음을 얻은 것과 별개로, 우진은 자신의 설계에 대한 생각을 더 이어갈 수 없었다.

"이제 끝나셨습니까, 대표님?"

어느새 그의 앞에는 푸근한 미소를 머금은 강석중이 다가와 서 있었고, 우진은 이미 미팅 시작 시간이 십 분 정도 지났음을 인지할 수 있었다.

카페 프레스코 1호점의 공간은, 1층과 2층의 면적을 합하여 무려 300평이 넘을 정도로 널찍했다. 10년도까지만 해도 삼송·원흥지구의 땅값은 비교적 저렴한 편이었고, 때문에 강석중은 아예 넓은 건물 하나를 자신의 명의로 매입해버린 것이다. 그래서 우진은 디자인을 함에 있어, 공간의 면적에 크게 구애받지 않아도 되었다.

물론 사업주의 입장에서는 앉을 수 있는 자리가 많으면 많을수록 좋겠지만 한두 자리가 아쉬워서 디자인적인 손해를 볼 필요는 없다는 말이었다. 그래서 우진은 아주 과감하게, 층고 높은 1층의 센터 공간을, 디자인 콘셉트에 할애하였다.

석중이 해외에서 공수해온 거대한 커피 로스팅 기계들과 각종 원두가 진열될 진열대를, 1층의 센터 공간에 떡 하니 배치해버린 것이다. 그리고 이런 디자인의 시작은, 강석중이 미팅 중에 꺼냈던 이 한마디 대답에서부터 비롯되었다.

"카페 프레스코라는 브랜드에서, 가장 우선적으로 내세우실 가치가 뭘까요."

디자인 콘셉트를 잡기 위한 우진의 물음에, 석중은 다음과 같이 대답했고.

"그야 당연히, 커피의 맛입니다."

"커피의 맛이라⋯."

"다른 어떤 것보다도, 커피의 맛 그 자체에 집중하고 싶습니다."

그 이야기를 들은 우진은 석중에게 다음과 같이 이야기했었다.

"카페 프레스코에서 커피의 맛을 최고의 가치로 여긴다는 것을, 대표님 혼자 알고 계시면 안 됩니다."

"그게 무슨 말씀이신지…?"

"고객들에게 알리셔야 한다는 말입니다."

"…!"

"우리 가게의 커피는, 흔한 프랜차이즈 카페들과 다르다. 다른 건 몰라도 커피의 맛 하나만큼은 최고라고 자부한다."

"음…."

"물론 진짜 그 맛 하나만으로 입소문이 나고 성공할 가능성도 있기야 할 겁니다."

"하하. 제 생각을 들여다보시는 것 아닙니까."

"하지만, 누군가 알아주길 기다리는 것보단, 적극적으로 어필하는 게 훨씬 더 큰 효과를 발휘할 거라는 얘깁니다."

"그 말씀은…."

"고객이 매장에 들어온 순간부터 의식적이든 무의식적이든 그 자신감을 느낄 수 있도록, 그런 공간을 디자인하겠다는 이야깁니다."

그때 우진의 이야기를 들었던 석중은 무척이나 만족스런 표정을 지었지만, 한편으로는 어떻게 커피에 대한 자신감을 공간으로 표현한다는 것인지 이해할 수 없었다. 하지만 석중과 달리 우진은 그때부터 이미 머릿속에 디자인을 그리고 있었고, 그래서 나온 디자인이 바로 이것이었다.

'고객들이 매장에 들어선 순간 커피와 관련된 전문적인 장비들의 모습에… 스케일, 분위기 모든 면에서 압도당해야 해.'

매장 입구에 들어서자마자 가장 먼저 보이는 은빛 스테인리스 질감의 복잡한 로스팅 기계들과, 종류를 나열하기도 힘들 정도로 다양한 원두가 담긴 바구니, 그리고 패키지들. 그것을 보는 순간 고객들은 무의식 속에서 '신뢰'라는 감정을 느끼게 될 것이고, 이 것은 곧 커피에 대한 기대감으로 치환될 것이다. 그것이 이토록 과 감하고 파격적인 공간배치를, 우진이 선보인 이유였다.

"이런 구조로 생긴 카페는… 본 적이 없는 것 같군요."

석중의 첫 마디에, 우진은 웃으며 대답하였다.

"대표님께서. 아니, 카페 프레스코에서 가장 자신 있는 것을, 고 객들에게 가장 먼저 보여주는 겁니다."

"디자인 의도가 이해되긴 하는데…."

아리송한 표정의 석중을 보며, 우진은 작게 웃었다. 사실 그의 이 런 반응은, 너무 당연한 것이었다. 자신이 설계한 디자인에 확신이 있는 우진과 달리, 석중은 아직 공간의 청사진을 보지 못한 상황이 었고 비전문가인 그의 입장에서 생소한 평면구성은, 거부감이 먼 저 생길 수밖에 없는 것이었으니 말이다. 하지만 첫 미팅부터 우진 에게 어느 정도 신뢰가 쌓인 석중은, 의문을 먼저 제시하기보다는 설명부터 더 들어보길 원했다.

"대표님 제안서에 대한 설명을 전부 다 들은 뒤에, 다시 이야기 하겠습니다."

"배려 감사합니다."

우진은 평면도를 다시 펼친 뒤, 하나부터 열까지 꼼꼼히 설명하 기 시작하였다. 하지만 평면에 대한 설명은 그리 오래 걸리지 않았 다. 탁 트인 널찍한 공간. 그 가운데를 가득 메우고 있는, 로스팅 기 계들과 베이킹 기계들. 그 외에 공간구조 자체는, 타원형으로 설계 된 단순한 느낌이었으니 말이다.

하지만 평면에 대한 브리핑은 단지 시작이었을 뿐이었다. 애초 에 카페라는 공간이 복잡한 기능을 갖는 곳은 아니었으니, 평면의 구조보다는 입면 디자인 그리고 전체적인 공간의 분위기와 콘셉트를 살려주는 마감재의 구성과 배치가 훨씬 더 중요했으니 말이다. 때문에 우진이 입면도와 함께 1층의 투시도를 석중의 앞에 펼쳐 보였을 때. 그의 두 눈은 휘둥그레질 수밖에 없었다.

"와…."

석중이 놀란 이유는, 두 가지였다. 일단 가장 처음 놀란 이유는, 우진이 펼친 투시도의 이미지가 사진처럼 사실감 넘쳤기 때문.

'이거 거의 이미지가 실제 사진 같잖아?'

우진이 가져온 투시도는, 손 그림으로 작업한 것이 아니었다. 그간 학교에서 배운 '3DMAX'를 이용하여, 직접 모델링을 다 짜고 렌더링까지 하여, 실사 같은 이미지로 뽑아온 것이다. 물론 우진은 자신의 실력이 아직 부족하다고 판단했고, 때문에 조운찬 교수를 통해 소개받은 전문가들의 도움을 받았다. 하지만 그것은 클라이언트인 강석중의 입장에서 의미 있는 문제가 아니었다. 중요한 것은, 지금 눈앞에 있는 결과물일 뿐이니까.

"이거, 그래픽이죠?"

"하하. 당연합니다, 대표님. 제가 대표님 컨펌도 없이, 공사부터 해버리진 않았겠죠."

MAX같은 프로그램으로 뽑아내는 3D컷은, 작업자의 실력에 따라 그 결과물의 퀄리티가 크게 차이난다. 전문적으로 인테리어 3D 투시도를 작업하는 업체라고 할지라도, 그 수준 차이가 천차만별인 것이다. 지금 우진의 실력도 이미 학생 수준은 훨씬 넘은 상황이었는데, 국내 최고의 실력자인 조운찬 교수를 통한 도움까지 받았으니 우진이 가져온 3D투시도의 수준은 강석중이 지금까지 본 적 없는 퀄리티일 수밖에 없었다.

"이렇게 보니 정말⋯ 대표님이 이야기하신 콘셉트가 한눈에 이해되는군요."

그리고 석중이 두 번째로 놀란 이유. 그것은 이 투시도 위에 그려진, 지금까지 본 적 없던 특별한 디자인 때문이었다. 아니, 좀 더 정확히 말하자면, 그에게 적잖이 혼란을 주고 있는 디자인 마감재의 콘셉트 때문이었다.

"그런데 서 대표님."

"예?"

"여기 벽체부터 천장까지 질감이 전부 다 그냥 콘크리트 느낌인 것 같은데⋯ 의도하신 게 맞나요?"

석중의 두 번째 질문을 들은 우진은 이번에도 웃을 수밖에 없었다.

"하하, 맞습니다."

이 또한 우진의 예상 범주 안에 있던, 당연한 질문이었으니 말이다.

'카페 마감재를 이런 식으로 활용하는 건, 확실히 아직 흔하지 않지.'

노출 콘크리트에 빈티지 콘셉트가 결합된 카페 디자인은, 몇 년만 더 지나도 유행하게 될 트렌드 중 하나였다. 물론 2010년도에도 그런 디자인이 없던 것은 아니다. 건축물의 외관에 유행처럼 쓰이던 노출 콘크리트 마감이 08년 즈음부터 이미 인테리어 마감재의 영역으로 넘어오기 시작했고.

그것이 하나의 현대적인 디자인 트렌드로 자리 잡으면서, 패널식 또는 미장식 노출 콘크리트 제품들까지 인테리어 마감재로 출시되고 있었으니 말이다. 하지만 카페의 디자인에 유행처럼 쓰이는 것은 몇 년이 더 지난 시점이었고, 그래서 강석중에게는 이것이 생소할 수밖에 없었다. 뭔가 미묘한 표정으로 투시도를 들여다보는 석중을 향해, 우진이 웃으며 입을 열었다.

"대표님, 지금 고민 중이시죠?"

"네? 뭘 말입니까?"

"노출 콘크리트부터 시작해서 우레탄 바닥까지. 마감재가 분명 빈티지 감성인데, 인테리어 자체는 후줄근한 느낌이 전혀 없지 않습니까?"

"아…!"

우진의 말을 들은 석중은, 그제야 자신이 느낀 미묘한 위화감의 정체를 알 수 있었다. 분명 천장의 배관부터 시스템 에어컨의 형태까지 전부 다 드러나 있는 모습은 인테리어가 덜 된 미완성의 그것이었는데 전체적인 디자인의 완성도는 전혀 그렇게 느껴지지 않았으니 말이다.

오히려 빈티지의 감성이 들어갔음에도 불구하고, 우진이 가져온 공간의 느낌은 세련되고 깔끔했다. 빈티지랍시고 흐드러지게 난잡한 디자인과는, 완전히 느낌이 달랐던 것이다.

'딱 보면 고급진 커피공장 같기도 하고….'

첫 이미지는 마치 원두 제조공장의 그것이었지만 노출 콘크리트의 그레이 톤 위에 잘 정돈된 브라운 톤의 원목마감과 깔끔한 블랙 톤의 모던한 가구들의 조화는 독특하고 세련된 인테리어 감성을 만들어내고 있었던 것. 아직도 조금 혼란스런 표정인 석중의 앞에, 우진이 한 장의 옐로페이퍼를 찢어 올렸다.

"자, 강 대표님."

"네?"

"여기, 이렇게 제가 낙서를 하면…."

우진의 행동은 돌발적이었지만, 석중은 흥미로운 표정으로 그가 하는 양을 지켜보았다.

"이렇게 지저분하고 난잡하지 않습니까?"

석중이 고개를 끄덕이며 대답했다.

"당연히, 그렇죠."

"하지만."

우진이 다시 연필을 들어, 낙서가 된 외곽을 따라 반듯한 원을 그려 넣었다. 이어서 그는 원 밖으로 삐져나온 선들을 지우개로 지웠고 다시 석중을 응시하며 입을 열었다.

"내부가 아무리 번잡해도… 이렇게 깔끔하게 마감선을 따 넣으면, 이전의 난잡한 느낌은 거의 사라지게 됩니다."

옐로페이퍼 위의 낙서를 다시 본 석중은, 절로 고개를 끄덕일 수밖에 없었다. 그것은 더 이상 낙서가 아니라, 동그란 원 안쪽을 연필로 칠한 것처럼 느껴졌으니 말이다. 우진의 말이 다시 이어졌다.

"지금 제가 제안드린 이 디자인도, 그런 맥락에서 이해하시면 됩니다."

우진은 투시도 위의 얼룩덜룩한 노출 콘크리트 마감을 손가락으로 짚었다.

"이렇게 인위적으로 때 탄 느낌의 마감재를 벽에 발라놓아도…."

이번에는 그의 손가락이, 콘크리트 마감의 외곽 부분에 자리 잡고 있는 고급스런 원목 마감을 가리켰다.

"이런 고급스럽고 정돈된 자재로 마감선을 눌러주면."

석중과 다시 눈이 마주친 우진이, 씨익 웃으며 이야기를 마무리했다.

"빈티지한 원두공장의 느낌은 확 살아나면서도, 전체적인 디자인 분위기는 깔끔하고 모던하게 완성될 수 있는 거죠."

석중은 다시 한번 고개를 끄덕였다. 나이와 별개로 우진에게서 느껴지는 내공이 상당하기도 했지만, 그것과 별개로 석중은 이런 생각을 하고 있었다.

'매번 느끼는 거지만… 말발 하나는 진짜 좋단 말이지.'

비전문가인 자신의 고개가 절로 끄덕여지게 될 만큼, 한 번의 끊김 없이 청산유수처럼 이야기를 잇는 우진. 이것은 디자인을 잘하는 것과는 또 다른 능력이라고, 석중은 생각하고 있었다. 물론 석중이 그러든 말든, 우진의 설명은 계속해서 이어졌지만 말이다.

"그리고 여기, 이 문제의 천장."

우진이 이번에 가리킨 것은, 천장에 그대로 다 드러나 있는 배관과 설비들의 형태였다.

"얼핏 보면 이거, 그냥 공사비용 아끼려고 손 안 대고 열어놓는 거 아니냐고 생각하실 수 있겠지만…."

우진은 고개를 절레절레 저으며 말을 이었다.

"사실 천장을 마감재로 때려 막는 것보다, 이 노출 천장 공사가 훨씬 더 까다롭고 돈도 많이 들어가는 작업입니다."

— * —

2010년도쯤의 카페 디자인은, 아직까지 엔틱(Antique)한 유럽풍 인테리어가 주류였다. 중세에서 근대까지 이어지는 유럽 건축물들의 디자인을 모티브로 한, 고전적이면서 고급스런 유럽풍 분위기를 살린 인테리어 디자인. 그리고 고급진 중세 유럽풍의 디자인에서 내부 설비가 완전히 노출된 천장 디자인은, 결코 있을 수 없는 형태의 마감이었다.

로마네스크 양식이든 고딕 양식이든, 혹은 르네상스 양식이든 바로크 양식이든 유럽의 모든 건축양식은 극도의 세밀한 디테일과 세공에서부터 시작하는 아름다움을 추구하는 경우가 많았으니까. 그래서 강석중의 눈에 이 노출 천장 디자인은 생소하다 못해 당황스러운 것이었다. 이것은 그의 기준에서 디자인이라기보단, 시공되지 않은 날것에 가까웠으니 말이다. 하지만 노출 천장은 결코 쉬운 디자인이 아니다. 그래서 우진은 석중에게, 그 이유에 대해 설명하기 시작하였다.

"대표님, 혹시 천장 뜯어서 내부를 들여다보신 적 있으십니까?"

"아뇨? 그럴 리가요. 한데, 그건 갑자기 왜….″

진짜 아무런 가공 없이 그대로 노출된 천정은, 말 그대로 난잡하고 지저분하다. 전선부터 시작해서 배관, 조명설비까지. 그것들이 말 그대로 오직 필요에 의해서 어지럽게 뒤엉켜 있었으니, 배선정리가 하나도 되지 않은 컴퓨터 본체의 내부를 보는 것과 다를 바 없는 것이다.

하지만 우진이 디자인한 노출 천장은, 사실 진정한 의미에서 노출이 아니었다. 지저분하게 연결된 전선들은 철제로 만들어진 관(管) 안에 들어가 깔끔하게 정돈되어 있었으며. 급수를 위해 설치된 수도관들은, 우진에 의해 인위적으로 디자인된 형태대로 가공되어 있었으니까.

가로 세로로 연결되어 있는 '보'*와 같은 구조물도 외부로 드러

---

* 기둥 위에서 상부의 무게를 전달, 지탱해주는 건축 구조물.

나 있지만, 그 또한 마감 도색에 의해 깔끔하게 시공된다. 그러니까 노출 천장 디자인은, 날것 그대로를 디자인으로 사용한 것이 아니라, 날것처럼 '보이게' 의도적으로 디자인된 것일 뿐이었다.

"그러니까 대표님 말씀대로라면, 오히려 평범한 천장 마감을 하는 것보다 손이 더 많이 간다는 얘기네요."

"그렇습니다."

"그런데 굳이 이렇게까지 하시는 이유는…?"

"예쁘니까요."

"…."

"투시도에 전부 다 표현이 되었는지는 모르겠지만, 커피 공장 느낌의 콘셉트와 어울리면서, 빈티지 감성이 제대로 살아날 겁니다."

우진은 이 디자인이 성공할 수밖에 없음을 확신하고 있었다. 지금까지 엔틱한 디자인의 카페들을 주로 봤던 강석중의 눈엔 아리송한 느낌이겠지만. 우진이 기억하기로 2010년대 초반에 들어서면서, 그런 디자인은 점점 사라지게 된다. 처음엔 새롭고 고급스럽게 느껴졌던 엔틱한 디자인이 너무 흔해진 탓인지, 미니멀(Minimal)한 모던 디자인과 빈티지(Vintage) 감성의 인테리어가 새로운 트렌드로 자리 잡기 시작한 것이다.

그러니까 우진이 이 감성을 제대로 살려서 깔끔하게 디자인을 뽑아낼 수 있다면 카페 프레스코는 국내의 카페 인테리어 디자인을 말 그대로 '선도'할 수 있게 되는 것이다. 그게 우진의 노림수이기도 하고 말이다. 우진의 설명을 듣던 강석중은, 결국 너털웃음을 터뜨리고 말았다.

"하하, 이거 원…."

"왜 그러세요?"

"아니, 대표님 이야기만 듣다 보면 이게 너무 그럴싸해서 진짜 멋들어지게 디자인이 뽑힐 것 같은데….'

"그런데요?"

"사실 말씀하신 이 노출 천장구조는, 아직도 머리로는 이해가 잘 안 되거든요."

만약 지금이 2015년 정도만 되었더라도 우진의 이 디자인을 본 순간, 강석중은 손뼉을 치며 고개를 끄덕였을 것이다. 우진이 가져온 디자인은 미래를 기준으로도 충분히 훌륭하고 트렌디한 것이었고 그때는 이미 노출 천장 디자인이 꽤나 흔해진 뒤일 테니, 이해하는 것도 어렵지 않았을 터였다. 하지만 조금 어렵더라도, 우진은 이 디자인을 무조건 납득시킬 생각이었다. 지금 우진의 눈에는 이 카페 프레스코라는 브랜드에, 자신이 가져온 디자인이야말로 정답에 가까웠으니 말이다.

"그래도 한 가지는 확실히 느끼지 않으십니까?"

"어떤 것 말입니까?"

"카페 프레스코만의 개성이 확실히 살아난다는 것."

"…!"

"그러니까, 절 한번 믿어보시죠, 대표님."

"흐음. 서 대표님께서 그렇게까지 말씀하신다면야….'

"이렇게까지 자신 있게 말했는데 졸작이 나오면 아마 전 부끄러워서 얼굴도 못 들고 다닐 겁니다, 하하."

아마 우진이 아닌 다른 업체가 이런 디자인을 제안했다면 석중은 그것을 거절하거나, 최소 오랜 시간 고민해야 했을 것이다. 하지만 첫 번째 미팅부터 오늘에 이르기까지 우진이 석중에게 보여준 것들은, 그에게 신뢰감을 주기 충분한 모습들이었고, 때문에 석중은, 시원하게 계약서에 사인할 수 있었다.

"그럼 한번 믿어보겠습니다, 대표님."

"믿어주셔서 감사합니다."

"공사 기간은, 대략 3주 정도 잡으면 된다고 하셨죠?"

"예, 늦어도 8월 3주 차쯤에는 오픈하실 수 있도록 마감 치겠습니다."

"그 정도면 충분합니다."

석중은 계약서에 사인한 뒤에도 우진의 제안서를 하나하나 꼼꼼히 읽어보았고. 그런 그를 향해 우진은 한 가지 첨언을 하였다.

"아, 그런데 대표님."

"말씀하세요."

"그 오늘 드린 제안서에서… 1층 입면도 부분이랑 2층 입면 일부는, 조금 수정돼서 공사 들어가야 할 것 같습니다."

"수정이요?"

살짝 당황한 석중의 표정에, 우진은 손사래를 치며 이야기를 덧붙였다.

"그렇게 큰 수정은 아닙니다. 오늘 현장에서 확인한 결과, 단차라든가 몇 가지 고려돼야 할 부분이 추가로 생겨서…."

우진이 수정하려는 것은, 골든 프린트로 인한 깨달음을 디자인에 반영하기 위한 것이었다. 그리고 그 설계 변경 작업은, 사실 대대적인 수정이었다. 하지만 그 '대대적인'이라는 작업의 기준은 실제 작업자인 우진에게나 그런 것이고, 석중의 입장에서는 도면이나 투시도와 비교해서 뭘 바꿨는지 알아채지 못할 정도의 수준이었다. 그것은 공간구조에 대한 이해가 거의 완벽해야만 알 수 있는 부분들이었으니까. 그래서 우진은 이렇게 설명했고.

262

"디자인 콘셉트나 시공단가에는 변동 없이, 구조물의 높낮이 정도만 조금 조정될 예정입니다. 걱정 마세요."

석중은 고개를 끄덕였다. 그 정도라면 우진이 얘기한 것처럼, 딱히 문제 될 만한 수준은 아니었으니 말이다. 그리고 모든 계약이 끝난 뒤, 우진은 마지막으로 석중에게, 한 가지 이야기를 더 꺼내었다.

"그리고 대표님. 마지막으로 한 가지 허락을 구하고 싶은 부분이 있는데요."

"허락이라면…?"

"혹시 카페 프레스코의 시공 과정을 방송국에서 찍어가도 되겠습니까?"

"네에…?"

우진의 말에, 석중은 조금 전보다 훨씬 더 놀란 표정이 되었다. 이것이야말로 전혀 예상치 못한 말이었기 때문이다. 하지만 우진이 자초지종을 설명하고, 그 영상이 어떻게 쓰일 것인지를 이야기하자 놀랐던 석중의 그 표정은, 환하게 밝아질 수밖에 없었다.

"아…! 그런 거라면, 오히려 제가 서 대표님께 더 부탁드려야죠."

우진의 입에서 나온 이야기들이, 카페 프레스코의 브랜드에도 큰 도움이 될 것임을 바로 깨달았으니까.

"역시, 좋아하실 줄 알았습니다."

"방송 잘 빠져서 브랜드 홍보에 도움이 된다면, 제가 공사에 대한 추가 인센티브라도 섭섭잖게 챙겨드리겠습니다."

"아, 아닙니다. 그러실 필요는 없습니다."

게다가 방송 섭외까지 받았다는 말은, 디자이너로서 우진의 신뢰도를 한층 높여주는 일.

'디자인이 어떻게 나올지, 정말 기대되는군.'

석중은 우진이 제안했던 디자인에 대한 마지막 남은 한 줌의 의심까지 싹 다 털어버렸고, 그의 디자인을 더욱 기대하게 되었다. 우진과 석중의 최종 미팅은, 그렇게 훈훈한 분위기 속에서 마무리되었다.

— * —

혜진은 무척이나 오랜만에, 학교 캠퍼스에 나왔다. 기말고사가 끝난 시점부터 학교 근처도 얼씬거리지 않았던 그녀였건만, 오늘은 과 사무실에 볼일이 있었기 때문에 어쩔 수 없이 나온 것이다.

"어휴, 더워 죽겠네. 디자인학부 건물은, 방학에도 에어컨 빵빵하게 틀어뒀겠지?"

오늘 과 사무실에 있는 그녀의 볼일이란, 다름 아닌 그녀의 성적과 관련된 것이었다. 우진의 소개 덕에 학기 중반부터 연애에 빠진 그녀는 1학기 기말고사를 아주 대차게 말아먹었고, 그 결과 잘못하면 학사경고를 받을 수준의 처참한 성적을 받게 되었으니, 방학 때 학교에 나올 수밖에 없던 것이다. 과 사무실에 가서 그녀가 할 일은 간단했다. 조교에게 조금의 양해를 구한 뒤, 가차 없이 F학점을 준 몇몇 교수님들께 전화하여 석고대죄를 할 생각이었으니까.

"제발… 전공과목 딱 하나만 D-로 바꾸면 돼. 제발 살려주세요, 교수님들….."

출석을 빠짐없이 다 했음에도 불구하고 1점대 후반이라는, 어떤 면에선 경이로운 학점을 받은 혜진. 하지만 그럼에도 불구하고 그녀는, 학점 자체에는 딱히 미련이 없었다. 그녀는 방탕한 생활이

1학년 새내기에게 주어진 특권이라고 굳게 믿고 있었고 어차피 재수강으로 학점을 끌어올릴 것이라면, C+든 D-든 다를 게 하나도 없었으니 말이다. 학사경고만 피할 수 있으면, 혜진은 너무 행복할 것 같았다.

끼익-

방학이라 그런지 한산한 디자인대 건물의 문을 연 혜진은, 죄인의 심정이 되어 학과 사무실로 올라가는 엘리베이터를 기다렸다.

그런데 그 엘리베이터에서, 혜진은 뜻밖의 인물을 마주치게 되었다.

"헤이, 혜진!"

"뭐야, 제이든. 너 방학인데 왜 학교에 있어?"

"이 제이든 님의 열정은, 방학이라고 해서 식는 법이 없거든."

"헛소리 할래?"

"혜진 같은 커플충은 믿기 힘든 얘기겠지만, 난 오늘도 조운찬 교수님께 책을 빌리러 학교에 나왔다고."

"커플충은 또 뭐야?"

"신성한 학교에서, 공부 대신 연애나 하는 벌레라는 뜻이지."

"맞는다, 제이든?"

"오, 커플충! 정말 완벽한 단어야. 완전히 혜진 그 자체라고."

혜진은 제이든이 거짓말을 한다고 생각했지만, 조운찬 교수에게 책을 빌리러 왔다는 그의 이야기는 놀랍게도 사실이었다. 물론 그 책 심부름이, 제이든의 자의에 의한 것은 아니었지만 말이다. 사실 제이든은, 우진의 셔틀이었다.

'우진은 정말 나빠. 자기 일은 스스로 해야 하는데 말이지.'

어쨌든 그런 속사정과는 별개로, 오랜만에 동기를 만난 두 사람은 시끌벅적 떠들며 엘리베이터에 올랐다. 그런데 과 사무실이 있는 4층에 도착했을 때. 두 사람은 거의 동시에, 당황한 표정이 될 수밖에 없었다.

당연히 사람 없고 조용할 것이라 생각했던 4층의 복도에, 학기 중보다도 더 많은 인파가 몰려있었기 때문이다. 하여 어떤 상황인지 궁금했던 두 사람은 사람이 몰려있는 곳으로 빠르게 다가갔고. 다음 순간, 더욱 크게 놀랄 수밖에 없었다.

"대박! 촬영이야?"

"What? 방송국에서 이 제이든 님을 촬영하러 왔다고?"

복도 끝에 있는 디자인학부의 로비 한복판에, 놀랍게도 각종 방송 장비들이 빼곡하게 늘어서 있었던 것. 곳곳에 KBC 로고가 박혀 있는 수많은 촬영 장비들이 포진되어 있었으며, 그 사이에는 당연히 촬영의 대상인 연예인들이 있었다. 그것이 바로 사람들이 몰려있는 이유였고 말이다.

"야, 제이든! 키 크니까 네가 사진 좀 찍어봐. 누구야? 누가 온 거야?"

흥분한 혜진이 제이든을 닦달했지만, 그는 혜진의 목소리를 듣지조차 않고 있었다. 제이든은 이미, 혜진보다도 더 크게 흥분한 상태였던 것이다.

"미친! 저기 윤재엽이야! 게다가 유리아도 있어!"

겉으로 보기엔 영락없는 영국인이건만, 놀랍게도 한국 연예인들을 줄줄 꿰고 있는 제이든.

"뭐지? 무슨 방송이지?"

"윤재엽 나오는 거 보니까 예능인가?"

흥분한 인파들 사이에 낀 제이든과 혜진은, 어느새 학교에 온 목

266

적조차 잊은 채 말뚝처럼 건물 로비에 박혀 움직이질 않았다. 타이밍 좋게도 촬영은 방금 시작된 상황이었고, 다른 곳도 아닌 공간디자인과가 촬영 장소였으니 제이든과 혜진의 입장에서는 어떤 내용일지 너무 궁금한 것이다.

하여, 그렇게 두 사람의 흥분이 최고조에 달했을 즈음. 드디어 촬영 장비가 전부 세팅되었고, 기다렸던 녹화가 시작되었다. 그리고 K대 공간디자인과에서 녹화를 시작한 예능 프로그램의 이름은, 〈우리 집에 왜 왔니〉였다.

첫 번째 촬영

설계를 뜯어고치는 것은, 생각보다 고된 작업이다. 한 곳을 고치면 다른 부분에도 필연적으로 영향이 가게 되고, 그렇기에 고려해야 할 부분이 한두 가지가 아니었으니 말이다. 하지만 우진은 사무실에서 밤까지 꼴딱 새가면서, 결국 설계를 전부 다 고쳐내었다. 골든 프린트로 인해 얻은 깨달음을, 전부 다 도면 위에 반영한 것이다.

'좋아. 시공은 조금 힘들어도, 이렇게 입면 구조를 비대칭으로 만들면… 가운데 들어서는 메인 오브젝트의 존재감이 더 강렬하게 드러날 거야.'

사실 이번에 골든 프린트를 통해 얻은 깨달음과 별개로 우진이 고생하며 수정한 설계는, 기존의 설계도에서 다이내믹하게 변한 것은 아니었다. 기존의 디자인 콘셉트와 평면구조 자체가, 전혀 바뀌지 않았으니 말이다. 다만 우진이 작업한 것은 유저가 움직이며 바라보는 시야 각도에 따라, 답답하게 느껴지는 공간의 내벽을 과감하게 들어내거나 콘크리트 질감과 회색 벽돌로 디자인되어 있던 전면 파사드의 진입로 부분을 통유리 재질로 바꾸는 정도의 작업이었다.

매장에 들어선 고객들의 시야 확보를 좀 더 용이하게 만들고, 그것을 통해 디자인 콘셉트는 조금 더 강조한 것이다. 우진의 기준에서 이전의 디자인이 89점 정도의 퀄리티였다면. 새로 얻은 깨달음을 통해 완성한 디자인의 점수는 91점 정도.

굳이 고생해가며 설계를 전부 수정한 대가치고는 아쉬울 수도 있었지만, 우진은 한 치 망설임 없이 할 수 있는 모든 부분을 수정하였다. 이런 미세한 노력이 누적되어 커다란 차이가 만들어지며 우진은 그것이 자신의 목표에 한 걸음 더 빠르게 다가가는 길이라고 생각했으니까.

'그래. 이 정도면, 내가 할 수 있는 최선은 다했어.'

덕분에 착공 일정은 3일 정도 지연되었고, 실무 총괄의 역할을 하는 진태에게 한 소리 들어야 했지만 그것이야 당연히 감수해야 하는 부분이었다.

"어후, 이번에는 좀 여유롭게 공사 시작하나 했더니. 꼭 이렇게 막판에 설계를 뒤집냐."

"하하, 어쩔 수 없었어, 형. 그래도 바뀐 설계가 확실히 나을 테니, 고생한 보람은 있을 거야."

"그래, 뭐 디자인이야 네가 잘 알겠지."

사실 3일 정도의 공사 지연은, 원래대로라면 일정에 아무 무리 없는 수준이었다. 하지만 방송이라는 변수가 함께 겹치면서 거기서 이틀 정도가 추가로 빠지게 되었고, 때문에 전체적인 시공 일정이 꽤나 빡빡하게 잡혀버린 것이다.

하지만 그럼에도 불구하고 WJ 스튜디오의 직원들의 표정은, 평소보다 오히려 더 밝았다. 그들이 밝은 이유는 하나. 예능 촬영이라는 호재 덕에, 연예인들을 눈앞에서 볼 수 있게 되었다는 사실 때문이었다.

"반장님, 다음 주에 진짜 유리아 오는 거죠?"

"다음 주는 아니고, 그다음 주 초 정도. 대표님이 거짓말하신 게 아니라면 말이야."

"으으아! 윤재엽도 오고 임수하도 온다던데."

"아, 진짜? 윤재엽이 온다고? 근데 임수하는 누구야? 배우인가?"

"응, 아마 얼굴 보면 알 걸? 연기파 조연으로 유명한데, 예쁘기도 엄청 예뻐."

윤재엽은 2008년쯤부터 급속도로 인기를 얻어, 현재는 간판 MC 중 하나로 자리 잡은 인기 개그맨이었다. 유리아는 오 년 전쯤 까지 무명의 걸그룹 메인보컬로 활동하다가, 최근에 솔로로 데뷔 하면서 엄청나게 인기를 얻은 여가수. 그 두 사람에 임수하까지가 〈우리 집에 왜 왔니〉에서 우진과 한 팀으로 움직이게 될 연예인들 이었고, 그래서 우진이 작업하는 현장에 함께 오게 될 인물들이기 도 하였다.

"자, 다들 쓰잘머리 없는 소리 그만하고, 오늘 내로 철거 싹 끝내 야 한다. 알지?"

"예썰! 당연하죠!"

어떻게 보면 제사보다 젯밥에 관심이 있는 작업자들이었지만, 덕분에 현장의 분위기는 더없이 밝았다. 현장 분위기가 좋으니, 일 의 능률도 올라가는 것은 당연지사. 손발이 착착 맞는 작업자들 덕 에, 공사는 무리 없이 착착 진행되었다. 총 300평이 넘는, WJ 스튜 디오가 시공했던 모든 공간 중 가장 넓은 면적의 공사였음에도 불 구하고. 오히려 평소보다 더 빠르게 작업이 진행된 것이다.

하지만 당연하게도, 그 모든 것이 분위기 하나 때문만은 아니었다. 강석중이 더위 속에 일하는 작업자들을 위해, 시스템 에어컨을 빵빵 틀도록 해준 것도 큰 도움이 되었으며 결정적으로 오랜만에 직접 현장에 나와 목공파트를 컨트롤한 우진이 빠른 작업 속도의 가장 큰 이유였으니 말이다.

"햐, 대표님 기술은 진짜 매번 봐도 신기하다니까."

"대표님 진짜 스물둘 맞아요? 스물두 살이 무슨 다루끼(각목)를 즉석에서 저렇게 정확하게 잘라 붙여?"

"반장님이 얘기하실 땐 그냥 농담인 줄 알았는데… 대박이네, 대박."

작업자들의 이야기를 옆에서 듣던 진태가, 피식 웃으며 그 대화에 끼어들었다.

"두 살부터 목공질 하면 저렇게 된다더라."

"반장님, 그건 또 무슨 말?"

"대표님이 전에 그러셨거든. 나이는 스물둘이지만, 경력은 이십년 차라고."

그러자 목수들 중 가장 어린 진혁이, 진지한 표정으로 중얼거리듯 말했고.

"경력이 이십 년인 것과 나이가 스물둘인 것 중에, 뭘 믿어야 할지 혼란스럽네요."

진태도 웃으며 대꾸하였다.

"나도 그래. 하하."

목공과 전기반의 작업까지 전부 끝나자, 공간의 윤곽이 어느 정도 자리 잡혔다. 우진은 모양새가 완성되어갈수록 자신의 설계에 더욱 확신을 가질 수 있었으며. 그렇게 공사는 마지막을 향해 빠르게 달려갔다.

"A파트 조명 확인해주시고! 1층 파벽돌* 마감은 한 시간 내로 끝내주세요!"

공사가 끝나기 5일 전쯤에는, 메인이 되는 마감재까지 하나둘 시공이 되며 공간의 분위기가 살아났으며 2일이 남은 오늘, 일정에 잡혀있던 모든 공사가 끝난 오후 다섯 시쯤에는 이제 세부 마감 작업을 제외한 모든 공사가 깔끔하게 끝난 상황이었다.

내부에 들어갈 가구들과 소품까지도 거의 다 배치가 되어서, 거의 완공에 가까운 공간의 모습이 만들어진 것이다. 그리고 작업 마감 후 현장정리를 마친 작업자들은, 자신들이 만들어놓은 공간에 저마다 감탄을 터뜨리고 있었다.

"이야, 진짜 멋지게 잘 뽑혔네요."

"노출 천장이 이렇게까지 예쁠 줄이야."

"내가 작업했지만, 해외 유명 잡지에 실릴 것만 같은 공간이야."

그런데 이상한 것은.

모든 작업이 끝났음에도, 거의 대부분의 작업자들이 퇴근하지 않고 현장에 남아있다는 점이었다.

"야, 니들 집에 안 가? 평소에는 작업만 끝나면 발바닥에 불이 나도록 튀어 나가는 것들이…."

"반장님은 왜 안 가십니까?"

"나야, 어! 마무리작업도 해야 하고. 대표님 오실 때까지 기다렸다가 보고도 드려야 하고! 어!"

---

* 부서진 벽돌을 의미하는 말이지만, 인테리어에서는 벽에 붙이는 벽돌타일을 통칭한다.

"거짓말 마십쇼. 그러다 대머리 됩니다!"

"공짜 좋아하는 것도 아니고, 거짓말하다가 대머리가 된다고?"

"원래 귀에 붙이면 귀걸이, 코에 붙이면 코걸이 아니겠습니까. 하하."

하지만 현장에 있는 모두는, 다들 왜 안 가고 엉덩이를 붙이고 있는지 전부 알고 있었다. 그 이유는 당연히….

"으앗! KBC 촬영팀 들어온다!"

"어디, 어디!"

"저쪽 주차장!"

오늘 있을 〈우리 집에 왜 왔니〉의 촬영과 함께, 연예인들을 구경하기 위함이었다.

— * —

임수하는 오늘, 한껏 꾸미고 집을 나서는 중이었다. 오늘은 〈우리 집에 왜 왔니〉에 합류한 이후 그녀의 첫 번째 촬영이 있는 날이었고, 때문에 매니저 송지호의 닦달로 인해, 하루 종일 온몸을 치장했던 것이다.

"임수하, 오늘 진짜 잘해야 해. 알지?"

"아, 알겠다니까, 오빠. 벌써 50번은 들은 것 같아."

"아직도 500번은 더 얘기하고 싶은데, 겨우 겨우 참는 중이야."

"제발. 이러다 노이로제 걸리겠어. 스토커도 오빠처럼은 안 할 거야."

"너, 스토커도 없잖아. 더 유명해져야 그런 것도 생기지."

"으악! 나 잔다! 도착할 때까지 말 시키지 마!"

"휴대폰 만질 거면서."

"으아아아!"

임수하를 태운 검정색 밴은, 여느 때와 다름없이 무척이나 평화로웠다. 물론 수하가 송지호의 잔소리로부터 벗어난 지금이, 가장 평온한 시간이었지만 말이다.

'저 인간은 결혼이라도 하면 잔소리가 좀 줄어들려나…'

운전하는 지호의 뒤통수를 힐끔 째려본 뒤 속으로 투덜거린 수하는, 휴대폰을 집어 드는 대신 제작진으로부터 미리 받은 대본을 한번 읽어보기로 하였다. 지호가 따로 잔소리하지 않아도, 오늘 촬영이 정말 중요하다는 것 정도는 그녀도 잘 알고 있었으니 말이다.

'첫 예능, 첫 출연이니까. 가장 중요한 건 아무래도 이미지가 잘 잡히는 거겠지.'

예능에 출연하지 않은 배우들은, 자신이 작품 활동을 하며 맡았던 배역들로 인해 이미지가 형성되곤 한다. 하지만 한번 예능에 출연하기 시작하면, 거기서 만들어진 이미지가 곧 그 배우의 이미지로 자리 잡을 수밖에 없다. 결국 배역은 철저한 기획에 의해 만들어진 가상의 이미지였으니 예능에서 보여주는 배우의 모습이 훨씬 더 본모습에 가깝다고 시청자들이 생각하게 되는 게 당연한 것이었으니까. 그게 어느 정도 사실이기도 했고 말이다.

'그런 의미에서 오늘… 상황이 날 좀 도와줬으면 좋겠는데.'

대본을 쭉 읽어 내려가던 수하는, 문득 이 상황에 가장 큰 지분이 있는 우진의 얼굴을 떠올렸다. 그녀에게 예능을 하라고 부추기고, 본인이 그 예능 안으로 들어왔으며 심지어는 그녀의 첫 방송 콘텐츠가 될 요소까지 제작진에 제공한 인물.

오늘 촬영은 우진이 시공 중인 '카페 프레스코'라는 곳에서 시작될 예정이었고 대본상 출연진들을 이곳으로 인도한 것은 바로 임수하 그녀가 될 것이다. 〈우리 집에 왜 왔니〉에서 같은 팀으로 활약하게 될 윤재엽과 유리아에게, '서우진'이라는 전문가를 소개한 것이 바로 그녀였으니까. 물론 대본 안에서 말이다.

'대본대로라면, 재엽 씨랑 리아가 먼저 도착해서 현장에 들어가게 되고… 거기서 인테리어에 미친 듯이 감탄하면서 리액션을 보여줄 때 내가 등장하게 되는 건데….'

솔직히 수하는 조금 불안했다. 이제는 제법 우진과 친해졌고, 그를 인간적으로 좋아하기도 하지만 그것과 별개로 우진이 디자인한 인테리어는 아직 본 적이 한 번도 없었으니 말이다. 물론 제작진 측에서 우진에 대한 검증을 어느 정도 끝냈다곤 하지만, 그래도 불안한 것은 어쩔 수 없었다.

만약 윤재엽과 유리아가 리액션을 보여주기에 너무 소박한 인테리어가 공사되어 있고 억지 리액션 속에서 수하가 처음 화면에 등장하게 된다면 이것은 상황 자체가 초장부터 완전히 꼬여버리게 되는 것이니 말이다.

'요즘 시청자들, 억지 리액션은 귀신같이 알아차리던데….'

하여 불안 반, 기대 반의 마음으로 촬영장에 도착한 임수하는, 밴의 문을 열고 천천히 주차장에 내려섰다.

드르륵- 텅-!

그리고 그녀보다 조금 일찍 도착해 있던 촬영 스태프들이, 재빨리 그녀에게 다가와 촬영장으로 인도하였다.

"수하 씨, 차 밀려서 고생하셨죠?"

"아, 아니에요. 숍에서 생각보다 늦게 끝나서… 죄송해요, 더 빨리 와서 대기하고 있었어야 했는데."

수하는 촬영시간에 딱 맞춰 도착한 것이었지만, 그래도 다른 스태프들과 출연진이 먼저 도착해있는 것을 보니 마음이 조금 불편했다. 연기 경력이나 인지도와는 별개로, 그녀는 예능이라는 카테고리 안에선 완전히 신인이나 다름없는 포지션이었으니 말이다. 하지만 수하를 발견한 공진영 PD는 환하게 웃고 있었고, 오히려 그녀를 아주 반갑게 맞아주었다.

"수하 씨, 왔어요?"

"늦어서 죄송해요."

"늦기는, 우리가 빨리 온 거지."

이어서 수하의 손을 잡아 끈 공 PD는, 한껏 상기된 표정으로 다시 말을 이었다.

"그리고 임수하 씨는 앞으로 세 번 정도, 촬영장에 지각해도 돼."

"그건 또 무슨 말이에요?"

"수하 씨 덕에 지금 우리 프로그램, 첫 그림이 기가 막히게 빠질 것 같거든요."

공 PD의 말을 이해하지 못한 임수하는, 아리송한 표정으로 그녀의 손에 이끌려 현장으로 들어갔다.

'뭐야, 불안하게 왜 이러는 거지?'

하지만 다음 순간.

"…!"

환하게 조명이 들어온 내부현장에 들어선 임수하는, 공 PD의 말이 무슨 의미였는지 대번에 깨달을 수 있었다.

"와, 이거 뭐야. 대박!"

그녀의 눈앞에 '카페 프레스코'의 공간이, 보는 순간 입이 쩍 벌어질 정도로 멋들어지게 펼쳐져 있었으니 말이다. 심지어 그 공간

안에서는, 먼저 도착한 윤재엽과 유리아가, 아직 촬영조차 시작하지 않았음에도 불구하고, 연신 호들갑을 떨며 감탄하고 있었다.

— * —

삼송역의 남쪽에는 강이 흐른다. 3번 출구에서 나와 그 방향으로 조금 내려가면, 작은 규모의 개천인 창릉천이 서남쪽으로 흐르고 있다. 그 강변을 따라 서쪽으로 걷다 보면 작은 다리가 나타나고, 그 다리를 건너 창릉천의 반대편으로 넘어가면….

개발되지 않은 낙후된 동네(혹은 논밭) 위에 홀로 번쩍거리며 서 있는 커다란 건물이, 바로 KBC의 일산 사옥이다. 사실 엄밀히 말하자면, KBC 사옥의 위치는 고양시 덕양구다. 일산동구나 서구로 칭해지는, 일산 신도시가 아니라는 얘기다.

하지만 KBC의 신사옥이 이곳에 지어지면서 본래 일산서구 일산동 소재의 사옥에 있던 모든 인프라가 이곳으로 이전해왔고, 때문에 KBC의 직원들은 물론 연예인들까지도 이곳을 KBC의 일산 사옥이라 부른다. 고양시 시민인 유리아는 예전부터 그게 무척이나 마음에 들지 않았지만 말이다.

"재엽 오빠! 여기 일산 아니라니까? 여긴 엄연히 고양시 덕양구라고!"

"그런고양?"

"아, 제발! 이상한 아재개그 하지 마. 부탁이야."

"시른데!"

"설마 그 개그… 방송에서도 써먹으려는 건 아니지?"

"당연한고 아니양?!"

"으악! 제에발! 오빠 나이가 이제 서른다섯이라고! 서른! 다섯!"

KBC 사옥에서 만난 유리아와 윤재엽은, 〈우리 집에 왜 왔니〉 스 태프들과 함께 촬영장으로 이동하는 중이었다. 사옥에서 촬영장 까지의 거리는 걸어서도 10분이면 도착할 수 있을 만큼 가까웠지 만. 그래도 촬영 장비들과 함께 이동해야 했으니, 두 사람은 방송 국 밴을 타고 이동하는 중이었다.

"후, 이상한 오빠 때문에 걱정은 좀 되지만… 촬영장은 가까워서 좋네."

"너나 가깝지. 난 집에서 오는 데 한 시간도 넘게 걸렸어."

"누가 압구정에 살래?"

"이거 찍자고 일산으로 이사할 순 없잖아."

"여기 덕양구라니까?"

"휴우, 덕양이든 일산이든."

소속사가 같은 재엽과 리아는, 개인적으로도 친분이 있었다. 그 래서 촬영장으로 이동하는 그 짧은 시간 동안에도, 둘은 시답잖은 잡담을 떨고 있었다. 윤재엽이 입을 열었다.

"오늘 촬영부터, 그 임수하 배우님도 합류하시는 거지?"

"맞아."

"나 그분 처음 뵈니까, 네가 대화 리드 좀 잘 해줘라."

"지난번 사전미팅 때 봤잖아?"

"그때 뭐 몇 마디나 나눴겠냐."

"알겠어. 수하 언니 성격 좋으니까, 별로 어려울 건 없을 거야."

유리아는 임수하와 최근 같은 드라마에 출연한 적이 있다. 그래 서 그녀들 사이에는 친분이 있었지만, 윤재엽은 아니었다. 오히려 연예계에서 발이 넓은 것은 윤재엽이었음에도 불구하고 말이다.

'뭐, 리아도 있으니까, 촬영이 어렵게 꼬이지는 않겠지.'

윤재엽은 요즘 예능계의 떠오르는 별이었다. 시청자들에게 '예능신'이라고 불릴 정도로, 예능에 타고난 재능이 있다고 평가받는 인물. 하지만 대중들에게 알려진 것과 달리, 윤재엽의 예능감은 타고난 게 아니었다. 많은 예능인들이 다 그렇겠지만, 그의 감각 또한 끊임없는 노력과 고민의 산물이었으니 말이다.

때문에 〈우리 집에 왜 왔니〉에 출연하기로 결정한 윤재엽의 판단은, 단순히 감에 의존한 것이 아니었다. 그는 매니저나 소속사 관계자들보다도 공 PD의 제안서를 꼼꼼히 읽었으며, 심도 있는 고민 끝에 여기에 출연키로 확정한 것이었다.

'너무 구멍이 크지만 않으면… 확실히 재밌을 만한 방송 포맷이야.'

하지만 그럼에도 불구하고 촬영장으로 향하는 그의 머릿속에 걱정이 없는 것은 아니었다. 아무리 그가 방송에 대해 열심히 분석한다고 해도 일반인 패널들에 대한 정보까지는, 어떻게 알 수 있는 방법이 없었으니 말이다. 함께 프로그램을 이끌어갈, '전문가' 포지션의 출연자들 말이다.

'변수는 결국. 전문가로 섭외됐다는 서우진이라는 사람인데….'

물론 윤재엽이, 우진에게 예능감이 없을까 봐 걱정하는 것은 아니었다. 애초에 일반인에게 예능감을 바라는 것은 너무 과한 기대였으니까. 하지만 예능감과 별개로 캐릭터 간의 시너지라는 게 있다. 만약 그가 낯을 좀 가리고 방송에 버벅인다 하더라도, 함께 출연하는 다른 출연진들과의 케미만 어떻게 맞아 떨어진다면.

그 안에서 또 충분한 재미를 포착하여 끌어낼 자신이 있는 윤재엽이었다. 하지만 출연진들과 친해지지도 못하고 그가 완전히 따로 놀게 된다면, 그것은 아무리 윤재엽이라고 해도 어떻게 구제가 불가능할 것이다.

'나이도 어리고 외모도 괜찮다고 했으니… 여자 출연자들이랑 시너지가 좀 나면 그림 괜찮게 뽑힐 텐데.'

윤재엽은 임수하와 달리, 오히려 우지의 '전문성'에 대한 부분을 고민하지는 않았다. 그런 부분은 당연히 제작진 쪽에서 잘 검증했으리라 믿었고, 예능의 재미나 프로그램의 흥행과는 크게 상관없는 부분이라고 생각했으니까. 어차피 전문가라 불리는 사람들은, 그들 사이에서 수준 차이가 얼마나 나건 간에 일반인이 보기엔 놀라운 실력을 가진 사람들.

요리 경연프로만 보더라도 출연한 요리사가 보여주는 음식의 맛보다는, 출연진의 입담이나 재미있는 상황들이 훨씬 더 흥행요소에 가까운 경우가 많았다. 그래서 상대 팀으로 설정된 MC 박두영에게 비교적 더 유명하고 경력 있는 전문가인 '김기성'이 배정되었음에도 불구하고, 재엽은 오히려 기뻐했었다.

뻔한 전문가 롤을 가진 김기성보다는, 재밌는 백 스토리가 많은 서우진이 예능 차원에서 요리하기는 훨씬 더 좋은 재료였으니까. 물론 〈우리 집에 왜 왔니〉의 포맷이 양팀 간의 '경연'을 메인 콘텐츠로 가져가기는 하지만 그 경연에서 이기고 지는 것은 재엽이 볼 때 전혀 중요한 부분이 아니었다. 어느 팀이 이기든 재밌는 장면만 많이 나온다면, 그게 다 같이 흥하는 길이었으니까.

끼이익-

그래서 촬영장에 도착했음에도 불구하고 재엽은 장소에 대해 별생각 없이, 밴에서 내려 스태프들의 안내에 따라 이동하였다. 촬영장으로 사용될 카페의 디자인이 어떤지는, 딱히 궁금하지 않은 재엽이었다.

"자, 도착했습니다! 장비 세팅 시작하세요!"

다만 그의 머릿속에는, 방송을 어떻게 풀어갈지에 대한 고민이 가득 차 있을 뿐이었다.

'관건은 새로운 출연진들과 만나는 부분이 최대한 자연스럽고 재밌게 빠져야 하는 건데….'

유리아가 중얼거리듯 옆에서 재잘거렸지만….

"여기, KBC에서 진짜 가깝네. 커피 맛 괜찮으면, 종종 와서 마셔야겠어."

재엽은 계속 진행과 분량에 대한 고민뿐이었다.

'적당히 리액션 보여주고 카페 인테리어 칭찬해주다가… 리아랑 만담이나 하면서 분량 챙겨야 하나?'

대략 계획이 세워지자, 재엽은 고개를 끄덕였다. 어차피 이 카페에서의 촬영은 방송에 그렇게 길게 나가지 않는다고 들었다. 단지 합류하게 될 일반인 출연자인 서우진의 전문성을 보여주기 위한 짧은 장면일 뿐. 하지만 그런 고민을 하던 윤재엽은, 잠시 후 생각을 멈출 수밖에 없었다. 스태프들이 촬영장 안으로 하나둘 들어가면서, 현장 여기저기서 사람들이 웅성거리기 시작했고.

"와, 뭐야? 여기가 카페라고?"

"우와! 분위기 장난 아닌데?"

재엽의 시야에도 곧, 카페 내부의 전경이 가득 들어찼으니 말이다.

"…!"

그리고 뭐에 홀리기라도 한 듯 공간의 안으로 들어선 재엽은, 잠시 후 차 안에서 세워뒀던 계획을 전면 수정해야만 했다. 오늘 촬영의 메인은, 아무래도 만담 같은 것이 아닌 것 같았다.

— * —

카페 프레스코가 입점한 건물은, 어둑해진 배경 속에 묻혀 외관이 잘 드러나지 않는 모양새였다. 마감에 쓰인 벽돌의 색감 자체가 블랙에 가까운 짙은 그레이 톤이었던 데다 주변을 비치는 가로등의 숫자도, 그리 많은 편이 아니었으니 말이다. 그래서 유일하게 전면 통유리로 설계된 1층 로비의 파사드는, 사람들의 시선을 집중시킬 수밖에 없었다.

양 날개가 짧은, 납작한 'ㄷ'자 형태로 지어진 낮고 넓은 건물. 그 정중앙을 장식하고 있는, 높고 넓은 통유리. 건물의 1층 층고는 거의 5미터에 육박할 정도로 높았고 그만큼 높고 커다란 통유리에서는 내부의 환한 옐로 톤 조명이 밝게 쏟아져 나오고 있었으니.

어두운 주변과 대비되어, 시선을 확 끌어당길 수밖에 없는 구조였던 것이다. 그래서 이곳에 도착한 사람들은 자연스레 그 로비를 향해 걷게 되었다. 건물 안에서 쏟아지는 환한 조명의 인도를 따라서 말이다.

'저쪽이 입구인가 보네.'

'오, 입구가 멋진데? 한번 들어가 볼까?'

하지만 여기까지는, 딱히 방문객들을 놀랍게 할 만한 비주얼이라고 할 수는 없었다. 외관 자체가 너무 단순한 벽돌 마감의 건물이었고. 짙은 색감 탓에, 눈에 잘 띄지도 않았으니 말이다. 다만 벽돌 재질과 유리 질감 사이의 이질감이, 조금 신선하게 느껴질 뿐.

그래서 공간의 진정한 반전은, 방문객이 입구 안으로 들어서는 순간 시작된다. 단순히 카페라고 생각하며 들어섰던 방문객의 시야에 가장 먼저 꽉 차는 것은, 거대한 스케일감을 뿜어내는 각종 기계들과 원두 진열대였으니까.

'뭐지? 이건 무슨… 박물관 같은 비주얼이잖아?'

'커피 공장 같기도 하고…?'

심지어 로스팅 기계들과 진열대, 그리고 카운터가 있는 위치는, 플로어 레벨(Floor Level)*이 다른 곳보다 몇 계단 더 높았다. 입구에 들어선 방문객이 약간 올려다봐야 하는 구도를 일부러 연출함으로써, 스케일감을 인위적으로 더 웅장하게 만든 것이다. 게다가 시각적인 충격과 함께, 진열대의 각종 원두에서 퍼져 나오는 은은한 커피향이 후각을 강렬히 자극했으니, 이 공간은 고객에게 이렇게 말하고 있는 것 같았다.

'여기서 먹는 커피는, 맛있을 수밖에 없을 겁니다'라고 말이다.

"PD님. 진짜 여기, 우리 게스트 서우진 대표님이 디자인하신 거 맞아요?"

재엽의 물음에, 공진영 PD가 웃으며 대답하였고.

"그렇다는데요."

그 바로 옆에 있던 유리아는 호들갑을 떨기 시작했다.

"엄청나! 대박이야! 우리 동네에도 드디어 이런 갬성 커피집이 생기다니!"

물론 여느 때처럼, 거의 반사적으로 윤재엽의 태클이 이어졌지만 말이다.

"갬성이 뭐냐, 갬성이. 이상한 단어 좀 쓰지 마."

---

* 바닥 기준선, 혹은 높이.

하지만 적잖이 흥분한 유리아는, 표정 하나 일그러지지 않은 채 입에 침을 튀어가며 다시 열변을 토했다.

"노인네! 쓸데없이 트집 잡지 말고, 여기 인테리어 좀 봐. 나 이제 앞으로 여기만 올 거야. 다른 데 못 가!"

"커피 맛도 안 보고, 그렇게 결정해버린다고?"

"딱 보면 모르냐?"

"뭘?"

"여기 커피가 맛이 없을 것 같아?"

"…?"

"인테리어를 이렇게 해놓고 커피가 맛없으면, 그건 사기야! 사기!"

딱 봐도 진정성 넘치는 유리아의 흥분된 표정과 목소리에, 재엽이 고개를 절레절레 저으며 공 PD에게 중재를 요청하였다.

"PD님, 얘 너무 흥분한 것 같은데요?"

하지만 그 모양을 지켜보던 공진영은, 웃으며 더욱 충격적인 이야기를 할 뿐이었다.

"아뇨, 지금 리액션 너무 좋아요."

"네?"

"사실 조금 전부터, 촬영 중이었거든요."

"뭐, 뭐라고요?"

당황해 입이 쩍 벌어진 윤재엽과, 그대로 얼음이 되어버린 유리아. 하지만 너무도 자연스레 촬영은 계속해서 이어졌고, 다음 순간 새로운 출연진이 두 사람 앞에 모습을 드러내었다.

"안녕하세요, 제가 좀 늦었죠?"

그녀는 당연히, 임수하였다.

— * —

오늘 현장의 작업이 80퍼센트쯤 끝나갈 무렵부터, 우진은 자리를 비운 상태였다. 원래대로라면 현장에서 계속 작업을 하다가 촬영팀을 맞을 생각이었지만, 그것은 절대로 안 된다며 공진영 PD가 기합했으니 말이다.

[우진 씨, 저희가 숍 예약해둘 테니까, 당장 그쪽으로 이동해요.]

[숍… 이요?]

[오늘 촬영인데, 당연히 머리도 만지고 화장도 하고 해야지. 우진 씨가 무슨 윤동빈이에요?]

[그, 그건 아니지만….]

[비주얼 깡패로 유명한 배우님들도, 촬영 날은 무조건 세팅하고 오세요. 그러니까 잔말 말고… 할 수 있는 모든 튜닝은 다 하고 오세요. 알겠죠?]

윤동빈은 2000년대 초반부터 미남의 상징으로 통하던, 잘생긴 영화배우의 이름이다. 그러니까 그 정도 생긴 거 아니면, 당장 미용실에 가서 머리도 하고 분칠도 하라는 얘기다.

'20 평생. 아니, 40 평생 화장 같은 건 해본 적도 없는데….'

우진에게는 숍에서 치장을 하는 게, 너무 어색할 수밖에 없었다. 화장은커녕 로션도 거의 안 바르는 데다, 왁스조차 제대로 써본 적 없었으니까. 하지만 이 바닥에서는 또 이 바닥의 전문가 이야기를 듣는 게 맞았기 때문에, 우진은 군말 없이 숍으로 가 고분고분 모든 세팅을 받았다. 무려 세 시간이 넘게 걸린, 대장정 끝에 말이다. 그리고 이미 돌아오는 차 안에서부터, 우진의 정신은 혼미한 상태였다.

'나, 방송 괜히 한다고 한 건 아닐까….'

WJ 스튜디오의 인지도를 올려야 한다는 일념하에 적극적으로 자기 어필을 했던 우진이었건만 방송을 시작하기도 전에 이미 녹초가 되어버린 것. 우진에게는 머리를 하고 화장을 하는 세 시간이, 같은 시간 동안 목공 작업을 하는 것보다 몇 배는 더 힘든 것처럼 느껴졌다.

'휴우. 이것도 적응이 돼야 하는데….'

하지만 시간에 맞춰, 촬영장 그러니까 카페 프레스코의 현장에 도착했을 때 우진은 지금까지 쭉쭉 진이 빠졌던 것은 아무것도 아님을 깨달을 수 있었다.

"아, 오셨네요, 우진 씨."

"PD님, 와계셨네요."

"이야, 역시 좀 꾸미니까, 인물이 사네요, 살아."

반갑게 맞아주는 공진영 PD를 향해 우진이 멋쩍게 대답하였다.

"으, 저는 좀 제 얼굴 아닌 것 같고 어색한데…."

"그거야 뭐, 금방 적응될 거예요."

"제가 너무 늦게 온 건 아니죠?"

우진의 물음에, 공 PD가 고개를 저으며 대답했다.

"타이밍 아주 좋아요."

"네?"

"저쪽에 세 분 촬영 중이신 거 보이죠?"

"그, 그러네요."

"저쪽으로 가서, 자연스럽게 인사 나누세요."

"인사요? 그냥 인사?"

"네. 그러니까 긴장할 것 없이, 말 그대로 인사하시면 돼요."

우진은 공진영 PD로부터 정말 최소한의 언질만 받은 직후 뭔가 숨 돌릴 틈도 없이 곧바로 카메라 앞에 투입된 것이다. 사실 우진은 공 PD가 촬영을 하겠다는 건지, 아니면 촬영을 중지할 테니 가서 인사부터 나누라는 것인지 그것조차 제대로 이해하지 못한 채, 엉거주춤 걸어간 것이었지만 말이다. 그리고 우진을 가장 먼저 발견한 임수하가, 반가운 표정으로 손짓했다.

"엇, 대표님! 여기!"

임수하의 목소리가 울려 퍼지자, 출연진들의 시선이 곧장 우진을 향했다.

"우왓! 언니! 내 최애 카페 디자인해주신 분이 바로 이분이에요?"

"뭐? 언제부터 또 여기가 네 최애 카페가 된 거야?"

"처음 본 순간부터. 그러니까, 대충 십오 분 전?"

그러자 시작부터 우진이 정신 차리기 힘들 정도로, 시끌벅적하게 대화를 나누며 그를 향해 다가오는 재엽과 리아. 덕분에 우진은 혼이 반쯤 빠져나갔지만, 그것과 별개로 촬영은 아주 스무스하게 잘 진행되었다. 윤재엽의 이름 앞에 따라다니는 '예능신' 혹은 '국민 MC'라는 수식어가, 괜히 붙은 것은 아니었으니 말이다.

"저희가 갑자기 찾아와서, 좀 당황하셨죠, 대표님?"

"당황은 무슨. 대본 읽을 필요 없어, 유리아."

"아씨, 오빠. 대본은 무슨 대본이야. 나 대본 못 외우는 거 몰라?"

"됐고. 촬영은 처음이라 조금 떨리시죠, 우진 씨?"

"아, 네네. 갑자기 카메라 앞으로 끌려 들어와서…."

"와, 이 사람들 좀 봐. 대본 그냥 무시해버리네?"

"방금 전까지 대본 아니라며."

"당황스럽다, 진짜. PD님, 이래도 돼요? 예능은 원래 이렇게 찍는 거예요?"

예능 초짜인 우진과 임수하가 별다른 이야기를 하지 않아도, 윤재엽과 유리아의 대화만으로 넘치도록 뽑히는 분량.

"자, 그럼 우진 씨. 저희가 왜 우진 씨를 찾아왔는지는 들으셨죠?"

"네. 뭐, 임수하 배우님께 들었죠."

윤재엽이 툭 하고 우진의 말문을 틔우자, 옆에 있던 유리아가 재빨리 그 옆에서 말을 받는다.

"저희, 두영 오빠네 이기고 싶어요, 대표님."

"야, 리아. 너 너무 훅 들어가는 거 아니냐?"

"오빠 좀 가만히 있어 봐. 나 지금 여기 카페 보고 꽂혔단 말이야. 서 대표님 무조건 우리가 모셔가야 해."

"야, 수하 씨한테 프로그램에 대한 얘기까진 들으셨다고 해도, 우리 소개는 하고 시작해야지."

윤재엽과 유리아가 자연스레 우진에게 말을 걸며 이야기를 주도하자, 우진도 어느새 굳어있던 표정을 풀고 대화할 수 있었다. 촬영이 처음이기에 긴장했던 것은 사실이지만, 그 긴장이 사실 SPDC 최종프레젠테이션 때만큼은 아니었으니 말이다. 우진이 자연스레 웃으며, 재엽과 리아를 향해 먼저 입을 떼었다.

"하하, 그러실 필요 없어요. 두 분은 제가 잘 알고 있으니까요."

"오…! 정말요?"

"요즘 두 분 모르면 간첩 아닙니까."

이어서 우진은 재엽의 리드에 맞춰 간단한 자기소개를 끝내었고, 그것으로 촬영이 한번 일단락되었다. 도입부 촬영의 그림이 대충 나왔으니, 이제 본격적인 촬영을 준비하는 것이다. 다행인 건 본 내용에 들어가기 전에, 우진에게 숨 돌릴 시간이 좀 주어졌다는 것이다.

"우진 씨, 지금 잘하고 계시니까 너무 부담 가지실 필요 없어요."

"감사합니다. 뭐, 재엽 씨나 리아 씨가 하도 말씀을 잘해주셔서…."

"아니에요, 우진 씨, 이 정도면 방송 체질이신 것 같은데요? 첫 촬영에 이렇게 안 떠는 분도 드물어요."

재엽과 리아의 칭찬에 이어, 카메라 뒤편에 서 있던 공 PD도 우진에게 다가와 어깨를 두들겨주었다.

"리아 씨 말이 맞아요. 우진 씨 진짜 잘하고 계시니까… 앞으론 더 잘해주세요. 알겠죠?"

눈을 찡긋하며 얘기하는 공진영 PD를 보며, 윤재엽이 어이없다는 듯 대꾸하였다.

"아니, PD님. 잘하는 친구한테 왜 부담을 주시고 그래요."

"부담 드리면 더 잘하실 것 같아서."

그리고 한 십 분 정도가 지났을까?

"PD님! 세팅 끝났습니다!"

좋은 분위기 속에서, 다시 촬영이 재개되기 시작하였다.

— ✳ —

본편 촬영의 시작은, 우진과 수하에게 포커싱이 맞춰졌다. 두 사람이 어떻게 알게 되었는지. 그 이야기를 풀어내는 것부터, 장면이 시작된 것이다. 수하에게 들은 이야기가 재밌었는지, 공진영 PD는 이 내용도 방영분에 넣고 싶어 했고 그 얘기가 딱히 숨길 만한 내용도 아니었기에, 두 사람도 흔쾌히 그러기로 한 것이다.

"그러니까 수하 언니는, 아파트 청약하러 갔다가 우진 씨랑 알게 되신 거예요?"

"그렇다니까. 내가 또 불의를 보면 잘 못 참잖아. 새치기하는 줄 알고 잡으러 갔었지."

"음, 그랬나? 언니 원래 그런 거 잘 참는 스타일 아니었어요?"

"아니거든!"

가벼운 농담 속에, 출연진들의 대화는 자연스레 이어졌고. 우진과 수하의 인연에 대한 이야기는, 황당하면서도 꽤나 흥미로운 것이었다.

"진짜 그렇게 만났는데, 알고 보니 내 팬이시더라고."

"우진 씨, 솔직히 얘기해봐요. 사실은 그냥 팬인 척한 거죠?"

"하하, 아니에요. 제가 수하 씨 팬인 척을 왜 해요."

"리아, 너 자꾸 얘기 끊을래?"

"아, 미안. 미안. 그래서 어떻게 됐는데요, 언니?"

이제 우진과 마찬가지로 분위기에 완전히 적응한 수하는, 고개까지 절레절레 저으면서 당시의 상황을 현장감 있게 설명했다.

"내가 거기서, 투자 상담까지 받았다니까?"

"투자 상담?"

"무슨 부동산 투자 강의라도 듣는 줄 알았어, 진짜."

그 얘기는 꽤나 몰입감 있는 스토리였으며,

"대박. 우진 씨, 방송 끝나고 저도 상담 좀 해줘요. 나 진짜 좀 위급해."

"이 오빠는 또 왜 끼어들어?"

"알잖아, 나 좀 슬픈 사연 있는 거."

"그러니까 압구정에 집은 왜 사서…."

일 년 전쯤 압구정에 매입한 집의 가격이 떨어진 것을 개그 소재 삼아, 중간에 훅 치고 들어온 윤재엽 또한 이야기에 재미를 더해주었다.

"어쨌든 그러니까 우진 씨. 알겠죠?"

"…."

"나, 진심이야. 도와줘야 돼!"

촬영 분위기는 시종일관 훈훈하게 흘러갔다. 제작진이 중간에 따로 핸들링할 것도 없이, 자연스레 재미있는 구도가 만들어진 것이다. 그리고 이렇게 촬영이 한 번 더 일단락된 뒤 이제 카페 프레스코가 메인이 될, 마지막 촬영이 시작되었다.

— * —

공진영 PD가 기획한 〈우리 집에 왜 왔니〉는 단순히 1차원적인 재미만을 추구하는 예능이 아니었다. 예능이 주는 깨알 같은 재미를 기본으로 가져가면서도 누구에게나 가까이 있는 '인테리어'와 관련된 콘텐츠를 베이스로 시청자들의 지식욕과 호기심 충족에서 오는 고차원적인 재미를 함께 추구하는 것이다.

때문에 이번 촬영이 이뤄지는 공간인 '카페 프레스코'에 대한 설명은 빼놓을 수 없는 부분이었고, 그와 동시에 공 PD에게는 가장 걱정이 되는 부분이기도 했었다. 자칫 전문적인 내용 위주로 너무 지루하게 촬영이 흘러가 버리면, 과감히 편집하고 최소한의 내용만을 방영할 생각까지 한 것이다.

하지만 결과적으로 공 PD의 그러한 걱정은, 기우에 불과하게 되었다. 우진의 입에서 시작된 카페 인테리어에 대한 설명은, 공진영이 듣기에도 무척이나 흥미로운 내용이었으니 말이다. 우진은 결코 지루한 얘기들을 꺼내지 않았다.

"우리가 아주 흔하게 쓰는 용어. 빈티지(Vintage)란, 원래 포도를 수확하여 와인을 담근 '그 해'를 의미합니다."

"포도는 일정 수준의 당도와 각종 양분을 충분히 함유해야 와인으로 만들 수 있는데, 해마다 일조 시간과 강수량 등, 포도 농사의 기후조건이 다르니… 어떤 해에 생산된 포도가 와인의 원료였느냐에 따라 와인의 품질을 예측할 수 있다고 합니다."

"그래서 오늘날의 빈티지 디자인이란, 오래 되어도 그 가치를 잃지 않은 디자인(oldies-but-goodies). 혹은 숙성된 그 오랜 기간에 의해 아름다움을 발하는 디자인. 그래서 오래되었음에도 새롭게 느껴지는 디자인(new-old-fashioned)을 의미합니다."

"조금 더 나아가선, 시대와 유행을 타지 않는 최고의 디자인이라는 의미도 되지요."

"해서 제가 이 카페 디자인에 담은 빈티지의 가치는, 그 복합적인 아름다움과 관련이 있습니다."

"오래된(oldie) 것의 아름다움에 현대적(modern)이고 세련된 정제미를 담아, 커피라는 오래된 식문화의 감성을 공간에 표현한 것이지요."

공진영 PD는 우진이, 타고난 달변가라고 생각했다. 이야기를 아주 재밌게 한다는 의미에서의 달변가라기보다는 자신의 머릿속에 담겨있는 어떤 가치나 정보에 대한 전달을 청자로 하여금 흥미를 갖고 들을 수 있도록 듣기 좋게 말할 줄 아는 재주가 있는 것이다.

물론 이 프로는 다큐가 아니기 때문에, 우진의 입에서 나온 모든 이야기들을 화면에 담을 수는 없다. 하지만 이 좋은 소스들을 가지고 재밌게 포장하는 것은 PD인 자신이 해야 할 일. 게다가 옆에서 충분한 리액션을 보여주는 출연진들도 있었으니, 콘텐츠를 요리하는 것은 그리 어렵지도 않을 것이라 생각되었다.

　'좋아, 앞으로도 이렇게만 가면…!'

　카메라의 뒤편에서 촬영장을 지켜보던 공진영 PD는 저도 모르게 대본을 쥔 주먹을 꽉 움켜쥐었다.

시너지 Synergy

8월 둘째 주 목요일, 뜨거운 여름 밤.

화장과 조명으로 인해 하얗게 뜬 우진의 이마 위로, 송글송글 땀이 맺혀 흘러내린다.

"컷-!"

"여기까지!"

그리고 이 더운 열대야 속에서, 우진의 첫 번째 촬영은 아주 성공적으로 끝났다.

"고생하셨습니다!"

"이야. 벌써 끝이라니! 빨라도 10시까진 카메라 잡을 생각 하고 있었는데."

"방송이 잘 빠져서 그렇지 뭐. 다시 찍은 컷 하나도 없잖아?"

"공 PD님 스타일이 원래 그렇다더라고. 최대한 한 번에 쭉 찍어서 편집으로 승부 보는."

"어쨌든 이번 방송, 시작이 좋은 것 같아."

"그러니까 말야. 방송 포맷 듣고 처음엔 반신반의했는데, 이거, 찍는 와중에도 재밌더라니까?"

총 두 시간 정도의 촬영이었지만, 아마 실제로 이 부분이 방영되는 것은 20분 미만일 것이다. 공진영 PD의 이야기에 의하면 카페 프레스코를 배경으로 한 장면은, 첫 방송의 마지막 장면으로 쓰일 짧은 컷이라고 했으니 말이다. 그래도 우진은 무척이나 기분이 좋았다. 그리고 그 좋은 기분은, 새로운 경험으로부터 오는 즐거움 같은 것이었다.

'살다 보니 내가 방송에도 다 나와 보고. 재밌네, 정말.'

사실 처음 임수하의 차 안에서 그녀에게 떡밥을 던질 때만 해도, 큰 기대는 하지 않았던 우진이다. 하지만 결국 상황은 우진이 원했던 완벽한 그 상황으로 흘러갔고 이렇게 오늘 첫 촬영까지 성공적으로 끝낼 수 있었다. 인기 스타인 윤재엽과 유리아와의 친분은 덤이라고 할 수 있었다.

"우진 씨, 오늘 정말 멋졌어요."

"감사합니다, 리아 씨."

"맞아, 우진 씨 진짜 최고. 앞으로 잘 한번 해봅시다. 하하."

"재엽 씨도 고맙습니다. 덕분에 진짜 촬영 엄청 편했어요."

윤재엽은 뭐가 그리 좋은지 연신 웃으며 우진의 어깨를 두들겼고 유리아 또한 촬영 내용이 마음에 들었는지, 밝은 표정이었다. 원래부터 친분이 있었던 수하와는, 더욱 친근하게 대화할 수 있었고 말이다.

"서 대표님, 그냥 아파트 전문가인 줄만 알았는데… 오늘 다시 봤어, 정말."

"하하, 제가 자신 있다고 말했잖아요, 배우님."

"근데, 이제 그 배우님이라는 호칭은 조금 바꾸는 게 어때요? 재엽 씨랑 리아한테는 가수님, 연예인님 안 하면서, 왜 나만 배우님

이야?"

"입에 잘 안 붙잖아요."

"그거 사실, 처음부터 좀 부담스러웠어."

"그래요? 그럼 그냥 수하 씨라고 하죠, 뭐. 대신 배우님도 저 그냥 이름으로 불러주세요, 그럼. 대표님 호칭도 부담스러우니까."

"그래, 좋아요. 근데 수하 씨라고 부른다면서, 또 배우님이라고 하네."

"아, 맞다."

우진은 같이 촬영한 출연진들과 웃고 떠들며 이야기를 나눈 뒤, 다른 스태프들에게도 하나하나 감사인사를 했다. 하여 그 좋은 분위기 속에서 촬영팀은 전부 해산하였고 이제 카페 프레스코에 남은 것은, 우진을 비롯한 WJ 스튜디오의 직원들이었다. 직원 대부분이 그때까지도 퇴근하지 않고, 우진의 촬영을 구경 중이었던 것이다.

"와, 우리 대표님. 진짜 잘나가네, 잘나가."

"대표님 방송도 타시고… 이제 WJ 스튜디오, 대기업 되는 겁니까?"

진태가 다가와 농담을 건네자, 우진이 너스레를 떨며 고개를 저었다.

"형, 대기업은 무슨. 아직 구멍가게야 구멍가게."

"그럼 더욱 열일하시죠, 대표님. 제 월급 올려주기로 하지 않으셨습까."

"그래서 이렇게! 방송국까지 뛰어다니면서 영업하잖아. 어디 예능까지 출연하면서 영업 뛰는 대표 본 적 있어, 형은?"

우진의 과장된 제스처에, 진태는 웃으며 고개를 끄덕였다.

"하하, 그건 그렇지. 그나저나 진짜 이거 방송 나가면, 홍보 좀 되겠더라."

"뭐가? 우리 회사? 아니면 카페 프레스코?"

"둘 다지, 당연히."

진태는 우진의 방송 출연을 정말 제 일처럼 기뻐하고 있었다. 최근 그는 WJ 스튜디오가 눈부시게 성장하는 것을 바로 옆에서 지켜보며, 회사에 적잖이 애사심이 생기고 있었던 것이다. 갓 설립된 작은 회사를 이렇게 하나하나 키워나가는 것은, 디렉터 급 역할을 하는 진태의 입장에서 활력이 되는 일이 아닐 수 없었다.

"맞아. 형 말처럼 둘 다일 거고… 그게 결국 다 같은 개념인 거지."

"같은 개념이라니?"

"어차피 카페 프레스코가 유명해지면, 분명히 그 뒤로 WJ 스튜디오의 이름이 붙을 테니까."

"아하."

"아마 우리 인지도 올리는 데 엄청 도움 될 거야. 그러니까 타이밍 잘 봐서, 한 번에 회사 덩치 한번 확 불려 보자고."

본래 어떤 호재(好材)나 기회는 갑자기 찾아온다고 하지만, 이번에 WJ 스튜디오에게 오게 될 기회는 우진이 직접 만들어낸 것이었고 때문에 충분히 예측하고 준비할 수 있는 종류의 것이었다. 그리고 이것은 너무 당연한 얘기겠지만…. 같은 기회가 온다고 해도 그것이 갑자기 오는 것과, 준비할 수 있는 시간이 주어지는 것에는 크나큰 차이가 있다.

충분히 준비된 상황에서 오는 기회는 더 크게 살릴 수 있는 법이니 말이다. 때문에 우진은 이 예능이 방영되기 전까지, 만반의 준비를 해둘 생각이었다. 지금까지 법인에서 벌어들인 모든 돈을 투자하여, 공사 규모를 단숨에 늘릴 수 있는 인프라를 최대한 만들어 놓고 예능으로 인해 생길 인지도를 과감히 활용하여, WJ 스튜디오의 마케팅 수단으로 쓸 준비까지 말이다.

우진이 볼 때 변수는 없었다. 〈우리 집에 왜 왔니〉는 애초에 잘되었던 예능이었으며, 최소 우진의 개입이 방송의 재미에 나쁜 영향을 줬을 리는 없었으니까. 원래 우진이 아니었다면 섭외되었을 전문가는 나이 50대의 설계사무소 소장이었고 적어도 그보다는 우진이 훨씬 재밌는 사람이었다.

'파급력이 얼마나 될지까진 가늠이 잘 안 되지만… 그래도 물 들어올 때 최대한 노를 저어봐야지.'

하지만 우진의 생각과 달리 그가 예상한 범주를 벗어나, 완전히 다르게 흘러간 일도 하나 있었다. 촬영이 있던 날로부터 일주일쯤 뒤, 인테리어 공사가 끝나고 카페 프레스코가 오픈한 바로 그 주말. 집에서 쉬고 있던 우진의 휴대폰에, 확연히 상기된 목소리가 울려 퍼진 시점부터 말이다.

[서 대표님, 주말에 전화 미안합니다.]

"아, 아니에요, 강 대표님. 오늘 오픈 잘하셨나요?"

[하하, 물론입니다. 사실 그 때문에 전화드렸으니까요.]

"혹시… 무슨 일 있는 건 아니죠? 하자가 발견된다면 바로 말씀주십시오. 최대한 빨리 보수해드릴 테니…."

[아아, 하자라뇨. 그런 것은 전혀 없습니다. 하하핫!]

"그래요? 그럼 어떤 일로…."

[혹시 오늘 시간 되신다면, 저희 매장에 한번 들러주실 수 있겠습니까?]

"네?"

[제가 오늘, 대표님 식사라도 한 끼 대접하고 싶어서 그럽니다.]

— * —

2010년의 한국은, SNS라는 개념이 막 생기기 시작하던 때였다. 아직 SNS의 대중화는커녕, 그 개념 자체도 대중에게 알려져 있지 않았던 시기인 것이다. 때문에 대부분의 연예계 가십거리들은, 연예인들이 직접 관리하는 미니홈페이지나 블로그 혹은 그 내용을 기사화한 인터넷 기사를 통해 확산되었고 경기도 고양시에 생긴 한 카페와 관련된 이슈도, 그렇게 시작되었다.

[사진]
오늘 다녀온 삼송역 카페.
우리 집 근처에도 이렇게 감성 넘치는 카페가 생기다니…!
여기 로비 멋있는 거 보이시나요, 여러분?
커피도 진짜 존맛….
앞으로 저, 여기만 다닐 겁니닷!
진짜예요!
Ps. 혹시 여기서 나 발견해도… 제발 모른 척해주세요, 여러분. 나 여기, 정말 편하게 자주 오고 싶어 ㅜㅜㅜ
Ps2. 그리고 여러분, 여기 아직 오픈 안 된 카페예요. 저는 지인 찬스로 특별히 오픈 이틀 전에 들어왔지만!

아이돌 출신이면서 배우 뺨치도록 예쁜 얼굴과 몸매 그리고 솔로 데뷔하면서 다시 재평가된 뛰어난 가창력까지. 그로 인해 최근 들어 최고의 인기를 구가하고 있는 가수 유리아의 미니홈페이지 는 하루 방문객 수가 만 단위를 훌쩍 넘을 정도였고 때문에 그녀의 홈페이지에 올라온 몇 장의 사진을 포함한 게시물은, 순식간에 웹 상에서 뜨거운 감자로 떠오를 수밖에 없었다.

  ㄴ언니! 대박!! 여기 어디예요?
  ㄴ나도 갈래!
  ㄴ삼송에 이런 데가 생겼다고요? 거기 논밭 아님?
  ㄴ 삼송역에 작년인가 KBC신사옥 생겼잖아. 거기 근처에 생긴 카페인가 본데?
  ㄴ 와, 나 사진 보고 무슨 해외인 줄 알았어. 누가 제발 좌표 좀 찍 어줘.

  하루 반나절 만에 천 단위가 넘는 댓글이 달린 유리아의 게시물 은, 당연히 기자들의 훌륭한 인터넷 기삿거리가 되었다. 그리고 그 많은 기사들은 네티즌들에 의해 다시 빠르게 확산되었으며 덕분 에 게시된 이미지의 주인공인 카페 프레스코는, 오픈 첫날부터 줄 을 서야 입장할 수 있을 만큼 문전성시를 이루었다. 그것이 지금 우진의 눈앞에 있는 강석중의 입에, 함지박만 한 웃음이 걸려있는 이유였고 말이다.
  "서 대표님 덕에 우리 가게, 오늘 하루 만에 매출 일주일 예상치 를 훨씬 넘어버렸어요."
  "하하, 저도 이렇게까지 이슈가 될 줄은 몰랐네요. 리아 씨가 본 인 홈페이지에 카페 사진을 올려줄 줄도 몰랐고요."

이렇게 이슈가 될 줄 몰랐다는 우진의 말은, 정말 진심이었다. 물론 방송이 나간 뒤에 이슈가 될 것은 충분히 예상하고 있었지만 방송은커녕 고작 카페가 완공되었을 뿐인데, 이 정도로 빠르게 이슈가 확산되어 사람이 몰린 것은 정말 예상 밖이었으니 말이다.

'리아 씨가 카페 지인오픈 좀 먼저 해달라기에, 자기 홈페이지에 뭘 올릴지도 모른다는 생각을 하긴 했지만….'

우진의 기준에서 2010년은, 그가 살았던 2030년에 비해 인터넷 환경이 너무도 낙후되어 있던 시기였다. 다른 건 다 몰라도 SNS조차 대중화되지 않았던 시기였으니 유리아가 올린 사진 한 장이, 이렇게까지 빠르게 퍼질 줄은 생각도 못 했던 것이다. 하지만 우진의 예측이 어쨌든 오늘 석중의 카페 프레스코가 말 그대로 미어터진 것은 현실이었고.

그 공이 오로지 우진에게 있음 또한, 100퍼센트 사실이었다. 카페 프레스코의 커피나 디저트가 훌륭한 것은 오늘 모인 손님들의 재방문 의사에 영향을 줄 수 있는 것이지, 오픈 첫날 몰린 인파와는 무관했으니 말이다. 오늘 문전성시의 원인은 오로지 우진의 방송 출연과, 유리아의 마음에 쏙 든 카페 프레스코의 인테리어였다.

"그래도 이거, 너무 비싼 거 사주시는 거 아닙니까?"

우진은 자신의 앞에 차려진 진수성찬에, 두 눈이 휘둥그레졌다. 석중이 그를 데려간 음식점은 한 끼에 수십만 원이 넘는 파인 다이닝(Fine Dining)이었고, 그것은 음식의 가격을 모르고 들어온 우진이 보기에도 엄청나게 비싸 보이는 것이었으니 말이다.

"이번에 대표님 덕에 얻은 것들과 비교하면… 이 음식들의 가격은 정말 별것 아닌 수준이죠."

"뭐, 그렇게까지 생각해주신다면야."

석중의 이야기에 부담을 완전히 덜어낸 우진은 탁자에 차례대로 나오는 음식들을 맛있게 먹기 시작했다. 그의 이야기는 결코 빈말이 아니었고, 우진 또한 그렇게 생각하고 있었다.

'흐흐, 다 떠나서 재벌 3세한테 이 정도 한 끼는, 내가 떡볶이 사 먹는 수준이랑 별반 차이도 나지 않을 테지.'

우진은 혀에 느껴지는 황홀한 식감과 맛에 심취했다. 이 음식들은 그가 전생까지 통틀어 먹어본 모든 음식 중에서도, 단연 손에 꼽을 만큼 맛있었으니 말이다. 하지만 그렇다고 해서 우진이 아무 생각 없이 식사만 하고 있는 것은 아니었다. 사업가인 우진에게는 재벌 3세인 석중과의 사적인 자리가, 활용하기에 따라 꽤나 큰 기회가 될 수 있는 자리였으니까.

더구나 그 재벌이, 이렇게 우진에게 호의적인 상황이라면 더더욱 말이다. 그래서 우진은 강석중의 말 하나하나를 주의 깊게 듣고 있었다. 우진이 볼 때 석중은, 단순히 감사 인사를 하기 위해 자신을 여기까지 부른 게 아니었으니까. 우진이 그런 생각을 하고 있던 그때, 잠시 스테이크를 썰던 석중의 입이 천천히 다시 열렸다.

— * —

"사실, 대표님께 부탁드리고 싶은 부분이 좀 있어서 모셨습니다."

석중의 입에서 문득 나온 말에, 우진은 음식을 들던 손을 잠시 멈췄다. 그렇게까지 묵직한 어조는 아니었지만, 그렇다고 가볍게 나온 이야기도 아니다. 해서 진지한 표정이 된 우진은 고개를 끄덕이며 대답했다.

"네, 말씀하시죠. 제가 도움 드릴 수 있는 부분이라면…."

우진과 시선을 마주친 석중이, 눈을 빛내며 다시 말을 이었다.

"그, 첫 미팅 때 말입니다."

"예, 대표님."

"브랜딩이란 담금질이라는 말씀을 하셨었죠."

"네. 제가 그랬었죠."

"그때 그 이야기가 정말 깊게 와닿아서…."

잠시 뜸을 들인 석중이, 다시 입을 열었다.

"요즘 내부 직원들이랑 같이, 브랜딩 전략을 다시 짜고 있거든요."

석중의 이야기를 들은 우진은 속으로 적잖이 놀랐다. 그때 우진이 꽤나 열변을 토하기는 했었지만, 그렇다고 석중이 이렇게까지 그 이야기를 깊게 생각할 줄은 몰랐으니까. 아무리 그가 우진의 능력을 높게 평가했다 하더라도 나이로 보나 사회적 위치로 보나 새카맣게 어린 우진의 말을 이렇게까지 받아들일 줄 안다는 것은, 생각보다 어려운 일이었으니 말이다.

'생각보다 더 그릇이 큰 사람이었나?'

우진이 속으로 감탄하는 것과 별개로, 석중의 말이 다시 이어졌다.

"그런데 이 카페 사업의 브랜딩이라는 게 말입니다. 생각하면 생각할수록, 인테리어랑은 떼어놓을 수가 없겠더라고요."

"아무래도 그렇죠. 카페 사업이 단순히, 커피를 파는 사업은 벗어난 지 오래니까요."

우진의 첨언에, 석중은 고개를 끄덕였다. 그 말이 곧, 석중이 하고 싶었던 이야기였으니 말이다.

"말씀 대롭니다. 그래서 제가 정의한 카페 사업은… 이곳에서만 할 수 있는 모든 경험을 파는 사업입니다. 그게 커피의 맛이든, 쉴 수 있는 안락한 공간이든… 아니면 좋은 사람들과의 추억을 만들 수 있는 공간이든 말이죠."

우진 또한 고개를 끄덕였고, 석중의 입이 다시 떼어졌다.

"그래서 다시 말씀드리지만 저를 비롯한 직원들은 공간과 브랜 딩을 떼어놓을 수 없다는 결론에 이르렀고, 해서 이렇게 오늘 대표 님을 다시 모셨습니다."

"이미 카페 프레스코라는 브랜드는, 서 대표님이 디자인해주신 이 공간과 떼어놓고 생각할 수 없는 브랜드가 되어버렸으니까요."

우진은 흥미로운 표정으로 석중의 다음 말을 기다렸다. 사실 우 진은 지금, 석중에게서 어떤 이야기가 나올지 어느 정도 예상하고 있었다.

'이렇게 빨리 이 이야기가 나올 줄은 몰랐는데… 벌써 장기계약 이야기를 꺼내시려나?'

우진이 처음부터 노렸던 것. 그것은 바로 카페 프레스코의 잠재 력을 최대한으로 터뜨려, 전국 곳곳에 퍼져나갈 모든 직영점과 가 맹점의 인테리어를 전부 WJ 스튜디오에서 맡는 것이었다. 만약 우 진이 기대한 만큼 카페 프레스코가 터진다면 최소 수천 단위가 넘 는 프랜차이즈 카페가 생겨날 것이고.

그 모든 곳의 인테리어를 우진과 WJ 스튜디오에서 직접 맡는다 면, 그야말로 천문학적인 액수였으니 말이다. 그리고 우진의 생각 에 지금 강석중의 입에서 나올 만한 이야기는, 바로 이것이었다. 대화의 흐름이 그렇게 흘러가고 있었으니까.

'당연히 나야 땡큐지만….'

하지만 그렇게 예상하던 우진은 다음 순간 적잖이 당황할 수밖에 없었다. 석중의 입에서 이어진 다음 말이, 생각조차 못 했던 것이었으니 말이다.

"그래서 제가 부탁드리고 싶은 건… 저희 카페 프레스코의 브랜딩 외주입니다."

"네…?"

"물론 브랜딩 전체를 서 대표님께 맡기겠다는 얘긴 아닙니다. 다만 지속적으로 브랜딩 전략 수립에, 대표님의 도움을 받고 싶다는 이야기지요."

석중의 이야기를 들은 우진은 혼란스러운 표정이 되었다. 만약 우진이 브랜딩 전문 업체라면, 이것은 충분히 사업적인 제휴가 될 수 있는 제안이다. 하지만 아무리 우진이 통찰력이 있다 해도 그쪽은 전문 분야가 아니었고, 때문에 이 제안이 정확히 뭘 원하는 것인지 이해하기 힘들었던 것이다.

"조금 더 자세히 말씀 주시겠습니까?"

우진의 반응에 그럴 줄 알았다는 듯, 석중이 고개를 끄덕이며 말을 이었다.

"제가 좀 찾아봤는데, 업계 계약방식에도 이런 케이스는 없더군요."

"그렇겠죠. 설계사무소에서 브랜딩을 하는 일은 없으니까요."

"하하, 하지만 필요하다면 얼마든지 계약서를 만들 수 있고, 또 서로의 이해관계에 따라 가치를 책정할 수 있는 게… 자본주의의 매력 아니겠습니까?"

우진은 다시 흥미로운 표정이 되었고, 석중이 본론을 이야기하기 시작했다.

"처음에는 대표님께서 저희 브랜딩 전략 수립이 끝날 때까지 참여해주시는 조건으로, 개런티를 드리거나 외주비용으로 목돈을 드릴까도 생각했었습니다."

생각했었다는 말은, 지금은 아니라는 말이다. 때문에 우진의 궁금증은 더욱 증폭되었다.

"그래서요?"

"하지만 그건 서로 원원하기 힘든 방향이 될 것 같고, 해서 제가 드리고 싶은 제안은….”

석중의 눈이 살짝 빛났다.

"브랜딩 서포트 조건이 들어간, 프랜차이즈 인테리어의 장기계약섭니다."

여기까지 이야기를 들은 우진은 그제야 석중이 원하는 바를 정확히 알 수 있었다. 그리고 그와 동시에, 속으로 감탄할 수밖에 없었다.

'역시, 재벌가의 핏줄이라는 건가?'

지금 석중이 우진에게 내민 제안은 우진의 입장에서도 매력적이면서, 석중 또한 충분한 이득을 챙길 수 있는 것이었으니 말이다.

'어차피 장기 계약권에 대한 입찰을 걸 생각이 없으니, 이런 식으로 원하는 부분을 얻어가겠다는 거네.'

우진이 예상했던 대로 석중은, 카페 프레스코의 모든 직영점과 가맹점의 인테리어 공사를 WJ 스튜디오에 맡길 생각이었다. 하지만 이것은 엄청난 이권이 걸린 사업권이었고, 그래서 그냥 덥석 안겨주기에는 조금 아까울 수 있는 부분이다. 그렇다고 우진에게 따로 어떤 대가를 요구하기에는 받은 도움이 많았으니 이렇게 '부탁'이라는 명목으로 브랜딩 전략에 대한 도움을 받으면서 장기계약을 같이 묶어버린 것이다. 사실 전문가가 아닌 우진에게 브랜딩 전략 수립의 '도움'을 받는다는 것은, 가치로 환산하기에는 무척이나 애매한 것이었으니까.

'게다가 내게 장기계약권이 있으면, 브랜드가 흥할수록 WJ 스튜디오의 매출도 늘어날 테니… 나로서는 열심히 도울 수밖에 없고 말이야.'

"하하."

우진은 기분 좋게 웃었다. 어차피 브랜딩에 도움을 주는 것이 그렇게까지 어려운 일도 아니었고 결국 장기 계약권을 빨리 확정 지을 수 있다면, 이것은 WJ 스튜디오에도 적잖은 이득이었으니 말이다. 확실한 사업권이 있는 상황은 그렇지 못한 상황일 때보다, 훨씬 기업 차원에서 운신할 수 있는 폭이 넓어지니까.

"좋습니다, 강 대표님. 장기 계약권을 주시는데, 그 정도는 당연히 도와드려야죠."

우진이 이렇게 나올 줄 알고 있었던 석중 또한, 빙긋 웃으며 고개를 끄덕였다.

"그렇게 말씀해주시니, 제 마음이 한결 편합니다."

하지만 석중의 이야기는 거기서 끝이 아니었다.

"대신, 대표님께서 이렇게 제 부탁을 들어주셨으니, 저도 한 가지 선물을 드리려 합니다."

"선물이라면…?"

"이번에 1호점을 작업하면서 맞춰드렸던 디자인 설계단가를, 5퍼센트 추가로 인상해드리겠습니다."

"…!"

"브랜딩 개런티는 책정해드리기 애매하지만, 이 정도는 제가 해드릴 수 있을 것 같아서요. 어떻습니까?"

우진의 두 눈이 휘둥그레졌다. 석중이 브랜딩 개런티를 얼마까지 생각했는지는 모르지만, 장기계약에서의 설계단가 인상은 꽤나 매력적인 조건이었으니 말이다. 시공비용과 달리 설계비용은 순이익률이 무척이나 높은 매출이었고, 장기적으로 7것을 5퍼센트나 더 쳐주겠다는 것은 수십억 단위에 가까운 큰 이익을 볼 수도 있는 것이었으니까.

"정말, 그렇게 해주십니까?"

석중이 고개를 끄덕였다.

"물론입니다. 해드리지 않을 것 같았다면, 괜히 이런 이야기를 꺼낼 이유가 있겠습니까?"

이것은 어떤 사업 관계 안에서의 거래라기보단 석중의 말대로 선물 같은 개념이었고, 그래서 우진은 기꺼울 수밖에 없었다.

"훌륭한 선물이네요. 주신다면 거절 않습니다."

"이거 이거, 한 번 정도는 사양도 해주시고 그래야 하는 것 아닙니까?"

"대표님 마음 바뀌시면 어쩌려고요. 그럴 순 없죠."

우진과 석중은 서로를 마주 보며 유쾌하게 웃었다.

"대신, 장기계약서에 이 조항 하나는 넣었으면 합니다."

"어떤 조항 말씀이십니까?"

"저희 쪽이든 WJ 스튜디오 쪽이든 언제든 서로의 협력관계가 불만족스럽다면, 그 즉시 파기 가능하도록 말입니다."

만약 우진이 이렇게 계약서만 챙기고 WJ 스튜디오의 시공 품질이 계속 떨어진다면 카페 프레스코는 울며 겨자 먹기로 막대한 손해를 입을 수밖에 없다. 이 조항은 그런 리스크를 방지코자 하는 차원이었고, 때문에 우진으로서는 거절할 명분이 없었다.

"좋습니다. 대신 계약이 파기되더라도, 이미 착공에 들어간 모든 공사에 대한 대금은 전부 지불하는 것으로 해야겠죠. 반대로 저도 진행 중인 모든 공사를 책임지고 마무리해야 하겠고요."

"물론입니다."

석중은 기분 좋은 표정으로 우진을 향해 손을 내밀었고 우진은 그 손을 힘차게 맞잡았다.

"앞으로도 잘 부탁드립니다, 서 대표님."

"저도 마찬가집니다."

이것으로 WJ 스튜디오는, 또 한 단계 크게 도약하기 위한 발판을 마련할 수 있었다.

— * —

얼마 남지 않았던 8월은, 금세 지나가 버렸다. 그리고 9월이 되었지만, 우진에게 가장 바쁜 일정은 학교의 개강과 관련된 것이 아니었다. 우진은 개강 첫 주에, 아예 등교조차 하지 못했으니 말이다.

"여기, 모형 파트에 있던 짐은 전부 이쪽으로 옮겨주시고요! 아! 그건 시공 파트 겁니다. 이쪽으로요!"

"제 짐은 이쪽으로 넣어주세요. 여기가 대표실입니다."

7월에 우진이 계약했던 지식산업센터가 전부 완공되었고 우진은 입주 기간이 시작되자마자 바로 학교 앞의 사무실을 전부 이전했다. 시공 파트가 급속도로 커지면서, 기존에 쓰던 사무실이 턱없이 좁게 느껴졌으니 말이다. 사실상 원래의 작업실은 거의 모형파

트를 위한 공간이었고, 시공팀은 거의 외근 위주로 움직였었는데
이제는 시공팀에게도 충분한 공간이 필요한 상황이 되었으니 이
사는 당연한 수순이었다. 사무실이 좁아서 한번 넓힌 지, 고작 서
너 달 만의 일이었다.

"와, 이제 진짜 회사 같네요, 실장님."

"그러게. 인테리어까지 싹 했더니, 진짜 그럴싸하고 괜찮네."

지금까지 그냥 반장님 혹은 소장님이라 불리던 진태에게도, '시
공관리실장'이라는 새로운 직책이 생겼다. 이제 시공 파트 직원만
열 명이 넘는 상황이었으니, 책임자인 진태에게 제대로 된 직함이
필요했던 것이다. 그리고 모형 파트의 총 책임자인 석현에게도 직
함이 생긴 것은, 너무 당연한 일이었다.

"어이, 강 팀장!"

"그래. 이제부터 그렇게 불러줘, 제발."

"팀장 칭호가 마음에 드나보지?"

"그렇다기보단… 네가 자꾸 석구라고 부르니까 그렇지."

"아하."

"내가 무슨 강아지도 아니고."

"알겠으니까 사무실 정리나 좀 도와, 석구."

"젠장!"

우진은 석현을 놀리기 위해 일부러 그렇게 부른 것이었지, 사실
직원들 앞에서는 당연히 석구라는 말을 안 쓴다. 진태가 직원들 앞
에서 우진에게 꼬박꼬박 대표님이라는 호칭을 붙이는 것처럼 말
이다. 하지만 이렇게 듣는 사람이 없을 때는, 석현을 놀리는 재미
를 포기할 수 없는 우진이었다.

'슬슬 정리는 좀 되는 것 같은데.'

사무실에 짐이 전부 다 들어오고 그럴싸한 모양새가 잡히기 시작하자 우진은 한쪽 벽에 걸려있는 시계를 슬쩍 응시하였다.

'지금 출발하면 조금 지각하긴 하겠지만… 그래도 오늘은 학교에 가야겠지?'

사무실이 옮겨진 후 가장 불편한 것은 학교와의 거리였지만, 그것도 크게 문제는 없었다. 어차피 성수로 이사했다고 해서 학교 앞의 작업장을 없애진 않았으니 말이다. 그곳은 그곳대로, 우진의 과제 작업실 겸 서브 모형제작실로 한동안 이용할 생각이었다. 그런데 성수동으로 이사하면서, 생각지 못했던 직주근접의 수혜를 입게 된 직원이 하나 있었다.

"오빠, 오늘부턴 학교 간다며. 이제 슬슬 출발하는 게 어때?"

그건 바로 이사한 사무실로부터 걸어서 10분 거리에 집이 있는, 알바생 소연이라고 할 수 있었다.

— * —

소연은 방학 내내, WJ 스튜디오에서 아주 성실히 근무했다. 공모전 상금과 알바비로 8월 말에 일주일 정도 가족휴가를 다녀온 것을 제외하면, 거의 매일 출근하여 모형작업을 한 것이다. 놀면서 푹 쉬려고 했던 원래의 계획과는 많이 달라진 방학 일정이었으나, 그래도 그녀는 아주 만족했다. 일단 가장 만족스러운 부분은, 역시 통장에 두둑이 꽂힌 알바비.

하지만 그것이 전부는 아니었다. 모형작업을 주구장창 하면서 석현을 비롯한 작업자들에게 배운 노하우들도, 빵빵해진 통장만큼이나 만족스러웠으니 말이다. 물론 소연은 원래 손재주가 좋은 편이었다. 하지만 모형작업은 손재주만으로 하는 것이 아니다. 엄청나게 다양한 모형재료들의 종류에 대한 지식부터 시작해서, 그 재료들을 쉽게 가공하고 적재적소에 사용하는 노하우까지.

소연이 배운 것은 많은 경험이 없으면 알 수 없는 모형작업 기술들이었고, 이제 1학년인 소연은 앞으로도 과제를 하며 모형을 만들어야 할 일이 무척 많았으니 이것은 그녀의 학교생활에 큰 도움이 되어줄 게 분명했다.

'확실히… 돈 주고도 못 배울 것들을 많이 배웠지.'

하지만 그런 만족도와 별개로 한 가지 아쉬웠던 부분도 있었다. 그것은 방학 내내 WJ 스튜디오에서 일했음에도 불구하고, 우진의 얼굴을 거의 볼 수 없다는 점. 물론 석현이나 제이든이랑 투닥거리며 작업하는 것도 꽤나 재밌는 일이었지만, 우진도 함께 있었으면 작업이 더 즐거웠을 테니 말이다.

때문에 한번은, 우진이 왜 사무실에 없는지를 석현에게 물어본 적도 있었다. 하지만 그때도 속 시원한 대답을 들을 수는 없었다. 대신, 점점 더 닮아가는 바보 듀오의 모습을 한 번 더 확인했을 뿐이었다.

"우진은 악덕 업주지."

"맞아. 악덕 업주는 일을 하지 않아. 원래 개미지옥에선, 개미들만 일을 하는 법이라고."

"석현 오빠, 제발 제이든 같은 소리 좀 하지 말아줄래?"

"젠장, 너무 제이든 같았나?"

"제이든 같다니! 제이든 같은 사람은 오직 제이든 한 명뿐이야."

"둘이 동시에 얘기할 때 눈 감고 있으면, 누가 제이든인지 모를 것 같은데?"

312

"Holly shit!"

"Bloody Hell!"

"후우….."

물론 더 꼬치꼬치 캐물어볼 수도 있겠지만, 소연은 일부러 그러지 않았다. 우진에 대해 캐묻는 것은, 왜인지는 모르겠지만 자존심 상하는 일이었으니까.

'대표가 회사에 있어야지. 대체 어딜 싸돌아다니는 거야?'

그래서 소연은 우진이, 단지 시공 파트 쪽 일 때문에 바쁘다고만 짐작하고 있었다. 아침저녁으로 출퇴근 도장을 찍는 것으로 봐선, 어디 놀러 다니거나 하는 것은 아닌 것 같았으니 말이다. 하지만 우진과 함께 학교에 첫 등교한 월요일. 소연은 자신의 생각이, 조금 틀렸다는 것을 깨달을 수 있었다.

"오…! 우진 오빠다!"

정확히는 첫 번째 수업이 끝나고 과실에 우진이 들어와 앉은 순간.

"우진이 형 왔다고?"

"형, 휴학한 거 아니었어?"

우르르 몰려든 동기들이, 우진의 옆에서 알 수 없는 이야기를 해 대기 시작했으니 말이다.

"야, 내가 휴학을 왜 해."

"지난주에 아예 안 보이기에, 휴학했거나 자퇴한 줄 알았지."

"걱정 마라. 한동안은 휴학 같은 거 전혀 생각 없으니까."

"까비, 방송물 먹고 신나서 휴학한 줄 알았는데, 아니었잖아?"

"대체 무슨 말을 하고 있는 거야?"

"진철이랑 내기했거든. 형 아무래도 휴학한 것 같다고."

옆에 있는 사람까지 정신이 없을 정도로, 우진을 향해 속사포처럼 말을 쏟아내는 동기들.

"근데 오빠, 혹시 방송 출연해?"

"아니, 잠깐. 너희 대체, 무슨 말을 하는 거냐니까?"

"방학 때 혜진이가 학교 왔다가, 우연히 봤다더라고."

"날?"

"아니. 오빠를 본 건 아니고, 오빠를 찾아다니는 연예인들을 봤대."

"뭐…?"

우진은 어리둥절한 표정이 되었고, 옆에 있던 소연은 당황을 넘어 무척이나 복잡한 표정이 되었다. 소란스런 가운데 다른 이야기들은 제대로 듣지 못하고, '오빠를 찾아다니는 연예인'이라는 말만 귀에 쏙 들어박힌 것이다.

'뭐? 연예인이 서우진을 찾아다녔다고…? 설마 임수하 그 여자인가?'

당황에 이어, 소연의 얼굴에 떠오른 감정은 배신감. 갑자기 임수하와 함께 다정히 커피를 마시던 우진의 모습이 소연의 눈앞에 오버랩되었다. 게다가 방학 내내 바빴던 것이 데이트라고 생각하자 알 수 없는 분노가 더욱 끓어올랐다.

'나는 방학 내내 작업실에 짱박아 두고! 지는 연예인이랑 데이트나 하러 다니고오!'

물론 우진이 그냥 짱박아 둔 것은 아니고 꼬박꼬박 급여를 지급했지만, 그런 것은 중요한 게 아니었다. 중요한 것은 지금, 소연이 억울하다는 것이었다.

'그런 줄도 모르고 나는 이 화상 대신에 수강 신청도 해줬는

데….'

누군지도 불분명한 동기로부터 들은 한마디에, 순식간에 끝없는 상상의 나래를 펼치는 소연. 하지만 다행히도 소연의 그 오해는, 금방 등장한 혜진에 의해 해결될 수 있었다.

"난 그거, 무슨 프로그램인지도 알지롱!"

"뭐?"

"정말?"

"〈우리 집에 왜 왔니〉라고, 곧 KBC에서 방영될 예능인데, 윤재엽이랑 유리아 나오는 예능이래."

"오오오…! 대박!"

"우진 오빠가 거기에 일반인 게스트로 섭외됐던 모양인데… 맞지?"

혜진의 물음에 모든 동기들의 시선이 우진을 향했고 아직도 좀 어리둥절한 표정이던 우진은 뒷머리를 긁적이며 대답했다.

"음… 맞아. 맞기는 한데….'

우진이 어리둥절한 이유는 간단했다. 그가 카페 프레스코에서 촬영을 했던 것과 별개로, 학교에서 촬영이 있었다는 사실은 전혀 몰랐으니 말이다. 자신이 출연하지 않는 신에 대해서는 공 PD에게 들은 바가 없었으니까.

"대체 혜진이 넌 누구한테 들은 거야?"

우진의 물음에, 혜진은 의기양양한 표정이 되었다.

하지만 혜진을 향한 그 물음에 먼저 대답한 것은, 막 과실에 들어온 제이든이었다.

"이 제이든 님이 알려줬지. 제이든 님은 원래 모르는 게 없거든."

그리고 그것은, 제이든의 실수였다. 말이 끝나기가 무섭게, 제이든의 등짝으로 소연의 손바닥이 찰지게 틀어박혔으니 말이다.

"야, 제이든!"

화끈거리는 등짝의 통증에, 제이든의 표정은 울상이 되었다.

— * —

이번 방학 때 처음 WJ 스튜디오에서 일하게 된 신입사원 한소연과 달리, 제이든은 이미 WJ 스튜디오의 터줏대감이었다. 그래서 제이든은 시공 파트 총괄담당자인 진태와도, 제법 친한 사이였다.

"진태 흥! 오늘도 바빠?"

"오, 제이든. 일찍 나와 있었네."

"제이든이야 항상 성실하지. 제이든은 노력하는 천재거든."

소연은 시공 파트 쪽 직원들과 친분이 아예 없었기에 말을 걸거나 우진에 대해 물어보기 애매했지만 제이든은 언제든 진태에게 물어볼 수 있었다. 그래서 학교에서 우연히 혜진을 만났던 그날, 제이든은 학교에서 봤던 이해할 수 없는 일들에 대해 진태에게 물어볼 수 있었다.

"진태 흥. 요즘 우진은 뭘 하는 거야?"

"대표님? 대표님은 왜."

"아니, 어제 학교에 우진 심부름을 하러 갔었는데, 웬 촬영팀이 와서 우진을 찾더라고."

"음…?"

"진태 흥이 요즘 맨날 우진이랑 같이 다니잖아. 그래서 무슨 일인지 알 거라고 생각했지."

제이든의 질문을 들은 진태는, 곧바로 그에 대답할 수는 없었다.

그때는 카페 프레스코에서 촬영이 있기조차 전이었기 때문에, 제이든의 말이 곧바로 이해되지 않은 것이다. 하지만 조금만 생각하자, 제이든의 얘기가 뭐와 관련된 것인지 알 수 있었다.

"그거 혹시, 〈우리 집에 왜 왔니〉 촬영 아니었어?"

"오우! 맞아. 프로그램 이름이 그거였던 것 같아. 역시! 진태 형은 뭔가 알 줄 알았어."

진태는 우진이 〈우리 집에 왜 왔니〉에 섭외되었다는 것을 꽤나 일찍부터 알고 있었다. 카페 프레스코에서의 촬영에 대한 일정을 최대한 빨리 잡아야 했었기 때문에 현장의 담당자인 그에게는 우진이 미리 알린 것이다. 때문에 '촬영팀'이라는 이야기를 들은 순간, 진태가 그것을 떠올린 것은 당연한 수순이었다.

"대표님이 거기, 일반인 패널로 섭외되셨다고 하더라고."

"Bloody Hell! 그럼 유리아랑 같이 TV에 나오는 거야?"

"아마 그렇겠지?"

"젠장! 비겁한 우진!"

"뭐가 비겁해?"

"그런 일이 있으면, 이 제이든 님도 당연히 데리고 나가야지!"

하지만 제이든은 그때 들었던 이유를 따로 소연에게 알리지 않았고, 그것은 사실 실수였다. 원래 같았더라면 소연에게 신이 나서 썰을 풀어놓았을 텐데 하필 그날 바쁜 일이 있어, 말한다는 것을 깜빡한 것이다. 그것이 바로 지금 제이든이 등짝을 맞은 이유였다. 물론 그렇다고 해도, 제이든은 억울했지만 말이다.

"야, 제이든!"

"오우! shit! 왜 때리는 거야, 소연!"

"너, 나 좀 따라와 봐."

"구해줘, 우진! 마녀가 날 잡아가려 해!"

"한 대 더 맞을래?"

"…."

소연은 제이든을 구석진 곳으로 끌고 갔고, 그곳에서 좀 더 상세한 이야기를 들을 수 있었다. 〈우리 집에 왜 왔니〉가 어떤 프로그램인지까지, 대략적으로 들을 수 있었던 것이다. 덕분에 소연의 흥분은, 조금 가라앉을 수 있었다.

"흐음… 그런 거였단 말이지."

하지만 그렇다고 해서 소연의 배신감이 완전히 사라진 것은 아니었다. 소연은 학교에서 자신이 우진과 가장 친한 사람 중 하나라고 생각했는데 우진과 관련된 이런 빅 뉴스를 본인만 모르고 있었으니, 다른 의미에서 배신감이 느껴진 것이다. 하지만 그것도 잠시, 소연은 우진에 대한 생각을 더 이어갈 수 없었다. 옆에서 가만히 서 있던 제이든이, 갑자기 훅 치고 들어왔으니 말이다.

"아니, 그런데 소연. 이걸 왜 나한테 묻는 거야? 우진에게 물으면 되잖아?"

"음? 그, 그건…."

소연의 당황한 기색을 발견한 제이든이, 살짝 눈을 빛냈다.

"헤이, 소연."

"어?"

"혹시…."

의미심장한 표정을 지으며, 소연의 앞으로 한 발짝 다가오는 제이든. 그에 화들짝 놀란 소연이, 고개를 격렬히 휘저으며 말했다.

"뭐? 아니야, 그런 거!"

"뭐가 아닌데?"

"그, 그게. 그러니까…!"

생각지도 못했던 상황에 당황한 소연은 말을 더듬을 수밖에 없었고. 그런 그녀의 반응에, 제이든은 모든 걸 다 알겠다는 표정으로 씨익 웃으며 고개를 끄덕였다.

"역시, 소연은 그랬던 거였군."

"그게 무슨 말이야?"

"오늘, 의심이 확신으로 바뀌었어."

"의… 심? 그게 뭔데?"

얼굴까지 빨개진 소연은, 불안한 표정으로 제이든의 다음 말을 기다렸다. 제이든의 꿈틀거리는 입술이, 시한폭탄처럼 느껴졌으니 말이다. 하지만 다음 순간, 제이든이 다시 입을 열었을 때,

"이제 솔직히 말해도 돼, 소연."

"뭘!"

"소연은 Spy였던 거잖아."

"뭐라고?"

소연의 입에선, 헛바람이 쑥 빠져나올 수밖에 없었다. 제이든의 입에서 나온 말이 너무 어이없어서인지, 긴장이 풀리며 힘이 쑥 빠졌으니 말이다. 하지만 소연이 그러던 말던, 제이든은 신이 나서 계속 이야기했고….

"방학 동안 일을 너무 열심히 할 때부터 알아봤어."

"…."

"우리 WJ 스튜디오의 노하우를 어딘가에 팔아넘기려던 거였군."

"후우…."

"이런 걸 산업스파이라고 하는 거지?"

드디어 인내심에 한계가 온 소연이 조용히 그의 이름을 불렀다.

"제이든."

"후후, 이 제이든 님의 날카로운 추리력에 당황한…."

"시끄러워."

"…."

단숨에 풀 죽은 표정이 된 제이든을 보며, 소연은 다시 한번 고개를 절레절레 저을 수밖에 없었다.

브랜드 그리고 인지도

1학기 초만 해도 완벽한 아웃사이더였던 우진은 어느새 디자인학부 내에 유명 인사가 되어 있었다. SPDC의 '신입생 대상 수상자'라는 수식어만 해도 충분히 유명해질 만한데, 얼마 전 KBC의 촬영팀까지 학부 건물에 다녀갔으니 말이다. 하지만 그렇다고 해서 학생들이 우진의 얼굴까지 아는 것은 아니었다.

그냥 디자인학부 공간디자인과 1학년 '서우진'이라는 이름 석 자만이, 유명해진 것일 뿐이니까. 그리고 우진이 유명해진 것은, 비단 학생들 사이에서만의 일이 아니었다. 이미 공간디자인과의 모든 교수들은 우진에 대해 알고 있었고 특히 학과장 윤치형 교수는 개강하자마자 우진을 찾고 있었다.

"그 녀석, 첫 주에 아예 학교에 나오지도 않았다고?"

"예, 학과장님."

"자식이, 상도 타고 TV에도 나간다고, 학과 생활에 소홀해진 건 아니겠지?"

"아마 그렇진 않을 겁니다."

"그래?"

"제가 알아본 바에 의하면, WJ 스튜디오의 일이 바빠서 나오지 못한 거더라고요."

"아하."

"정확하지는 않은데, 최근에 사무실 이사를 했나 봅니다."

윤치형 교수가 처음 우진에 대해 알게 된 것은, SPDC의 최종심사 발표 때였다. SPDC 본선에 역대 최고 수준으로 많은 학생들이 합격했다는 이야기에, 혹시 대상을 받는 과 학생이 나올지도 모른다는 기대를 갖고 최종심사에 참관했던 윤치형. 그때 그는 최종심사에 두 팀이나 올라왔다는 사실에 먼저 놀랐으며 그중 한 팀이 신입생이라는 사실에 경악을 했었다.

그 이야기를 듣자마자 '서우진'이라는 이름을 확인했고, 그가 어떤 발표를 할지 기대했었고 말이다. 그리고 우진은 치형의 기대를 저버리지 않았다. 아니, 그가 기대했던 수준을 훨씬 상회하는 발표를 보여줬다는 말이 오히려 맞는 말일 것이다. 우진의 발표를 듣던 내내, 치형은 벌어진 입을 다물지 못했었으니 말이다.

'발표를 듣던 와중에도 최소 세 번은 확인했었지. 이놈이 정말 우리 학교 학생이 맞는지. 그리고 신입생이 맞는지 말이야.'

물론 그 작품은, 우진과 소연, 그리고 제이든이 함께 만든 작품이다. 하지만 치형은 발표자인 우진의 실력이 가장 큰 영향을 미쳤을 것이라고 확신했다. 그것은 발표의 깊이만 봐도 알 수 있는 일이었다. 모든 작업과정과 설계 전반을 관통하는 통찰력이 있지 않고서는, 할 수 없는 수준의 발표였으니까. 그래서 윤치형 교수는, 작은 욕심이 하나 생겼다.

'이 녀석만 잘 키워낼 수 있다면….'

K대학의 디자인학부는, 그냥 평범한 4년제 디자인과가 아니다.

국내에서도 거의 첫 번째 혹은 두 번째 안으로 꼽는 최고의 디자인 과였으며. 대외적으로는 국내외 굴지의 기업들과도 긴밀하게 연계되어 있다. 때문에 이 K대학교 디자인학부에서 교육자로서 성공한다는 것은, 학계에서 엄청난 명예를 얻는 것임과 동시에 실질적인 이득도 가져다준다.

여기서 교수직을 역임하는 동안 충분한 능력을 증명한다면 해외 유명 건축대학이나 디자인 대학에 교수 혹은 대형 건설사의 임원으로 영입될 기회도 생기니 말이다. 그리고 이런 완성형의 신입생이 자신이 학과장으로 부임하는 과에 있다는 것은 교육자로서 능력을 증명하기에, 무척이나 좋은 기회가 아닐 수 없다. 치형의 눈에 우진은 몇 년 정도 잘 키우면 세계적인 디자이너가 될 가능성이 보였으니 말이다.

'대체 어떻게 돼먹은 놈인지는 모르겠지만… 실무능력만 봐서는, 절대로 학부생 수준이 아니야.'

그래서 그가 개강 직후 우진을 찾은 이유는, 바로 이것이었다.

'직접 테스트해서, 검증을 한번 해봐야겠어.'

정말 공모전에서 본 작업물이 오로지 우진의 실력에 의한 것이라면 지금 학교의 수업들 중 일부 정형화된 과목들은 치형이 볼 때 우진에게 필요 없는 과목들이었다. 제도 수업이나 건축, 공간디자인학개론 그리고 건축법이나 실시설계와 관련된 과목들 말이다.

완성된 작업물들의 퀄리티와 발표내용으로 미루어보면, 그것들은 우진이 이미 다 알고 있을 내용들이었으니까. 때문에 치형은, 우진의 진짜 능력치를 제대로 확인해보고 싶었다. 우진의 수준을 확인하고 그에 맞는 기회들을 쥐여주면서, 그를 디자이너로서 빠르게 성장시키고 싶었던 것이다.

'뭐, 아직 신입생이니. 조금 느긋하게 생각해도 되려나.'

그런 생각을 하고 있던 치형에게, 조교가 넌지시 물어보았다.

"그런데 교수님."

"응?"

"그 서우진이라는 친구가 운영하는 회사가 WJ 스튜디오라는 건… 대체 어떻게 아신 겁니까?"

"아, 그거?"

조교의 물음에, 윤치형은 가볍게 너털웃음을 터뜨렸다.

"SPDC 공정심사위원회에서 알려줬거든."

"예?"

"서우진이가 공모전에 출품했던 모형이, WJ 스튜디오 작업물이랑 비슷했나 보더라고."

"아…."

"그래서 누가 투서를 넣었는데, 그때 거기가 서우진이 회사라는 게 밝혀진 거지."

별것 아니라는 듯 설명하는 윤치형의 얼굴엔, 약간의 쓴웃음이 걸렸다. SPDC 공정심사위원회를 떠올리자 안 좋은 이야기도 하나 생각났으니 말이다.

'후우. 기태 그놈은, 실력도 괜찮은 놈이 왜 그렇게 쓸데없는 짓을 해가지고….'

치형에게 우진이 예쁜 손가락이라면, 기태는 아픈 손가락이다. 비록 이번에 치팅을 해서 수상이 취소되고, 그 충격 때문인지 휴학까지 했지만 기태는 치형이 직접 가르치기도 한, 아끼는 제자 중 하나였으니 말이다. 물론 기태와 우진 사이에 얽힌 속 이야기까지 모르기에, 치형이 안타깝다는 생각을 하는 것인지도 몰랐지만 말이다. 그리고 기태를 잠시 떠올렸던 그에게, 조교가 한 가지를 더 물어보았다.

"그… 교수님. 그럼 하나만 더 여쭤도 되겠습니까?"

"뭔데?"

"서우진이가 TV에 출연한다는 건, 어디서 들으신 겁니까?"

조교의 질문에, 치형은 다시 한번 고개를 절레절레 저으며 웃었다. 조금 전의 웃음에 복잡한 감정이 담겨있었다면, 이번에는 순수한 웃음이었다.

"자네, 그거 아나?"

"네? 어떤 것 말씀이신지…."

"서우진이가 출연한다는 그 TV 프로 말일세."

"예."

"거기, 나도 아마 잠깐 나올지도 몰라."

"네에…?"

생각지도 못했던 윤치형 교수의 말에, 조교의 두 눈이 휘둥그레졌다. 하지만 그 이상은 얘기해줄 생각이 없는지, 치형은 말없이 웃기만 하였다.

— * —

천웅건설은 분기마다 부서별로 해당 분기의 실적을 분석해서, 보고서로 작성한다. 그런 의미에서 9월인 지금은, 각 부서가 무척이나 바쁠 수밖에 없는 달이었다. 2010년도의 3분기임과 동시에, 그 3분기에서도 마지막 달이었으니 말이다. 9월 셋째 주부터 넷째 주

사이에는, 3분기의 실적 정리를 마무리해야 하는 것. 하지만 그렇게 바쁜 와중에도, 천웅건설의 직원들은 최근 무척이나 표정이 좋았다. 2분기가 시작될 때쯤부터는 계속해서 실적이 좋았던 천웅건설이었지만, 이번 3분기의 실적은 특별히 더 좋았으니 말이다.

"이야, 이거 잘하면… 내년부턴 도급순위 두 계단 정도 올라갈 수 있겠는데?"

집무실에서 부하직원들의 보고서를 살피던 경완은, 함지박만 한 웃음을 짓고 있었다. 이 아름다운 실적들의 중심축엔 경완의 활약이 대부분 자리 잡고 있었고, 때문에 이대로 3분기가 끝나고 이 기세를 이어 연말까지 실적이 터지면 내년에는 진급도 결코 꿈이 아니었으니 말이다.

'마포 클리오 프레스티지부터 시작해서, 최근엔 왕십리까지… 사업장마다 전부 다 완판이라니. 이건 기적이지, 기적이야.'

건설 경기가 좋아지고 있는 것은 결코 아니었다. 특히 아파트 분양시장에서는 죽을 쑤고 있는 사업장이 손에 꼽을 수 없을 정도로 수두룩한데 한 자릿수 미계약도 아니고 모든 사업장이 전부 1개월 이내 완판이라는 것은, 정말 기염을 토하는 성적이라 할 수 있었던 것이다. 게다가 가장 고무적인 것은, 새로 론칭한 '클리오' 브랜드의 엄청난 선전이었다.

"도급순위가 문제가 아닙니다, 부장님."

"왜?"

"이번에 잘하면, 강남에도 깃발 하나 꽂아볼 수 있지 않겠습니까."

부하직원의 말에, 경완은 웃으며 고개를 끄덕였다. 그가 무슨 말을 하고 있는지, 정확히 알기 때문이었다.

'강남 외곽도 아니고 청담동 한강변… 진짜 거기에 클리오 아파트를 꽂아 넣을 수 있다면, 프리미엄 이미지가 제대로 살아나겠지.'

지금 경완의 머릿속에 있는 사업장은, 바로 청담동의 선영아파트 재건축이었다. 재건축 이후 총 800세대 정도가 나올 예정인, 괜찮은 규모의 대단지 아파트. 청담 선영은 지금 시공사 수주전이 슬슬 달아오르는 상황이었는데, 사실 작년까지만 해도 천웅은 이곳에 관심이 없었다. 처음부터 이곳은, 세 개 건설사의 삼파전이라고 생각했으니 말이다.

도급순위 1위에 빛나는 제운건설과, 그 바로 아래 순위에서 호시탐탐 1위를 노리고 있는 SH물산. 그리고 명성건설. 영동대로 남단 한강변에 자리 잡은 이 청담 선영아파트는, 모든 건설사가 탐내고 있는 재건축 사업장이었지만 사실상 그 세 건설사가 달려들면, 거기에 천웅건설이 비벼보기는 힘들었으니 말이다.

하지만 상반기에 클리오라는 신규 프리미엄브랜드가 론칭하면서 엄청난 반향을 불러일으키는 데 성공했고 그 덕에 경쟁 구도가 작년과 많이 달라지게 되었다. 놀랍게도 최근 선영아파트의 조합장인 곽홍식이, 천웅에 접촉해오고 있는 상황이었으니 말이다. 조합원들 중 은근히 Clio 브랜드 마크를 원하는 사람이 늘어나고 있다면서 말이다. 선영아파트의 재건축조합 관계자들은 천웅건설이 클리오 브랜드를 들고, 입찰에 꼭 참여해주길 바라는, 그런 느낌이었다.

"청담 선영… 거기 만약 따낼 수 있으면, 진짜 그거야말로 초대박이지."

"이젠 충분히 가능성 있다고 봅니다, 부장님."

"나도 그렇게 생각해. 하지만 냉정히 말하면, 그 가능성이라는
건, 아직도 1할 미만이야."

"그렇기는 하죠…."

재건축조합의 관계자들이 입찰에 참여하길 원한다고 해서, 그것
이 꼭 해당 브랜드를 선택하겠다는 의미는 아니다. 그들의 입장에
서는 괜찮은 선택지가 많으면 많을수록 더 좋은 조건을 제시받을
수 있을 테니 일부러 천웅건설을 더 부추긴 것이다. 물론 천웅과
클리오를 높게 평가했기에 그런 제안을 한 것도 맞다. 어쭙잖은 건
설사들이 경쟁에 참여해봐야, 제운과 SH물산에서 눈 하나 깜짝 않
을 테니까.

"거기 합동 설명회 날짜가, 언제로 잡혀있지?"

"입찰 마감이 11월 말이니까… 아마 12월이나 1월일 겁니다."

"흠, 이제 슬슬 본격적으로 준비를 시작해야겠군."

재건축 사업장의 수주전이란, 결국 건축주인 재건축 조합 측에
어떤 건설사가 가장 매력적으로 느껴지냐는 것이다. 때문에 조합
측에서 제시한 건축비를 가지고, 설명회에서 가장 멋진 설계를 내
어놓는 건설사가 선택되는 것. 공사비는 한정되어 있기 때문에, 치
킨게임에도 한계가 있다.

건설사에서 손해 보면서, 공사를 할 수는 없는 노릇이니까. 그래
서 수주전을 준비한다는 것은, 무척이나 머리 아픈 일이다. 이렇게
경쟁이 치열한 사업장일수록 더더욱 그렇다. 달력을 살펴보던 경
완은, 진지한 표정으로 보고서를 작성하기 시작하였다.

그리고 그 보고서의 내용 안에는, 청담동 선영아파트에 대한 내
용도 한자리를 차지하였다. 분기별 보고서에 들어가야 할 내용 중
에는, 향후 계획에 대한 내용도 포함되어야 하니 말이다. 그리고

어떤 이유에서인지 그 내용의 한편에, 'WJ 스튜디오'라는 이름도
들어가 있었다.

— * —

떵-!

경쾌한 소리와 함께, 엘리베이터의 문이 열린다. 이어서 그 안에서
나온 두 명의 남자가, 주변을 두리번거리며 천천히 걸음을 옮겼다.

"이야, 아파트형 공장이라기에 공장 같은 삭막한 이미지 생각했
는데… 여기, 생각보다 괜찮은데?"

"그러게 말입니다, 부장님. 주차장이 조금 좁긴 한데, 그것만 빼
면 진짜 다 괜찮은데요?"

"주차장이야, 지하에다가 창고 호실 분양한다고 좁은 거지 뭐.
그래도 이 정도면 진짜, 작은 업체들 사무실로 분양받기 딱이다,
야."

"그냥 오피스 건물 같아요."

엘리베이터에서 내린 두 사람은, 다름 아닌 천웅건설의 박경완
과 그의 부하 직원인 우재준이었다. 그리고 두 사람이 찾아온 곳
은, 바로 WJ 스튜디오의 새 사무실이 입주한 서울숲 IT타워. 두 사
람은 당연히 우진의 초대로 이곳에 온 것이었다. 경완뿐만 아니라
재준 또한, 최근 몇 달 홍보관 실무담당을 하면서 우진과 친해진
인물이었다.

"1413호라고 했지?"

"네, 부장님."

"어디 한번 우리 서 대표님, 얼마나 잘 꾸며놨는지 볼까?"

엘리베이터에서 내려 좌측으로 꺾어 나오자, 길게 늘어선 복도가 두 사람의 눈에 들어왔다. 그리고 그 복도를 따라 조금 걷자, WJ 스튜디오라는 명판이 금세 눈에 들어왔다. 사무실의 방화문은 양쪽으로 활짝 열려 있었고, 그 안에 이중으로 설치된 유리문을 슬쩍 밀치자 경완은 곧, 낯익은 얼굴을 만날 수 있었다.

"오, 이게 누구야. 진태 아냐?"

"하하, 부장님. 오랜만에 뵙습니다."

"여, 이직하더니. 신수가 훤해졌어?"

"이직은 무슨 이직입니까, 하하. 프리랜서로 일하다가, 이제 자리를 잡은 거지요."

밝아 보이는 진태의 표정에, 경완은 고개를 끄덕이며 웃음 지었다. 어찌 보면 진태와 우진의 인연을 만들어준 것이 경완 자신이었기 때문에 우진과 함께 일하며 성장하는 그의 모습에, 뿌듯함을 느낀 것이다.

"진태 씨, 저도 왔습니다. 하핫."

"어, 박 부장님만 오시는 줄 알았더니, 재준 씨도 같이 왔네?"

"서 대표님께서 사무실 멋지게 뽑아났다고 하시니, 궁금해서 와 보지 않을 수가 없었지요."

재준의 이야기에, 진태가 웃으며 고개를 끄덕였다.

"하긴, 여기 입주 전에 인테리어한다고 우리가 조금 고생하긴 했지."

중얼거리듯 말하며 고개를 끄덕이는 진태를 향해, 경완이 다시 입을 열었다.

"그럼 어디, 사무실 구경이나 한번 쭉 시켜줘 봐. 서 대표는 안에 있고?"

"대표님 잠깐 관리사무소 내려가셔서, 이제 곧 오실 겁니다."

"원래 형 동생 하더니, 이제 대표님 호칭 따박따박 붙여주는 거야?"

"회사에서는 어지간하면 그렇게 해야죠. 하하."

WJ 스튜디오의 시공 파트 사무실은, 실평수가 거의 70평 정도 되었다. 실평 25~30평 정도 되는 세 개의 호실을 뚫어서 하나의 사무실로 공사하다 보니, 꽤나 널찍하게 공간이 빠진 것이다.

"자, 이쪽으로."

때문에 안으로 들어선 경완은, 적잖이 놀랄 수밖에 없었다. 문 앞은 반투명한 글라스 월(Glass Wall)로 막혀 있어 내부가 잘 보이지 않았지만 안쪽으로 몇 발짝 성큼 들어서자, 탁 트인 로비 공간부터 시원하게 펼쳐졌으니 말이다.

"이야. 무슨 회사 사무실을 이렇게 작살나게 꾸며놨대?"

마치 고급 라운지처럼 꾸며둔 사무실 로비의 디자인에 경완이 감탄하자, 진태가 웃으며 대답했다.

"넓잖아요. 공간이 남았죠."

"그러게. 넓기는 또 왜 이렇게 넓은 거냐? 너희 직원 몇 명이야?"

"이쪽, 시공 파트만 하면 상주 인원은 열셋 정돕니다."

"여기, 몇 평인데?"

"칠십 평 조금 넘을 걸요?"

두 사람의 대화를 듣던 재준이, 기겁한 표정으로 끼어들었다.

"직원이 열세 명인데, 70평을 쓴다고요?"

재준과 마찬가지로 경완 또한 당황한 표정이었고 그들의 그런 표정을 예상한 진태가 고개를 끄덕이며 말을 이었다.

"사실 한 번에 너무 넓게 키우는 것 아니냐고, 저도 대표님께 물었었는데…."

"그랬는데?"

"이사 여러 번 하긴 싫으시답니다."

"뭐?"

"금세 직원 늘어날 거라고, 처음부터 넓게 잡으셨다더라고요."

진태의 이야기에 경완은 너털웃음을 터뜨렸고.

"하하, 서 대표 자신감은 알아줘야 한다니까."

재준은 고개를 절레절레 저으며 로비 소파에 걸터앉았다.

"아니, 그래도 실평수 70평 대면, 한 40~50명도 수용할 수 있는 공간인데…."

재준이 중얼거리듯 뱉은 이야기에, 경완이 고개를 저으며 대꾸하였다.

"야, 여기 로비에만 15평은 쓴 것 같은데, 어떻게 50명이 들어가냐?"

"아, 그것도 그러네요. 공간도 죄다 널찍하게 뽑아놔서, 이런 구조면 서른 명이나 겨우 들어가겠네. 아니, 스물다섯 명?"

재준의 이야기에, 진태가 살짝 놀란 표정이 되었다.

"엇, 어떻게 아셨어요, 재준 씨?"

"네?"

"대표님이 딱 그러셨거든요. 여기, 스물다섯 명 될 때까지 쓸 거라고."

"…."

진태의 그 이야기에, 재준과 경완은 순간 말을 잃을 수밖에 없었다. 보통 영세한 설계사무소는 어떻게든 고정비용을 줄이려고 사무실도 좁게 쓰는데. 스물다섯 정도의 직원 숫자를 생각하면서 70

평짜리 사무실을 구한 것이, 이해가 잘 되지 않았기 때문이다. 그런데 그들이 그런 생각을 하고 있던 그때 마침 사무실에 올라온 우진이, 반가운 표정으로 로비를 향해 걸어 들어왔다.

"오, 부장님! 일찍 오셨네요?"

"차가 생각보다 안 막히더라고."

"재준 씨도, 오시느라 고생 많으셨어요. 커피라도 한 잔 드릴까요?"

"좋죠."

"뭘로? 아이스 아메리카노?"

"야, 난 왜 안 물어봐!"

"부장님이야 뻔하잖아요."

"뭐가!"

"보나마나 자판기에서 우유 한잔 뽑아달라고 하실 거면서."

"제길. 간파당했네."

툴툴거리며 주머니에서 동전을 꺼내는 경완을 보며, 옆에 있던 진태가 신기한 표정으로 물어보았다.

"뭐야, 부장님 취향. 우유였어요? 안 어울리게?"

"야, 자판기 우유가 얼마나 맛있는데. 달달하니 혀에 착착 감겨."

재준도 고개를 저으며 한마디 거들었다.

"아니, 부장님은 모양 빠지게… 여기까지 와서 또 자판기를 찾으시네."

물론 두 사람이 무슨 말을 하든, 경완은 신경도 쓰지 않았지만 말이다.

"엘베 앞에 자판기 딱 있는 거 못 봤냐?"

"그랬어요?"

"이미 스캔 딱 해놨다 이거지."

"예, 예. 맛있게 드십쇼."

음료가 한 잔씩 세팅되자, 네 사람은 로비 한편에 놓인 원목 탁자를 가운데 두고 소파에 앉아 마주 보았다. 로비의 측면은 거의 통유리나 다름없이 넓은 유리창으로 시공되어 탁 트여 있었고 그 트인 공간을 통해, 널따랗고 푸른 서울숲이 멋들어지게 펼쳐져 있었다. 서울숲 너머로는 멀리 한강까지 보이는 뷰였으니, 감탄사가 절로 나올 만하였다.

"이야… 서 대표."

"네, 부장님."

"여기, 무슨 사무실을 이렇게 잘해놓은 거야?"

처음 로비를 보자마자 진태에게 했던 질문이지만 멋들어진 뷰까지 눈에 들어오자, 경완은 저도 모르게 다시 한번 물어보았다. 그리고 그 물음에 우진은 진태와는 다른 대답을 하였다.

"솔직히 예산만 더 있었으면, 이것보다 더 멋지게 작업했을 겁니다."

"이것보다 멋지게? 대체 왜?"

경완의 의문은, 사실 당연한 것이다. 설계사무소는 일반 업체들의 사무실과 다를 것 없는 업무공간인데 이렇게 넓은 면적을 할애하여 디자인에 치중하는 것은 비효율적이라고 생각될 수밖에 없었으니 말이다. 외부 업체나 건축주와의 미팅을 해야 할 일이 있을 수는 있겠지만, 그것은 외부의 잘 꾸며진 카페나 라운지 같은 곳에서 하면 되는 것.

일반적인 시선에서 볼 때 WJ 스튜디오의 로비는, 조금 사치스러워 보였던 것이다. 단순히 이 로비만 놓고 봤을 때는, 천웅건설의 사옥보다도 더 고급스러워 보였으니까. 때문에 경환은 의아한 표정이었고, 그것은 재준이나, 심지어 진태도 마찬가지였다. 하지만 우진은 별것 아니라는 듯, 웃으며 다시 말을 이었다.

"그야 당연히, 보여주기 위함이죠."

"응? 누구에게?"

"부장님이나 재준 씨처럼. 저희 사무실에 방문하실 손님들께 말입니다."

우진은 WJ 스튜디오 새 사무실의 인테리어에, 거의 1억에 가까운 비용을 들였다. 하지만 이것은 WJ 스튜디오가 직접 시공했기 때문인 것이고, 아마 다른 업체에 맡겼더라면 2억 이상이 들었을 만한 수준. 그리고 우진이 이렇게까지 많은 비용을 들여 공간을 꾸민 것은, 당연히 자기만족 같은 실리적이지 못한 이유 때문이 아니었다. 우진에게 이것은, 또 하나의 투자일 뿐이었다.

"뭐, 부장님이나 재준 씨야, 저희 회사가 어떻게 커왔는지 다 알고 계시지만… 사실 처음 저희를 알게 된 사람들에겐, 이 로비가 바로 첫인상이 될 겁니다."

"흐음."

경환은 흥미롭다는 표정으로 우진의 다음 말을 기다렸고, 커피를 한 모금 홀짝인 우진이 다시 말을 이었다.

"그리고 그 첫 이미지를 어떻게 인식시킬 수 있느냐에 따라, 저희가 따낼 수 있는 공사의 질이 달라지겠지요."

우진은 WJ 스튜디오를 운영하면서, 박리다매의 스탠스를 취할 생각이 전혀 없었다. 이제까지야 회사의 덩치를 불리기 위해 최대한 많은 일을 따내는 데 주력했지만 지금부터는 WJ 스튜디오를 프리미엄화할 생각이었던 것이다.

"부장님. 전, 결국 이 바닥에서 최고가 되려면… 돈의 흐름을 따라서 일을 해야 한다고 생각합니다."

"돈의 흐름?"

경완의 반문에, 우진이 고개를 끄덕이며 대답했다.

"네. 쉽게 말해… 자본이 크게 움직이는 곳에서, 일을 해야 한다는 거죠."

커다란 금덩이가 굴러가는 곳을 따라가야, 금 부스러기를 모아도 큰돈이 되는 법이다. 그리고 자본주의 사회에선 돈이 많을수록, 선택의 폭도 훨씬 더 넓어진다. 그것은 디자인이라는 분야에도, 똑같이 통용되는 일이었다.

"우리가 이 정도 할 수 있다. 그러니까, 시공능력이든 디자인능력이든. 클라이언트에게 저희 사무실을 보여주는 것만큼, 쉽게 신뢰를 심어줄 수 있는 방법도 없지 않겠습니까?"

우진의 이야기가 끝났다. 그리고 그 이야기를 조용히 듣던 세 사람은, 절로 고개를 끄덕일 수밖에 없었다. 생각해보면 경완이나 진태도 이 멋들어진 로비를 본 순간 가장 먼저 떠올랐던 생각이, '돈 좀 벌었나 보네' 하는 것이었으니 말이다. 그리고 회사가 돈을 잘 번다는 것은 곧, 그만한 역량이 있다는 뜻이기도 했다.

"역시, 서 대표는… 만날 때마다 재밌는 얘길 하나씩 해준다니까."

시원한 에어컨 바람 아래서 따뜻한 우유를 한 모금 마신 경완이, 창밖으로 펼쳐진 풍경을 다시 한번 감상하였다. 넓은 서울숲으로 인해 한강까지 쭉 트여 있는 풍경이, 우진의 이야기를 듣고 나니 더욱 멋져 보이는 듯했다. 그리고 그와 동시에 경완의 머릿속에, 한 가지 생각이 더 떠올랐다. 그것은 바로, 오늘 여기 오길 잘했다는 것이었다.

'아직은 조금 이른 감도 있다고 생각했지만… 오늘 보니 쓸데없는 걱정이었군.'

경완은 소파 옆에 올려뒀던 가방을 열어, 누런 서류봉투 하나를 쓱 꺼내 들었다. 이어서 우진의 앞 탁자 위에, 그것을 슬쩍 던져주었다.

"이게 뭡니까?"

우진의 물음에, 경완이 씨익 웃으며 대답하였다.

"재밌는 얘기를 들었으니, 오랜만에 선물 하나 주는 거다."

"선물… 이요?"

"그래. 지금 봐도 되니까, 한번 꺼내 봐."

평일 업무시간에, 경완이 단순히 놀러 오는 것이라고는 생각지 않았지만 그래도 이렇게 뭔가를 꺼내 들자, 우진의 두 눈이 반짝이기 시작하였다. 그리고 서류봉투 안에 들어있던 내용물을 확인한 순간 우진의 두 동공이, 화등잔만 하게 확대되었다.

— * —

"이건…."

"보다시피 설계 공모다."

"청담 선영이면, 올해 초에 사업 시행인가 난… 영동대교 남단에 있는, 재건축아파트 아닙니까?"

우진의 반문에, 경완은 어이없는 표정이 되었다.

"야, 너는 무슨… 서울에 있는 아파트란 아파트는 다 외우고 있냐?"

"그럴 리가요. 그냥 청담 선영이, 워낙 유명한 사업장이어서 알고 있는 것뿐입니다."

"흠, 그렇긴 하지."

우진의 대답에 고개를 끄덕이긴 했지만, 경완은 여전히 놀라운 표정이었다. 아파트에 대해 아는 것과 재건축 추진단계까지 꿰고 있는 것은, 또 다른 종류의 문제였으니 말이다.

'일 때문에 알고 있을 리는 없고… 투자자 포지션에서 꿰고 있는 거겠지?'

생각이 여기까지 미치자, 경완은 우진에게 물어보고 싶었던 부동산 투자에 대한 몇 가지 질문이 문득 떠올랐다. 하지만 그것보다는 일에 대한 이야기가 먼저였기 때문에, 고개를 절레절레 저으며 다시 말을 이었다.

"여튼 알고 있다니 얘기하기 편하겠네."

우진이 바로 말을 받았다.

"설계 공모라는 건, 천웅에서 선영아파트 시공사 선정 입찰에 제출할 설계를… 외부 업체나 디자이너에게 공모한다는 말씀이시겠죠?"

"역시, 척하면 척이군."

우진은 살짝 놀란 표정이 되었다. 설계를 공모한다는 사실에 놀란 게 아니다. 우진은 천웅이 선영 재건축의 입찰에 참여할 것이라는 사실부터 놀라운 것이었다.

"천웅이 선영 재건축 입찰에 참여하나요?"

경완이 고개를 주억거렸다.

"한번 해보려고."

"…!"

우진은 청담 선영아파트를 잘 알고 있다. 조금 더 정확히 말하자면 선영아파트가 재건축되고 그 자리에 지어졌던, '청담 아르티아 리버뷰'라는 이름의 고급 아파트에 대해 잘 아는 것이었지만 말이다. 아르티아는 SH물산이 05년부터 밀기 시작한 아파트 브랜드였고, 그러니까 우진의 전생에서 이 선영아파트 재건축의 수주전은 SH물산의 승리로 마무리됐었다.

우진이 이것을 정확히 기억하는 이유는 이 수주전의 결과로 인해, 제운건설과 SH물산의 도급순위가 바뀌게 되기 때문이었다. 어차피 장기적으로 제운건설은 조금씩 저물어가는 태양이었고, 2010년대부터 거의 20년 동안 SH건설이 장기집권하게 되지만 그래도 제운건설이 1위를 빼앗겼다는 사실은, 당시에 제법 화제가 되던 빅뉴스였으니까. 하지만 지금 우진이 잠시 말을 멈췄던 것은, 이런 지난 기억들이 떠올라서가 아니었다. 우진이 놀란 것은, 또 한 번 미래가 바뀌었음을 깨달았기 때문이었다.

'청담 선영의 수주전에 천웅이 참가하게 되다니… 이런 전개는 생각해본 적 없는데….'

우진의 전생에서 천웅건설은 이때 즈음, 미분양됐던 마포 클리오 아파트를 털어내기 위해 총력을 기울이고 있었다. 그러니까 무려 청담동 알짜배기 재건축 수주전에 참여할 만큼, 여력이 남아있지 않았다는 얘기다. 때문에 우진은 본능적으로 알 수 있었다. 이 또한 우진 자신에 의해, 바뀌어버린 미래라는 사실을 말이다.

'이건 기회다. 해낼 수 있을지는 모르겠지만… 되기만 한다면 정말 많은 것을 얻을 수 있는 기회.'

보통 건설사에서 재건축, 재개발의 수주전에 입찰하기 위한 설계를 뽑을 때는 외부 설계사무소에 외주를 주기보단, 건설사 내부의 설계팀에 의존하는 경우가 많다. 설계 외주 또한 전부 비용이며 어떤 측면에선 리스크도 있었으니 어지간하면 내부에서 해결하고 자 하는 게 당연한 것이다.

하지만 수주전의 클래스가 최상위권으로 올라갈수록, 설계와 디 자인의 외부 공모는 꽤나 흔해진다. 특히나 청담동같이 강남에서도 최상급지에 지어지는 프리미엄 아파트의 경우에는 더욱 그랬다. 애 초에 부자 동네다 보니 조합원들의 눈이 머리 꼭대기에 달려있는 데다, 잘 지어놓으면 그 자체로 랜드마크 격의 건축물이 될 수도 있 다 보니 건설사에서도 최대한 공을 들일 수밖에 없는 것이다.

때문에 WJ 스튜디오에 이 설계 공모의 참가자격을 주는 것은, 그 야말로 파격적인 일이라고 할 수 있었다. 보통 건설사에서 외부 설 계 공모를 결정할 정도로 작정하고 달려드는 수주전이라면, 해외 유명 설계사무소에 의뢰를 하는 경우가 많았으니까. 이제 갓 성장 하기 시작한 WJ 스튜디오의 입장에서는, 과분한 기회라고 하는 게 맞는 표현이었다.

"뭐야, 서 대표."

"네?"

"왜 갑자기 말이 없어."

"생각 좀 하느라고요."

"자신 없는 건 아니지?"

경완은 의미심장한 표정을 지으며 우진을 도발했다. 우진이라면 분명히 이 공모에 참여할 테지만 그래도 이 정도 커다란 건이라면, 쉽게 결정짓기는 힘들 것이라 생각했으니 말이다. 우진이 놀라는 모습을 보는 건, 경완의 입장에서 꽤나 재밌는 일이었다.

"천웅건설 내부공모, 마감이 언제까집니까?"

"그렇게 길진 않아."

"두세 달쯤 됩니까?"

"아니, 한 달 하고 보름 정도."

"…!"

"빠듯해도 어쩔 수 없어. 입찰 마감이, 11월 말이거든. 설계 나오면 투시도 뽑고 안내 책자 만들고… 일정이 빠듯하니까."

아파트 단지 하나를 설계한다는 것은, 여간 손이 많이 가는 작업이 아니다. 물론 시공사 선정 때 들어갈 설계가 백 퍼센트 시공단계의 설계 수준으로 나올 필요는 없었지만 그래도 한 달 반이라는 시간은, 촉박할 수밖에 없는 것이다. 경완의 말이 다시 이어졌다.

"내부 공모 때는 콘셉트 설계 정도만 있으면 돼. 어차피 실시설계부터는, 우리 설계팀이 같이 붙어서 작업할 테니까."

그 이야기를 들은 우진은 그제야 고개를 끄덕일 수 있었다. 실시설계 부분이 빠지게 된다면, 그나마 가능해 보이는 일정이었으니 말이다.

'어차피 언제 또 올지 모르는 기회… 거절한다는 선택지는 없겠지만….'

우진은 잠시 눈을 감고, 이미 잡혀있는 WJ 스튜디오의 내부 일정을 고민해보았다. 다행인 건 우진이 직접 뛰어다녀야 할 일정이 한동안 없다는 것이었지만, 다른 한편으로는 내부 직원 중에 여기 매달려줄 만한 인원이 없다는 점이 문제였다.

'일정 맞추려면, 나 혼자만으론 절대 안 돼, 결국 사람을 외부에서 끌어와야 하는데….'

짧은 시간 동안이지만, 우진의 머리가 팽팽 돌기 시작하였다. 그리고 다음 순간. 짧게 한숨을 내뱉은 우진이, 경완을 향해 천천히 고개를 끄덕였다. 만약 천웅이 우진의 설계를 선택해주지 않는다면 아까운 시간과 비용을 날리게 되는 셈이지만 그게 무서워서 포기할 만한 기회는 아니었다. 그거야말로 구더기 무서워서 장 못 담그는 격일 테니 말이다.

"하겠습니다."

우진의 대답이 떨어지자, 경완의 입에서 음흉한 웃음이 터져 나왔다.

"으흐흐. 그럴 줄 알았지."

그리고 그 모습을 본 우진은 한숨을 푹 하고 내쉴 수밖에 없었다.

"후우. 거의 폭탄 같은 선물을 던져주시네요."

"그래도 서 대표 생각해주는 건, 나밖에 없는 거 알지?"

"예, 예. 부장님껜 제가 항상 감사드리죠."

"뭔가 서 대표 표정이 못마땅해 보이는 건⋯."

"기분 탓입니다."

"프하핫."

앞으로의 일정을 떠올린 우진은 다시 한번 두 눈을 질끈 감았다.

이럴 줄 알았으면 동기들이 얘기했던 것처럼, 휴학이라도 한 학기 했어야 한다는 생각까지 들 정도였다.

'뭐, 하다 보면 어떻게 되겠지⋯ 잠을 두 시간씩 줄이면 되지 않을까?'

우진에게 번뇌를 안겨준 뒤 경완은 로비에 앉아 신나게 떠들다가, 거의 퇴근 시간이 다 되어서야 천웅건설로 돌아갔다. 그리고 경완이 돌아간 뒤 홀로 사무실에 남은 우진은 책상 위에 올려뒀던 달력에 빼곡히 일정을 적으면서 스케줄을 정리하기 시작하였다. 어차피 시간이 부족한 건 이 공모에 참여하는 다른 설계사무소들도 마찬가지라는, 아주 긍정적인 논리회로를 머릿속으로 팽팽 돌리면서 말이다.

"카페 프레스코 미팅은 9월 말로 밀어야겠고. 모형 외주 쪽 미팅은 어지간하면 석현이 전부 보내버리고….'

"좋아. 조금 빡빡하게 조이니까, 대충 방법이 보이는 것도 같네."

하지만 그렇게 열심히 일정을 짜던 우진은 대략 한 시간 정도가 지났을 쯤.

위이잉-!

잠시 일정에 대한 생각을 멈추고, 전화를 받아야 했다.

[KBC_공진영 PD님]

"음? PD님이 갑자기 무슨 일이시지?"

갑작스레 걸려온 전화의 발신자가, 설계 일정을 짜는 것만큼이나 중요한 인물이었으니 말이다.

[아, 우진 씨! 그동안 잘 지내셨죠?]

"네, PD님. 저야 잘 지냈죠. 그런데 무슨 일로…?"

그리고 우진은 조금 당황할 수밖에 없었다. 그는 얼마 전 〈우리집에 왜 왔니〉의 두 번째 촬영까지 깔끔하게 마친 상태였고. 그래서 한동안 공 PD에게 연락받을 일이 없을 것이라 생각했으니 말이다.

[허어, 이거 서운하네요. 우리 이렇게 안부 전화 정도는 나눌 수 있는 사이 아니었나요?]

"안부 차 전화하신 게 아닌 것 같으니까 그러죠."

[후훗, 예리하시긴.]

하지만 우진의 그 당황은, 이제 시작됐을 뿐이었다.

[좋은 소식 하나 전해주려고, 전화드렸어요.]

"좋은 소식이요?"

[네. 그건 바로… 우진 씨가 예정보다 '조금' 더 빨리, TV에 나오게 됐다는 소식이죠.]

"네에…?"

어리둥절한 표정이 되어, 수화기에 대고 반사적으로 반문하는 우진. 그런 그를 향해, 공 PD는 충격적인 이야기들을 꺼내놓기 시작하였다.

[원래 우리 첫 방이, 12월이었잖아요?]

"그, 그랬죠."

우진은 눈앞에 펼쳐진 달력을 넘겨보며 고개를 주억거렸다. 방금 전까지 설계 일정이 끝난 뒤에 첫 방이라 다행이라고 생각했었으니 어렵지 않게 날짜를 떠올릴 수 있었던 것이다. 공 PD의 말이 다시 이어졌다.

[그런데 그 날짜가 아주 조금, 그러니까 대충 50일 정도가 당겨졌어요.]

"네?!"

[대략… 10월 초. 정확히 다음다음 주 토요일 밤에, 첫 방 일정이 잡혔다는 이야기죠.]

"가, 갑자기 왜요!"

몹시 당황한 우진의 입에서 저도 모르게 큰 소리가 터져 나왔고, 그것이 행복한 비명이라고 생각한 공 PD는 웃으며 다시 입을 열었다.

[후훗, 시간대도 원래 편성보다 훨씬 더 좋아졌어요. 무려 일요일 밤 아홉시 예능이라고요.]

"아니…그러니까…."

[어때요? 행복하죠? 그러니까 우린, 늦어도 다음 주엔 바로 만나야 해요. 네 번째 촬영 일정이 잡혔다는 얘기죠. 아니, 우진 씨한텐 세 번째 촬영인가?]

"대체 왜…."

[날짜는 수요일. 혹은 금요일. 시간대는 우진 씨가 선택할 수 있어요. 언제로 할까요?]

우진은 수화기 너머로 들려오는 공 PD의 목소리가, 점점 희미해지는 것 같은 착각을 느꼈다.

사실은 공 PD의 목소리가 희미해진 것이 아니라, 우진의 머릿속이 하얗게 마비되고 있는 것이었지만 말이다.

[음, 우진 씨? 제 목소리 안 들려요? 뭐지? 갑자기 휴대폰이 왜 이래?]

하지만 결국 우진은 이 각박한 현실을 받아들여야만 했다. 이미 화살은 활시위를 떠났고 설계 공모를 포기하지 않는 이상, 우진에게 선택권이라는 건 존재하지 않았으니 말이다.

"좋아요, PD님."

[오, 들린다!]

"너무 좋네요."

[우진 씨 목소리가 왜 이렇게 힘이 없어?]

"좋아서 그래요…."

우진은 어쩌면 1학년 2학기의 성적을, 완전히 말아먹을지도 모르겠다는 생각을 하였다. 1학기에는 전공 실기 올 A+이라는 기염을 토하며 평점 4점대를 턱걸이하였지만 지금 달력에 가득 들어찬 이 모든 일정을 소화하기 위해서는, 학교 과제들을 어느 정도 내려놓을 수밖에 없을 테니 말이다. 디자인학부의 성적은, 기말 때 반짝 시험을 잘 본다고 고학점이 나올 수 있는 구조가 아니었다.

'그래… 학사경고만 아니면 돼. 학사경고만….'

우진은 이번 학기 성적이 자신의 오른쪽 눈 시력과 비슷하게 나올지도 모르겠다는 생각을 하며, 한숨을 푹 쉬었다. 그나마 위안인 건, 우진의 시력이 아주 좋은 편이라는 정도였다.

세 번째 촬영

우진은 기억하지 못했으나, 원래 〈우리 집에 왜 왔니〉 시즌1은 첫 방영이 10월이었다. 때문에 딱히 바뀐 미래는 아니었지만, 우진이 기억치 못하는 것도 당연했다. 우진이 재밌게 시청했던 것은 시즌1이 아닌 시즌2였고. 아무리 회귀자라 한들, 전생에 방영됐던 방송의 첫 방 시기까지 기억하는 것은 무리가 있었으니 말이다.

우진이 전생에 방송 관계자였던 것이 아닌 이상에야, 기억치 못하는 게 당연한 것이다. 하지만 이것이 바뀐 미래든 그렇지 않든, 갑자기 〈우리 집에 왜 왔니〉의 방영 날짜가 당겨진 데에는 당연히 비하인드 스토리가 있었다. 그 사건의 발단은 이러했다.

"어, 공 PD 왔어?"

"네, 국장님. 그런데 무슨 일로…?"

"내가 물어볼 게 하나 있어서 말이지."

"저한테요?"

"그래, 자네한테."

KBC의 모든 예능은, 예능본부에서 만들어진다. 그리고 이 예능본부 안에는 예능1국과 예능2국이 존재하는데, 공진영 PD는 예능

2국에 소속되어 있었고 이곳의 국장은 유인식이었다.

"말씀하세요, 국장님."

예능2국의 국장인 유인식은, KBC의 공채사원에서부터 시작해서 국장급까지 올라간, 야망 있는 인물이었다. 그리고 국장 직함을 얻은 지 이제 반년밖에 되지 않았기 때문인지 그는 자신의 능력을 증명하기 위해, 무척이나 열심이었다. 어쩌면 이날 공 PD를 부른 것도, 같은 맥락이라고 할 수 있었다.

"자네, 지금 제작 중인 예능 하나 있지? 〈우리 집에 왜 왔니〉였나?"

"네, 국장님."

"혹시 그거, 촬영 얼마나 진행됐나?"

"촬영이요? 갑자기 그건 왜….."

"일단 대답부터 해봐."

"얼마 전에 3화 방영분 정도까지 찍었습니다. 편집은 아직 2화까지밖에 안 됐고요."

"흐으음….."

최근 유인식 국장에게는, 한 가지 크나큰 골칫거리가 있었다. 그건 바로 그가 국장 자리에 들어서던 그 시점, 야심차게 밀었던 예능 중 하나인 〈만 번의 법칙〉이 쫄딱 망했다는 것이었다. 심지어 일요일 밤 9시라는 황금시간대에 편성된 예능이건만, 시청률을 정말 거하게 말아먹은 것이다.

처음부터 시청률이 나빴던 것은 아니다. 물론 처음이라고 대박이었던 것도 아니지만, 그래도 평타 정도의 성적으로 스타팅했었으니까. 하지만 시간이 갈수록 시청률은 조금씩 흘러내렸고 바로 얼마 전, 말 그대로 방송에 치명적인 일이 터져버렸다.

〈만 번의 법칙〉을 진행하는 메인 패널 두 사람이, 마약 스캔들을 터뜨린 것이다. 그것은 단순한 마약 스캔들을 넘어 성 추문까지 겹친 크리티컬한 스캔들이었고, 덕분에 〈만 번의 법칙〉의 시청률은 완전히 곤두박질쳤다. 급하게 출연진을 교체해봤지만, 소용없는 일이었다.

"공 PD, 이미 누구나 다 아는 사실이겠지만, 내가 요즘 〈만 번의 법칙〉 때문에 고민이 많아."

유인식이 운을 떼자, 공진영이 고개를 끄덕였다.

"네, 국장님."

"자네 혹시, 〈만 번의 법칙〉 지난주 방영분 시청률 알아?"

"한 2%대 나왔나요?"

공 PD의 반문에, 유인식이 고개를 절레절레 저으며 쓰게 웃었다.

"2%는 무슨. 한 자릿수 미만이야."

"네? 그게 무슨…."

한 자릿수 밑이라는 말은. 그러니까, 소수점까지 확인해야 의미 있는 시청률이라는 얘기다. 그리고 공중파 예능이 소수점 시청률을 기록했다는 것은, 예능국의 수치가 아닐 수 없었다.

"계획된 일정이고 나발이고 지금 그런 게 중요한 상황이 아냐. 무슨 말인지 알겠지?"

"그러게요, 저도 이 정도까지 떨어졌을 줄은 몰랐네요."

KBC의 예능본부는, 예능1국과 예능2국의 경쟁 구도다. 게다가 최근 예능1국은 승승장구하는 중이었으니 유인식의 입장에서는, 당장이라도 〈만 번의 법칙〉을 종영시키고 싶었다. 유인식과 공진영의 시선이, 허공에서 슬쩍 마주쳤다. 이제는 공진영도, 유인식

국장이 자신을 왜 불렀는지 알 것 같았다.

"국장님께선 〈우리 집에 왜 왔니〉를… 그 자리로 당겨 넣고 싶으신 건가요?"

공진영의 이야기에, 유인식이 고개를 끄덕이며 답했다.

"그래, 정확해."

그 대답을 들은 공진영의 두 눈이 살짝 빛났다.

"하지만 시간대가 원래 편성보다 더 좋은데…."

예능 프로그램의 편성시간은, 당연히 흥행과 밀접한 연관이 있다. 때문에 일요일 9시라는 황금시간대는, 사실 입봉 PD인 공진영이 들어가기 쉽지 않은 시간대다. 물론 국장이 넣겠다고 하면 들어가기야 하겠지만, 다른 PD들 사이에서 불만이 나올 수도 있는 것이다. 그리고 공진영이 무슨 생각을 하는지 아는 유인식이, 고개를 절레절레 저으며 대답하였다.

"자네가 무슨 걱정을 하는지는 아는데, 그건 신경 쓸 필요 없어."

"예?"

"오히려 지금 다른 녀석들은, 내가 이 자리에 자기 프로그램 밀어 넣으라고 할까 봐 걱정 중이거든."

"…?"

공 PD는 이해할 수 없다는 표정이 되었고 그에 유인식이 쓴웃음을 지으며 다시 입을 열었다.

"왜냐면 내가 〈만 번의 법칙〉 종방을, 10월 초까지 당겨버릴 예정이니까."

"예에?!"

앞서 언급했듯. 일요일 밤 9시라는 편성시간은, 예능국의 PD라면 대부분 탐을 낼 만한 시간이다. 하지만 아무리 좋은 시간대라

해도, 준비된 콘텐츠가 있어야 흥할 수 있는 법이다. 만약 시간대가 욕심 난다고 억지로 스케줄에 맞춰 예능을 준비했다가, 그대로 프로그램을 말아먹기라도 한다면 그것은 정말, 최악의 결과로 돌아올 테니 말이다. 좋지 않은 이유로 조기 종영된 예능의 자리에 들어가서, 시청자들에게 또다시 실망을 안겨준다면 해당 프로그램을 기획한 PD의 커리어에 크게 흠집 나는 것은, 너무도 당연한 수순이었다.

"10월 초면… 2주 정도 남은 건가요?"

"그렇지."

이제 모든 상황을 이해한 공진영은, 살짝 갈등할 수밖에 없었다. 그녀의 입장에선 리스크가 적지 않은, 도박 같은 상황이었으니 말이다. 하지만 언제나 큰 리스크가 있는 곳에서, 그만큼 충분한 보상이 돌아오는 법. 그리고 공진영 PD는, 이번 〈우리 집에 왜 왔니〉에 아주 확고한 자신감이 있었다. 그래서 그녀의 고민은, 그리 길지 않았다.

"하겠습니다."

"하겠다고?"

"제가 할 수 있게 해주세요."

"아직 3화 방영분까지밖에 못 찍었다며?"

"방영 전까지, 5화분까지 확실하게 만들어두겠습니다."

"으음…."

유인식은 고개를 천천히 끄덕였다. 어차피 공진영 PD까지 거절하면, 그에게 남은 선택지도 없었으니까. 시청률이 소수점으로 찍히는 예능을 몇 달이나 더 방영하는 것은, 어떻게든 피하고 싶은 유인식이었다.

"좋아. 믿어봐도 되는 거지, 공 PD?"

공진영이 자신 있는 표정으로 고개를 끄덕였다.

"물론입니다, 국장님. 1, 2화 방영분도, 제가 기대했던 것보다 훨씬 더 잘 빠졌습니다."

"그럼 한번, 믿어보겠어."

〈우리 집에 왜 왔니〉의 첫 방 날짜는, 바로 이렇게 10월 초로 정해졌던 거였다. 그리고 우진의 앞에 펼쳐진 지옥 같은 스케줄은 공진영 PD와 우진의 야망이 만나 탄생한 결과물이라고 할 수 있었다.

— * —

9월의 마지막 주. 그 주에서도 9월의 마지막 날인 목요일. 우진은 오늘, 결국 전공 수업을 자체 휴강할 수밖에 없었다. 공 PD를 비롯한 출연진들과 최대한 시간을 조율해봐도, 이날 말고는 답이 없었으니 말이다. 그러니까 오늘은, 우진의 세 번째 촬영이 잡힌 날이었다.

"서 대표님, 오셨어요?"

"네, PD님. 며칠 만에 또 뵙네요."

"말에 뼈가 있는데?"

"오해십니다, 하하."

지금까지 〈우리 집에 왜 왔니〉 촬영팀은 총 세 번의 촬영을 했고, 오늘이 네 번째 촬영 날이었다. 하지만 우진이 촬영에 합류한 것은 두 번째 촬영 때부터였고, 그래서 그에게는 오늘이 세 번째 촬영이었다.

"이야, 서 대표! 일찍 왔네?"

밴에서 내린 윤재엽이, 우진을 발견하고는 밝은 목소리로 인사했다. 그러자 우진 또한, 웃으며 대답하였다.

"네, 형. 저도 방금 왔어요."

우진은 출연진들과, 제법 친분이 생긴 상태였다. 두 번째 촬영이 끝난 날 가볍게 회식을 한 뒤로, 개인적인 연락도 주고받기 시작한 것이다. 윤재엽이 우진에게 편하게 말을 놓은 이유가, 바로 여기 있었다. 원래도 우진과 친분이 있었던 수하는, 더욱 편해졌고 말이다.

"재엽 오빠, 저는 안 보여요? 우진이만 너무 좋아하시네."

우진보다 조금 더 일찍 도착해 있던 수하가 눈을 흘기며 핀잔을 주자, 재엽이 실실 웃으며 대꾸하였다.

"야, 수하 너랑 우진이가 같냐. 우리 우진이는 풋풋하잖아."

재엽은 수하보다 몇 살 정도 더 많다. 하지만 우진보다는, 거의 열다섯 살이 많다. 그러니까 재엽은, 수하의 나이를 가지고 놀린 것이다.

"같은 30대끼리, 진짜 너무하시는 거 아녜요?"

"우리 팀 에이스 좀 챙겨주려는 거니까, 네가 이해해."

"에이스?"

"우진이 덕에 매번 촬영이 잘 풀리잖아. 잘 챙겨줘야 계속 날로 먹지."

"아하. 그 에이스, 제가 데려온 건 아시죠?"

"그야 물론이지."

지난 두 번째 촬영에서, 우진은 첫 번째 촬영 못지않은 활약을 보여줬다. 물론 예능 차원에서 웃기거나 한 것은 아니다. 다만 두 번째 촬영의 내용이 재엽의 집 '셀프 인테리어'를 준비하는 것에서부터 시작되었는데 설계 회의부터 시작해서 디자인 계획에 대한 회의까지, 적당한 위트와 함께 날카로운 전문성을 보여주며 출연진들이 기대했던 것 이상의 훌륭한 분량을 뽑아준 것이다.

우진의 디자인 계획을 들은 재엽이, 방송 때문이 아니라 진심으로 감탄했을 정도. 그래서 재엽은 오늘 촬영을, 무척이나 기대하였다. 오늘 이어질 촬영이 드디어, 본격적으로 재엽의 집 인테리어가 시작되는 내용이었으니까. 그렇다면 재엽은 자신의 집이 촬영장임에도 불구하고 우진보다 늦게 도착한 것일까?

그건 아니었다. 오늘 촬영이 시작되는 장소는, 강서구 화곡동에 있는 '유통단지'였으니 말이다. 정확히는 유통단지 내부에 있는, 인테리어 자재 전문 업체, '럭셔리 하우징'이었다.

"으아! 늦어서 죄송합니다. 차가 좀 막혔어요!"

마지막으로 유리아까지 촬영장에 도착했고, 촬영팀은 빠르게 세팅을 마무리하였다. '럭셔리 하우징'의 관계자와는 이미 촬영 협의가 다 끝난 상태였기에, 언제든 촬영을 시작할 수 있는 상황이었다. 그리고 재밌는 것은, 이 촬영 협조를 수월하게 따낼 수 있었던 것도 우진 덕분이라는 사실이었다.

"박 실장님! 촬영 협조해주셔서 감사합니다."

"감사는 저희가 해야죠, 대표님. 방송 타면, 저희한테도 좋은 일인데요, 뭘."

'럭셔리 하우징'은 WJ 스튜디오에서 자주 애용하는 업체 중 한 곳이었고 이곳 유통단지 매장의 담당자인 박순철 실장 또한, 우진이 잘 아는 사람이었던 것이다. 우진이 잠시 박 실장과 이야기를 나누는 사이 촬영 세팅은 전부 다 마무리되었고,

"리아 씨, 준비 다 되셨어요?"

"네, PD님!"

이어서 리아의 대답을 기점으로 곧바로 〈우리 집에 왜 왔니〉의 네 번째 촬영이 시작되었다.

"리아 너, 집도 제일 가까운 주제에 설마 지각한 거야?"

"원래 제일 가까운 사람이 제일 늦는 법이야, 오빠."

"와, 유리아 뻔뻔한 것 봐!"

그리고 촬영이 시작되자마자 자연스레 치고받는 재엽과 리아를 보며 우진은 속으로 혀를 내두를 수밖에 없었다. 그가 볼 땐 두 사람의 모습이, 어디까지가 일상이고 어디부터가 촬영인지, 헷갈릴 정도로 자연스러웠으니 말이다.

— * —

인테리어의 자재들은 그 용도와 재질에 따라, 셀 수 없을 정도로 다양한 종류로 분류되어 있다. 때문에 어느 한 업체에서 이 모든 자재들을 취급하는 것은, 거의 불가능에 가까운 일이다. 일단 전문 성부터가 떨어질뿐더러, 품질관리도 쉽지 않았으니 말이다.

그래서 오늘 〈우리 집에 왜 왔니〉 촬영팀이 방문한 '럭셔리 하우징'이라는 업체도, 모든 종류의 자재를 직접적으로 취급하는 곳은 아니었다. 다만 각 자재를 전문적으로 취급하는 업체들과 연계하여, 그들의 물건을 팔아주는 역할을 하는 유통업체인 것이다.

'럭셔리 하우징'의 매장 안에 들어서 출연진들은, 널찍한 공간에 진열되어 있는 수많은 건축자재들을 보며 입을 쩍 벌릴 수밖에 없었다.

"와우, 엄청나잖아?"

양쪽으로 쫙 펼쳐진 각종 인테리어 소품들과 자재들은 그야말로

장관이었고 평소에 쉽게 볼 수 없는 광경이었으니까. 특히나 신이
난 두 여성 출연자들은, 총총걸음으로 뛰어 들어가 그것들을 구경
하기 시작하였다. 인테리어 소품들 중에는, 감성을 자극하는 아이
템들도 꽤 많았다.

"그냥 오늘 여기서, 싹 다 주문해서 사버리면 되겠는데?"

"그러니까! 다른 데는 갈 필요도 없겠어!"

하지만 흥분한 수하와 리아는, 곧 제지당할 수밖에 없었다. 그런
그녀들의 뒤를 따라 들어간 재엽이, 고개를 절레절레 저으며 입을
열었으니 말이다.

"진정해, 유리아. 아직 우리, 예산도 안 정해졌다고."

"예산? 그건 또 무슨 말이야. 완전 처음 듣는 얘긴데?"

'예산'이라는 재엽의 말에, 토끼 눈이 된 유리아와 임수하가 두
눈을 깜빡였다. 공진영 PD는 리얼리티를 이유로 출연진들에게도
촬영 포맷을 전부 공유하지 않았고 때문에 두 여자의 놀란 표정은,
'진짜'라고 할 수 있었다.

"오빠, 그게 무슨 말이에요? 예산이라니."

수하의 물음에, 재엽이 어이없다는 듯 대꾸했다.

"너희, 돈 없이 인테리어하려고 했어?"

"음…?"

"당연히 인테리어를 하려면, 예산이 필요한 거지."

이번에는 게슴츠레한 표정이 된 유리아가, 옆에서 툭 끼어들며
입을 열었다.

"예산이야 그냥, 마음대로 쓰면 되는 거 아니었어?"

"뭐?"

"오빠네 집 인테리어잖아."

"그런데?"

"오빠 돈으로 인테리어하는 거니까, 예산은 당연히 무한인 줄 알았지."

"대체 그게 무슨 논리야."

"오빠 돈 많잖아."

"야, 나 요즘 힘들어…."

촬영 스태프들은 세 사람의 대화를 열심히 촬영하였고, 우진은 옆에서 그 모습을 흥미롭게 구경하고 있었다. '예산'이라는 말에 놀란 수하나 리아와 달리, 우진은 전혀 놀라지 않았으니 말이다. 원래 〈우리 집에 왜 왔니〉 셀프 인테리어는, 항상 정해진 예산 안에서 작업하는 게 기본 포맷이었고.

우진은 그 내용을 아주 열심히 시청했던 애청자였으니까. 일반 출연진들과 달리 전문가 패널들은, 어느 정도 귀띔을 받기도 했고 말이다. 잠시 세 사람이 투닥거리는 것을 지켜보던 우진이, 슬쩍 대화에 끼어들었다. 이제는 어느 정도, 툭 끼어들어야 할 타이밍이 보이는 우진이었다.

"그래서 재엽이 형. 예산은 얼만데요?"

"흠흠, 그건 나도 몰라."

"와, 이 오빠가 장난하나!"

"왜냐면 이제부터, PD님이 알려주실 예정이거든."

"뭐지…? 뭔가 불길한 냄새가 나는데… 저만 그런 거 아니죠?"

수하의 이야기를 마지막으로, 출연진들의 시선이 일제히 공진영 PD를 향했다. 이어서 공 PD는 사악한 웃음과 함께, 미리 준비해뒀던 포맷을 네 사람에게 설명하기 시작하였다.

"자, 제가 지난주에도 말했지만 저희 〈우리 집에 왜 왔니〉 촬영

팀은 매우 가난하답니다."

윤재엽이 입술을 삐죽 내밀며 투덜거렸다.

"하, 그래서 내 출연료가….”

"거기까지. 오빠, 방금 발언 좀 위험했어.”

재엽의 투덜거림에 피식 웃은 공 PD가, 천천히 다시 말은 이었
다.

"그래서 여러분. 그러니까 재엽 팀은 물론, 두영 팀에게도, 인테
리어 비용으로 지원되는 금액은 아주 한정될 수밖에 없지요.”

공진영 PD의 말이 끝나자, 장내가 살짝 어수선해지는 느낌이 들
었다. 그리고 다음 순간.

끼이익-!

'럭셔리 하우징'의 매장문이 열리면서, MC 두영을 비롯한 상대
팀의 출연진들이 우르르 매장 안으로 들어왔다. 두 팀이 함께하는,
첫 번째 촬영이 시작된 것이다.

— * —

윤재엽이 30대 중반의 떠오르는 예능인이라면, 박두영은 마흔
이 넘은 중견 예능인이었다. 특유의 걸걸하면서도 능글능글한 말
투와, 한 번씩 날카롭게 파고드는 독설로 유명해진 예능인. 그는
우진이 전생에서 경험했던 2030년까지도 롱런하는 우량주 같은
예능인이었고, 때문에 우진 또한 아주 잘 알고 있는 연예인 중 한
사람이었다. 〈우리 집에 왜 왔니〉 시즌2까지, 고정 패널로 프로그
램을 이끌었던 인물이기도 하고 말이다.

"뭐야, 재엽이 네가 먼저 와있었잖아?”

"두영이 형, 너무 게을러지신 거 아니에요?"

"야, 난 잘못 없다. 우리 팀 빡빡이가 지각해서 그래."

"아니, 형님! 빡빡이라뇨. 말씀이 좀 너무하시네."

재엽과 두영이 틱틱대는 사이로, 두영과 같은 팀의 패널인 오동우가 끼어들었다. 동우는 래퍼 출신의 예능인으로, '오동'이라는 별명으로 보통 불리는 연예인이었다. 그리고 오동은, 반질반질한 대머리가 가장 먼저 떠오르는 래퍼였다.

"빡빡이를 그럼 빡빡이라고 하지 뭐라고 하냐."

"아니, 좀 순화해서 대머리라든가⋯ 잠깐. 그것도 좀 이상하네. 그냥 이름을 불러줘요, 이름을!"

재엽도 한마디 거들었다.

"빡빡이가 입에 착착 감기는데 어떡해. 그게 싫으면 머리 길러오든가."

"아 놔. 이 형들이 진짜. 머리가 자라야 기르⋯ 후⋯ PD님! 저 이 형들이 괴롭혀서 방송 못하겠어요! 집에 갈래요!"

"뭐야, 너 자발적 대머리 아니었어? 지난번에 그렇다며!"

"당연히 자발적이죠. 아무튼 자발적입니다."

'두영 팀'의 멤버도, '재엽 팀'과 마찬가지로 네 사람이었다. 리더인 박두영과 대머리 오동, 그리고 개그우먼인 정민하와 전문가 포지션의 김기성까지. 그렇기에 양 팀의 멤버가 전부 모여 여덟 명이 카메라 앞에 서자, 촬영장은 제법 북적이기 시작하였다.

"으아앗! 민하 언니! 오랜만이에요!"

"와, 어떻게 같은 방송 네 번째 촬영하는데 이제 얼굴을 처음 보냐."

"그러니까 말이에요. 민하 언니랑 같이 출연한다 해서 만날 볼 줄 알았는데."

"그건 그렇고, 여기 옆에 오신 분이… 임수하 배우님?"

"네, 언니. 제가 알기로 두 분 동갑내기신데…."

"와! 반가워요, 민하 씨! 저, 민하 씨 팬이에요!"

"아니, 배우님께서 팬이라고 해주시니까, 갑자기 이거 몸 둘 바를 모르겠네. 봤죠, 두영 선배? 나 이런 사람이라니까?"

정민하는 개그우먼이지만, 어지간한 가수나 배우 못지않게 예쁘장한 미모의 소유자였다. 물론 아름다운 외모와 대비되는 털털하고 거친 입담이 그녀의 매력이었지만 말이다. 출연진들이 저마다 인사를 나누며 촬영장이 시끌벅적해졌지만, 공진영 PD는 딱히 그 모습을 제지하지 않았다. 어차피 이 어수선한 분위기 안에서도 재미있을 부분만 편집해서 방송에 내보내면 그만이었다. 출연진들끼리의 대화가 어느 정도 잦아들자, 재엽이 능숙하게 분위기를 정리하며 진행을 시작했다.

"자, 그럼 PD님. 두영이 형네까지 왔으니, 이제 슬슬 공개해주시죠."

공 PD가 웃으며 되물었다.

"뭘요?"

"당연히 '예산'이지 뭐겠어요. 오늘 인테리어 예산, 공개해주기로 하셨잖아요!"

재엽 팀과 두영 팀은, 두 번째 촬영 때 이미 디자인 콘셉트와 1차 설계안을 전부 짠 상황이다. 그리고 이러한 상황은, 현업에서라면 말도 안 되는 상황이라고 할 수 있었다. 예산도 정해지지 않은 상황에서 설계를 짠다는 것 자체가, 순서상 아이러니한 것이었으니 말이다. 하지만 〈우리 집에 왜 왔니〉는 예능이었고, 그렇기에 가능했다.

심지어는 애초에 공 PD가 짜놓은 포맷 자체가, 예산이 들쑥날쑥 변동되는 구조였으니까. 양 팀에게 주어지는 인테리어 예산은, 촬영 동안 주어지는 각종 미션과 게임에 의해 계속 바뀌도록 되어 있었던 것이다. 재엽과 두영이 각각 출연진에게 다가가 예산이 쓰여 있는 폼보드를 받아왔고 잠시 후, 둘은 동시에 보드에 붙어있던 스티커를 떼어내었다.

"자, 그럼. 두 팀에게 각각 책정된 예산을 공개합니다!"

촤라락-!

그리고 두 사람이 들고 있던 보드에는, 정확히 같은 숫자의 예산이 쓰여 있었다.

[5,000,000]

— * —

2010년도 당시 보통 가정집의 인테리어 비용은, 전용면적을 기준으로 평당 70~120만 원 정도였다. 25평 아파트의 전용면적이 보통 18평 정도였으니 해당 평수를 기준으로 풀 인테리어를 하면, 대략 1,500만 원에서 2천만 원 초반 정도가 나오는 것이다. 물론 업체에 따라 지역에 따라 더 천차만별로 나뉘긴 하지만, 이 정도가 일반적인 비용. 그런 의미에서 양 팀에게 주어진 500만 원이라는 비용은, 정말 턱도 없이 부족한 금액이라고 할 수 있었다.

"P, PD님! 이거 0 하나 빠진 거 아니죠?"

재엽이 믿을 수 없다는 표정으로 묻자, 공 PD가 웃으며 대꾸하였다.

"그럴 리가요. 아주 정확하게 500만 원입니다."

"말도 안 돼! 우리 집 53평이라고요, PD님!"

"그건 재엽 씨 사정이고요."

두영도 벙찐 표정으로 말했다.

"으어, 500만 원으로 무슨 인테리어를 해! 마룻바닥 깔면 끝이겠다!"

물론 공 PD에게는 통하지 않았지만 말이다.

"그럼 마룻바닥만 까셔도 돼요."

"…"

"디자인 점수는, 시청자분들이 매겨주실 테니까요. 후훗."

생각지도 못했던 소액에, 출연진 전원이 벙쪘다. 전문가 포지션으로 출연한, 서우진과 김기성을 제외하고 말이다. 사실 이 두 사람은, 미리 주어질 예산을 어느 정도 알고 있었다. 이 예산이 책정된 배경이 바로, 〈우리 집에 왜 왔니〉 제작진과 두 전문가의 비밀 회동이었으니까.

우진과 기성. 그리고 제작진들이 고심 끝에 설정한 최대한 재밌는 그림을 뽑아낼 수 있을 만한 최소 비용이, 바로 500만 원이었던 것이다. 물론 그것은 출연진에게도, 시청자들에게도 비밀이었지만 말이다.

"우리 집은 재엽이네 집보다 더 넓다고요, PD님! 넓은 만큼 조금 더 주셔야 하는 것 아닙니까!"

"와, 이 형이 어디서 약을 팔아! 우리 집보다 딱 한 평 넓으면서."

"재엽이, 너 지금 한 평 무시하냐! 어쨌든 넓은 건 넓은 거야!"

티격태격하는 두 리더와, 저마다 한마디씩 하는 패널들. 그런 그들을 웃으며 지켜보던 공 PD가, 의미심장한 표정으로 다시 입을 열기 시작했다.

"여러분! 예산 보니까, 부족해 보이죠?"

"아니, 그걸 지금 말씀이라고…!"

"딱 세 배만 올려주시죠, PD님."

공진영 PD의 말이 이어졌다.

"그럼 지금부터, 미션을 드리도록 하겠습니다."

"네?"

"잘못 들은 거 아니죠? 미션이요?"

"이 프로, 장르가… 리얼 버라이어티 쇼였나요?"

출연진들은 웅성거렸지만, 공 PD는 아랑곳하지 않고 할 말을 했다.

"자, 여기에 카드 세 장이 있습니다. 재엽 씨랑 두영 씨가, 한 장씩 뽑아주세요."

떨떠름한 표정으로 PD가 내민 카드들을 향해 다가가는 재엽과 두영. 두 사람이 한 장씩 카드를 뽑아들자, 본격적인 미션이 시작되었다.

— ＊ —

김기성은 유학파 건축가로, 업계에서 꽤 인지도가 있는 디자이너였다. S대를 졸업한 뒤 영국의 AA스쿨에서 석, 박사까지 마쳤으며 그 뒤로 국제공모전에서도 몇 번이나 입상을 한, 이름 있는 디자이너였으니 말이다. 하지만 대중들에게 김기성은, 건축가라기보단 '인테리어 디자이너'로 이름이 알려져 있었다. 그가 디자인했던 럭셔리 펜트하우스가, 방송에 나와 이슈가 된 뒤로 말이다. 그가 〈우리 집에 왜 왔니〉에 1순위로 섭외된 것도, 바로 그런 이유에서였다.

'김기성 디자이너… 확실히 실력 있는 인물이지.'

우진은 김기성을 아주 높게 평가했다. 전생에서는 한때 롤모델 삼았을 정도로, 그의 디자인을 좋아하기도 했고 말이다. 그래서 예능에서나마 그와 비슷한 위치에 서게 된 것이, 우진은 은근히 기분이 좋았다. 물론 그런 것과 별개로 〈우리 집에 왜 왔니〉를 촬영하는 동안, 그에게 밀릴 생각은 아니었지만 말이다.

'스펙이야 아직 내가 김기성에게 비빌 수도 없겠지만 디자인을 스펙으로 하는 건 아니니까.'

디자인 실력이라는 것을 객관적으로 수치화할 수 있다면, 우진의 실력은 당연히 김기성보다 부족할 수밖에 없다. 세계적인 건축 대학까지 나온 스타 디자이너와, 이제 갓 새내기인 우진의 디자인 실력을 비교한다는 것은 시기상조였으니 말이다. 하지만 우진에게는 기성에게 없는 무기들이 있다. 전생에서 경험한 2020, 2030년도의 인테리어디자인 트렌드에 대한 지식.

그리고 누구에게도 뒤처지지 않을 자신이 있는 현장기술과 실무 능력까지. 모르긴 몰라도 엘리트 코스를 밟은 김기성은, 실제로 공사판에 들어가 망치질을 해본 경험은 별로 없을 것이었고 이 부분에서 우진은 기성을 압도할 자신이 있었다. 그리고 공 PD가 짜놓은 〈우리 집에 왜 왔니〉의 포맷은, 단순히 디자인만 잘한다고 부각되는 구조가 아니었다.

"자, 재엽 씨가 뽑은 카드는 전자두뇌! 그리고 두영 씨가 뽑은 카드는 초성 퀴즈!"

공 PD가 한층 업된 목소리로 두 사람이 뽑은 카드를 각각 읽어주었고 그 내용을 확인한 출연진들은 의아한 표정이 되었다. 단순히 '전자두뇌'와 '초성 퀴즈'라는 단어만 가지고는, 무슨 미션이 주어질지 감이 오지 않았으니 말이다. 그나마 두영이 뽑은 초성 퀴즈라는 단어는 추측이라도 해볼 수 있었는데, 재엽이 뽑은 전자두뇌는 짐작조차 되지 않았다. 이번에는 우진 또한, 다른 출연자들과 다를 바 없었다.

"이게 뭐예요, PD님. 초성 퀴즈? 전자두뇌?"

임수하의 목소리가 울려 퍼지자 출연진들의 시선이 공 PD를 향했고, 그녀는 대답 대신 우선 내용이 담긴 미션지를 두 팀에 각각 전해주었다. 그리고 그와 동시에, 간결하게 설명을 시작하였다.

"초성 퀴즈는, 말 그대로 초성으로 답을 맞추는 미션이에요. 더 잘 맞춘 팀에게 보상이 주어지는 거죠."

"심지어 리스크도 없어. 어때요, 간단하죠?"

[초성퀴즈]

[제작진이 제시하는 인테리어 자재의 정확한 이름을 가장 먼저 맞춘 팀에게, 해당 자재 매입금액의 50%를 제작진에서 지원합니다.]

[모든 퀴즈가 끝났을 때 가장 많이 맞춘 팀이 승리하게 됩니다.]

[승리팀은 지원금액과 별개로 인테리어 예산을 100만 원 확보하게 됩니다.]

*'초성 퀴즈' 카드의 주인인 팀이 승리할 시, 인테리어 예산을 100만 원 추가로 확보합니다.

*제작진에서 지원하는 자재 매입금액의 한도는, 한 팀당 50만 원입니다.

출연진은 미션지를 읽으며 고개를 끄덕였고, 공 PD의 말이 다시 이어졌다.

"그리고, 전자두뇌. 이건… 초성 퀴즈보단 좀 더 리스크가 있는 미션이에요. 대신 리턴도 훨씬 더 크겠죠?"

공 PD가 양손을 활짝 펼치며, 출연진들을 향해 미소 지었다.

"199만 9,900원을 정확히 맞춰 오세요! 그럼 가져온 모든 자재를 저희 제작진이 결제해드립니다!"

[전자두뇌]

[각 팀은 주어진 시간 내에 필요한 인테리어 자재들을 선택해 가져옵니다.]

[가져온 자재들의 총합이 정확히 199만 9,900원이라면, 제작진에서 해당 비용을 전액 지원합니다.]

[만약 목표액의 95%~99%를 달성했다면, 제작진에서 그 절반의 금액을 지원하고, 80%~94%를 달성했다면 1/4의 금액을 지원합니다.]

[만약 총액이 목표액을 넘거나 80% 미만이라면, 해당 자재들을 팀의 예산으로 전부 매입해야 합니다.]

[매입 총액이 목표액을 넘지 않으면서, 가장 목표금액에 가까운 팀이 승리하게 됩니다.]

[승리팀은, 지원금액과 별개로 인테리어 예산을 100만 원 확보하게 됩니다.]

*'전자두뇌' 카드의 주인인 팀이 승리할 시, 인테리어 예산을 100만 원 추가로 확보합니다.

미션지를 읽던 우진이, 가장 먼저 공 PD를 향해 입을 열었다.

"리스크라는 건, 지원 없이 해당 자재들을 전부 매입해야 함을 의미하는 거죠?"

공 PD가 고개를 끄덕이며 답했다.

"빙고. 바로 그렇죠. 그러니까 쓰지도 않을 자재를 가격 맞추겠다고 가져오는 건 위험할 거예요."

이번에는 박두영이 PD에게 물었다.

"정말 목표액을 딱 맞춰 가져오면, 100% 전부 다 지원해주십니까?"

공 PD는 한 번 더 고개를 끄덕이며 얘기했다.

"물론이죠, 그런 기적이 일어날 거라곤 생각하지 않지만 말이죠."

미션지는 제법 빼곡했지만, 그 내용 자체는 결국 심플했다. 그래서 이해하지 못한 출연자는 아무도 없었고, 모두 열의를 불태우기 시작하였다.

"크, 대박! 역시 500만 원이 그냥 끝일 리가 없지!"

"서 대표, 이겨야 돼. 알지?"

어깨를 두들기는 재엽의 말에, 우진이 고개를 주억거렸다. 모든 게임에 완벽히 이기는 최상의 시나리오를 가정했을 때 아끼거나 추가로 확보할 수 있는 비용의 총액은, 기존 예산인 500만 원이 훌쩍 넘는 수준. 사용 가능한 자재의 평균 레벨이 한 단계 올라갈 수 있는 수준이었으니, 다른 출연진들보다도 우진의 의욕이 더욱 불타기 시작하였다. 우진은 금액을 본 순간, 구체적인 계획까지 머릿속에서 세울 수 있었으니까.

"자, 그럼 미션은, 초성 퀴즈부터 시작합니다!"

"지금 바로요?"

"아니, 뭐. 공부할 시간도 안 줘?"

폭주하는 출연진들의 불만에, 공 PD가 씨익 웃으며 고개를 저었다.

"여러분 팀에는, 각각 훌륭한 전문가 분이 계시잖아요!"

"그, 그렇긴 하지만….

"그리고 원래 예능에서, 다 맞춰버리면 재미없는 거 아시죠?"

"으아앗! 악마다!"

"너무해!"

그리고 본격적으로, 〈우리 집에 왜 왔니〉의, 첫 번째 미션이 시작되었다.

— * —

김기성은 〈우리 집에 왜 왔니〉의 촬영에, 항상 즐겁게 참여하고 있었다. 예능방송 출연이라는 신선한 경험에 대한 흥미도 있었으며 TV에서나 보던 연예인들을 눈앞에서 구경하는 재미도 은근히 쏠쏠했으니 말이다. 게다가 가만히 있으면 예능에 도가 튼 연예인들이 알아서 대화를 리드하고 상황을 풀어주니 기성의 입장에선 어려울 것도 없는 촬영이었다.

전문가의 포지션에서 일반인들이 신기해하고 흥미 가질 만한 지식들을 한 번씩 풀어주면서, 프로그램에 윤활유 역할 정도만 하면 되는 것이다. 그러면서 디자이너로서 자신의 인지도도 쌓을 수 있었으니, 기성으로선 아주 만족스러울 수밖에 없었다. 그리고 오늘은, 지난 촬영 때보다 조금 더 흥미로운 일들이 많은 날이었다.

'흠, 오늘은 상대 팀이랑 같이 촬영을 하네?'

일단 처음 보는 '재엽' 팀의 멤버들과의 만남부터, 기성의 입장에서는 흥미로웠다. 재엽과 리아 등은 연예계에 딱히 관심 없는 기성도 잘 알 정도로 유명한 스타들이었고 자신과 같은 '전문가' 포지션에 있는 상대 팀 일반인 패널 또한, 그의 흥미를 은근히 자극했으니 말이다.

'서우진이라. K대학교의 학생이라고 그랬지?'

기성의 흥미를 끈 것은 우진의 이력에 있는 K대학교 학생이라는 것과, SPDC의 대상 수상자라는 것이었다. 그 두 가지는 한국에서 건축업계에 종사하는 사람이라면, 누구나 알 만한 키워드였으니 말이다.

'대학생이라더니. 진짜 풋풋할 때야. S대 후배가 아니라 조금 아쉽긴 하지만….'

하지만 기성의 관심은, 딱 거기까지였다. 실력 있고 가능성 넘치는 후배 디자이너를 만나게 된 것이 즐겁기는 했지만 고작 학부생인 우진에게 그 이상의 특별한 것이 있으리라고는 생각할 수 없었으니 말이다.

'학부생이라 전문성은 조금 떨어질 수 있겠지만… 얼굴도 잘생겼고 스토리도 있어서, 확실히 섭외될 만했던 친구로군.'

흥미로운 인물들과, '미션'이라는 새로운 콘텐츠의 등장. 덕분에 기성은 평소보다 더 즐거워졌고, 언제나처럼 여유 넘치는 표정으로 촬영에 임하기 시작하였다. 미션이라는 것도 딱히 부담되지는 않았다. 업계에서 벌써 이십 년도 넘게 구른 기성에게 건축자재와 관련된 지식들은, 즉석에서 달달 읊어줄 수 있는 수준이었으니 말이다.

'뭐, 가격까지 정확하게 맞추는 건 어렵겠지만….'

만약 상대팀의 전문가 패널이 자신과 동급의 기술자, 혹은 전문가였다면 망신당하지 않기 위해 조금 긴장했을지도 모르지만 지금 맞은편에 보이는 20대의 귀여운 친구는, 고작 학부생이라고 하지 않는가. 그 나이대에 실무 경력이 있기는 쉽지 않았고, 있다 해도 수박 겉핥기 수준일 터였으니.

오히려 기성은, 어떻게 미션의 밸런스를 조절해야 할지 고민되기까지 하였다. 자신이 다 맞춰서 '두영' 팀이 너무 다 이겨버린다면 프로그램의 재미 자체가 크게 반감되어버릴 테니 말이다.

'제작진도 뭔가 생각이 있겠지. 적당히 해보지 뭐.'

하지만 본격적으로 '초성 퀴즈'의 미션이 먼저 시작되고 두세 개 정도의 문제가 지나갔을 때쯤.

"자, 두 번째 문젭니다! 제가 보여드리는 초성을 맞추시면…."

[ㅇㄹㅇㅋㅎㅍ]

"우진!"

"잠깐만요. 이것도 보고 바로 안다고요?"

"아라우코합판, 맞죠?"

"저, 정답!"

기성은 뭔가 잘못되어간다는 것을, 느끼지 않을 수 없었다.

'뭐, 뭐지. 저 녀석? 요즘 학교에서는, 실무에 쓰는 자재 이름도 외우게 시키나?'

김기성은 등줄기를 타고 식은땀이 흘러내리는 것을 느꼈다. 우진이 연달아 맞춘 두 문제는 기성도 알고 있는 것이었지만. 그래도 우진처럼 단숨에 떠오르지는 않았으니 말이다. 나이가 먹어서인지, 순발력이 따라주지 않는 것 같았다.

'으으, 다음 문제는 내가 무조건 맞춰야 하는데…!'

미션에서 이기고 지는 것도 문제지만, 기성에게 가장 중요한 것은 새파랗게 어린 후배에게 망신당하지 않는 것이었다. 때문에 다음 문제가 나왔을 때.

"이번 문제는…!"

[ㅇㄹㅌㅁㄷ]

"기성!"

기성은 저도 모르게 손을 번쩍 들며, 칼칼한 목소리로 외칠 수밖에 없었다. 물론 손을 번쩍 든 뒤에는, 조금 멋쩍은 표정이 되었지만 말이다.

"우와! 기성이 형님! 드디어!"

나이 차이가 얼마 나지 않는 두영이 신이 나서 그를 응원했지만, 그런 목소리는 기성의 귀에 들어오지 않았다. 지금 그는 오로지, 'ㅇㄹㅌㅁㄷ'이라는 초성을 맞춰내는 데 정신이 집중되어 있었으니까.

"우… 레탄 몰딩! 맞죠?"

"정답! 정답입니다! 이로써 스코어는, 2대 1!"

한 문제를 맞춘 기성은, 저도 모르게 양 주먹을 불끈 쥐었다. 생각지도 못했던 긴장감으로 인해, 게임에 순식간에 몰입해버린 것이다. 그리고 그런 기성의 태도 변화를, 아주 흐뭇하게 쳐다보는 인물이 하나 있었다. 그녀는 바로, 이 모든 상황을 만든 장본인인 공진영 PD였다.

'좋아! 김기성 선생님도 이제 슬슬 분위기에 동화되시는 것 같

고… 오늘 촬영도 성공의 냄새가 나는데?'

하지만 이때만 해도 그녀는 알 수 없었다. 약 30분이 지난 뒤 김기성과 마찬가지로, 그녀의 등에도 식은땀이 흘러내리고 있을 것이라는 사실을 말이었다.

포맷 파괴자

승부는 치열했다. 김기성 역시 '스타 디자이너'라는 타이틀을 고스톱 쳐서 딴 인물은 아니었기에 초성퀴즈에서는 우진에게 밀리지 않은 것이다. 심지어 두 팀의 스코어는, 12대 13. 결국 마지막에 연달아 세 문제를 맞춘 김기성 덕에, '두영' 팀이 승리하게 되었다.

"승자는 두영 팀!"

"두영 팀의 인테리어 예산이, 200만 원 추가됩니다!"

하지만 그렇다고 해서 '재엽' 팀이 마냥 손해 본 것만은 아니었다. 우진은 본인이 인테리어에 쓰려고 했던 꼭 필요한 자재들의 초성 위주로 전부 다 정확히 맞췄고. 그것으로 인해 제작진의 50만 원 지원을, 예쁘게 써먹을 수 있게 되었으니 말이다. 물론 역전패가 조금 아쉬운 건 사실이었지만….

'그래도 뭐, 덕분에 그림은 재밌게 뽑힌 것 같으니까.'

환호하며 얼싸안는 기성과 두영 팀을 보며, 우진은 속으로 피식 웃을 수밖에 없었다. 시종일관 근엄한 표정으로 일관하고 있던 김기성의 변화를 보는 것은, 꽤 재미있는 일이었다. 그리고 이때까지만 해도, 공진영 PD의 표정은 무척이나 밝았다.

'히야! 그림 좋고!'

제작진의 입장에서 가장 연출하기 힘든 그림은, 한쪽의 일방적인 승리다. 물론 그 안에서도 뽑아낼 수 있는 재미야 있겠지만, 쫄깃한 그림을 만들 수는 없을 테니 말이다. 그런 의미에서 엎치락뒤치락 역전과 재역전이 이어진 초성 퀴즈는 대성공이었고, 공 PD는 다음 미션인 '전자두뇌'가 더욱 기대되기 시작했다.

초성 퀴즈가 예능 어디에서나 넣기 쉬운 전형적인 게임이라면, 이 전자두뇌는 〈우리 집에 왜 왔니〉 프로그램의 포맷을 잘 살릴 수 있는 색깔 있는 미션이었으니까.

"자, 그럼 다음 미션! '전자두뇌'를 시작합니다!"

휘리릭-!

보조 PD가 휘슬을 불자, 두 팀은 각각 다른 방향으로 빠르게 이동하기 시작하였다. 각 팀의 선두에는, 당연히 우진과 기성이 자리잡고 있었으며 첫 번째 미션에서 아쉽게 패배한 우진은 더욱 의욕을 불태우고 있었다.

"일단 재엽이 형! 저기 '집성목'이라고 붙어있는 푯말 보이시죠?"

"어, 보여!"

"형은 저기서, '마호가니 집성목' 좀 찾아주세요!"

"마호? 뭐시기?"

"마. 호. 가. 니! 집성목 자재요!"

목재에는 수많은 종류가 있고 분류법이 있지만, 크게는 하드우드와 소프트우드로 나눌 수 있다. 그리고 우진이 재엽에게 얘기한 품종인 마호가니(Mahogany)는, 하드우드(Hardwood)* 중에서도 최상급에 속하는 고급목재였다.

'백구십만 원을 정확히 맞추려면, 이 방법이 제일 좋겠어.'

사실 마호가니는, 이런 유통단지에서 쉽게 구할 수 있을 만큼 흔한 자재는 아니다. 특유의 고풍스럽고 따뜻한 질감 때문에 최고급 목재 중 하나로 분류되며 목재 자체의 특성으로 음의 울림 효과가 크다고 하여, 악기를 만들 때도 최상의 재료로 취급받는 귀한 몸이었으니 말이다. 하지만 원목이 아닌 집성목**은 훨씬 더 구하기 수월했으며 그 가격도 제법 합리적인 수준이었다.

'마호가니를 한 사십만 원어치 사고… 멀바우***로 백오십만 원어치를 채우면….'

우진의 전략은 이러했다. 다양한 종류의 소품이나 가구 등을 사서 어렵게 가격을 맞추기보다, 원자재를 대량으로 매입하는 방식으로 쉽게 가격을 맞춘 뒤 그 위에 자신의 목공 실력을 직접 발휘하여, 재가공할 생각이었던 것이다.

집성목은 WJ 스튜디오에서 매번 발주를 넣는 품목이고 그중에서도 마호가니와 멀바우는, 우진이 킬로그램 단위 가격까지 정확하게 외우고 있는 자재였다. 우진이 이 두 품목을 주문한 것은, 바로 지난주의 일이었으니 말이다.

'딱 199만 9,900원을 맞추는 기적을 보여주지.'

그렇다고 해서 우진이 이 두 가지 목재를 선택한 것이, 단순히 가

---

* 색과 무늬가 아름답고 단단하며, 잘 변형되거나 변질되지 않는 고급자재.

** 원목을 재가공하여 일정 규격으로 자른 목재를 이어서 붙인 자재.

*** 하드우드에 속하면서 가격대비 품질이 좋은 수종(樹種)으로, 강도가 높고 내충성·방부성이 우수하여 주로 가구, 악기, 구조재로 사용된다.

격을 맞추기 위함은 아니었다. 따뜻하고 밝은 톤의 마호가니와 달리 멀바우는 짙은 갈색톤의 목재였고 대비가 큰 투톤의 목재를 잘 활용하면, 디자인적으로 멋스러운 분위기를 연출하기 쉬웠으니 말이다.

'멀바우의 짙은 톤에 마호가니가 포인트 컬러로 들어가면, 더 고급스러운 느낌을 연출할 수 있겠지.'

마호가니가 최고급 목재라면, 멀바우는 우진이 생각하는 최고의 가성비 목재였다. 마호가니와 마찬가지로 단단하고 변형이 적은 하드우드이면서도, 훨씬 더 공급이 많아 착한 가격을 가지고 있으니 말이다. 우진은 자신의 완벽한 계획에, 속으로 혼자 감탄하였다.

이 계획대로 잘 풀리기만 하면 200만 원에 가까운 자재를 공짜로 수급할 수 있다. 게다가 고급 기술자인 우진의 손으로 그 목재들을 재가공한다면 그것은 몇 배가 넘는 가치의 작품으로 재탄생할 터였다. 우진이 몸으로 때워서, 어마어마한 비용 절감의 효과를 거둘 수 있는 것이다.

"이, 나무를… 이렇게나 많이 산다고?"

"저만 믿으세요, 형."

"뭐야, 이번에도 나무? 이거 그냥 색깔만 다른 나무 아냐?"

"수하 누나, 가만히 있으면 절반은 간다고 했어."

"…"

우진은 팀원들이 꺼내온 집성목들의 수량을 꼼꼼히 체크하며 가격을 머릿속으로 빠르게 계산했다.

'하나, 둘, 셋… 됐어. 마호가니 두 묶음만 덜어내면, 정확히 198만 원이야!'

어차피 이 두 가지 품목만 가지고 199만 9,900원을 맞추는 것은 불가능하다. 하지만 이미 198만 원을 정확히 맞춘 것만 해도 재엽 팀은 아주 유리한 고지에 올라선 셈이고, 우진은 여유가 생겼다. 아직 남은 시간은 10분도 넘었고. 그 시간 동안만 1만 9,900원만 채우면, 재엽 팀의 승리였으니 말이다. 우진은 반대편 매장에서 낑낑거리며 자재와 가구들을 다양하게 구매하는 두영 팀을 보며, 속으로 회심의 미소를 지었다.

"자, 이제 십 분 남았습니다!"

보조 PD가 남은 시간을 외쳤지만, 우진은 전혀 동요하지 않았다. 다만 입구에 한가득 쌓인 목재들의 수량을, 한 번 더 점검하고 있을 뿐이었다. 그리고 이런 우진의 여유는, 같은 팀의 입장에서 보기에도 의아한 것이었다.

"서 대표! 이거 너무 여유로운 것 아냐?"

목재 한 뭉텅이를 낑낑거리며 들고 온 재엽이, 불안한 표정으로 우진에게 물었다. 그러자 우진은 슬쩍 웃어 보인 뒤 재엽의 귓가에 소곤거렸다.

"형, 우리 이겼어요."

"뭐?!"

재엽이 너무 큰 목소리로 반문하자, 조용히 하라는 제스처를 취한 우진이, 상황을 다시 설명해주었다.

"여기 쌓인 나무, 정확히 198만 원이에요."

"…! 그게 정말…?"

"그러니까 지금부터 설렁설렁 돌아다니면서, 1만 9,900원짜리 소품 하나만 찾으면 돼요."

재엽은 우진의 말이 너무 비현실적이라 생각했지만, 믿지 않기엔 우진의 표정이 너무 태연했다.

"정말이지? 딱 그 정도 가격대 소품 하나 주워오면 된다는 거지?"

"딱 그 정도가 아니고요, 형. 정확히 그 가격이어야 해요."

"알겠어."

"100원이라도 넘으면 진짜 큰일 나요!"

"알겠다니까?"

'럭셔리 하우징'의 유통매장에서, 원자재부터 시작해서 공사에 쓰이는 각종 타일과 가공재들은, 품목당 정확한 가격이 전시장에 명시되어 있지 않다. 하지만 인테리어 소품이나 가구 같은 기성품들은, 1원 단위까지 정확히 가격이 책정되어 있고 우진이 노린 것은 그것이었다. 단가를 정확히 알면서 대량으로 매입해도 알뜰하게 써먹을 수 있는 목재를 메인으로 사버리고 만 원, 천 원, 백 원 단위의 값은, 기성품으로 깔끔하게 매듭짓는다. 그리고 그 결과는, 말 그대로 대성공이었다.

"저, 지금 재엽 팀… 설마 그 산더미 같은 목재만 산 건 아니죠?"

당황한 공 PD가 살짝 말을 더듬자, 소품을 직접 골라온 수하가 그것을 슬쩍 들어 보이며 대답했다.

"여기, 하나 더 있어요, PD님. 이거까지!"

타일, 블라인드, 탁자 등 아주 다양한 품목들을 모아놓은 두영 팀과 달리, 마치 공사 현장처럼 나뭇더미가 수북이 쌓여있는 재엽 팀. 그것은 전문가인 김기성조차 이해할 수 없는 상황이었고,

'저 나무들로 대체 뭘 하겠다는 거지?'

공 PD는 아예 혼돈에 빠져버렸다.

'이거, 괜찮은 거겠지? 이대로 진행해도….'

공 PD가 가장 걱정하는 것은, 과연 이 목재들을 가지고 재엽 팀

이 앞으로 제대로 된 그림을 뽑아낼 수 있느냐였다. 예능 측면에서 당장의 그림이야 극단적인 느낌도 있고 괜찮았지만 결국 이것들을 가지고 뭔가 제대로 된 걸 보여줘야, 지속적인 촬영이 가능했으니 말이다. 하지만 잠시 후 공 PD는 더 이상 그 고민을 이어갈 수 없었다. 왜냐하면….

"자, 결과가 나왔습니다, PD님."

"고생하셨어요, 실장님. 가격은 여기 카메라 감독님께 전달드리면 돼요."

"네."

앞으로의 촬영에 대한 걱정을 전부 다 묻어버릴 만큼, 충격적인 결과가 그녀를 기다리고 있었으니 말이다.

"일단 두영 팀이 매입한 물품의 총액은 185만 7천 3백 원!"

"와아아…!!"

"그리고 재엽 팀이 매입한 물품의 총액은…."

결과지를 확인한 카메라 감독은, 곧바로 입을 떼지 못했다. 그가 보기에도 말도 안 되는, 믿을 수 없는 결과가 종이에 적혀있었으니 말이다.

"199만 9,900원!!"

재엽 팀의 결과가 발표된 순간, 장내는 찬물이라도 끼얹은 듯 순간적으로 조용해질 수밖에 없었다.

— * —

공 PD는 〈우리 집에 왜 왔니〉의 촬영을 시작한 이후로, 이렇게 당황한 것이 처음이었다.

'정말… 가격을 정확히 맞춰버렸다고?'

나무들만 잔뜩 사서 쌓아놓을 것으로 봐선, 정말 정확한 가격을 알고 199만 원을 끊어낸 게 분명하다. 이 미션을 기획한 예능 작가들은 절대로 맞출 수 없을 거라고 호언장담했건만 그 장담이 완전히 뒤집어진 것이다.

'연출이 극적으로 돼서 재밌긴 한데….'

모두의 예상을 뒤엎었다는 사실만으로 재미 포인트는 분명히 있었지만 여기에는 두 가지 정도의 문제가 있다. 첫째, 출연진이 생각하기에도 기가 막히고 코가 막히는 이 상황을, 시청자들이 짜고 치는 고스톱으로 생각할 수 있다는 점.

둘째, 판돈을 싹 쓸어간 재엽 팀 덕에, 〈우리 집에 왜 왔니〉의 제작진에게 배정된 예산에 구멍이 나버렸다는 점. 물론 추가예산 신청을 할 수 있긴 했지만, 재무팀에 크게 한 소리 듣는 것은 감수해야 할 것이다. 그렇지 않아도 '인테리어'라는 소재 때문에, 〈우리 집에 왜 왔니〉의 예산 총액은 꽤나 비싼 편이었으니까.

그리고 가장 큰 문제는 역시, 첫 번째 문제였다. 까다로운 시청자들은 작위적이라는 생각이 드는 순간, 하이에나처럼 물어뜯기 시작할 테니 말이다. 그래서 공진영은 고민에 빠질 수밖에 없었다. 어떻게든 이 상황을 재밌게 살리면서 진행하든 아니면 재엽 팀에게 양해를 구하고, 정확한 액수에서 조금이라도 가격이 빠지는 선에서 재촬영을 부탁하든 말이다.

물론 두 번째 선택지는, 진영이 생각하기에도 최악의 선택지였다. 만약 이렇게 일부러 촬영 내용을 수정하게 된다면, 리얼한 분위기와 재미가 반감되고 말 테니까. 그래서 공 PD는 잠시 촬영을 쉬는 타이밍에, 우진을 한 번 찾아갈 수밖에 없었다. 그녀가 생각하기에 이 상황에 대한 해답은, 우진에게 있는 것 같았으니 말이다.

— * —

우진에게 다가온 공 PD의 첫 마디는, 다음과 같았다.

"대체 어떻게 한 겁니까?"

그 질문을 예상했던 우진은 웃으며 답하였다.

"가격을 정확히 알고 있는 자재들로, 198만 원을 채운 거죠, 뭐. 남은 가격은, 보시다시피 소품 하나로 때웠고…."

생각보다 단순한 우진의 대답에, 할 말을 잃어버린 공진영. 그녀는 제법 심각한 얼굴로, 우진에게 다시 질문했다.

"하아. 뭐, 저희가 제시한 룰에서 위배되는 부분은 없으니, 딱히 할 말은 없는데…."

공 PD가 우진의 소중한 나무(?)들을 쓰다듬으며 다시 말을 이었다.

"이것들. 가격을 맞추기 위해서 억지로 사신 거면, 조금 곤란해질 것 같아서요."

공 PD가 가장 걱정하는 것은 바로 이것이었다. 이렇게 비현실적이고 극단적인 미션의 결과를 시청자들에게 보여준 뒤 '재엽' 팀의 인테리어에서 이 막대한 양의 목재들이 제대로 사용되지 않는다면 분명히 여기저기서 태클이 들어오며 논란이 생길 여지가 충분했으니 말이다. 하지만 그런 공 PD의 우려에, 우진은 아주 단호하게 고개를 저어 보였다.

"절대 그럴 일은 없을 테니, 안심하셔도 됩니다."

공 PD는 아직도 미심쩍은 표정으로 물었다.

"그럼 이 목재들을 인테리어에 다 쓴다고요? 정말?"

우진은 고개를 주억거리며 말을 이었다.

"쓰지도 않을 거면, 이렇게 많이 사서 어떻게 처분합니까."

"그러니까 하는 말….”

"손바닥만 한 조각 하나도 남기지 않고 싹 다 쓸 테니, 걱정 마세요, PD님."

이어서 우진은 공 PD의 걱정을 완전히 불식시켜주기 위해 한 가지 이야기를 슬쩍 더 꺼내었다.

"오히려 제가 오늘 매입한 이 목재들. 이거 가지고 재밌는 그림 하나 뽑아드릴 수 있을 것 같은데."

"재밌는 그림이요?"

검지를 들어 뿔테 안경을 살짝 치켜올리는 공 PD를 향해, 우진이 씨익 웃어 보였다.

"한번 들어보시렵니까?"

솔깃해진 공진영을 향해, 우진이 썰을 풀기 시작하였다.

— * —

〈우리 집에 왜 왔니〉팀의 네 번째 촬영은, 어쨌든 순조롭게 마무리되었다. 미션의 결과가 다소 충격적이었던 것을 제외하면 나머지는 공 PD가 기대했던 것 이상의 재미있는 그림이 그려졌으며 적절한 예능과 적절한 전문지식이 버무려져, 흥미로운 장면도 여러 번 연출되었으니 말이다. 하지만 방송국으로 돌아오는 길에, 공 PD는 아직도 심각한 표정이었다. 평소에 촬영이 끝나고 개운해 보이던, 그런 표정이 아니었던 것이다.

"PD님, 왜 그렇게 표정이 어두워요?"

보조 PD의 물음에, 공진영이 화들짝 놀라며 반문하였다.

"내가? 어두워?"

"네, 뭔가 심각한 우환거리가 있는 사람처럼…."

"우환이라."

"PD님, 얼굴 지금 까매요."

얼굴이 까맣다는 말에, 공 PD가 화들짝 놀라며 거울을 확인했다. 까만 것까지는 과장이어도, 확실히 그림자가 진 얼굴이었다. 보조 PD가 룸미러를 향해 턱짓을 하며 다시 말을 이었다.

"혹시 저 뒤에 따라오는, 1톤 트럭 때문에 그러세요?"

두 사람이 타고 있는 봉고 뒤에는, 1톤 트럭 두 대가 따라오고 있었다. 그 트럭 두 대는, 각각 재엽 팀과 두영 팀이 오늘 구매한 인테리어 자재들을 싣고 있었다. 공 PD는 말없이 고개를 끄덕였고, 보조 PD가 뒷머리를 긁적이며 다시 입을 열었다.

"서 대표님이 재밌는 제안을 주셨다면서요. 잘 풀리겠죠, 뭐."

"그러… 겠지?"

확신 없는 공 PD의 목소리에, 보조 PD가 해맑은 목소리로 끄덕였다.

"그럼요. 무슨 생각이 있으니까 그렇게 말씀하셨겠죠. 서 대표님이 실력은 확실히 있는 분이잖아요."

실력은 있다. 그건 맞는 말이다. 그와의 첫 촬영 때 봤던 카페 프레스코의 디자인부터 시작해서, 지금까지 그가 보여준 전문지식들까지 뭐 하나 놀랍지 않았던 것이 없었으니까. 하지만 오늘 우진이 진영에게 제안한 것은, 그런 그의 능력들과 별개로 너무 비현실적으로 보이는 것이라는 게 문제였다. 199만 9,900원을 맞춰낸 것보다도, 훨씬 더 비현실적으로 보이는 제안. 우진이 공 PD에게 제안한 것은, 바로 이것이었다.

[제가 이 목재 더미로 뭘 할지, PD님께만 귀띔해드릴게요.]

[지난번에 저희 팀에서 작업했던 설계 보셨는지 모르겠는데… 그 안에 목재로 만들어진 가구만 총 다섯 종이 넘게 들어가거든요.]

[일단 서재에 들어갈 책장부터 시작해서, 책상, 수납장, 아트월까지.]

[그걸 제 손으로 싹 다 만들어버릴 예정인데… 어때요. 뭔가 괜찮은 콘텐츠 냄새가 나지 않아요?]

[목공소 가서 작업하는 날, 카메라 한 대 붙여주시면, 꽤 재밌는 걸 보여드릴 수 있을 것 같은데.]

[어때요? 구미가 좀 당기세요?]

가구라는 것은 나무를 샀다고 해서, 그렇게 뚝딱 만들고 그럴 수 있는 물건이 아니다. 그렇게 쉽게 만들 수 있으면 심플한 목제 가구들의 가격이, 수십만 원씩 책정될 리 없었으니까. 그런데 우진은 가구를 하나도 아니고 대여섯 종 이상 직접 제작하겠다고 하고 있었다. 심지어 혼자서 말이다. 목공 분야에 전문지식이 없는 진영으로서는, 이 말을 믿어도 되는지 계속 고민될 수밖에 없었다.

'서 대표 말대로만 되면, 콘텐츠가 아주 다양하고 예쁘게 뽑히긴 할 텐데….'

어차피 예산을 책정하고 자재를 구하는 내용의 촬영이 오늘 끝났으니, 이제부터는 실질적인 인테리어 공사의 시작이다. 팀별로 팀장인 재엽과 두영의 집 인테리어를, 각자의 공간에서 본격적으로 진행하는 것이다. 당연히 공사과정은 콘텐츠로 방영될 것이고, 그런 의미에서 우진의 제안은 아주 완벽하다.

사실 인테리어 공사의 현장을 양쪽으로 담는 것보다는, 한쪽은 가구제작 같은 특별한 콘텐츠가 들어가는 게 더 보기 좋은 그림이었으니까. 그래서 일단 진영은 우진의 제안을 수락했다. 이미 촬영도 다 끝난 마당에, 사실 낙장불입이나 다름없는 상황이기도 했다. 재촬영은 비용 측면이나 일정, 재미 차원에서의 리스크 측면이나, 최후의 선택지로 남겨둬야 했다.

"여튼, 너무 걱정 마세요, PD님. 이번 프로그램. 진짜 느낌이 좋다니까요?"

재잘재잘 떠드는 보조 PD의 목소리에 위안을 받은 공 PD는, 옅게 한숨을 쉰 뒤 등을 의자에 기대고 잠을 청했다.

'으, 만약 그림이 좀 애매하게 나오면… 편집으로 승부 봐야지, 뭐.'

공 PD의 이 고민은, 우진이 제안한 촬영까지 모두 끝나야 속 시원하게 풀릴 것 같았다. 한 가지 마음에 걸리는 게 있으면, 온통 그 생각에 예민해지는 것이 그녀의 성향이었으니까. 그래서 그녀는 시간이 빠르게 지나길 바랐다.

'우선 딱 일주일. 첫 방만 성공적으로 끝나도, 한시름 놓을 수 있을 테니까.'

공 PD는 휴대폰을 열어, 달력과 스케줄을 다시 한번 확인하였다. 다음 주 일요일 첫 방. 그리고 그다음 주 수요일 촬영. 그 두 일정이 전부 끝나야, 다시 행복해질 수 있을 것 같은 진영이었다.

——— ＊ ———

　10월 첫째 주가 되었다. 새 학기의 개강으로 조금 어수선했던 9월과 달리, 10월의 대학 교정은 그 어느 때보다 활기 넘쳤다. 물론 월말이면 또다시 기말고사 기간이 다가오겠지만, 적어도 그전까지는 가장 행복한 캠퍼스 라이프를 보낼 수 있는 계절이 10월이었다. 시험이란 원래, 벼락치기가 진리인 법이니까.

　"야, 오늘 한잔 어때? 저녁에, 경영과 애들이랑 과팅하기로 했어."

　"좋지!"

　"여섯 시부터 간단하게 한 잔씩 걸치다가, 7시쯤 슬슬 합류하는 거야. 괜찮지?"

　"으아! 좋아, 좋아!"

　더위가 완전히 가시고 선선한 바람이 불어오는 계절. 대학가의 선남선녀들이, 한껏 멋을 부리며 풋풋한 추억을 쌓을 수 있는 계절. 하지만 그런 모든 행복은, 디자인학부 학생들에겐 전혀 통용되지 않는 것이었다. 특히나 디자인 대학 중에서도 커리큘럼이 빡빡하기로 유명한 K대의 디자인학부는, 더더욱 그러했다.

　"야, 은정! 오늘 팀플인 거 잊지 않았지?"

　"하. 맞다."

　"설마 너 그냥 집에 가려고 했던 건…!"

　"진짜 깜빡했어, 미안해 언니."

　"잡았다, 요년!"

　1학기 초만 해도 예쁘장한 여학생들이 많았던 공간디자인과 1학년 과실은 고작 한 학기가 지났을 뿐인데도 불구하고, 퀭한 눈빛의 팬더들이 득실득실한 좀비 수용소로 탈바꿈되었다. 일주일 단위로 미친 듯이 쏟아져 나오는 과제를 소화하다 보니 다들 꾸미기는커녕, 제대로 잠도 못 자면서 학교에 상주했던 것이다.

과실 구석에 펼쳐져 있는 간이침대에는, 생사조차 불분명한(?) 패잔병들이 아무렇게나 널브러져 있었으며 노트북 앞에 앉아 침까지 흘리며 졸고 있는 여학생들의 모습도, 그리 보기 힘든 풍경은 아니었다. 그리고 과제를 하다가 이 전경을 물끄러미 바라보던 선빈은, 문득 이런 생각을 하였다. 디자인과. 그러니까 미대를 꽃밭으로 착각하는 친구들에게, 이렇게 전해주고 싶다고 말이다.

'미대에 피는 꽃은… 아무래도 방학 때만 피는 꽃들인 것 같아, 친구들.'

다른 학생들과 마찬가지로 며칠째 다섯 시간도 못 잔 선빈은, 쏟아지는 졸음을 쫓아내기 위해 커피를 한 모금 빨아먹은 뒤, 노트북을 정리하고 자리에서 일어났다. 오늘은 저쪽에서 팀원들을 핍박(?) 중인 소연과 함께, 팀플을 하기로 약속했던 날이었으니까.

"오늘은 진짜, 팀플 무조건 해야 해. 그러니까 애들 다 모아와, 서은정."

"알겠어, 언니. 잠깐만!"

선빈이 오늘 조별과제를 해야 하는 수업은, '상업공간의 이해'라는 전공과목이었다. 여기서 선빈의 팀은, 그와 소연을 포함하여 총 다섯이었고 오늘은 발표에 쓸 PPT 제작을 위해, 다 함께 현장답사를 하러 가기로 한 날이었다. 즉, 오늘의 팀플이란 것은 미리 찾아두었던 현장을 답사하는 것이라고 할 수 있었다.

"예영이, 너. 오늘 답사할 곳은 찾아뒀지?"

"당연하죠, 언니! 제가 또 시키는 건 잘하거든요. 헤헤."

이 1학년 좀비파티의 리더는, 그나마 정신상태가 멀쩡해 보이는 소연이었다. SPDC 대상 수상자라는 위엄(?) 때문인지, 소연은 만장일치로 팀장 자리에 강제 부임될 수밖에 없었다.

'뭐, 소연 누나가 리더십도 있고, 실력도 좋긴 하니까.'

사실 조금만 의욕적으로 나섰다면 선빈도 충분히 팀장이 될 수 있었다. 선빈 또한 무려 SPDC 최우수상이라는 엄청난 성적의 보유자였고 그가 1학년 에이스인 것은, 대부분의 동기들이 인정하는 부분이었으니 말이다. 하지만 선빈은 그러지 않았다. 그는 2학기 들어서, 조금 의기소침한 상태였다.

'휴우. 답사 때는 소연 누나나 따라다니다가… 모형제작이나 모델링 과제 나오면 그때 내가 밥값 하지, 뭐.'

1학기의 선빈은, 뭐든지 가장 앞에 나서서 주도하는 스타일이었다. 수석입학자라는 타이틀을 갖고 학과 생활을 시작했기 때문인지 무조건 과 1등을 놓치고 싶지 않았던 것이다. 하지만 2학기도 한 달이 지난 지금, 그랬던 선빈의 모습은 오간 데 없이 사라졌다. 심지어 1학기 평점 4.5 만점으로, 목표했던 1등을 압도적으로 달성했음에도 불구하고 말이다.

'학점만 1등이면 뭐해….'

그리고 선빈이 의욕을 잃은 이유는 간단했다. 그의 기준에 학점보다 훨씬 더 중요했던 것이 바로 SPDC였고 거기서 선빈은 정말 모든 것을 쏟아부었음에도 불구하고, 우진에게서 넘을 수 없는 벽을 느껴버렸으니까. 평점 1점대인 혜진이 들었다면 곧바로 등짝 스매싱을 날렸을 배부른 소리였지만 그래도 선빈이 우울한 것은 진짜였다. 어쩌면 선빈은, 이상한 포인트에서 가을을 타는지도 몰랐다.

"야, 선빈아! 거기서 왜 멍 때리고 있어. 빨리 준비해."

"아, 알겠어, 누나!"

소연에게 질질 이끌려 과실을 나온 선빈과 세 명의 좀비들은, 그들과 다른 차원의 공간인 듯 보이는 풋풋한 교정을 지나 버스정류장에 섰다. 이어서 팀원 중 답사 장소 조사를 맡은 윤예영이, 앞장서 길을 안내하기 시작했다.

"오늘 우리가 갈 곳은, 경기도 고양시 삼송동이야."

경기도라는 그녀의 말에, 팀원들의 동공이 살짝 확대되었다.

— * —

가장 먼저 의아한 표정으로 반문한 것은, 팀장인 소연이었다.

"응? 경기도?"

사실 K대 자체가 서울시에서 북쪽에 위치해 있었고, 북서쪽으로 조금만 이동하면 경기도에 다다르건만 평소에 갈 일이 잘 없는 지역이어서인지, 심리적 거리감이 꽤나 크게 느껴진 것이다. 하지만 예영은, 대수롭지 않은 표정으로 고개를 끄덕이며 다시 말을 이었다.

"그렇게 멀진 않으니까 오해하지 마세요, 언니. 종로3가에서 3호선 타면, 삼송역까지 한 방에 가니까."

휴대폰 지하철 노선도를 확인한 팀원들은, 그제야 고개를 끄덕였다. K대에서 삼송역까지는, 대중교통으로 한 시간이 조금 넘는 거리다. 그 정도면 20대 초반 파릇파릇한 새내기들에게는, 별것 아닌 거리라고 할 수 있다. 일산에서 등하교하는 다른 팀원 하나도, 고개를 주억거리며 한마디 거들었다.

"고양시 무시하지 마라! 우리 신도시거든!"

"신도시는 일산이 신도시겠지."

"일산이 고양시 안에 있거든!"

팀원들이 티격태격하는 동안 기다렸던 버스가 도착했고 예영은 버스에 올라 카드를 찍으면서도, 계속해서 말을 이었다. 오늘 답사 장소로 고른 위치가 마음에 드는지, 그녀는 뭔가 신난 표정이었다.

"이번에 그 삼송역 쪽에, 엄청 핫한 카페가 하나 생겼어. 그래서 오늘 답사는 거기로 가려는데… 혹시 지원이 넌 알아?"

예영의 물음에, 고양시민 손지원이 곧바로 고개를 끄덕이며 대답했다.

"맞아! KBC 쪽에 엄청 큰 카페 하나 생겼다던데! 유리아 미니홈 피에도 올라왔던!"

자신이 사는 동네 얘기가 나와서인지, 아니면 학교라는 이름을 빙자한 좀비 수용소를 벗어나서인지 시간이 갈수록 조금씩 생기가 돌기 시작하는 좀비 5호 손지원. 그런 그들의 대화에 호기심이 생긴 좀비 대장 한소연이, 슬쩍 대화에 끼어들었다.

"그래? 유리아 미니홈피에도 올라왔던 카페야?"

대장의 관심이 반가웠는지, 좀비 5호는 신나서 고개를 끄덕이며 대답했다.

"네, 언니! 그렇지 않아도 한번 가봐야겠다고 생각하던 곳인데… 대박! 예영이가 여길 찾아왔을 줄이야!"

학교에서 점점 멀어질수록, 좀비들은 생기를 찾고 사람이 되기 시작하였다. 물론 그럼에도 불구하고 호전될 기미가 전혀 없는 좀비 2호 선빈도 있었지만 존재감 없는 시체 하나 정도는, 대세에 큰 영향을 주지 못했다.

"이름이 카페 프레스코였나?"

"맞아, 예영아. 그 이름이었어!"

어느새 선빈을 제외한 팀원들은 왁자지껄 떠들며 종로3가의 역사에 들어섰고 마치 소풍하는 기분이 되어 3호선 열차에 올라탔다. 그런데 지하철에 올라 지원과 예영의 대화를 듣던 소연은, 뭔가 의아함에 고개를 갸웃할 수밖에 없었다.

'카페 프레스코? 왜 이렇게 이름이 낯익지?'

최근에 분명 서울조차 벗어난 적이 없는 소연이었건만 고양시에 새로 지어졌다는 카페의 이름이, 왜 낯익게 느껴지는지는 알 수 없는 노릇이었다.

— * —

오늘 우진은 오랜만에 바람을 쐬러 차를 몰고 나왔다. 물론 완전히 휴식을 위한 나들이는 아니었다. 최근 친해진 이들과의 친목 도모 목적도 있었지만, 중요한 미팅도 하나 잡혀있었으니 말이다. 그래도 마음이 편한 건, 두 일정의 약속장소가 같은 곳이라는 사실. 후다닥 과제를 마치고 학교에서 차를 몰아 나온 우진은 삼송역으로 향하고 있었다. 과제를 너무 대충 했다는 약간의 죄책감이 가슴 한편에 조금 남아있었지만….

어쩔 수 없는 건 어쩔 수 없는 거다.

'피티를 너무 대충 만든 것 같긴 한데… 윤 교수님이 잘 봐주시길 빌어야지, 뭐.'

오늘 제출인 '상업공간의 이해' 과목의 담당 교수는, 공간디자인과의 학과장이기도 한 윤치형 교수. 말투는 거칠지만 잔정이 많은 윤 교수는, 학생들 사이에서도 꽤나 인기 있는 좋은 교수님이었다.

하지만 물론 학점이 잘 안 나오면, 우진에게는 나쁜 교수님이 될 예정이었다.

위이잉-!

목적지까지 5분 정도 남은 시점, 우진의 휴대폰이 울렸다.

"여보세요?"

"아, 누나. 거의 다 왔어요."

"금방 차 대고 들어갈 테니까, 음료 미리 시켜놔요."

"난 아메리카노. 좀 연하게."

"주문할 때는, 꼭 제 이름 대시고요!"

전화를 끊은 우진은 삼송역 인근에 차를 대었다. 오늘 그의 약속 장소는 '카페 프레스코'였지만, 카페 전용 주차장은 이미 만차일 게 분명했다. 오픈한 뒤 한 달도 더 지났건만, 카페 프레스코는 항상 문전성시를 이루고 있었으니까. 오늘 그가 여기서 미팅이 있는 이유도, 카페 프레스코의 흥행 때문이고 말이다.

'석중이 형님, 요즘 신나셨겠네.'

카페 프레스코의 대표 강석중은, 지난번 미팅 이후 우진과 호형 호제하는 사이가 되었다. 먼저 제안한 사람은 석중. 우진은 그때 조금 놀랐었다. 삼촌뻘이라 해도 이상하지 않을 나이 차이인 석중이, 우진에게 먼저 편히 지내자는 이야기를 할 줄은 몰랐으니 말이다. 우진의 입장에서도 재벌 3세 인맥을 마다할 이유는 없었기에, 사양 않고 곧바로 형님으로 부르기 시작했었다.

끼이익-

우진은 널찍한 공터에 만들어진 공영주차장에 차를 댄 뒤, 천천히 카페 프레스코를 향해 걷기 시작하였다. 아직 이 삼송역 인근은 낙후된 구도심 느낌의 슬럼가였지만, 우진은 이 동네의 미래를 아주 잘 안다. 2년만 지나면 얼마 전 공사를 시작한 삼송지구 택지개발사업*이 윤곽을 드러내면서, 신축아파트들이 하나둘 들어서고 2015년 이후에는, 소규모 신도시급으로 성장할 것임을 말이다.

'2020년쯤엔, KBC신사옥의 건물 가치도… 거의 열 배는 튀겨졌지 아마?'

하지만 그런 미래를 안다고 해서, 우진은 당장 이곳에 투자할 생각이 없었다. 삼송지구가 제대로 된 가치를 인정받기 시작하는 것은 2016~17년 즈음의 일이고 그전까지는 훨씬 매력적인 다른 투자처들이 널려있었으니 말이다.

'제일 베스트는 사업 규모를 최대한 빠르게 키워서… 15년쯤엔 택지 한 곳 정도 입찰해서 따낼 수 있을 만큼 성장하는 거겠지.'

택지 한 구역 정도를 따내어 아파트 단지를 지어낼 수 있는 정도의 사업체가 되려면 2010년을 기준으로 시공능력평가액이, 대략 5천억 정도는 되어야 한다. 이제 매출총액이 10억 단위를 겨우 바라보고 있는 WJ 스튜디오에게는, 아직 머나먼 일. 하지만 우진은 그것을 결코 헛된 꿈이라고 생각지 않았다.

본격적인 사업을 시작한 지 이제 겨우 반년이 된 시점에서 지금의 성과를 냈다는 것만 해도, 가능성은 충분히 증명한 것이었으니까. 원래 자본이라는 것은 커지면 커질수록, 불어나는 속도가 기하급수적으로 증가하니까. 물론 자본을 굴리는 운전대를 유능한 사람이 잡았을 때의 이야기다.

삼송역 인근의 풍경을 보면서 우진이 이런저런 생각을 하는 사

---

* 토지를 활용하여 주택건설 및 주거생활이 가능한 주거지역을 조성하는 사업.

이 그는 목적지였던 카페 프레스코에 도착할 수 있었다. 카페는 입구부터 인산인해를 이루고 있었고, 연면적이 수백 평이나 되는 카페임에도 빈자리가 잘 보이지 않을 정도로 북적였다. 하지만 미리 주인장에게 이야기를 해놓은 우진은 2층의 비즈니스 룸을 잡아놓았고 그곳에서 이미 우진을 기다리는 일행들이 커피를 마시고 있었다.

"이야, 이거. 막내가 어떻게 제일 늦는 거야?"

반가운 목소리의 주인공은, 다름 아닌 윤재엽.

"수업 끝나자마자 거의 바로 왔다고요… 그러니까 약속 조금만 더 늦게 잡자니깐."

"히야, 수업이래. 파릇파릇하다 진짜."

그리고 재엽에 이어 들려온 목소리들은, 다름 아닌 수하와 리아의 것이었다.

"우리 막내! 얼른 들어와. 음료는 조금 전에 나왔어."

"야아, 이렇게 사적으로 보니까, 감회가 또 새롭네?"

오늘 우진이 친목 도모를 위해 만나기로 했던 사람들은, 다름 아닌 〈우리 집에 왜 왔니〉 출연진들이었던 것이다.

— * —

꾸준함은 탁월함을 능가한다. 연예계에서 그 가장 좋은 예를 보여준 인물이, 바로 유리아였다. 10대 후반에 걸그룹으로 데뷔하여 아무런 관심조차 받지 못하고 그룹이 해체되었지만 홀로 연예계에 남아 거의 7~8년을 꾸준히 활동하여 작년인 2009년, 스물여섯에 솔로 앨범 대박과 함께 톱스타로 떠오른 인물. 대중들은 실력으로 보나 외모로 보나 최상급 가수인 그녀가 왜 이제야 떴는지 의문을 가졌지만.

사실 연예계에서 예쁘고 실력 있는 가수들이 묻히는 일은 비일비재했다. 다만 유리아의 꾸준함과 노력이, 결국 기회를 잡아내었을 뿐이다. 그리고 나이에 비해 연예계 짬밥이 무척이나 긴 그녀에게, 최근 무척이나 흥미로운 사람이 하나 생겼다. 지금껏 연예계 생활을 하며, 단 한 번도 경험해보지 못한 캐릭터. 지금 그녀의 눈앞에 있는 남자가 바로 그 요주의 인물이었다.

"누나, 이거 다 계산하신 건 아니죠?"

"응. 우진이 네 이름 댔더니, 공짜로 만들어주더라."

"다행이다. 이거 디저트만 봐도 5만 원은 넘을 것 같은데."

"야, 막내. 너 지금 리아 무시하냐? 얘가 버는 돈이 얼만데 5만 원을 갖고 다행이라고…."

"형. 리아 누나가 오만 원 안 써서 다행인 게 아니에요."

"그럼?"

"제가 공짜로 생색 낼 기회를 잃어버리지 않았다는 게 다행인 거죠."

"…."

당황하여 순간 말을 잃는 재엽을 보며, 리아는 웃을 수밖에 없었다.

"진짜, 신박한 녀석이라니까."

"우진이 너, 어디 대치동에 창의력 학원이라도 다니는 건 아니지?"

"대치동에도 그런 학원은 없어요, 형. 그리고 전 개포동 산다니까요? 자꾸 왜 대치래."

"양재천만 건너면 대치동이잖아, 인마. 내가 그 동네 몇 년 살았어."

항상 텐션이 높은 재엽과 리아 때문에 원래부터 모임의 분위기는 즐거웠지만 파릇파릇한 막내 우진이 합류하자, 대화에 더욱 활기가 넘치기 시작하였다. 그리고 리아는 정말 기꺼운 마음으로 이 자리에서 편하게 웃고 떠드는 중이었다. 이렇게 일로 알게 된 사람들과 사적인 모임을 갖는 것은, 진짜 오랜만인 그녀였다.

'연예인이 아니면서, 이렇게 편하게 얘기할 수 있는 사람이 아직도 남아있을 줄이야.'

이름만 대도 전 국민이 알 수 있을 정도의 톱스타가 된 뒤 유리아는 항상, 연예인이 아닌 일반인을 만나는 것을 무척이나 불편하게 생각했었다. 떠받들어주는 분위기는 아직도 적응이 되지 않았던 데다, 금전적이든 이성적이든, 사심을 가지고 접근하는 사람들이 너무 많았으니 말이다. 그래서 리아는 우진이 신기했다. 연예인이 먼저 보자고 연락해야 하는 일반인은, 과장 조금 보태면 처음인 것 같았다.

짤랑-

탁자 위에 놓인 유리잔을 들어, 커피를 한 모금 입에 머금은 유리아는, 눈을 감고 부드러운 커피향을 음미하였다. 편하고 즐거운 사람들과 예쁜 공간. 그리고 맛있는 디저트와 고소한 커피까지. 만족스럽지 않을 수 없는 환경이었다.

'하, 이 커피는 정말… 매일 생각나는 맛이란 말이지.'

기분 좋게 커피를 음미하던 리아의 시선이, 건너편에서 수하와 티격태격 떠들고 있는 우진에게로 잠시 향했다. 그런데 그 순간, 리아는 갑자기 조금 뜬금없는 생각이 떠올랐다.

"그나저나 우진아. 이건 진짜, 갑자기 생각난 건데."

"네, 누나."

"여기 카페 프레스코, 프랜차이즈는 안 해?"

"프랜차이즈요?"

"나 여기, 너무 마음에 들어서 그래. 네가 대표님 연결해줄 수 있으면, 내가 가맹점 하나 차려보고 싶어서."

최근 리아는 막대한 음원 수입으로 인해 쌓인 돈으로, 신사동에 작은 건물 하나를 구입했다. 그런데 맛있는 커피와 함께 너무 마음에 드는 공간 안에 있다 보니 자신의 건물에 이 카페가 있으면, 너무 좋겠다는 생각이 든 것이다. 마침 우량 임차인을 구해야 한다는, 약간의 스트레스도 있었고 말이다. 무척이나 단순하지만, 아주 명확한 의식의 흐름이었다.

"프랜차이즈라⋯."

우진이 짐짓 모른 척 중얼거리며, 잠시 뜸을 들였다. 그리고 다음 순간 의미심장한 표정으로 리아를 향해 입을 열었다.

"왜요. 누나 어디, 건물이라도 하나 샀어요?"

그 얘기를 들은 리아의 두 눈이, 토끼 눈처럼 휘둥그레진 것은 당연한 것이라 할 수 있었다.

기회는 어디에서나 찾아온다

    리아가 얼마 전에 건물을 샀다는 사실은, 재엽이나 수하도 전혀 몰랐던 일이다. 그래서 그녀는 당황할 수밖에 없었다. 우진을 점쟁이라고 부르는 수하의 마음이, 순간 이해되는 느낌이었으니 말이다.

    "너, 그걸 어떻게 알았어?"

    그리고 리아의 반문이 이어지자, 수하와 재엽은 난리가 났다.

    "뭐야, 리아. 너 진짜 샀어?"

    "어디에 샀는데? 대박. 우리 리아, 건물주 된 거야?"

    "어딘데, 어딘데! 부럽다, 리아."

    우진의 신기에 놀란 리아와, 그녀가 건물을 샀다는 사실에 놀란 재엽과 수하. 그런데 재밌는 것은, 이 상황을 만들어낸 우진 또한 같이 놀랐다는 점이었다. 진심으로 말이다.

    "뭐야. 누나 진짜로 건물 샀어요? 그냥 한번 때려 맞춰본 건데?"

    우진은 리아가 건물을 샀는지, 진짜로 몰랐다. 미래의 지식으로 맞춘 게 아니었던 것이다. 그냥 돈 많이 벌었으니, 건물이라도 하나 샀겠지 하는 마음에서 한번 툭 던져본 거였으니까. 하지만 이미

양치기 소년이 된 우진은 신뢰를 잃어버린 지 오래였다.

"와, 연기하는 것 봐, 서우진."

수하의 말에, 우진이 당황한 표정으로 되물었다.

"무슨… 연기?"

"너 솔직히 말해. 어디서 신내림 같은 거 받았지?"

"아, 또 무슨 신내림이야, 누나."

"얘 조심해라, 리아야. 진짜 위험한 놈이야."

"위험하긴! 나 덕분에 〈우리 집에 왜 왔니〉 고정패널도 됐으면서."

"그게 왜 네 덕분이야. 그냥 내가 선택한 거지."

"아무튼! 난 위험하지 않아. 얼마나 선량한데."

티격태격하는 우진과 수하를 보며, 재엽과 리아는 웃을 수밖에 없었다. 수하가 워낙 동안이어서인지 나이 차이에도 불구하고, 가까운 남매 사이 같은 모습이었으니 말이다. 하지만 두 사람의 티격태격은 그리 오래 이어지지 않았다. 지금 모두의 관심사는, 리아가 매입한 그 건물에 관한 것이었으니까.

"리아, 건물 얘기나 더 해봐."

재엽의 호기심 가득한 물음에, 리아가 의아한 표정으로 되물었다.

"근데 재엽 오빠."

"응?"

"오빠는 이미 재작년에 건물 하나 샀으면서, 왜 내가 건물 샀다는 거에 그렇게 놀라고 그래?"

리아의 물음에, 재엽이 과장된 몸짓을 하며 대답했다.

"야! 내가 산 건 진짜 소박한 거잖아, 소박한 거."

"소박은 무슨. 세상에 소박한 건물이 어디 있어?"

어이없다는 표정으로 반문하는 리아를 향해, 재엽이 고개를 절레절레 저으며 대답했다.

"소박하다는 말은, 결국 상대적인 거야."

"그건 또 무슨 말?"

"네가 산 건물에 비하면, 분명히 소박할 것 같으니까 하는 말이지."

"말도 안 했는데 그걸 어떻게 알아?"

리아의 반발에, 재엽은 커피를 쪽 빨아들이며 태연히 말했다.

"여기 작년이랑 올해, 너만큼 번 사람이 어딨냐. 네가 건물 샀으면, 진짜 알짜배기로 제대로 샀을 것 아냐."

"음⋯."

"너, 내 건물 알잖아. 내 거보다 싼 거 샀어? 그럼 인정."

재엽의 말에 리아는 뒷머리를 긁적일 수밖에 없었다. 반박할 말이 전혀 떠오르질 않으니 말이다. 사실 그녀가 매입한 건물은, 재엽의 말처럼 정말 알짜 그 자체였다. 재작년에 매입한 재엽의 건물보다, 최소 두 배는 비싼 물건이었던 것이다.

"가로수길 근처에 하나 샀어. 낡은 건물 하나 매입해서, 지금 리모델링 공사 중이야."

"미친!"

"가로수길!?"

"아, 메인 스트리트는 아냐. 거긴 나도 너무 비싸서 엄두가 안 나더라고."

"그래도!"

리아의 이야기에, 우진은 흥미로운 표정이 되었다. 부동산이라면 여기 있는 누구보다 관심 많고 빠삭한 게 우진이었으니 그녀가 산 건물이 가로수길 어디에 붙어있는 건지 너무 궁금하였으니까.

'이거, 진지하게 말하는 거 보면… 리아 누나 가맹점 하고 싶다는 거 정말 진심인 것 같은데.'

신사동 가로수길이라면, 카페 프레스코의 2호점의 입지로 충분하다 못해 넘친다. 얘기하는 걸 보니 이면도로 쪽 건물인 것 같지만 2010년을 기준으로 가로수길 만큼 상징성 있으면서 상권도 좋은 동네는 찾기 힘들었으니 말이다. 그래서 우진은 누구보다 집중해서 리아의 말을 듣고 있었다. 생각도 못했던 리아의 가맹점 욕심은, 우진의 사업에 또 괜찮은 소스가 될 것 같았으니 말이다. 마음 편히 놀러 와서, 생각지도 못한 이야기를 듣게 되었다.

"어쨌든 이제 리모델링 들어가서 완공까지 한 3개월 정도 걸릴 것 같은데… 사실 임차인 구하기가 애매해서 걱정이었거든."

이번에는 우진이 물었다.

"왜요?"

"거기 월세가 좀 비싸? 사실 안정적으로 월세 나오는 임차인 구해서 쭉 맡겨놓고 신경 끄고 싶은데, 그게 쉽지 않다고 하더라고."

"그래요? 누가?"

"나 건물 매입 도와준, 부동산 컨설턴트가 그랬어."

리아는 꽤 깊숙한 이야기까지 나오자 머쓱한 표정이 되었지만, 커피를 한 모금 홀짝인 뒤 다시 말을 이었다. 기왕 여기까지 얘기한 거, 우진의 의견도 한번 들어보고 싶었다. 수하의 말에 의하면 우진은 꽤 부동산 전문가인 것 같았으니까.

"그래서 그냥 방금 즉흥적으로 든 생각인데… 차라리 내가 정말 마음에 드는 이 브랜드를, 통으로 건물에 들여와 보는 건 어떨까

싶네."

"관리에 신경 쓰기 싫다면서요?"

우진의 반문에, 리아가 고개를 살짝 저으며 웃었다.

"그거랑 이건 다르지. 임차인은 남이고, 내가 직접 운영하는 카페는 내 거니까."

어느새 대화는 리아와 우진 사이에서 이어지고 있었고 수하와 재엽은 두 눈을 반짝이며 그 대화를 지켜보고 있었다. 사실 탑 연예인과 스물두 살짜리 대학생의 대화라기엔, 뭔가 큰 괴리감이 느껴졌지만 오히려 그렇기 때문에 흥미진진한 것이었으니 말이다. 잠시 뜸을 들인 우진이, 턱을 살짝 만지작거리며 낮은 목소리로 말을 이었다.

"흐음, 그러니까 정말 생각은 있다는 거죠?"

리아가 재차 고개를 끄덕였다.

"그렇다니까?"

"좋아. 그럼 제가, 꽤 괜찮은 연결고리가 되어줄 수 있을 것 같아요."

"어떻게?"

리아를 비롯한 세 사람이 호기심 어린 표정으로 우진의 다음 말을 기다렸고, 우진은 기대를 저버리지 않는 흥미로운 제안을 내놓았다.

"누나는 프랜차이즈 수수료를 아끼고, 카페 프레스코는 홍보 효과를 누리고."

"음…?"

"석중이 형님. 아니, 강 대표님께 얘기하면… 충분히 괜찮은 딜이 될 것 같거든요."

우진의 말이 끝나자, 장내에 잠시 정적이 흘렀다. 그 말의 의미를, 각자 생각해본 것이다. 그리고 세 사람은 어렵지 않게, 그 말뜻을 이해할 수 있었다. 그들은, 다들 적잖이 사회생활을 한 사람들이었으니까.

  "프랜차이즈 수수료를 아낀다면, 얼마나 아낄 수 있다는 거야?"

  리아는 아직 프랜차이즈 가맹점을 차려본 적이 없었지만, 그 수수료가 적지 않다는 정도는 잘 알고 있다. 본사에 지불해야 하는 수수료 때문에 수지가 맞지 않아, 사업을 접는 케이스를 주변에서 여러 번 봤으니 말이다. 그리고 리아의 그 질문에, 우진은 간단히 대답하였다.

  "어쩌면 가맹 수수료를 아예 안 낼 수 있을지도 모르죠."

  눈이 휘둥그레진 그녀가 재차 물었다.

  "그게 가능해?"

  "당연하죠. 서로 수지만 맞으면, 안 될 게 뭐 있겠어요."

  리아의 질문에 대답하면서도, 우진의 머리는 팽팽 돌고 있었다.

  '일단 건물의 입지나 상권분석도 좀 해봐야겠지만… 이건 백 퍼센트 되는 딜이야.'

  이 제안은 분명, 리아와 석중이 윈윈할 수 있는 구조였다.

  "그렇게만 된다면, 나도 개인적으로 열심히 홍보해줄 수 있지."

  "그럼, 누나는 딜?"

  "네가 주인장도 아닌데, 왜 너랑 딜을 하냐?"

  우진이 웃으며 대답했다.

  "대리인 정도라고 해두죠."

  리아도 피식 웃으며 말했다.

  "좋아, 딜."

리아는 우진을 향해 오른쪽 주먹을 살짝 들어 보였고, 우진은 거기에 자신의 왼쪽 주먹을 가볍게 맞부딪쳤다. 바쁘게 굴러가는 우진의 머릿속에서는 어느새 자신과 WJ 스튜디오에 떨어질 콩고물까지, 깔끔하게 계산이 끝나있었다.

— * —

"짠! 여깁니다, 여러분!"

카페 프레스코에 도착하자, 가이드 예영이, 양팔을 활짝 펴며 입구를 향해 손을 뻗었다.

"음? 외관은 그냥 평범한데?"

"중요한 건 인테리어라고."

"그래?"

"나도 사진으로만 보긴 했는데, 안에 공간이 진짜 예술이에요, 언니."

카페 프레스코 건물 앞에 선 소연은, 고개를 갸웃할 수밖에 없었다. 낯익은 이름과 달리, 외관은 완전히 처음 보는 느낌이었으니 말이다. 하지만 내부로 들어서, 인테리어를 확인한 순간,

"어…?"

디자인에서 뭔가 낯익다는 느낌이 확 든 소연은, 두리번거리며 내부를 살펴보기 시작하였다. 그리고 예영은, 그런 소연의 행동이 디자인에 감탄했기 때문이라고 생각했는지 더욱 신이 나서 설명을 시작하였다.

"진짜, 대박이죠, 언니?"

신난 것은 예영뿐이 아니었다.

"오와! 여기 진짜 짱 멋있다!"

도착 직전까지 영혼 이탈 상태였던 선빈마저도, 눈을 반짝이며 내부를 둘러볼 정도.

"여기 디자인 진짜 느낌 있네."

"그치, 선빈아?"

"엣헴, 내가 제대로 찾았다고 했잖아."

하지만 상기된 표정의 팀원들과 별개로, 소연은 계속 심각한 얼굴이었다. 그녀는 생각날 듯 말 듯 머릿속을 간질이는 이 낯익음의 정체를, 어떻게든 떠올리고 싶었으니까. 그래서 1층을 빠르게 다 둘러본 소연은, 먼저 2층으로 올라가 보기로 하였다.

"내가 먼저 2층 올라가서 자리 잡아놓을 테니까, 너희가 커피 시켜서 올라올래?"

"좋아, 언니!"

"알겠어, 누나."

하지만 2층이라고 해서, 바로 느낌이 오는 것은 아니었다.

'진짜, 궁금해 미치겠네.'

해서 2층까지 천천히 돌아본 소연은, 일단 빈자리에 가방을 두고 의자에 걸터앉았다. 아무리 머리를 굴려봐도 생각나지 않은 탓에, 일단 포기한 것이다. 그런데 소연이 의자에 걸터앉아 창밖을 응시하던 그때.

"어…?"

맞은편 창가 구석에 위치한 카페 프레스코의 비즈니스 룸에서, 몇몇 사람들이 걸어 나오는 것이 소연의 눈에 포착되었다.

그리고 다음 순간.

"…!"

소연은 적잖이 당황할 수밖에 없었다. 비즈니스 룸에서 나온 2
남 2녀 중 한 사람이, 그녀가 무척이나 잘 아는 인물이었으니 말이
다.

'뭐야. 우진 오빠잖아?'

해서 소연은, 반사적으로 자리에서 일어나 그들 쪽으로 빠르게
다가갔다. 바쁘다며 학교에서도 일찍 나간 우진이, 어째서 여기 있
는 건지 궁금했으니 말이다. 하지만 다음 순간.

'잠깐.'

우진과 함께 나온 얼굴들을 확인한 소연은, 놀라서 걸음을 멈췄
다. 우진뿐 아니라 나머지 세 사람도, 그녀가 알고 있는 얼굴이었
으니 말이었다.

'미친…! 윤재엽이잖아? 게다가 유리아?'

마지막으로 임수하의 얼굴까지 확인한 소연은, 우진이 왜 여기
있는지 확실히 깨달을 수 있었다. 이 멤버는 분명, 〈우리 집에 왜
왔니〉에 우진과 함께 촬영에 나오는 연예인들이었으니 말이다. 정
확히 왜 만났는지까지는 알 수 없었지만, 아마 프로그램과 연관된
비즈니스일 터.

게다가 한 가지 더. 소연은 방금 전까지 계속 궁금했던 낯익음의
정체도 바로 깨달을 수 있었다. 우진을 발견하고 나니, WJ 스튜디
오에서 일할 때 봤던 '카페 프레스코' 디자인 제안서가 드디어 떠
오른 것이다.

'그래, 이제야 기억났네. 생각해보니 여기, 우진 오빠가 디자인
한 곳이었잖아?'

때문에 처음에 소연이 느낀 감정은 감탄, 그다음엔 당황스러움
이었다. 학교 과제 프레젠테이션을 위해 팀원이 찾아온 그 핫하다

는 상업공간이 알고 보니 같은 10학번 동기이자 친한 오빠인, 우진이 디자인한 곳이었으니 말이다. 게다가 미팅이 있다며 서둘러 하교한 우진이 만나고 있던 사람들은, 연예인 중에서도 손가락에 꼽을 만큼 유명한 사람들.

'뭐, 이런 경우가 다 있어?'

그런데, 소연이 그렇게 얼빠진 표정으로 당황해 있던 그때. 소연의 귓전으로, 돌연 우진의 목소리가 들려왔다.

"어, 한소연?! 네가 여기 왜 있어?"

— * —

"뭐야, 아는 친구야?"

"네, 형. 친한 과 동기인데… 얘가 왜 여기 있는지 모르겠네요."

우진은 정말 반가운 표정으로, 소연을 향해 다가왔다. 그러자 조금 떨어져 있던 재엽을 비롯한 일행들도, 자연스레 그녀의 앞에 다가섰다. 물론 갑작스런 상황에, 소연은 더욱 어쩔 줄 모르는 표정이 되었지만 말이다.

"이야, 우진이 너. 여자친구 아니야? 엄청 예쁘신데?"

"아, 형! 그런 거 아니에요. 그런 소문 나면, 저 얘한테 맞아 죽을지도 몰라요."

소연이 자리 잡고 앉았던 곳은 인적이 드문 구석진 곳이었고, 때문에 연예인들이 나타났음에도 딱히 손님들의 관심이 모이지는 않았다. 물론 재엽과 수하는 캡모자를 푹 눌러쓰고 있었고 리아는 박스 핏 후드티에 달린 커다란 모자로, 얼굴까지 반쯤 가리고 있었지만 말이다.

"아, 안녕하세요! 그… 윤재엽 씨 맞죠?"

소연이 어색하게 인사를 건네자, 재엽이 밝게 웃으며 대답하였다.

"와우! 미녀가 알아봐주시니, 이거 기분 엄청 좋은데요."

옆에 있던 리아가, 재엽에게 핀잔을 주며 다가왔다.

"진짜, 오빠! 자꾸 아재 티 낼래?"

재엽은 억울한 표정이 되었다.

"왜! 내가 뭐 했다고!"

"말투가 아재잖아, 말투가!"

뒤늦게 다가온 수하도, 리아의 말에 동의하며 고개를 끄덕였다.

"맞아. 무슨 80년대 작업 멘트도 아니고…."

"어우, 씨. 작업은 무슨! 내가 막내 여자친구한테 작업 칠 정도로 나쁜 놈으로 보여?"

"아, 형! 좀!"

세 연예인의 정신없는 대화에, 소연은 더욱 혼미한 표정이 되었다. 하지만 그것도 잠시, 그녀는 곧 리아와 수하까지도 통성명을 하게 되었다. 우진과 친한 친구라는 말 때문인지, 그녀들의 표정도 무척이나 호의적이었다.

"반가워요. 전 임수하라고 해요."

"저도, 반가워요. 유리아예요. 그나저나 재엽 오빠 말처럼, 정말 엄청 예쁘시네요."

"하, 하하… 리아 씨한테 그런 말을 들으니 몸 둘 바를 모르겠네요. 전 우진 오빠 동기 한소연이라고 합니다."

소연은 상황이 정신없으면서도, 무척 신기하다는 생각을 하였다.

'연예인들도 일반인들이랑, 다를 게 아무것도 없네.'

물론 임수하나 유리아는 눈이 휘둥그레질 정도로 예쁜 외모를 가지고 있었지만 그래도 인사하고 대화 나누는 것은, 평범한 사람들과 전혀 다를 바 없었으니 말이다.

"나중에 한번 괜찮으면 우리 소속사 찾아와 봐요, 소연 씨."

"뭐야, 오빠. 작업 아니라며!"

"야, 이건 진짜 순수한 마음이야. 소연 씨 정도면… 아이돌 하기는 좀 늦었지만, 배우 될 수도 있지 않겠냐?"

"연예인이 싫으실 수도 있잖아."

"그러니까 그냥 이건 제안일 뿐이야, 제안!"

때문에 의외의 상황에 굳어 있던 소연은, 금세 긴장을 풀고 웃을 수 있었다. 그리고 긴장이 풀리자, 다시 머릿속에 이런저런 생각들이 떠오르기 시작하였다. 소연의 시선은 어느새, 다시 우진을 향해 있었다.

'그나저나 이 오빠는, 진짜 왜 그렇게 혼자서만 잘난 거야?'

소연은 이미 우진을, 학생의 범주에 놓지 않은 지 오래였다. 하지만 이런 기묘한 상황이 되자 새삼 거리감이 느껴지는 것은 어쩔 수 없었다. 그리고 그와 동시에, 약간의 씁쓸함도 느껴졌다. 최근 들어 우진과의 거리가, 조금 멀어진 듯한 느낌을 받았으니 말이다.

'칫. 이건 뭐, 질투할 수도 없고….'

사실 사람 사이의 관계라는 것은 물리적인 거리가 가깝고 공감대가 형성될 수 있는 환경에서, 심리적인 거리도 가까워질 수 있는 법이다. 그래서 밤낮없이 함께 SPDC를 준비할 때에만 해도, 우진과 그 누구보다 가깝다 여겼던 소연은 최근 들어 거리감을 느낄 수밖에 없었다.

아직도 같은 과실로 등교하며 같은 강의실에서 수업을 듣긴 하

지만 우진의 정신은 거의 사업에 가 있고, 평범한 새내기인 그녀와
는 완전히 다른 세상에서 살고 있었으니까. 그래서 소연은 이런 생
각도 한 적이 있었다.

'내가 학부생이 아닌, 완성된 디자이너였다면… 오빠랑 좀 더 함
께할 수 있었을까?'

자신이 학생이 아닌 어엿한 디자이너였다면, 그래서 우진이 나
아가는 걸음을, 같이 밟아 나갈 수 있다면. 조금 더 마음 편히, 우진
에게 다가갈 수 있지 않았을까 하는 생각 말이다. 항상 우진이 보
고 싶다거나, 또는 그와 함께 있으면 설렌다거나. 조금 미묘한 이
야기일 수도 있지만, 소연의 감정은 그런 종류의 것과는 조금 다른
느낌이었다.

그냥 우진과 함께 있으면 편하고, 또 그렇기 때문에 함께하고 싶
고 그러지 못하기에, 조금은 서운하고. 그런 복잡 미묘한 감정들
이, 가슴속 한쪽 구석에 뒤엉켜 있을 뿐이었다. 물론 이제는 소연
도 확실히 안다. 그녀의 마음속에서 우진은 어느새 단단히 자리 잡
아버렸음을.

하지만 그렇다고 해서, 우진에게 이성으로서 먼저 다가갈 용기
는 쉽게 생기지 않았다. 그녀는 가까운 사람을 여러 번 잃어보았고
그 아픔을 더는 겪고 싶지 않았으니까. 만약 그녀의 고백이 우진에
게 부담으로 느껴진다면, 우진이라는 소중한 사람을 한 번 더 잃게
될 수도 있다고 생각했으니까.

'어떨 때 보면 진짜 둔하기가 나무토막 같은 인간인데… 그게 오
히려 안심될 때도 있다니까.'

자연스레 연예인들 사이에서 대화를 나누는 우진을 보며, 소연
은 작게 한숨을 내쉬었다.

410

"휴우."

소연의 눈에 요즘 우진은 완전히 일에 미친 사람이었다. 그래서 다가가기 힘들면서도, 또 그게 멋지다고 생각하는 자신은 완전히 구제 불능이라고 생각하기도 하였다.

'하아, 뭔가 쉽지 않네.'

그리고 소연이 이런 생각을 하는 사이, 잠시 그녀 앞에서 떠들던 우진의 일행들은 다시 가던 길을 가기 위해 걸음을 돌렸다.

"소연 씨, 오늘 반가웠어요!"

"아! 저야말로 정말…."

"나중에 또 볼 기회가 있으면 뵙죠."

"넵!"

"그럼 오늘은 이만…!"

재엽을 비롯한 세 사람은 저녁에 또다시 촬영 일정이 있었고, 때문에 서둘러 계단을 내려갔다. 그리고 우진은 세 사람을 빠르게 배웅하고 다시 2층으로 올라왔다. 그에 소연은 반색했지만….

"오빠, 이제 일정 없어?"

"그… 건 아니고. 이제 조금 뒤에 여기 대표님 만나야 해."

곧 다시 서운해질 수밖에 없었다.

"그럼, 난 괜찮으니까. 신경 쓰지 말고 일 봐."

"아, 진짜 시간 애매하네."

"어차피 애들도 같이 왔어."

"누구?"

"선빈이, 예영이, 은정이…."

소연은 표정 관리를 한다고 했지만, 조금은 티가 났다. 그리고 그런 그녀의 기분을 느낀 것인지, 괜히 미안한 표정이 된 우진이 다시 입을 열었다.

"나, 여덟 시엔 미팅 끝나거든?"

"그런데?"

"너만 괜찮으면, 애들 먼저 보내고 남아있을래?"

"왜?"

우진이 뒷머리를 긁적이며 말을 이었다.

"집 가는 길에, 내가 태워다 줄게."

"오! 근데 그거로 끝?"

"음… 저녁이나 같이 먹을까?"

"저녁 약속은 아닌가 봐?"

"응, 그냥 완전히 비즈니스 미팅이야."

"그럼, 콜!"

우진이랑 얘기하던 소연은, 순식간에 밝아진 자신의 기분을 깨닫고는 움찔하였다.

'아, 진짜… 나 왜 이러지?'

방금 전까지만 해도 서운한 마음이 한가득이었는데. 집에 데려다주겠다는 말 한마디에, 그 모든 서운함이 눈 녹듯 스르르 사라져 버렸으니 말이다.

"휴우."

"왜 그래?"

"아니야, 아무것도."

"그럼 난… 시간 다 돼서, 미팅 다녀올게!"

"그래."

"조금 있다 봐! 애들한텐 나 만났다는 얘기 그냥 하지 말고."

"알겠어."

멀어지는 우진의 뒷모습을 보며, 소연은 저도 모르게 피식 웃었다. 그저 마음 가는 대로, 그렇게 흘러가는 대로. 일단은 그렇게 우진의 곁에 남을 소연이었다.

— * —

예영과 은정이 음료와 디저트를 주문하는 동안, 선빈은 카페를 구석구석 쏘다니는 중이었다. 단순히 과제를 위한 조사 차원이 아니었다. 선빈은 이 '카페 프레스코'의 디자인에, 진심으로 감탄하는 중이었던 것이다.

'와, 진짜… 여기 너무 멋진데?'

흔해 빠진 엔틱 디자인의 카페들만 봐왔던 선빈에게 빈티지한 감성을 살리면서도, 오히려 엔틱 디자인보다 훨씬 더 고급스러운 분위기를 풍기는 카페 프레스코의 디자인은, 신선한 충격으로 다가올 수밖에 없었다. 학교 수업 시간에 매번 듣던, 빈티지 감성과 모더니즘 디자인의 콜라보를, 실제 공간에서 확인하는 느낌이랄까?

백문이 불여일견이라고, 수업으로 들을 때는 답답하게 이해되지 않았던 디자인적 솔루션들이 이 카페 프레스코의 공간을 보자 시원하게 이해되는 느낌이었다.

'대체 누가 디자인한 걸까? 해외 디자이너일까? 아니면 김기성 같은 스타 디자이너?'

어느새 노트를 펼쳐 든 선빈. 공간구획부터 시작해서 디스플레이(Display)된 소품들까지 하나하나 꼼꼼히 기록하며, 열정적으로 공간을 탐구하기 시작했다. 2학기 내내 힘없이 축 처져 있던 그

의 모습과는, 사뭇 다른 의욕적인 분위기. 그것은 건축 디자이너의
꿈을 처음 가졌던, 선빈의 초심과도 같은 모습이었다.

"야, 선빈! 음료 다 나왔어."

"어휴, 사람이 뭐 이리 많냐. 거의 20분은 기다린 것 같네."

"아, 나왔어?"

"응. 이거 디저트 올라간 쟁반은, 네가 좀 들어줘."

동기들이 부를 때까지 무아지경으로 공간을 기록하던 선빈은,
한층 업된 기분으로 2층으로 향했다. 그런데 2층에서 기다리던 소
연의 이야기를 들었을 때,

"뭐?!"

"언니, 그게 진짜예요?"

"우와! 엄청나!"

선빈은 다시 멍한 표정이 될 수밖에 없었다.

"누나, 여기 진짜… 우진 형이 디자인했다고?"

"그렇다니까. 내가 뭐 하러 거짓말을 해. 우진 오빠 사무실에 제
안서 있었는데, 그게 이제야 생각났어."

근래 봤던 그 어떤 공간보다 선빈의 눈길을 사로잡았으며, 또 감
탄스러웠던 이 카페 프레스코가 얼마 전까지만 해도 경쟁상대로
생각했던 우진의 디자인이라는 사실은, 쉽사리 믿을 수 없는 것이
었으니 말이다.

'하… 이 형은 진짜….'

하지만 어찌 된 일인지 생기가 돌아왔던 선빈의 얼굴에서, 다시
영혼이 빠져나가는 일은 다행히도 없었다. 이렇게까지 순수하게
디자인에 감탄했던 공간이 우진의 작품이라는 생각이 들자, 이제
경쟁심 같은 것은 완전히 사라져버린 것이다.

414

"진짜, 우진 오빠는… 우리랑 같은 학년 맞아?"

"내 말이."

"부럽다, 진짜. 그 오빠는 솔직히 학교 안 다녀도 되는 것 아냐?"

동기들의 이야기를 듣던 선빈은, 저도 모르게 웃을 수밖에 없었다.

"하하."

물론 갑자기 웃음을 터뜨리는 그의 모습에 당황한 동기들이 이상한 눈으로 쳐다봤지만….

"쟤 뭐야?"

"왜 저래?"

"아까까진 거의 걸어 다니는 시체처럼 굴더니…."

그런 것은 전혀 신경 쓰이지 않는 선빈이었다.

'그래. 이 형은 그냥… 처음부터 완성된 디자이너였던 거야. 내가 지금까지, 정말 쓸데없는 스트레스를 받았던 거였어.'

구체적으로 우진에 대한 어떤 생각을 바꾼 것은 아니었지만 무의식중에 선빈의 마음속 우진이라는 존재는, '경쟁상대'에서 '목적점'으로 수정되었다. 사실 경쟁이 됐든 목표가 됐든 우진을 바라보며 노력해야 한다는 맥락에서, 그 두 단어는 비슷한 의미를 가지기도 했지만 이것은 우진을 대하는 선빈의 생각이, 완전히 바뀌었음을 의미하는 것이었다. 생각을 바꾸자 마음가짐이 달라졌고 오랜만에 선빈의 마음속에서, 의욕이 솟구치기 시작하였다.

"자, 너희가 주문하는 동안, 여기. 공간분석 좀 해봤어."

선빈이 내어놓은 아이디어 노트에, 다른 팀원들은 눈이 휘둥그레졌고.

"우와앗!"

"좀비가 살아났다!"

"대박!"

각자 음료를 하나씩 집어 든 선빈과 학생들은, 오늘 여기까지 온 본래의 목적에 충실하기 위한 팀 회의를 시작하였다.

— * —

우진의 오늘 마지막 일정이었던 석중과의 미팅은, 카페 프레스코가 아닌 석중의 사무실에서 진행되었다. 미팅의 주요 안건은, 드디어 조율이 끝난 인테리어 공사 장기계약에 관한 건. 가맹점 인테리어 공사를 위한 최종 계약서에 오늘 사인을 할 예정이었던 데다.

잡다한 부속계약서도 꼼꼼하게 검토해야 했으니, 카페에서 진행하기는 조금 무리가 있던 중요한 미팅이라고 할 수 있었다. 그런데 어쩐 일인지 우진과 석중의 대화는, 사전에 정해뒀던 주제와 조금 다른 내용에서부터 시작되고 있었다.

"그러니까… 네가 리아 씨한테 이렇게 제안했다는 말이지?"

"네, 형님."

우진의 대답에, 석중의 표정이 사뭇 진지해진다.

"리아 씨는 긍정적으로 생각하셨고?"

"예, 그러니까 이렇게 제가 얘길 꺼내죠."

"으음….”

생각에 잠긴 석중을 향해, 우진이 살짝 힘주어 이야기했다.

"형님, 이거 아무리 봐도 남는 장사예요."

우진이 먼저 꺼낸 이야기는 바로 낮에 우진이 리아에게 제안했던, 그녀의 가맹점 유치에 관한 건.

"흠. 확실히 가맹 수수료를 받지 않는 정도로 리아 씨의 유명세를 빌릴 수 있다면… 남는 장사인 것 같긴 한데…."

이 또한 가맹점과 관련된 이야기였으니 본격적인 계약 조율이 시작되기 전에 먼저 논의되어야 하는 것이 맞았고, 그래서 우진이 먼저 이 이야기부터 꺼내게 된 것이었다.

"그냥 남는 장사가 아니죠. 오픈 날에 리아 씨 포스팅 한 방에, 사람 몰린 거 보셨잖아요."

그리고 석중에게 던지는 우진의 제안은, 낮에 리아에게 이야기했던 것보다 한층 더 구체적으로 발전되어 있었다. 연예인인 리아와 달리 석중은 사업가였고 그에게는 좀 더 명확한 이야기를 해야, 제안에 매력을 느낄 테니 말이다. 우진의 제안을 요약하면 다음과 같았다. 우선 리아는 카페 프레스코에서, 리아의 건물에 대대적으로 2호점을 론칭했다는 사실을 마케팅에 활용할 수 있도록 허락해 준다.

"사실 리아 씨 개인 홈페이지부터 시작해서 일거수일투족이 다 광고판이잖아요?"

"그렇지."

"해서 리아 씨가 떡밥만 좀 뿌려주면, 우린 그걸 주워 담으면 되는 거예요."

"어떻게?"

"뭐, 기사화된 내용들을 은근히 마케팅에 사용한다거나… 방법이야 많죠."

그리고 석중은 그 대가로, 가맹 수수료 없이 그녀의 건물에 카페 프레스코 2호점을 내어준다. 수수료가 없다는 말이, 인테리어 공사비용이나 원료값을 안 받는다는 말은 당연히 아니다. 본래 가맹점은 영업이익의 n퍼센트를 수수료로 지불해야 하는데, 그 비율을 받지 않겠다는 이야기다.

"그럼 난 리아 씨의 가맹점에서는, 계속해서 가맹료를 받지 않는 건가?"

"그건 아니에요."

"음?"

"당연히 계약 기간은 명시해야죠."

"어떤 식으로?"

"제가 볼 때 한 1~2년 단위로 계약서를 작성하고… 첫 번째 계약이 끝날 쯤, 리아 씨를 정식으로 광고모델로 모셔오는 게 좋을 것 같아요."

"오호."

"그러면서 모델료를 조금 싸게 지불하고, 대신 가맹 수수료 무료 계약을 더 연장해드리는 방식으로 가는 거죠."

"그거 괜찮네."

우진이 볼 때 이 제안은, 양쪽 모두에게 윈-윈 이라고 할 수 있었다. 양쪽 다 실질적으로는 손해 봐야 하는 부분이 전혀 없었으니 말이다. 리아의 입장에서는 그녀가 가로수길에 건물을 샀고, 거기에 카페를 차렸다는 사실이 알려진다 해서 이미지에 흠이 될 것이 하나도 없었으며.

반대로 석중의 입장에선, 어차피 가맹점을 내지 않았다면 없었을 수수료 추가 수입을 받지 않는 것뿐이었으니 말이다. 게다가 우진이 계약 기간이라는 괜찮은 솔루션도 던져줬으니 석중은 더더욱 구미가 당길 수밖에 없었다.

"물론 정식으로 모델계약을 하기 전까진, 리아 씨의 사진이나 관런 이미지 같은 걸 대놓고 쓰는 건 안 될 거예요."

"그야 당연하지."

"하지만 말씀드렸듯 간접적인 협조만 받을 수 있어도, 효과는 아마 상당할 거예요. 이미 아시다시피, 리아 씨는 〈우리 집에 왜 왔니〉에도 출연하니까요."

석중은 결국 고개를 끄덕였다.

뭔가 우진의 꾐에 넘어가는 것 같은 묘한 기분이 들긴 했지만, 아무리 생각해봐도 손해 볼 게 전혀 없는 제안이었다.

"좋아. 그럼 구체적인 논의는, 다음에 미팅을 한 번 더 잡아서 얘기하도록 하자."

"좋습니다, 형님. 그런 의미에서 오늘 논의하려고 했던 2호점에 대한 이야기는, 3호점으로 바꾸는 게 어떨까요?"

"그건 또 무슨 말이야?"

"가로수길에 있는 리아 씨의 건물에 입점할 매장이, 2호점이 되는 게 여러모로 그림에도 좋으니 말이죠."

"하하. 그 부분까진 생각 못 했네. 좋아, 그거야 뭐 어려운 부분도 아니지."

리아와 관련된 이야기가 마무리되자, 두 사람의 대화는 자연스레 원래 미팅 건으로 넘어갔다. 우진은 준비해왔던 서류들을 본격적으로 꺼내며 새 매장에 적용할 디자인과 인테리어 패키지에 대해 설명했으며, 석중은 진중한 표정으로 그 브리핑을 꼼꼼히 검수하였다.

"두 번째 매장은… 아니, 세 번째 매장은 1호점과 달리 부지는 50평 정도로 작고 층수가 3층까지 있는 구조로 가니까… 필연적으로 공간배치가 달라질 수밖에 없었어요."

"아무래도 그렇겠지."

"1호점에선 1층 센터에 뒀던 그 커피와 관련된 디피들이, 이번 매장에서는 좌측면에 일관성 있게 배치될 예정이에요."

"로스팅 기계들은?"

"어쩔 수 없이 규모 자체는 좀 줄여야죠. 넓이가 차이나니…."

원래 한 시간 정도로 예정되어 있던 미팅은, 여러 가지 첨가된 내용들 때문에 거의 세 시간 정도까지 이어졌다.

"그리고 제가 리아 씨 건물부지랑 리모델링 계획에 대해 조금 들었는데, 형님께서 구해두신 3호점 건물이랑 거의 조건이 흡사해요."

"그래?"

"이번에 패키지 잘 짜서 비슷하게 디자인하면, 인테리어 비용도 많이 아낄 수 있을 거예요."

"디자인을 비슷하게 한다고 비용이 절약돼?"

"규모의 경제죠, 뭐. 자재를 떼올 때, 한 번에 더 크게 떼어올 수 있으니까."

그리고 그 과정에서 우진은 기대했던 대부분의 것을 얻어낼 수 있었다.

"좋아, 오늘은 이 정도면 된 것 같아."

"고생하셨습니다, 형님."

"아냐. 내가 우진이 너한테 매번 고맙지."

우진이 생각했던 대부분의 디자인 콘셉트를 관철시켰으며, 리아와의 콜라보도 거의 확답을 받은 셈이었으니까. 때문에 석중과 헤어져 주차장으로 향하는 우진은 가벼운 발걸음으로 카페 프레스코를 나설 수 있었다.

'원래 석중 형님이 얘기하셨던 2호점만 해도 꿀인데, 리아 누나 건물까지 한 번에 진행되면… 매출이 더블이네.'

아마 이번 가맹점 오픈이 성공하면, 그다음부터 카페 프레스코의 확장은 훨씬 더 가속화될 것이다. 이번에 석중이 소심하게 한 곳만 계획했던 이유는, 이것이 첫 가맹점 오픈이기 때문이었으니까. 물론 1호점이 성공했지만, 그것이 꼭 가맹점의 성공으로 이어진다는 보장은 없다.

프랜차이징(Franchising) 프로세스가 제대로 체계화되지 않는다면, 1호점이 아무리 잘나가도 가맹점은 실패할 테니까. 하지만 이 첫 시도가 성공으로 이어져서 프로세스가 확립된 뒤라면. 석중은 훨씬 더 과감하게 매장을 늘릴 생각을 할 것이다. 애초에 자본도 충분한 인물이다 보니, 직접 건물이나 상가를 임대해서 직영점을 차리려고 할지도 모를 일이다. 우진은 훌륭한 캐시 카우가 무럭무럭 자라는 모습을 보는 것 같아, 기분이 좋을 수밖에 없었다.

'좋아. 이제 계약서에 도장까지 찍었으니, 변수는 없다고 봐도 되고….'

한층 가벼워진 우진의 발걸음이, 다시 카페 프레스코를 향했다. 오늘 이제 우진에게 남은 유일한 고민은, 소연과 함께 어떤 맛있는 고기를 먹은 뒤 귀가할 것이냐는 정도라고 할 수 있었다.

— * —

10월은 고등학교 3학년 학생들에게, 가장 중요하고 예민한 시기다. 바로 다음 달인 11월. 보통은 셋째 주 목요일. 모든 수험생들의 운명이 결정되는 수능 날이, 바로 한 달 앞으로 다가오는 달이었으니 말이다. 물론 대학입시에 손을 완전히 놓은 일부 학생들에겐 별 의미 없는 행사였지만 적어도 반에서 1등, 전교에서도 항상 10위권을 유지하는 모범생인 가연에겐, 올해 있는 그 어떤 날보다 중요한 날이 바로 수능 날이라 할 수 있었다.

"휴우, 피곤해."

그래서 일요일인 오늘도 날이 어둑해질 때까지 독서실에 있던 가연은, 거의 9시가 다 되어서야 주섬주섬 짐을 챙겨 집으로 향했다. 오늘은 언니 소연이 치킨을 사다 놓고 기다리겠다고 한 날이었으니, 조금 더 집으로 향하는 발걸음이 가벼운 가연이었다. 독서실에서 집까지는 설렁설렁 걸어도 5분 내에 도착할 수 있는 거리였기에.

"치킨… 눈꽃치킨…."

열심히 치킨 주문을 외는 동안, 그녀는 금세 아파트 1층에 도착할 수 있었다.

띵-!

그리고 20년이 넘은 낡은 아파트의 엘리베이터에서는, 방금 다녀간 게 분명한 아름다운 치느님의 잔향이 남아있었다.

'우리 집이겠지?'

절로 침샘을 자극하는 그 냄새에, 가연은 후다닥 엘리베이터에서 내려 집 번호키를 눌렀다.

띠띠띠- 띠- 띠링-!

순식간에 비밀번호를 누르자 현관문이 열렸고 집안에서 풍겨 나오는 냄새는, 다행히 그녀의 기대를 배신하지 않았다.

"이얏! 언니 왔어?"

가연이 집에 도착하자, 여느 때와 다름없이 반갑게 그녀를 맞아주는 귀여운 막내.

"그래, 왔다."

"요! 이제 가연 언니 왔으니까 치킨 먹어도 되지, 소연쓰?"

그리고 안쪽에서는, 언니 소연의 퉁명스런 목소리가 들려왔다.

"소연쓰가 뭐냐, 언니한테."

"친근함의 표현이야."

"됐다. 치킨이나 뜯어라."

아무래도 언니를 오매불망 기다린 이유는 조금 다른 곳에 있는 것 같았지만, 그래도 가연은 기분이 나쁘지 않았다. 물론 한 가지, 조금 불안한 부분이 있기는 했지만 말이다.

"야, 한아연. 언니 옷 갈아입기 전에 다 먹어버리면 안 된다?"

후다닥 방으로 들어가며 얘기하는 가연의 목소리에, 아연 대신 다시 소연이 대답하였다.

"걱정 마, 한가연. 오늘은 세 마리 시켰으니까."

그리고 치킨이 세 마리라는 이야기에, 가연의 두 눈이 휘둥그레졌다.

"…! 정말이야?"

"너희 둘이 달려들면 두 마리 그냥 사라지니까. 나도 좀 먹어야 할 것 아냐."

"아, 세 마리면 살찌는데…."

말은 그렇게 하지만 어느새 입꼬리가 귀에 걸린 가연. 그런 동생을 보며, 소연은 고개를 절레절레 흔들었다. 저 여리여리한 체구에 이런 식탐이 있다고는, 모르는 사람은 아마 상상하기 힘들 것이었다. 물론 가연의 식탐은, 치킨에만 한정되지만 말이다.

"치킨이 세 마리인 거랑, 살찌는 게 무슨 연관이 있어? 그냥 적당히 먹고 남기면 되지."

소연의 핀잔에, 가연은 옷을 갈아입는 와중에도 흥분한 목소리로 반문했다.

"치킨을 남긴다고? 그럴 순 없어, 언니."

이미 치킨을 뜯고 있던 아연도, 한 마디 덧붙였다.

"맞아, 큰언니. 그건 범죄야. 범죄라고."

삼 형제도 아니고 세 자매가 사는 집구석에, 치킨을 세 마리나 시켜야 한다는 사실이 도무지 믿어지지 않는지 소연은 한숨을 푹 쉬며 손을 휘휘 저었다.

"알겠어. 많이들 먹어라, 어휴."

하지만 겉으로만 그런 것일 뿐 소연은 한편으로 뿌듯하기도 했다. 오늘 주문한 치킨은, 아버지께 양육비로 받은 돈이 아닌, 그녀가 벌어서 모은 돈으로 시킨 것이었으니까.

'이것들 먹여 살리려면, 내가 더 열심히 일해야지.'

두 동생들을 한 번씩 번갈아 흘겨본 소연은, 소파에 비스듬히 누워 발끝으로 리모컨을 눌렀다.

"아, 큰언니 진짜. 더럽게 발가락으로 뭐 하는 거야?"

"괜찮아, 깨끗이 씻었어."

"으, 저질."

이어서 발가락으로 리모컨을 슥 끌어온 뒤, 손으로 집어 들어 채널을 옮기기 시작하였다. 평소에는 TV를 그렇게 즐겨 보지 않는 그녀였지만, 오늘은 봐야 할 프로가 하나 있었다. 그 때문에 일부러 딱 9시쯤, 치킨을 시켜놓은 것이고 말이다. 집구석에서 TV를 마음 놓고 보려면, 수험생인 가연의 입에 치킨을 물려놓는 것이 가장 현명한 방법이라고 할 수 있었다.

'어디 보자. KBC라고 했지?'

소연이 채널을 옮겨 KBC를 틀자, 아연이 치킨을 우물거리며 관심을 보인다.

"우움, 언늬! 오늘 KBC에서 뭐 해?"

"다 먹고 말해, 다 먹고."

TV에서는 광고가 나오고 있었지만, 한쪽 구석에는 곧 방영될 프로의 로고가 떠올라 있었다. 〈우리 집에 왜 왔니〉라는, 캐주얼한 폰트가 새겨진 발랄한 로고. 그 로고를 확인한 아연이, 이번에는 콜라를 마시며 아는 척을 하였다.

"아! 나 저거 알아!"

"그래?"

사실 오늘 갑자기 소연이 TV를 챙겨보는 이유는, 두 가지였다. 첫 번째 이유는 〈우리 집에 왜 왔니〉의 첫 방영분에, 그녀가 매일같이 등하교하는 K대. 그것도 디자인학부 건물이 등장한다는 소문. 그리고 두 번째 이유는 우진이 이 〈우리 집에 왜 왔니〉에 고정 패널로 출연한다는 사실. 이 두 가지 이유는 평소 예능에 관심도 없던 소연이 본방 사수를 하게 만들 만큼, 충분히 흥미로운 것들이었다.

"저거 윤재엽 나온다는 새 예능이잖아."

"오, 유명해?"

소연의 눈이 살짝 반짝였다. 우진과 함께 출연한다는 예쁜 연예인들은 좀 거슬렸지만 그래도 기왕 우진이 출연하게 된 방송이라면, 인지도 있는 방송이었으면 했으니 말이다. 하지만 소연의 은근한 질문에, 아연은 콜라를 먹다 말고 한숨부터 푹 쉬었다.

"아, 진짜. 언니 왜 이렇게 세상 물정에 어두워?"

"···이 예능 모르면, 세상 물정에 어두운 거야?"

"당연하지! 대충 인터넷 서핑만 조금 해도, 하루에 두세 번은 저 예능 광고 뜨던데."

"오호, 그래?"

막냇동생의 이야기에, 소연은 조금 더 기대를 갖기 시작했다. 처음에는 단순히 호기심으로 본방 사수를 생각했다면 이제는 그 호기심이, 좀 더 기대감으로 바뀐 것이다.

'그런데 우진 오빠는 대체 예능에 나와서, 뭘 한다는 거지? 인테리어 디자인이라도 하나?'

그리고 소연이 그런 생각을 하고 있을 때, 〈우리 집에 왜 왔니〉 첫 방송이 드디어 시작되었다.

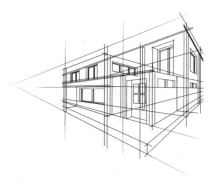

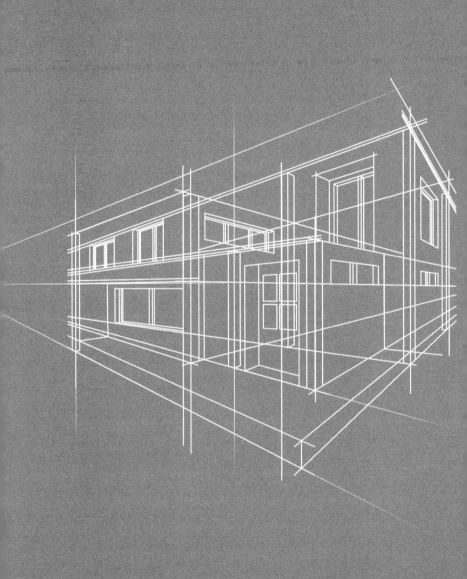